The Best Minds of My Generation

我们这一代人

金斯堡文学讲稿

Allen Ginsberg

〔美〕艾伦·金斯堡 著

惠明 译

人民文学出版社
PEOPLE'S LITERATURE PUBLISHING HOUSE

著作权合同登记号　图字 01-2020-4618

图书在版编目(CIP)数据

我们这一代人:金斯堡文学讲稿/(美)艾伦·金斯堡著;惠明译.—北京:人民文学出版社,2021
ISBN 978-7-02-013545-5

Ⅰ.①我…　Ⅱ.①艾… ②惠…　Ⅲ.①散文集-美国-现代　Ⅳ.①I712.65

中国版本图书馆 CIP 数据核字(2020)第 172826 号

责任编辑　卜艳冰　何炜宏　郇莉莉
封面设计　李苗苗

出版发行　人民文学出版社
社　　址　北京市朝内大街 166 号
邮　　编　100705

印　　刷　凸版艺彩(东莞)印刷有限公司
经　　销　全国新华书店等

字　　数　310 千字
开　　本　890 毫米×1240 毫米　1/32
印　　张　11.625
插　　页　5
版　　次　2021 年 12 月北京第 1 版
印　　次　2021 年 12 月第 1 次印刷

书　　号　978-7-02-013545-5
定　　价　89.00 元

如有印装质量问题,请与本社图书销售中心调换。电话:010-65233595

目　录

前言

安妮·沃尔德曼

西方第一所被佛教精神所感召的大学——那诺巴大学[①]，就是在这里，艾伦·金斯堡开启了他的教学生涯。这所大学创立于1974年之夏，在那儿他满怀爱心，孜孜不倦，全神贯注地撰写以“垮掉一代”文学主要人物为主题的讲稿，生动地解读了他那些同道的生活经历和彼此之间的关系纠葛。

对科罗拉多州博尔德市——这座位于洛基山脉山脊的小型大学城的一次造访促使艾伦、我和诗人黛安娜·狄·普里玛一起组建了杰克·凯鲁亚克虚空诗歌学院。艾伦和我共事二十三年，一起搞夏季写作研讨班直至他1997年去世，留下我继续这项工作。冥冥之中和这片山走到了一起，或多或少是受藏传佛教两千五百年来坚如磐石般的历史积淀的感召吧。这在当代文学可谓独一无二。那时，我们没有固定的办公楼，没有图书馆，没有办公用品，经费缺乏，甚至没有电话。但我们有美国人特有的求知欲，渴望探索更为广义的诗学，一如我们脚下丹佛东面洛基山脉到西面大平原的延伸，尼尔·卡萨帝曾在此地徜徉、驰骋，像一位头脑敏捷的炼金术士在进行思索。丹佛的道路四通八达，负离子在山脊上跳跃。由此，我们想出一个计划——建立一所“未来学院”（这个恰如其分的说法源自约翰·阿什贝利的诗歌）。该计划发轫于我们对诗歌及其伴生的诗学可以成为一种精

① 那诺巴大学并不是一所佛学院，虽然受到了佛学精神的感召，但是学校本身对信仰和宗教持开放态度。

神实践的自信。“给诗歌一方净土”成为不二的信条。

受那诺巴的佛学氛围感召，艾伦启动了诗学计划，欲藉此使“最杰出的头脑”①齐聚一堂，偏安一隅，得以继续神圣谈话②、情感碰撞和进行文学创作。一切散乱、重叠的历史都栖身于此，并被赋予意义。凯鲁亚克幽灵般的意识在这些处所徘徊。艾伦在他大多数密友仍在世时就完成了“垮掉一代”的传记。何时何地，谁在什么情形下遇到谁，故事都以他独特的视角来叙述。格雷戈里·柯索打趣说，就差给“垮掉一代”建个养老院了。着手创建那诺巴大学时，我才二十出头，彼时已在纽约市鲍厄里街的圣马可教堂协助创立了“诗歌计划”③，成立了我自己的先驱者理念社团，囊括了美国新诗歌的所有流派。“垮掉一代”运动对我意义重大，我同它一起成长，这项运动并未终结。每一位成员都富有创造力。这次科罗拉多的再聚首不是垮掉一代运动的“第二幕”，艾伦·金斯堡还没到五十岁，还在经常写作，也是一位饱含热情的老师。

我们受邀成为藏传佛教一位冥想导师丘扬创巴的座上宾，他邀请了许多不同流派的学生、学者、艺术家和冥想导师。我们冥想着一位浑身散发着古老气息的喇嘛来到美国，带着怪异但迷人的神情请求说“将我带到你们的诗人那儿去吧”。会有人特地到美国来寻找诗人吗？后来，诗人们应邀在这所号称“百年大计”的学院里各自开展课程。我们未受过正规教师培训，也无相关学术文凭，更无英语系作为支撑。我们所开的课程不是写作而是阅读与写作，是一种鲜活的经验，“各种趋势的聚合体”，一种思考无常、受“顿悟之人”激励的诗歌修行。艾伦总结“垮掉一代”文学运动的做法为：用文学这一“高尚方式”探究意识的本质。预言由凯鲁亚克而起，解释了这层深意，即我们都是空间里的幽灵，瞬时存在是个体柔软的基础。这是由艾伦敲定的“垮掉派”才具有的精神洞察力。这也包含巴勒

---

① 出自金斯堡《嚎叫》一诗中的第一句“我看到我这代最杰出的头脑毁于疯狂”。

② 原文是 Sacra Coversazione，出自意大利文艺复兴时期，是描述圣母和圣徒以较为休闲的方式进行对话场景的专有名词。

③ 美国 1950—1990 年代研讨新诗和实验诗歌的重要场所。创建者还包括著名翻译家、诗人保罗·布莱克本。

斯不够神圣的历史，一种碎片化的末世预言，那个似乎我们都身处其中的预言。艾伦希望能利用那诺巴大学畅想纤弱的未来。在世界的文化融合中他也扮演了精明的经理人与机敏的公关。这独一无二的讲稿说明他在构筑经典，彰显他理解并传播“垮掉一代”精神要义的责任。

我们将教学试验命名为杰克·凯鲁亚克虚空诗歌学院，因为凯鲁亚克已经领悟了佛教首要的苦谛。“虚空”指我们并没有实体的诗学系部，而是打算教授莎士比亚、基特·斯玛特、布莱克、惠特曼、詹姆斯·乔伊斯、格特鲁德·斯泰因等业已作古者的作品。艾伦还要教授英国诗歌和韵律学，给学生们在诺顿文选[①]的迷宫里指一条明路。

正是“垮掉一代”的航程激励了艾伦的能量与使命。他经常说，如果不是受冥想的“诱惑”，他不会加入那诺巴大学。因为对佛教教义的深刻理解（他那时已追随丘扬创巴皈依了），艾伦的讲稿更具深度。他得以领悟更为广义的存在主义观念是通过“止和观”（内省式冥想）的方法，而不仅仅是他对虚空的理解，或阅读铃木大拙[②]的著作以及赴印度求教过达赖喇嘛的结果。四圣谛中人们特别关注的苦谛和灭谛，他早已了然于胸。金斯堡是世界上享誉盛名的诗人之一，然而，留在那诺巴使他有足够力量来诠释和传播他和朋友们的故事和精神诗学。怀怜悯之心，悟万物因果并找寻脱离苦海之路。

我曾亲见艾伦在博尔德的公寓里备课，以及后来他在布拉夫街的出租房里勤读笔耕。有些作品他早烂熟于心。他记忆力一直很好。凯鲁亚克正是通过他的散文，特别是波普诗歌韵律确定了自己文笔的路线。这方面杰克是大师。也藉由杰克的作品，艾伦也找到了他自己的马车，他的“声音”力量和缘由。艾伦一直对杰克怀有私人的负债感。他会长时间地大声朗读杰克的作品，经常边朗读边哭泣。他沉湎于杰克的作品之中，身心一体配合着作品的起伏、韵律和灵感、动力。他特别喜欢那些闪耀光芒的句

① 1962 年起出版的文学选集，涵盖了英国不同时期与流派的文学作品，到 2018 年已出到第 10 版。

② 本名贞太郎，日本佛学学者，曾将《楞伽经》译为英文介绍到西方世界。

子，这些句子促成他个人诗作的诞生，伴随着一种堂吉诃德式的狂喜。狂乱的思绪受到诱发。“思维形态优美，艺术形态优美”。由狂乱的思绪所产生的作品形态优美，简洁优雅，他特别希望全世界都理解这一点。

这些课堂讲稿重点讲述了杰克、威廉、格雷戈里这几位核心成员的故事，包括创作年代和在纽约的写作情况，对尼尔·卡萨帝、约翰·克列农·霍尔姆斯、彼得·奥洛夫斯基着墨不多。西海岸作为后来者的菲利普·惠伦、加里·斯奈德则未涉及。还有部分讲稿描述了艾伦的写作方法。本书的部分核心篇章还带有艾伦这位内部知情者所做的私人注释。他对智力和心理进行占卜。我想象不出当代还有哪位作家对他的同辈如此慷慨。

这是一部男性/酷儿之书，书中涉及了性爱、男性同性恋、罪恶的因果报应、心与心的交流、感化和文学追求，意图扭转人们对青少年犯名誉不良的看法。这是一本实用知识纲要，未来研究之曼陀罗，一片亟待批评家们关注的学术领域。金斯堡行事细致入微，也许对同伴们的错误颇为宽容，对于等式另一端的学生而言却意味着疯狂之旅。

艾伦的评论从杰克那里有所借鉴，也唤起了杰克自身的嬉皮风格。无声的思想闪烁着光芒。艾伦的教学内容不断充实，保留原汁原味，就像直白的谈话，到处可以听到私密的细节，其私密程度甚至超乎想象，诸如威廉·巴勒斯喜欢的性爱姿势之类。然而，威廉又如长辈般持重，卓越阴郁，如先知般清醒又才华横溢。格雷戈里，他重要的成长岁月在监狱图书馆度过，深爱济慈和雪莱的作品。从另一方面说，他好似一根挥洒诗学之美的魔杖。

书的编辑比尔·摩根完成了一项值得称道、英勇而耗费精力的工作。他从那诺巴学院课程、原始讲义的浩繁卷帙里披沙拣金，但更多有价值的内容是从布鲁克林学院的演讲中发掘，那也是本书的核心内容，还增加了新的文章和艾伦的评注。艾伦的教学不是一成不变的，而是在演化中增添新内容。我本人的许多朋友和以前的学生在布鲁克林学习期间都获益匪浅。这样的教学体验实属罕见，其中包含了许多惊人的、传奇般的叙述。

但对我而言，最有趣、最新鲜、超越精神和身体体验的是艾伦对黑人文化及爵士音乐之于“垮掉一代”影响的评价和强调，其本身也属于“精神”层面。理解到美国黑人才能拯救美国，这非常紧迫。宣称“爵士乐吹响了新意识的萨克管”不仅正确而且体现了艾伦的敏锐睿智。我们需要记住这一点，并不断强调，给予其前所未有的认可。这样才使艾伦书中的谈话真实、正确、紧密关联。那样看来，这是令人兴奋的调查。我喜欢这帮家伙听的音乐，不仅有勃拉姆斯的第一号钢琴三重奏、马勒的第一交响曲，更让人激动的是还有迪兹·吉莱斯皮的《咸花生》《欧普、波普、沙棒》①，金·普莱彻和查利·帕克，德克斯特·戈登的《追逐》，比莉·哈乐黛的《浓情爱意》和《我走过湖滨》。

艾伦对于别人的肯定可以说是连篇累牍，他对事物的分析形成了精准的预言。杰克·凯鲁亚克曾说，“土地是印第安人的”，现在仍是如此。在地球和她的居民饱受气候变化影响之际，这更成为言之凿凿的公理。人们急需从原住民的知识和智慧中寻求帮助。我在撰写前言的此时此刻，部族的积极分子正在抗议在北达科他州斯坦丁罗克建设臭名昭著的地下石油管道项目，“黑命贵”运动②希望促成更多公民权利，包括平等、认可、赔偿等。然而，仍有许多未尽之事。尽管最近那次政治辩论充斥着偏执顽固和种族歧视，白人的霸权地位业已岌岌可危。在这些方面“垮掉一代”的思想是非常进步的。

那么，在当今这个糟糕的社会、脆弱的人世间，就像威廉·巴勒斯的作品那样具有挑衅性而又支离破碎，我们该如何自处？“作品”里的预言动摇了许多伴生物和平行现实，揭示了身份和性别的流动性吗？我经常公开这样说，以支持我在认知方面发出的和当代社会不和谐的声音。我会说“巴勒斯效应”否认范畴。他提出了“基本现实毁坏”的假设。过去十几

---

① 原文是 *Opp Bop Sh'Bam*，一首带有实验性质的波普爵士，曲名是由语气助词组成的俚语，大意为“哇哦！波普！太棒啦！”。

② 2013 年起源于美国的民权运动，由非裔社区发起，反对有色人种在执法和司法过程中受到的暴力和不公正对待，也作“黑人的命也是命”。

年来，我们在巴勒斯的作品里见到一种自我满足式的预言。在对“控制的极限”进行的暗中调查里，他生动地启示、反响、建构。在阿布格莱布监狱、阿富汗巴格兰，我们看到了令人不安、受酷刑折磨的景象；在关塔那摩我们看到了强饲行为；我们看到所谓的“恐怖分子”受到永久监禁；我们发起无人机大战捉捕“嫌犯”；在这场可怕的中东闹剧里，无数的生命因我们而逝去。人们因恐惧迁移或被迫移民。我们那些“特别引渡”“水刑”和无数折磨人的手段导致了更多的痛苦，加剧了文化分歧以及将地球推向毁灭。

永恒的战争产生大量为鬼魂附着的躯体、破碎的生命、破碎的神经回路。强度如同“博斯”① 的画作。超现实主义的躯体杂合：动物与人类，基因杂交试验，克隆绵羊和老鼠等等的试验，各种移植，动物虐待，人与金属结合的生控体系统或先进的机器人武器，无人机和收割机。我们还有制药业、色情产业的市场营销和欲望控制，“持久自由行动”② 这样的委婉语和谎言，“震慑行动”“清洁空气法案”或者“精细化审讯技术”以及“多国反恐信息交换系统”(“狙杀名单”)，将杀人病毒这样的词意义放大。万维网监视我们的生活，国家安全局监控我们的手机，告密者受关押。还有杀人病毒、艾滋病、埃博拉病毒、寨卡病毒。当前在美国的治理下，我们经历的境况前所未见，摒弃公民规范，引发诸多威胁。这些情况“垮掉一代”早就有所警惕。在揭露和讽刺社会现实方面，巴勒斯独树一帜。

妇女被忽视，除非她承担母亲、情人、妻子的角色，或有时是受害者。忽视、社会歧视、父权统治使女性由残废到完全摧毁。可是许多杰出的诗人和作家是女性，她们的故事随着调查研究逐渐为人所知。“垮掉一代”是旁观的罪人，尽管我个人从未感觉被六十年代中期所抛弃。他们非常善变，本质上又多愁善感。女性营造气氛、提供滋养、感情深邃、模棱

① 指 15 世纪荷兰画家耶罗尼米斯·博斯，其作品大多反映人类残忍和罪恶的景象。
② 即美国在遭受 9·11 恐怖袭击后，以反恐为名义在阿富汗境内发动的军事行动的代号。

两可的特征很大程度上激发了金斯堡的创作和兄弟般的友爱。叙述的核心就是爱。艾伦喜欢援引埃兹拉·庞德的诗句，“将汝所珍爱保留完好”①。

最近几年，美国之外的学术研究变得更为智慧。一位批评家将凯鲁亚克视作“行动作家”，与杰克逊·波洛克、约翰·凯奇并列。德勒兹和瓜塔里承认巴勒斯的“某些潜能”有跨媒介传播的效应。“垮掉一代”的外围是个庞大的群体，包括了各领域的艺术家（无论性别、年龄），只要他们自认为同属这个认可另类现实和试验艺术、生活及其他政治学之美的精神体系。一种力量驱使这些作家进入惠特曼式黏合的视野。在正确的时间和正确的地点。他们对法拉辛②的兴趣高过工业军事综合体。

那诺巴大学现在也有了无性别区分的浴室。音乐档案管理员、电影制作人哈利·史密斯当年的寓所、后来那诺巴的第一间录音室，现在成为了多样性中心。布鲁克林学院也在随着时间改变。我们又站在了美国文化另一个让人颤抖的十字路口。

无论将来会如何，我们已从“垮掉派”的文学力量、抱负和影响中获得了一部分真相，他们以哥伦比亚大学为纽带，作为先驱者的富有感染力的社团。在很多还未到来的学期里，金斯堡教授仍将吸引住我们所有人的注意力。而这本引人入胜、闪耀着光芒的教案里，仍然饱含着清澈的预见与强烈的个人风格。

---

① 原句是“what thou lovest well remains，the rest is dross”，全句中文大意为：“将汝所珍爱保留完好，余下的是糟粕”，出自庞德《诗章 81》。

② 古埃及灭亡后的无地佃农和游牧原住民，他们既没有被新的统治者承认，也失去了原有的国家。

编者序

比尔·摩根

不，不是失落的一代，是垮掉的一代。

——杰克·凯鲁亚克

课的历史

1977年的夏天，艾伦·金斯堡觉得是时候可以搞个关于垮掉的一代历史的课了。那时他已是科罗拉多博尔德市那诺巴学院诗歌系的主理人之一。这所现名那诺巴大学的学校是1974年由藏族喇嘛丘扬创巴仁波切创立的，这位喇嘛的家族血脉中既有噶举派也有宁玛派。在1972年创巴就与金斯堡、安妮·沃尔德曼、戴安娜·狄·普里玛和约翰·凯奇见过面，以期助其在筹建中的学校建一个与诗歌相关的系。1974年，金斯堡和沃尔德曼二人便在杰克·凯鲁亚克虚空诗歌学院上了第一课。金斯堡投身于那诺巴的教学工作，不管是得到很少的报酬还是友情出场，直到1997年去世。他生来就是一个教师，将知识分享给那些聪慧的年轻学生是他的心头乐事。

当金斯堡在那个夏天开始第一节课的时候，他将内容描述为解读四十至六十年代垮掉派作家的主要作品。起初他的计划是根据这些诗人的新诗，让学生们同步了解他们的近况。“故事还没完，仍在继续，这所那诺巴学院是佛学与垮掉派意象有关的创想之结合，你们和在这儿教课的我一起延续着这有趣的故事，”他说，“换句话说，电影还在继续，你们也是演员。”他在课上是这样说的。他为后面二十节每次两小时的课程描绘了宏伟蓝图，开了一个长长的书单。“最后我们要涵盖整个四十、五十、六十、七十年代。比我原先的计划大了不少。”金斯堡曾这么说。几周后，他的四十多小时的课时总量就显得有些捉襟见肘，不要说同步任何近况，就连把四十年代讲完都有些紧张。仅仅局限于一个时期显然对他是困难的，因为有些四十年代末的作品要等到五十年代才被发表，巴勒斯早期的作品又要讲回到三十年代去。到课程的末尾，艾伦仍处于四十年代中期的进度。

1981 年和 1982 年他决定以另外在那诺巴开两门新课的方式重启这个项目。这次他对于一门课承载能力的理解更现实了一些。即便如此，他还是未能完成对于“垮掉一代”的历史调研，随着时间的推移，这工程也变得越来越大。之后金斯堡被布鲁克林大学授予教职，之后他两次将注意力回归到这个课题上，一次是 1987 年，1994 年是另一次，也是最后一次，距课程的创立已有二十年。在这二十年里，更多的作品被发表，也有更多的学术研究积累着。如果金斯堡没有在 1997 年离开我们，他定会把这段文学史继续更新。

金斯堡多年来一直邀请许多垮掉派作家到课堂上来和学生聊他们的创作。这让他的课更加热门了，而且给了学生一个从书本外了解作家并和作家们接触的机会。那是一次次美好的体验。学生们和威廉·巴勒斯、格雷戈里·柯索、赫伯特·汉克、彼得·奥洛夫斯基、迈克尔·麦克卢尔、雷·布雷姆泽、卡尔·所罗门、阿米里·巴拉卡（原名勒鲁瓦·琼斯）等作家直接交流。金斯堡曾管这叫作“和大师面对面学习”。在布鲁克林大学的沃尔夫学院的支持下，艾伦也举办了数场由垮掉派运动大部分仍在世的成员都参与其中的讲座。

最后一段时期，金斯堡把“垮掉一代文学史”这门课上了五遍，共计接近一百节课，覆盖了极其广泛的文本内容。许多人意外地发现金斯堡其实是个很严苛的老师，对学生的阅读量和对课堂内容预习要求极高。他为班上布置的阅读作业也常常超出完成的可能。金斯堡为学生们提供了他选择的书目清单，包含原作文本与传记。相关书单收录于本书后面的附录中。

金斯堡曾说过办这门课的几个原因。首先，许多那诺巴学院的学生都想请金斯堡讲讲自己和“垮掉一代”，那场金斯堡作为领军人物的文学运动。没有人比他更了解整件事了。艾伦也明白这点，所以除了上他课的学生之外，他的课也是讲给那些“学者与未来感兴趣的人”听的，为此，他对课程进行了录音。他希望有朝一日能自己编辑这些录音资料，为他所经历的文学时代留下一份完整的记录。他在最后清楚地知晓自己的所知所学是有限的，记忆也会慢慢淡去，死后将留下一堂未完成的课。唯一的办法是记录下来。因为这些原因，金斯堡在课上试图永久性地“一次完成”这些录音，使其成为垮掉派文学的浓缩精华。

这是典型的金斯堡作风，他总是怀着一种记录时代的使命感，同时告知大家这场几乎是由他一手推动的运动的重要性，没有金斯堡，便没有“垮掉的一代”。尽管当时有许多著名的作家在独立创作，但他们不能算作一个文学群体。金斯堡的作用就是帮助公众将这些作家认知成一个群体，并随着垮掉派概念热度的上升，使这些作家在更大的读者范围内得到认可。对于金斯堡本人，最大的难点在于如何平衡这些诗人作家的海量巨著和一门课课程时间安排的关系。坦白地说，这对他来说是不可能完成的任务。仅仅对于例如赫伯特·汉克的一句评价，就会引发两个小时的讨论，围绕二十世纪四十年代时代广场的一切，之后又会进入到对于精神药品、世界政治、性、故事讲述与道德的讨论。一段对于巴勒斯早期作品的引文会扩展到对该作品的朗读，以及关于巴勒斯年轻时代和友人的讨论、幻象的体验与词语本身的含义与力量。艾伦一段关于巴勒斯作品重要性的论述，在课上有可能就变成长达数周的集体讨论。最后，他上的课便在话题的延伸中打碎、重组，金斯堡的新构思也这样在学生面前产生。很多时候汹涌的思潮都会冲破由教学大纲预先设定的思路，他这种跑题为理解垮掉派作家打开了新的大门。

课程范围

金斯堡面对的另一个问题是如何对这些作家的生平与作品做出清晰的

区分，如何抛开垮掉派的作品所带来的社会效应单独探讨作品也是一个难题。这几乎是不可能的任务，因为这些作家的生活塑造了他们的作品。艾伦的录音带中几次谈到了这种融合——凯鲁亚克和巴勒斯如何与他们的作品合为一体。之后局面因一些作家拒绝承认自己“垮掉一代”的身份而把水搅浑而显得更加混乱。这可以理解，那些人不想被和经常在媒体上被刻画为“幼稚的罪犯”的一群划为一类。在凯鲁亚克的观点里，“垮掉一代”在四十年末就不复存在了，艾伦在这期间也尽了自己最大努力，吸收了一帮也就比毛头小孩儿大一丁点的作者加入到垮掉派的队伍。

到底在金斯堡的眼中谁属于“垮掉一代”的作家？在某次对话中，金斯堡对于垮掉派有过一次概括。这些作家的年龄范围从生于1914年的威廉·巴勒斯，到生于1945年的安妮·沃尔德曼，超越了一代人的范畴。在编辑这部书的过程中，这也是遇到的一项挑战，即如何将这几代人的跨度浓缩于一卷。金斯堡认为这个群体的源头是围绕着凯鲁亚克、巴勒斯、吕西安·卡尔和他本人产生的，环境是四十年代的纽约哥伦比亚大学附近的几条街。这些作家也是他在课上深入讲解并反复提及的。这并不是因为金斯堡不想将“旧金山文艺复兴”与“黑山”的作家算作垮掉派历史的一部分，原因是他真的没有时间这么做。在后期，虽然没有像凯鲁亚克、巴勒斯与柯索那样长篇累牍，他也尽力将课程覆盖了一些年轻作家的作品和生平。

编辑过程及文本选择

金斯堡在课程中对于年轻成员较少的关注使得编辑这本书时有机会侧重于最源头的纽约垮掉派，以及他们在垮掉派运动中的角色。从凯鲁亚克、巴勒斯、柯索，到时间或可允许他触及加里·斯奈德、罗伯特·克里利、雷·布雷姆泽、菲利普·拉曼蒂亚、迈克尔·麦克卢尔、戴安娜·狄·普里玛、劳伦斯·费林盖蒂、约翰·克列农·霍尔姆斯等人。在金斯堡对于前面三位作家的论述中有很大一部分重复和重叠，我对相关内容做过校对和整理，使之尽可能地无缝呈现在读者面前。尽管耗时许多，但这件事比听上去要容易不少，因为艾伦的观点在二十年中具有很强的一致性。金斯堡一直将凯鲁亚克看作最伟大的作家，巴勒斯是最伟大的知识分子，柯索是最有天分的诗人。因为对几部关键作品持长久的倾慕，他经常重复提及作品中的句子，并指出那些有趣或非凡的段落。

金斯堡的教学方法十分简单。他多以年代顺序将作家排序，用以安排课程。他会不断向学生举例说明。他会选择出他认为最有趣、最重要的文本，并评论其重要、独特与不凡的缘由。通过这个过程他为作家的风格画像，这是单纯的叙述所无法达到的。他一直使用这种教学方式。我们感激于得到了将这些作家的文本再次重印的许可，这减少了很大一部分对于外部资源交叉引用的工作。有时，一段文本可能太长或者对于金斯堡的讨论来说还没有重要到需要拿到那几页重印的授权。在这种情况里，会以省略号来标明原文被删除的部分。其他地方引用的文本就是金斯堡在课上所读的内容。

这是艾伦去世后我为金斯堡基金会编的第十二本书，以“垮掉一代”为主题的第二十八本书。我编撰的大部分垮掉派书籍不需要很多篇幅来介绍，因为作品本身的价值是自洽的，我会和它保持一定距离以保持其完整性。而这部书则需要更多编辑方面的抉择，所以有必要简述一下我所用到的方法。

首先，金斯堡用录音带录下了他所有的课程。随着时间的推移，这些录音的质量参差不齐，但金斯堡醉心于这种记录方式，也尽力去录下每一句话。“那诺巴磁带”中的一部分已经做了数字转录并上传到了网上，目前是 1977 年、1981 年与 1982 年的部分。另外，还有一些卡带的母版保存在斯坦福大学的金斯堡档案部门。1984 年与 1994 年在布鲁克林大学录的磁带也在斯坦福。我也很幸运地得到了在布鲁克林大学图书馆工作的威廉姆·加根的帮助转录了一部分录音，他作为垮掉派的一名严肃的学生，在上金斯堡的课的时候自己也录了音。他这个版本的磁带是非常重要的，因为很多时候“官方”版本的磁带会出现遗失或消磁。

收集完这些磁带后，我开始了将金斯堡的话语与言论转为文字稿的漫长工作。最后字数达到了四十万左右，将近两千页的文本。对于像艾伦这样一个记忆力超强的人来说（他曾不止一次地说过我和他都是这样），我非常希望能将全部的文本都刊发出来，不经过任何的编辑与删节。但那样做的意义不大，因为重复的部分的确不少。在经过取舍后，这些文本才能从一部百科全书的庞然大物变成小册子大小。

之后，我便将课程以主题和时间先后顺序分类。时序也是艾伦自己对某个主题展开讨论的方式，但对于这部书，某种重新安排也是必要的。关注点将集中到一个个的作家身上。例如，因为金斯堡一共对《在路上》有过五次的谈论，那么这些内容就要在编辑这部书的过程中被集中到一起，并裁剪掉重复的部分。这需要将每一句阅读，比较并选出最好、最清晰以及对作品最有启迪性解读的那一个版本。

艾伦曾反复提到过关于柯索“剪裁”他的诗歌的事，我也承认，这本书也是一个剪裁的产物。鉴于课堂录音的天然属性，闲聊和跑题被直接删掉而不是用省略来表示，因为在原始录音中几乎每一段都有，如果保留下来将会显得笨重与分散注意力。学生提的问题与发言也同样被删掉了。在讨论中金斯堡的发言由方框标示了出来。只有在需要让某段评论的逻辑更清晰时，才会用到这些额外的符号。

因为文本是通过口述内容转换的，断句与标点也是我工作的产物，不一定是金斯堡的原话。有时，他会在话说一半时停下，找到更好的表述方式，再新起一句话。这些尴尬的停顿在没有扭曲其原意的前提下得到了修补。金斯堡也有一些自己的口头禅，如果不修剪掉，反而会有反效果。很多句子的开头都“那么”，这个词出现的频率和“嗯”一样高。艾伦喜欢用这种方式来停顿或转到另一个话题，例如，“那么让我们看看刚才讲到哪儿了”。他也喜欢说“实际上”“比如”等等，类似这些的词语也被我剪裁掉了。想感受这些边角料的学者朋友可以利用网站或卡带去寻找原始的话语。

这本书的初衷是透过金斯堡的双眼向读者展现垮掉派的历史，由此，我便不能将课堂上来访的诗人或学生的观点纳入进来。我相信为了保持单卷的体量在这上面做一些例如“柯索对于某首诗的观点”的内容取舍，不会影响到对于这段历史的展现。我们需要展现的是金斯堡的观点，尽管柯索的观点也会一样有趣。我也修正了一些明显的事实误差，并不是将我的观点强加于金斯堡之上，而是修正一些他记错了的事情。例如琼·巴勒斯去世于 1951 年，而不是 1950 年，金斯堡提到巴勒斯的那本书是《灭虫员》而不是《灭虫之人》，后者是另一本标题非常近似的书。我尽量对原文进行最小的改动，也并没有留下太多的痕迹。

最后，学术性的脚注与书目被添加进去。假如金斯堡自己来出版这本书，他大概也会这么做，虽然脚注是经由我的手写出来的。

这部书的目的就是展现艾伦·金斯堡对于历史的视野。或许也会让你对这场二十世纪最具影响力的文学运动中仍在活跃的团体产生新的兴趣与研究的欲望。

对于“垮掉一代”的定义

艾伦·金斯堡

［以下文字来自金斯堡课堂录音的整理］

先说说“垮掉一代”这个词，这个词诞生于杰克·凯鲁亚克与约翰·克列农·霍尔姆斯之间于1950年至1951年间的一次对话，那次对话涉及了“这代人”的本质问题，并一起回忆“失落一代”这个概念的魅力，凯鲁亚克对于“这代人”和上一个世代的关联毫无信心，说：“啊，不过是垮掉的一代罢了！”之后的讨论是，是否应该叫作“找到的一代”（凯鲁亚克曾偶尔提起过这个概念），或“天使的一代”以及其他一些形容词。但最后凯鲁亚克大手一挥，说：“就是垮掉的一代！”这并不是给这个世代贴标签，恰恰是去掉了标签。

约翰·克列农·霍尔姆斯之后在1952年纽约时报的杂志上用大标题写了篇文章《这是垮掉的一代》，读起来非常顺口。接着凯鲁亚克匿名将《在路上》的一些片段发表在了《新世界写作》上，那是一本1950年编的选集，题目叫作《垮掉一代的爵士》，如流行语一般地顺口，这便是这个词语的由来。

另外，《落日变为深红色》的作者，同时也是凯鲁亚克、巴勒斯和四十年代文学圈的友人赫伯特·汉克，向他们介绍了关于“嬉皮语言”的概念。在那个语境中，“垮掉”是一种狂欢性质的“地下”，一个亚文化词语，这个词语在四十年代的时代广场被经常使用：“兄弟，我垮了……”意思是一个人没有钱也没有地方住。也可以被理解为“在天寒地冻中，鞋子里全是血，深一脚浅一脚在雪地里走着，渴望着东河附近能有一扇温暖的门打开……”，或者，在对话中：“你想去布朗克斯动物园吗?”“算了兄弟，我太垮了，我一夜没合眼。”这个词在街头的原始含义就是筋疲力尽，在世界的底端，想找救命稻草，无眠，双眼圆瞪，反应机敏，被社会抛弃，孤身一人，街头智慧。到了今天，也可理解为法语中的FINI（结束），完蛋，未完成，彻底，在灵魂的暗夜或是未知的云雾中。“打开”，如惠特曼式的“坦诚”，等同于谦逊，“垮掉”这个词之后传播到其他的圈子里，也被理解为同时具有耗尽和衰竭的意思，在另一方面，这个词的内涵也具有了开放性，对于一个异象的洞察与倾听。

凯鲁亚克之后修订出了这个词语的第三种解释，起因是看到媒体对于这个词语的滥用——这个词往往在媒体上被解读为“完蛋”，消除了其内在的卑微与谦逊，或“BEAT”在英文中另外的词义：鼓的节奏。如：“节奏（BEAT）继续”，媒体的单一性解读显示了其理解力和词源知识的低下。于是凯鲁亚克在各种讲座、采访与文章中试着将这个符号表述得更完整，比如由BE-AT组成的Beatitude（八福）和Beatific（安详）[①]。在他的文章“垮掉一代的起源”中，凯鲁亚克就这样做过定义。这是在流行文化中的一个比较早的定义，也是在亚文化中一个相对较晚的定义：他澄清了自己的意图，就是将BEAT作为Beatific，一如“灵魂的暗夜”或“未知的云雾”，暗夜中的垮掉的内涵包含着向着光敞开胸怀的意味，抛去了自我，为宗教式的启迪腾出空间。

到第四种解释的时候，“垮掉一代文学运动”就登上了舞台，那是一群将热情投入诗歌、散文和文化良心的好朋友，他们于四十年代中期开始崭露头角，直到五十年代末全国闻名。这个群体的成员包括凯鲁亚克，

---

① 基督教《圣经》中的典故，又称为“天国八福”：“虚心的人有福了，因为天国是他们的。哀恸的人有福了，因为他们必得安慰。温柔的人有福了，因为他们必承受土地。饥渴慕义的人有福了，因为他们必得饱足。怜悯人的人有福了，因为他们必蒙怜恤。清心的人有福了，因为他们必得见神。使人和睦的人有福了，因为他们必称为神的儿子。为义受逼迫的人有福了，因为天国是他们的。人若因我辱骂你们，逼迫你们，捏造各样坏话毁谤你们，你们就有福了。应当欢喜快乐，因为你们在天上的赏赐是大的。在你们以前的先知，人也是这样逼迫他们。”——《圣经·新约·马太福音》第5章第3—12节（中国基督教协会1998年版）

《裸体午餐》的作者威廉·巴勒斯，赫伯特·汉克，《走吧》与《小号》以及一系列回忆录和文论的作者约翰·克列农·霍尔姆斯；艾伦·金斯堡，作为1976年起以美国艺术暨文学学会会员身份参与的我，1948年相遇的菲利普·拉曼蒂亚，1950年相遇的格雷戈里·柯索；1954年走到一起的彼得·奥洛夫斯基；还有作家圈外的名气小一些的参与者，比如尼尔·卡萨帝和卡尔·所罗门。尼尔·卡萨帝那时在写作，［但是］他的作品在生前没有发表。

在五十年代，这个天生抱有相同的想法或是文学风格或是胸怀地球的视野的小群体，其友谊和写作力量得到了一次扩充，有许多旧金山的作家加入了进来，包括迈克尔·麦克卢尔、加里·斯奈德、菲利普·惠伦、菲利普·拉曼蒂亚，还包括一些不那么著名的诗人，如杰克·米什莱恩、雷·布雷姆泽，或更有名气些的黑人诗人勒鲁伊·琼斯——半开玩笑也好，认真也好，这些作家都在不同场合对“垮掉派”的定义表示过认可。在五十年代末，对于垮掉派的整体行为、道德和文学层面的研究，保罗·奥尼尔曾在《生活》杂志的头版发表过一篇长文，记者阿尔弗雷德·阿罗诺维茨也曾在《纽约邮报》上撰写了一系列文章。

这个文学圈中的一部分人，如凯鲁亚克、惠伦、斯奈德和诗人列夫·韦尔奇、彼得·奥洛夫斯基、金斯堡等都对冥想和佛教十分感兴趣。佛教文化与“垮掉一代”的关系，以及美国佛教的发展在里克·菲尔兹的《天鹅是如何来到湖泊的》这篇文章中有学术性的论述。

“垮掉一代”的第五种含义，便是作为文学运动本身的感染性，这个运动影响了各种诗人、电影艺术家、画家与小说家，以及那些活跃于罗切斯特音乐厅、出版社、独立电影和其他媒介的艺术工作者。在受到上述影响的群体中，有电影和摄影界的罗伯克·佛兰克与艾尔弗雷德·莱斯利；音乐界的戴维·艾姆拉姆、画家拉里·里弗斯、从事诗歌和出版的唐纳德·艾伦、巴尼·罗塞特与劳伦斯·费林盖蒂——扩展到艺术家群体，和已经盛行多年的波希米亚文化，还有年轻人蓬勃的社会运动中，也［融入］到五十年代至六十年代的大众文化与中产阶级文化中。这些影响可作如下的描绘：

· 全面解放：性“革命”或“解放”，同性恋解放，黑人解放与女性解放；

· 将词语从审查中解放；

· 为大麻和其他精神药物去罪化；

· 将节奏和布鲁斯演进到摇滚乐中，将摇滚乐演进到更高的艺术形式，如在六十年代受到垮掉派的诗歌和文学影响的披头士、鲍勃·迪伦等。

· 由加里·斯奈德强调的环保意识；

· 反抗军工联合体组成的文明，由巴勒斯、汉克、金斯堡和凯鲁亚克提出；

· 由斯宾格勒提出并由凯鲁亚克强调的“第二虔诚”概念在一个先进文明内部的演进；

· 对于土地和本土居民的尊敬，如凯鲁亚克在《在路上》的名句：“土地是印第安人的。”

“垮掉一代”这个词的本质在《在路上》这本书中有一个美好的论述：“我拥有一切，因为我一无所有。”

1. 课程概述

首先我想以某种方式顺着往后聊，这对学者和我们自己而言都比较合理，同时还要记录下这一切，因为我老了，记性不大好了。我不再记得谁和谁是一对，在什么时候，或是谁写了什么，这可能是我最后一次能记住并彻底弄清楚的事情了。我个人倾向于不断地说、说、说，先假设我说的你们都能明白，虽然有时我发现我聊的东西太过个人化，人们听不懂。

［我将尝试］总结我的文学知识，智力的或精神的以及闲言碎语，早期与威廉·巴勒斯和杰克·凯鲁亚克、赫伯特·汉克和卡尔·所罗门及格雷戈里·柯索等人会面的故事。①

我想从四十年代开始。我要谈到一份阅读清单，四十年代的音乐，查利·帕克、金·普莱彻、塞隆尼斯·蒙克、德克斯特·戈登的某些专辑，都是那时流行的比波普②音乐，影响了凯鲁亚克的节奏风格。他将音乐节奏直接应用在作品《在路上》的句子和散文里。我将谈到“交响乐西德”③，一位电台节目主持人，他曾从午夜到早上连续播放了波普爵士乐早期所有伟大而经典的作品。将语言与音乐摩擦出新的化学作用，如在迪兹·吉莱斯皮的经典作品《咸花生，咸花生》中表现的那样。这首歌的音乐直接采用“咸花生，咸花生”的分节方法，凯鲁亚克将“嗒——它——嗒”的节奏应用到自己的散文里。

换句话说，黑人音乐家模仿了演讲的节奏，凯鲁亚克模仿黑人音乐家吹奏的呼吸节奏并将其回归到语言中。凯鲁亚克总是在锻炼言语节奏的听觉能力。一切都通过黑人音乐。我想聊聊音乐对凯鲁亚克的影响，然后讨论他的作品《镇与城》。

---

① 这些垮掉一代的主要人物的传记都可以找得到。——原注

② Bepop，又称咆哮爵士乐。一种节奏亢奋、变化多样的新兴爵士风格。

③ 本名 Sid Torin，活跃在新泽西州与纽约电波中的音乐节目主持人，为将比波普音乐介绍到大众中起到了重要的推动作用。

法拉辛的概念源自奥斯瓦尔德·斯宾格勒，这个词被凯鲁亚克在《在路上》这本书里广泛使用。斯宾格勒用这个词来指代某些没有被大都市媒介影响的人，在人类漫长的历史里，这些呆瓜在他们自己放牛的地方游荡，过着自己永恒的生活。都市外，人的生活大同小异，受压迫、被忽略，城市里的人与他们相比常常受幻觉和转瞬即逝的帝国的影响。和叶芝的理念一样，“在不断扩大的涡流里不停旋转，鹰隼听不到放鹰者的呼唤，世界分崩离析，没有中心，世界变成无政府状态”。[①] 中心不再存在，无人知晓正在发生什么。一切都非常复杂。

我们还要聊到一位名气较小却十分有趣的作家，叫赫伯特·汉克。他的作品《落日变为深红色》就是创作于那段时期。汉克一开始视巴勒斯为垃圾。巴勒斯在四十年代的观点是“假如真理消失了会怎样？如果每个人都开始畅所欲言又会怎样”。

［我将讨论］四十年代中期的时代广场，阿尔弗雷德·金赛博士常在此处游荡并撰写一本有关同性恋的书，我们（凯鲁亚克、巴勒斯、汉克还有其他一些人）都成了书中的人物。首先通过我们以这种方式走进历史，然后才开始写作。还有关于安非他命的讨论，这种药物早期很盛行，对时代广场四十年代的居民有过影响。我将读一点《孤独旅者》《萨克斯医生》中的内容，谈谈凯鲁亚克关于幻觉、人类是广袤宇宙中的幽灵的观点。我会讲讲和凯鲁亚克会谈的事情，并通过他所作的回顾性自传《德卢兹的虚荣》即凯鲁亚克的虚荣来诠释那个年代。假如你对四十年代历史颇有兴趣，凯鲁亚克的这本书可以帮到你。

我们还要谈论存在的短暂性中的相互认知，这也是每个人内在柔和部分的基础。我们会意识到自己作为一群柔若无骨的幽灵坐在一间教室里，而我们在此处的存在不会太久。因此，那惊鸿一瞥就是理解我们文学作品的基础。我会讲到一位叫作马克·范·多伦的诗人，他是哥伦比亚大学的教授，凯鲁亚克之友。雷蒙德·韦弗是哥伦比亚大学第一位阅读凯鲁亚克

---

① 出自叶芝《第二次来临》(*The Second Coming*)。——原注

作品的教授。韦弗是神秘主义者，他在一个箱子里发现了赫尔曼·梅尔维尔的手稿《比利·巴德》，他是凯鲁亚克作品的首位重要读者。韦弗在日本教过书，是哥伦比亚大学唯一对冥想、禅、语义学和悖论都了解的教授，也是我们见到的第一位信奉诺斯替教的教授。我后面会聊到1945年以哥伦比亚大学为中心的朋友圈。

我们还会聊到五十年代我同格雷戈里·柯索会面的故事，当时每个人都看了什么书等等。巴勒斯曾建议我们读读斯宾格勒的《西方之没落》、柯伊布斯基的《科学与心智》，这样可以使我们的语言保持直白的风格，还有卡夫卡的《城堡》《审判》，兰波的《地狱一季》和《灵光集》，让·谷克多的《鸦片》，布莱克的《天真与经验之歌》，威廉·巴特勒·叶芝的《灵视》，雷蒙德·钱德勒和约翰·奥哈拉的侦探故事。这都是我们曾经一同读过的。

我将讲到凯鲁亚克《墨西哥城蓝调》中的部分内容。还有巴勒斯的生活方式，他如何闲坐在纽约赖尔登酒吧楼上一间家具齐全的房间里，穿着黑色带点汤渍的背心，尝试精神药物，和时代广场当地的混混们会面，只是为了看看社会学和精神力是什么样的。我会谈一点我和凯鲁亚克还有威廉·巴勒斯的事情。我们每天花一小时，让巴勒斯对我进行精神分析，凯鲁亚克也是如此，这项活动持续一年之久。这段时期，巴勒斯也在让保罗·费德恩医生对他进行精神分析，这位医生曾经接受过弗洛伊德的分析，并同一位叫刘易斯·沃尔贝格一起研究催眠。

我还将讲述我和凯鲁亚克早期在哥伦比亚大学周边创作的情形，我们都读了陀思妥耶夫斯基的作品，特别是《白痴》《群魔》。我建议任何关于“垮掉一代”的基础课程都要详细了解《白痴》里的梅诗金公爵。他是陀思妥耶夫斯基所能想象到的最美好人类的化身，是文学作品里的圣人。因此，陀思妥耶夫斯基晚期的作品应该成为每个人的首选，因为它们充满了彻底真切的人与人之间的对抗。我将谈到1946年与尼尔·卡萨帝的相遇以及他对每个人的影响，他的能量来自丹佛。

我们在1948年和威廉·卡洛斯·威廉斯相遇，也从二十年代的埃兹拉·庞德到意象派和客观主义[1]对美国诗歌实践中汲取了影响。格雷戈里·柯索的早期诗歌作品。首次接触佛教禅宗。以及凯鲁亚克早期有关自发散文创作的理念。

我建议大家阅读这些文本，阅读我挑选的片段或那些当时对我们些人重要的事件。那些震聋发聩的玩意儿。杰克写完东西会给我写信，告诉我说："我昨天才写好的，你觉得怎么样？"我有时也会给他写首诗，抑或是我们会收到巴勒斯发来的信，里面有一些惊人之语，我把它抄写下来发给凯鲁亚克。我会挑着读一点，一些我们历史性的偶得顿悟。

2. 凯鲁亚克的《"垮掉一代"之源起》

我想先从杰克·凯鲁亚克的《"垮掉一代"之源起》开始。先快进大约十年，但正如我自己短小的前言和凯鲁亚克的随笔里写的，这是对"垮掉"一词内涵，以及它的用法与所谓"垮掉一代"的精神实质的一次探索。关于这个词的最权威之言无疑出自凯鲁亚克。1957 年《在路上》出版之后，他声名大噪，备受推崇。许多人误解了他的敏感，认为他只是个浑小子。他其实更像位隐士，隐居家中。然而有次他受邀赴亨特学院演讲。凯鲁亚克请我和他同往。到了那儿我们才发现，一场辩论正在举行，凯鲁亚克的"垮掉一代"受到《纽约邮报》编辑詹姆斯·韦克斯勒（亦是自由学者）、人类学家阿什利·蒙塔古、英格兰小说家兼"愤怒青年"[2]成员约翰·韦因的挑战。"愤怒青年"没有"垮掉一代"具备的那种天才，也没有精神纲领。它更像一个社会抗议组织，和意识的本质没有直接的关联。

约翰·韦因或多或少有些保守，他将凯鲁亚克贴上了"粗野美国人"的标签，并且毫不掩饰自己的观点。阿什利·蒙塔古稍有犹豫，内心还抱

---

① 20 世纪 30 年代的诗歌运动，强调以诗歌作为对象，进行冷静、智慧和真诚的思考。
② 英国于 1950 年代的同情底层人民的剧作家和作家团体，这个词语出自约翰·奥斯本 1956 年的话剧《怒目回望》中描述底层青年："不应该挨饿的正在挨饿，不应该被爱的正在被爱，不应该死去的正在死去。"

有一些同情，认为这是一种年轻一代反叛其父母的作为，或是一种飞速发展的机械化社会里的挣扎、和家庭的决裂等等。詹姆斯·韦克斯勒将其解释为某种激烈的背叛，但定义为被动和抽离的。他有次竟然跳上舞台，对凯鲁亚克摇晃着拳头说："你要为和平而战。"凯鲁亚克大笑，拾起詹姆斯·韦克斯勒的帽子，戴到自己头上，走上台开始围着詹姆斯·韦克斯勒绕圈子，却一句也没有反驳。韦克斯勒自觉受到冒犯，认为这是对他的命题所作出的粗暴而非理性温和的回应。韦克斯勒大概不认识什么禅宗大师，也不知晓禅宗式回应是何意。杰克只是出于直觉才这么做。

凯鲁亚克还被告知不允许宣读他事先准备好的讲稿，可杰克站起来就读，这份讲稿相当有价值，是一篇美好的老式散文随笔，出乎所有人预料，因为大家本以为会是什么离经叛道的东西。凯鲁亚克写了一首热情洋溢的散文诗，充满诗意地讴歌他喜爱的事物，把所有人都惊着了。我只是想分享这些年来一直萦绕脑海的场景。

［"垮掉一代"］要回溯到十九世纪八十年代，那时我祖父让·巴普蒂斯特·凯鲁亚克经常在大风暴雨中走到门廊，冲着闪电挥舞手中的煤油灯，大叫："来呀，来吧，看你厉害还是我厉害，有种就来打灭我的灯！"而母亲和孩子们龟缩在厨房里。当然，灯从未熄过。

我的意思是，如果你想将"垮掉"理解为打倒这些擦去十字架的人……

噢，凯鲁亚克曾为《小姐》《纽约时报》等报刊杂志拍过相片，可刊登出来时，照片上格雷戈里·柯索为凯鲁亚克戴的十字架却给人抹去了。

事实上，谁才是这里真正"垮掉的"，我是说如果你将"垮掉"理解为"打倒"这些抹去十字架的人，你就是真正被"打倒"的人，而非《纽约时报》、我，也不是诗人格雷戈里·柯索。我不会因为戴上主的十字架而感到羞耻。因为我是"垮掉"的，因为我相信主的八福。上帝如此爱世人，能奉献出自己唯一的儿子。我确信，无论我走到哪里，任何地方的任何神父都不会谴责我在衬衫外佩带了十字架，即使是让《小姐》杂志拍照。所以你们这些人不信上帝？所以你们都是智慧无比、无所不知的马克思主义者和弗洛伊德主义者？那么天使们，你们为什么不在一百万年后再回来和我聊聊呢？

最近，本·汉克特在电视里对我说："你为什么不敢说出你的想法，这个世界出什么问题了，人们都在害怕什么？"他是在对我说话吗？他想要勾引我说一些人们不爱听的，他嘲讽杜勒斯、艾森豪威尔、罗马教宗之类的人物，习惯性地嘲笑德鲁·皮尔森，反对他渴望着的这个世界，这是他对自由的理解，他称之为自由。天知道，我的上帝呀，宇宙实际上并不是怜悯的广袤海洋，真正的神圣之蜜隐藏在这场人性与残酷的表演之中。

不，我愿为事物代言。为了十字架说句话，为了以色列之星说句话，为了一位史上最神圣的德国人（巴赫）说句话，为了亲切的穆罕默德说句话，为了佛陀说句话，为了老子和庄子说句话，为了铃木大拙我要说句话。

铃木大拙1948年在哥伦比亚大学作过关于禅宗思想的演讲，约翰·凯奇和许多艺术家、学者听了演讲。

……为什么我应该攻击我生命中热爱的事物？这是"垮掉"。就这样生活？不，爱你的生活。当他们走来向你扔石头，至少你不在玻璃房子里，你只是有玻璃的肉体。

他将之定义为：愉悦。读过托马斯·沃尔夫散文的人会记得一篇文章，沃尔夫谈到有时出现的某种欢乐/愉悦/热忱以及感情的流露使他想要高声唱出一串快乐的音符。我认为凯鲁亚克也得其真意。他借助美国漫画中的形象或某种个人经验来定义"垮掉一代"。

……附近那些玩疯了的男孩子肆无忌惮地大笑，一伙疯狂的人在公园里打着篮球直到夜深。时间回到二战前那些疯狂的日子，青少年每个周五晚上都在湖边的舞厅里喝啤酒，周六下午打棒球，以此来醒酒，然后一头扎进溪水里——我们的父辈像威廉·克劳德·杜肯菲尔德那样戴着草帽。画面回到马克斯兄弟[①]全无意义的喋喋不休（还有安琪·哈博竖琴边的柔情）。

［画面切回］蒸汽火车的汽笛响彻恍惚的松树梢。莫和波在福特A型汽车里，叮里咣当地在加利福尼亚找工作并从卖二手车的生意中挣了一大笔。美国式的欢快，美国式的正直，旧时代头戴草帽的劳苦大众的诚实和旧时代站在温特塞特布鲁克林大桥那排队的侍者的诚实，有趣的旧时的美国握着大拳头，像一部关于麦克货车和带滑动门午餐车电影里的大佬威廉姆斯那样说话"哼？嘿？哈？"。克拉克·盖博，他特有的微笑，他充满自信的斜睨。像我的祖父那样，美国被赋予了狂热的自信，然而这一切在二战末期开始消失，因为太多像他这样了不起的家伙死在战场上了（我能从我儿时玩伴里想出半打儿）。现在，潮流忽然再度兴起，嬉皮士开始招摇过市，嘴里念叨着："哥儿们，都疯了。"

他说着那种嬉皮士式的话，热情洋溢，带着老式的美国个人主义惠特曼式的热情，既没"垮掉"也不嬉皮，也不像某些记者诠释得那样隐居、酷、病态、沉默、轻微偏执、使用大麻的妄想等标签。这大概才是他眼中的"垮掉"。

不管怎么说，这些嬉皮听波普爵士乐，模样看上去像罪犯，但他们总念叨的事也是我喜欢的事情［他在谈论四十年代，在时代广场和格林威治村周边一带遇到的一些人］，长篇大论的个人经历和幻

① 美国彼时的喜剧团体，活跃于各种电视节目，由5个兄弟组成。

想［这正是那段历史的内容，“长篇大论的个人经历和幻想”］，通宵地坦白充满世所不容被战争压抑的希望、萌芽、新灵魂的诞生（来自旧灵魂）。汉克来找我们，绝望的眼睛里发着光，他说“我垮了”。这个词兴许出自某类中西部的狂欢节或垃圾餐厅，是新语言，黑人的行话，可你会学得很快，像“套牢”这样的说法，既形式简单又意义丰富。有些嬉皮士满嘴胡诌，不停地说。那个时代是爵士乐的时代，交响乐西德总是通宵播放现代爵士和波普爵士。1948 年，这个时代开始成形。在这个狂热动荡的年份，我们一伙人走上街头，大声和别人打着招呼，有时候甚至停下来和对我们友善的人聊天。嬉皮士们有这种眼神。那一年我还看到蒙哥马利·克利夫特，他不修边幅穿着肥大的夹克，和一位同伴无精打采地坐在麦迪逊大道上。

1948 年开始，嬉皮士们，或者说垮掉派，走上了酷（cool）和炫（hot）两条路。

这个现象实际上十分有趣，诺曼·梅勒出版的一本名叫《白黑人》的小册子里对此有叙述。他把嬉皮士定义为和现实社会关系疏远、地位边缘化的白人，或者内心经历了沧桑巨变最终使这些白人变“黑”游离主体文化之外，走入另一个心理世界。梅勒认为这样的心理世界定义几乎是心理疾病。有些人不愿表露感情。他的解释超级理性，和凯鲁亚克极为不同。凯鲁亚克进行了非常明确的区分。

到 1948 年，嬉皮士和垮掉派分别归于酷和炫。今天许多对嬉皮士和“垮掉派”的误解通常都源于嬉皮主义的两大风格：今日的“酷”形象是长须、清奇的哲人或大鬈发［他才发明这个词］，在垮掉一代的时期则很少如此，声音低沉且不友好，一身黑袍对女孩爱答不理；今日“炫”的形象是疯狂的家伙，眼睛闪亮好像会说话［他们通常天真无邪、开诚布公］，流连于酒吧，走来走去抓住每一个人大喊大叫，不眠不休，幼稚地想说服那些忽视自己的地下垮掉派。大多数“垮掉一代”的艺术家都属“炫”派，因为那些宝石般的火焰需要一点热量。

沃尔特·佩特是一位英国散文家，他心思细密，将某个艺术作品和某首诗歌看作“燃烧着坚硬的宝石般的火焰”①，这句话已成为闲聊和小说审美评价的标准用语，几乎是陈词滥调了。凯鲁亚克用一种传统的响亮的方式引用这几个词，假定听众都很有学养，了解沃尔特·佩特，知道坚硬的宝石般的火焰指什么。在这篇很“炫”的文章里，这样的引文很精细。杰克说这种社会思潮或生活的感觉仍然是——

> ……相同的，除了已经开始影响美国整整一代人，“垮掉”这个名称本身也深入人心（尽管所有嬉皮士都痛恨这个词）。“垮掉”本意为贫穷、潦倒、流浪、悲伤、睡在地铁里。现在这个词的意义延伸指一些不睡在地铁的人，这类人有新的姿态和态度，我只能将其描述为新的“多义”。[多义，包括社会风俗、社会风格、社会思潮、社会标准。]“垮掉一代”已经简单地作为美国社会风貌变革的口号或标签出现。[1959年这种趋势十分明显。]马龙·白龙度不是第一位在银幕上演绎这类形象的人。戴恩·克拉克［这是位老电影明星］有一张陀思妥耶夫斯基式的痛苦的脸，带着布鲁克林口音，约翰·加菲毫无疑问应该是第一位。私家侦探［雷蒙德·钱德勒和约翰·奥哈拉，三四十年代的侦探小说］是“垮掉一代”。在电影《M》中，彼得·罗开启了整个复兴，我指的是街头无精打采的步行。

今天来看的确如此。这些家伙穿着口袋裤，即降落伞裤的改良版，留着弗兰肯斯坦的古怪发型。这些都来自彼得·罗。它和德国二十世纪三十

① 全句是：“To burn always with this hard gemlike flame, to maintain this ecstasy, is success in life.”出自沃尔特·佩特的《文艺复兴：诗学艺术研究》(*The Renaissance: Studies in Art and Poetry*)。——原注

年代电影《M》里的杀人凶手风格一脉相承。

……我的歌德式英雄，我相信艺术并希望有朝一日去写《浮士德》第三部，借由《萨克斯医生》我已经搞定了这件事。在1952年发表于纽约《时代周刊》的一篇文章，标题是《这是“垮掉一代”》（似乎是这样的），说我是首位提出这一说法的人，“当面孔更难以辨认”，这一代人的面孔。

当出版商终于鼓起勇气在1957年出版《在路上》前后，垮掉派的名号忽然响了，影响如雨后春笋般蔓延，人们三句不离“垮掉派”。每到一处，人们都要问“我如何理解”这个事物。人们开始用“垮掉派”的不同变体来称呼自己。最后我被叫作这一思想的“化身”。[瞧，这家伙不高兴了。]

但这一切是天主教式的，并不是因为其他任何“家伙”的坚持，更不需要他们的同意。一天下午，我来到我儿时去过的一座教堂（其中的一所），位于马萨诸塞洛厄尔的圣女贞德广场，当我听到教堂里神圣的寂静之声，忽然眼中噙满泪水，真正领悟了我想用“垮掉”一词表达的含义。我独自一人在那儿，当时是下午五点钟，几条狗在教堂外吠叫，孩子们的喊声，落叶，摇曳的烛光只是为我一人而亮，“垮掉”一词其实是“幸福”之意……神父在周日早晨布道，忽然，从教堂边门那里走进一群垮掉派的人物，他们穿着用皮绳捆住的雨衣，打扮得像爱尔兰共和军，安静地来“挖掘”宗教……我那时就有所悟了。

但这仅仅是1954年，到1957年我有点被吓到，1958年开始突然每个人都自称“垮掉派”，媒体、电视节目和好莱坞波希特巡回演出着“青少年违法”的镜头①，还有纽约和洛杉矶疯狂的比利俱乐部，他们开始把那也叫作“垮掉派”，叫作“八福”……一群傻瓜游行反

① 指20世纪初期在纽约波希特地区特有的东欧犹太后裔旅馆区，这些人多是旅行者或自由职业，以卖艺为生，波希特也有罗宋汤之意。比喻好莱坞开始过度消费“垮掉派”的概念造成的混乱景象。

对洛杉矶巨人队，抗议棒球比赛，似乎（现在）是以我的名义，我儿时的梦想是成为一个像泰德·威廉姆斯那样的美国大联盟棒球队明星击球手，所以当鲍比·汤姆森在1951年击出那记全垒打时，我高兴得浑身发抖，好几天都如此，还写了好些诗来记述他是如何凭借人格魅力最终取得胜利的。

结尾部分他对暴力作了个声明。因为关于垮掉派的主要画面都成是残忍的精神变态、少年犯、精通文学的凶手，一如文学批评家诺曼·波德霍雷兹在1958年《艺术评论》中的宣言对“垮掉派”进行的攻击，矛头特别对准了凯鲁亚克，说他是“脑袋空空的波希米亚一族”。

还有我父亲利奥，他从未对我或是我家的小宠物们动过一个指头。我和暴力、憎恨、残酷和所有可怕的胡说八道都素昧平生，因为上帝的仁慈超乎所有人类的想象，他最后都会宽恕的……我为你恳求百万年后的宽恕，美国。

现在，电台会有关于垮掉派的固定节目［这挺逗的］，节目开头会讽刺穿黑衣的姑娘、穿牛仔服带弹簧刀的人、穿长袖运动衫的人、在腋窝里纹纳粹符号的人［这些特征后来在朋克一代身上都体现了］，然后受人尊敬的主持人衣着挺刮，身着布鲁克斯兄弟牌①的订制西服与毛线套头衫走出来。换句话说，这是时尚和礼仪的简单变化，只是历史的外壳——就像从理性时代，从老迈的伏尔泰枯坐于椅子中到月光下浪漫的查特顿——从泰迪·罗斯福到司各特·菲茨杰拉德……所以，没什么好兴奋的。“垮掉”一词几乎来源于美式的狂欢，只会改变一些连衣裙、裤子，让一把把椅子在起居室里毫无用处。很快，我们就会有“垮掉派”的国务卿，会有新的华而不实之物，事实上，是

① 纽约最早的高级裁缝店之一，以手工西装和衬衫闻名，在一段时期，穿这个牌子的衣服是上流社会的打扮。

关于怨恨的理性，关于美德的理性，关于宽恕的理性。

但还没完，还没完，伤心！我的伤心来自某些人把“垮掉一代”等同于犯罪、违法、没有道德、非道德……伤心啊，某些人攻击它仅仅因为他们不理解历史和人类灵魂的渴望。……伤心啊，有些人并没有意识到美国正在经历改变，也没有意识到那是必然。伤心啊，有些人只相信原子弹，相信要憎恨父母，拒绝最重要的十诫。伤心啊，有些人竟然不懂得性爱难以置信的美妙。伤心啊，有些人是标准的掘墓人［这句话引用了马克思式的修辞］。伤心啊，有些人就相信冲突、恐怖和暴力［这里他直指诺曼·波德霍雷兹和诺曼·梅勒，他们借着残酷时代兴风作浪，残酷是他们的秉性］，在我们的书本、银幕和起居室里塞满了废物。伤心啊，某些人拍摄关于垮掉派的邪恶影片，影片里，无辜的家庭主妇被垮掉派分子强暴。伤心啊，某些人是真正的罪人，甚至连上帝都很难找到理由宽恕。

他总是这样宣泄他的怒火和愤恨。“伤心啊，某些人往垮掉派身上吐口水，风会原物奉还的”。非常形象，非常有预言感。“垮掉一代”首先是作为精神运动出现的，所以我愿意回忆那些精神获得突破的例证，或者是顿悟的经历，抑或受到启发的经验与意识的改变，以及迷幻剂引起的洞悉。而这些事情发生后产生的话语，则是从那些一开始就在那儿的、最早期的成员的嘴里说出来的。

3. 书 单

我的书单大部分是以四五十年代为中心开出来的。最有趣的文学素材就是始于四十年代。一些更有名的，如《在路上》这本书和关于凯鲁亚克的许多壮举都从五十年代早期开始。事实上，“垮掉一代”作为社会现象出现是在 1958 年或 1959 年，由此一系列文学作品也借着这股劲儿浮出水面，名声大噪。之后凯鲁亚克和巴勒斯的新书陆续出版，在六十年代可谓硕果累累。对我个人的作品而言，也是随着《卡迪什》[①] 在六十年代社会中的流传爬上了某种高峰。无论六十年代发生了什么样的社会变革，[同时] 卡萨帝的作品也可能在六十年代或七十年代发展和革新。格雷戈里·柯索的许多重要作品也诞生于六十年代中期。然后七十年代是再思考、再创造、再发扬的整个时期。书单里选录的作品也是选择了历经各个历史时期仍在流行的那些。

乍一看，书单似乎随意地罗列了从莎士比亚到安德烈·纪德等作家。所有这些作家，都是巴勒斯、凯鲁亚克或我及其他人将之作为四五十年代的社会思潮代表而阅读的内容，他们对"垮掉一代"写作有着决定性影响，如陀思妥耶夫思基的小说《白痴》、兰波的《地狱一季》、沃尔夫的美国小说集、卡夫卡的《审判》等，因此我想对你们说，在某种意义上这份书单是我们在四十年代读过的，大部分 [书] 都是巴勒斯拿给凯鲁亚克和我读的，另外再加上当代的一些垮掉派作家的作品。

4. 幻　象

讲到四十年代，我们从以文学作为工具对意识本质的探究开始聊。有一些很关键的词语，比如"至上的现实"，或者"新幻象"，或用巴勒斯更简洁的术语来说，就是《瘾君子》的最后几句话：最后的一针 [②]。也包含幻象，非常真实的幻象，比如加里·斯奈德 1948 年在俄勒冈州波特兰市顿悟的经历，或者我自己 1948 年的布莱克幻听事件 [③]。凯鲁亚克在他的《金色永恒经文》中提到，他在憋气后晕倒，向后倒下，闭着眼睛看到了一些存在中遗留的金灰。巴勒斯在《瘾君子》的前言中谈到了在青少年时期看

① 金斯堡祭奠亡母的长诗。

② 原文 Fix，也可理解为"最后一记"或"最后一下"，指完全不顾自己的生命安全使用针头注射毒品的自我毁灭行为。金斯堡在长诗《嚎叫》中也有对这个行为有所描述，大量颓废的青年"在凌晨拖着自己奔向黑人区寻找一针带劲儿的药剂"。

③ 金斯堡在 1955 年创作的诗歌《向日葵箴言》中提到过这件事："与布莱克有关的回忆——我的幻象——哈林区。"

到小个子男人在月球的高原上散步之类的事情。卡萨帝一直在谈论意识的同步性，我们每个人的头脑在同一时间都有六层的意识在同步运行。1955年左右，彼得·奥洛夫斯基曾有过一种孤独的、泪流满面的幻觉，看到树木弯下腰来同他交谈。格雷戈里·柯索在1960年从希腊报道了一些关于“裸光”①（这是一个很好的短语）的体验，“裸”和“光”放在一起呈现的鸿沟。“光”这个词总是用在神秘的体验中，“裸光”我则从来没有听说过，不管怎么说，听上去很真实。

“垮掉一代”中的每个人在文学创作中或多或少都经历过对固有意识某种形式的突破，经历了更宽广的意识体验或某种顿悟。作为一个中心关注点，始终抱有对意识本质的关注，以及对所谓幻象或幻想经验的探索。在四十年代有时可用叶芝提到过的“梵我如一”来解释。那么，是什么将我们和自然心灵切断？自然心灵是一种原始的印第安②幻想的意识状态吗？

我们把文学视作研究我们自身思想、本性和情感的一种高尚方式。正如格雷戈里所言，诗是对一切的探索，无论死亡、头发、军队、母亲、小丑，是一种对现实或非现实的探索。整个五十年代，我们之间使用教具和辅助教具③，体验与意识转变有关的圣礼。四十年代草④就开始进入到圈子里，从1952年开始，佩奥特掌、死藤水、麦司卡林和酸⑤就都来了，这一切全都发生于1960年之前。

政治人士的加入使“反抗”一词开始出现在视野里，无论是运用马克思主义或非马克思主义的方式来诠释它。我记得起头的人是劳伦斯·利普顿，在他的书《神圣的野蛮人》中，使用了“反抗”这个词，运用马克思式的论调分析那时的局势，只是最后完全没有抓住问题的关键。“反抗”

---

① 原文 Skinless Light，也可作苍白之光，指的是幻觉中看到的白色光芒。柯索的原话是“where came where came that skinless light.”（一道裸光，自何而来，自何而来。）

② 也可指印度，此处指向性未明。

③ 精神药品的隐晦表达。

④ 指大麻，一种具有迷幻作用的植物。

⑤ 指LSD，一种人工合成的强力迷幻剂。

这个词其实和垮掉派关系不大，至少不是政治或社会方面的那种。“反抗”只是社会政治的伴生物，二者具有相互关联的效应，但更根本的问题在于，听觉、嗅觉、味觉、视觉、思维的本质是什么？意识的不同模式或形式是什么？半睡眠状态或做梦状态对写作或表达有什么帮助？凯鲁亚克收藏了很多关于梦的书籍，我有很多关于梦的记录，最早可以追溯到四十年代，这些梦经常被写成诗歌。

我们对意识、精神分析和人类学以及斯宾格勒感兴趣。你可能会说这是对社会形态的反抗，是对我们在中学所学的陈词滥调、思想形式和思维模式的不满。巴勒斯持续关注的问题是：精神变态者的意识是什么？为找到答案，巴勒斯试着去做低下层的工作，和毛贼们一起到地铁里抢醉鬼的钱。我记得他为了研究精神变态者的感受（巴勒斯认为这样的人是没有意识的），甚至曾经打算抢劫一家商店，有点像拉斯柯尔尼科夫在《罪与罚》中犯下的谋杀一样，就是为了看看以某种极端方式与现实产生联系是什么感觉。

约翰·克列农·霍尔姆斯曾写过一篇长文《这是垮掉的一代》，他提到了拉斯柯尔尼科夫的暴力元素。这冒犯了凯鲁亚克，因为凯鲁亚克认为这种探索更有趣，非个人化，更亲切，更温和，它不必和那些精神病态的废话扯上关系，除非是以一种高度抽象、优雅、高贵的方式，也许就像巴勒斯所研究的那样。但巴勒斯是一个特殊的角色，所以这就行了。因为比尔所做的一切都很聪明，如果他想在地铁里拦截别人，他肯定会失败，会出丑，会变成 W.C. 菲尔兹的喜剧，他当然不会伤害任何人，他可能想这样做，但做不到。他是个十足的浮士德式懦夫。

基本上，“垮掉一代”的主题性被人误解了，作为整体也被误读了。这是社会反抗思潮在一种劳伦斯·利普顿的共产主义腔调中与我们强行叠加的结果。是单一层面的，理性的。这是《时代周刊》式观点，他们会说，看看这些数以百万计的中产阶级的孩子精神变态的德性，他们公然反抗父母，不穿鞋，头发肮脏，身上长臭虫。霍尔姆斯用社会学、心理学方法，而不是马克思主义的方法来解释，如拉斯柯尔尼科夫的反抗是无动机行为，拉斯柯尔尼科夫谋杀老太太是无动机行为，不合常理的小概率事件，没有任何意义。所以，它打断了正常的生活常识，让你直面鲜血淋淋，就如陀思妥耶夫斯基作品里写的一样。

拉斯柯尔尼科夫很愚蠢，很不“酷”。我认为他过于天真了。“无动机的行为”的解释过于浮于表面，它依赖的想法：拉斯柯尔尼科夫思考了自己与现实没有接触之后，得出了可以通过谋杀来与现实产生联系的结论。对我来说，这概念太死板，也不成熟，像是某种学校老师照本宣科的混乱逻辑。从“偶发”的角度出发，巴勒斯对此有一定兴趣，但我不认为巴勒斯完全理解了拉斯柯尔尼科夫为与终极现实进行道德接触而进行的实验。我们敏锐地意识到这是笨拙的、令人讨厌的一种任性。凯鲁亚克和巴勒斯还有我至少还算是有点教养的人，我想说的是，你不会因为想要接触现实而走向某人并宰了他。认为要这样去接触现实的观点简直太荒谬了。假如那是你唯一的方法，也许你就不该接触现实。

我们都对终极现实有过体验，一种对普通意识本质的突破，比任何无动机行为更广阔的意识。宇宙比思想大，比观念大，比范畴大，比概念大。我们很早就意识到了这一点。因此，我总是不敢把自己的意识形态强加于宇宙。没有人认为这样的想法有任何意义，我也觉得是这样。想法仅仅是一种组成方式。即使试图用一些想法来描述一棵树上每片树叶后的阴影都是无比愚蠢的。敌对、坚持某种意识形态，都不是什么好玩儿的事，我想说的是，这都因为缺乏自知之明。

我们对原始精神或心灵的基本探索，从这个意义上说，根本不是反抗或反叛，尽管在寻找更广袤的心灵或思想的过程中，一些社会习俗自然会被打破。所有问题都与心灵、同情心有某种原始关系，是一种直接意识，而不是照着书上或社会上说的去做。不管怎么说，一半的社会规则都是冷酷无情的战争规则。甚至像“待人如己”① 这样的好话也经常被滥用，所以

---

① 《圣经·新约·马太福音》第 7 章第 12 节：“你们愿意人怎样待你们，你们也要怎样待人，因为这就是律法和先知的道理。”

社会习俗并不能指导你如何表达内心的同情。

有一种观点认为，如果我们所有感官都达到完全开放的状态，包括眼睛、耳朵、味觉、嗅觉、触觉、精神[①]，如果所有的感官都被激活并打开，它们就会同步地观察到一切细节，某种结构或交织的网，这是可以接近幻象的一致性的方法。我们有一些类似的不成熟理念，比如“完全的启发”。我们也服用过佩奥特掌、许多草，体验了白日梦和鸦片类药物所致的梦幻迷宫，这是波德莱尔和德昆西等作家的经历，源头可以追溯到亚洲哲学家。

我想强调的是，“铁”的主题贯穿了四十年代、五十年代、六十年代和七十年代。同样的主题借由不同的战术和方法，对不同领域实行探索。到 1958 年，我们都得出结论，佩奥特掌、毒品、致幻剂很有趣，但都是工具，它们不代表最高的现实。大概可以算作某种催化剂吧。酸、草可能都仅仅是一种催化剂，产生的是对某种永恒的思维的提示，而不是这种探索的完满结论。[主要是因为] 你要想“完满”，就得一直服用这些玩意儿。当然，对于那些坐在一起无事可干的人，或者怀有刻板道德精神状态下的人来说，一滴酸是一件好事。这也是在六十年代，我对酸持积极态度的原因，在美国至少使大家打开思想，变得有那么点好玩儿。至少，你做了一次不同的精神体验。

5. 爵士乐、比波普与音乐

我还想推荐一些音乐。听听勃拉姆斯的第一号钢琴三重奏和勃拉姆斯的六重奏，马勒的第一交响曲（主题《雅克兄弟》），一些四十年代的音乐作品，塞隆尼斯·蒙克的《午夜前后》，一个小曲子和塞隆尼斯·蒙克所有四十年代早期的作品，迪兹·吉莱斯皮一些四十年代的作品，如《咸花生》《欧普、波普、沙棒》。这些音乐都有一些有趣的比波普节奏韵律。德

① 即佛教理论中的“口，眼，鼻，舌，身，意”。

克斯特·戈登和沃代尔·格雷合著的《追逐》，那个时代的莱斯特·扬的《跳跃的莱斯特》、比莉·哈乐黛的《别解释》《浓情爱意》《我走过湖滨》《昨日》。一些贝斯和人声的唱片也不错，比如斯莱姆·斯图尔特的作品，还有一些如金·普莱彻的比波普人声爵士。”还有伦尼·特里斯塔诺早期的所有唱片。卡萨帝最喜欢的、鼓舞人心的曲子是三十年代查利·巴尼特的《切罗基人》，然后是四十年代的表演者乐队的作品，我想还有路易斯·乔丹的《开门，理查德》，你能找到的任何四十年代的查利·帕克出的唱片都是很好的。

我提到的这些都是我们心目中图腾一样的经典，不管是凯鲁亚克、卡萨帝、巴勒斯还是我本人，在 1943 年到 1947 年期间脑中时常会有这些音乐。你也可以看看唱片封面的说明，或找本书翻翻。金·普莱彻很有趣，因为他是少数几个模仿查利·帕克的人，他每个音符和音节都是真正的句子，有诗意的句子。这种写法本应发展成一个完整的类型，但我觉得最后没达到，［也许］因为波普音乐本身的复杂性愈演愈烈，以句子为单位来说或唱变得愈发困难。

杰克·凯鲁亚克的朋友，教凯鲁亚克爵士音乐的西摩·威斯说过，他认为波普音乐自己干掉了自己，或者是爵士音乐用波普音乐干掉了自己。这就是他当时的想法，因为波普音乐已经变得十分复杂，超出了一般蓝调旋律的范畴。在那个时候，当查利·帕克创作鸟的音符[①]——会飞的旋律时，似乎金·普莱彻说唱能力已到了极限，金·普莱彻似乎还能跟随着那种旋律并听到它的鸣奏，一个音节一个音节地从里面将诗歌生产出来。

6. 音乐、凯鲁亚克、威斯和纽曼

实际上，我们对爵士乐的接触始于 1938 年或 1939 年。杰克·凯鲁亚

① 查利·帕克自称“Bird（鸟）”“Yard Bird（鸡崽子，新兵）”，关于这个绰号有两种说法，一种说法是他喜欢在俱乐部的后院听从里面演出的音乐，就像停歇在院子里的一只鸟。还有一种说法是出自他对鸡肉（在美国又称为“院子里的鸟”）的偏爱。

克在霍勒斯·曼恩高中最好的朋友西摩·威斯是位英国爵士乐迷。三十年代末，他们去哈莱姆区听塞隆尼斯·蒙克、迪兹·吉莱斯皮和查利·帕克在明顿的爵士现场。1944 年前后我第一次看到那一幕时，凯鲁亚克把我介绍给了威斯。西摩在东村里的切尔西唱片店和杰里·纽曼一起工作，杰里·纽曼那时还没什么名气。纽曼本人后来成为许多文学作品发展的核心人物。他和威斯一起给凯鲁亚克讲解早期的波普和爵士乐，还带他去俱乐部听。纽曼有一家唱片公司，名叫“深奥唱片”，为蒙克、帕克、吉莱斯皮和查利·克里斯蒂安出过唱片。他以一种亲密的方式，就是将凯鲁亚克带到这些音乐家家里学习波普音乐，因为杰里和他们很熟，都是录过音的。他们不仅仅是霍勒斯·曼恩的孩子，在外围游荡，他们还参与音乐家的活动，经常和他们喝酒聊天。

纽曼也促进了巴勒斯的文学创作。巴勒斯赞赏杰里·纽曼的灵感来自对节奏的感知和剪裁法①。纽曼有一个奇妙古怪的收藏，像巴勒斯找到的那盘有名的醉醺醺的新闻播音员的磁带。一名英国广播公司的新闻播音员喝醉了，读新闻口误百出，比如“玛格丽特公主在巴尔莫勒尔城堡的‘父母里面’度过了一个愉快的周末”。我对这句话印象深刻，它也给了巴勒斯思考，如果你在公开场合说出你私下说过的话会怎么样？如果私人的和无意识的东西突然出现在公众面前，或者人们想到什么就写什么会怎么样？如果真相在媒体上发表，甚至在小说里发表会怎么样呢？因此，这位醉醺醺的新闻播音员是巴勒斯最早期所有文学手法诞生的刺激物之一。本唯医生②就是这样诞生的。

凯鲁亚克在纽约接受的早期教育是与西摩·威斯和杰里·纽曼一起进行的。我最早和凯鲁亚克一起混的时候，我们经常去找西摩聊天，他会给我们播放手头的任何唱片，比如查利·帕克或莱斯特·扬的新专辑。我们接触了很多，1944 年那年几乎所有上架的唱片我们都听了。现在回头看，

① 原文 Cut-ups，由巴勒斯提出的一种文学手段，将书面文本重新剪裁，并组合出新的内容。
② 在巴勒斯的许多小说中反复出现的人物，一名丧失了共情能力的医生，对于手术本身的兴趣远远大于照顾患者的兴趣。

无论是凯鲁亚克的一生与音乐，尤其是波普音乐的关系，到凯鲁亚克的散文中他对查利·帕克音乐节奏和呼吸沾染，再到凯鲁亚克的散文风格由音乐的衍生，都可以看出最大的影响就是西摩·威斯。威斯和凯鲁亚克过去常常一起唱歌，跟着威斯在店里播放的曲子，唱一些他自己写的词儿。

据凯鲁亚克说，对比波普音乐精神、气息的所有体验，对他的散文和诗歌风格起到过决定性的影响，尤其在作品《铁路上的司闸员》和《在路上》的第一份手稿、《科迪的幻象》里的许多长篇段落和《午夜的老天使》中的长篇段落，都是在 1943 或 1944 年左右确定的，也就是说，他的耳朵在那个时候已经定型了。但当时还没有反映在他的作品中。在《镇与城》里，他还没有真正使用长呼吸、变化音符的诗句，这种行文方式后来被称作鸟儿飞翔，像查利·帕克就是如此，直到他开始将这种自然流露的风格用于《在路上》。在《镇与城》的后面几章写时代广场的段落有证据证明这一点。你会看到一些比波普音乐意识的回声，对比波普音乐的偏执，安非他命和苯丙胺在那本书“城市”的部分出场。

莱斯特·扬的《跳跃的莱斯特》是电台节目《交响乐西德》的主题曲，西德是四十年代早期通宵持续的比波普音乐电台的节目主持人。他有一种有趣的比波普音乐嬉皮腔调，被凯鲁亚克的散文采纳。凯鲁亚克录制了一段录音，在录音中他模仿西德的腔调，像专业主持人那样，宣布他最新的小说或他的最新幻象。

迪兹·吉莱斯皮的《咸花生》和《欧普、波普、沙棒》很重要，因为“咸花生，咸花生”这样的节奏贯穿了凯鲁亚克的散文。当我使用“自发的比波普韵律”这个短语时，我第一个想到的就是“咸花生，咸花生”，或者是凯鲁亚克脑子里萦绕的韵律模仿一些奇怪的重音，不规则的重音，与吉莱斯皮的非抑扬格重音。

那时候开始，鼓和贝斯已经从节奏乐器进化成了独奏乐器，不再是一种固定的、自动的节奏基础，也不再是抑扬格五音步甚至对称的节拍技术手段，取而代之的是一种新的变调，一种新的音步，一种新的变拍，而不是早期白人爵士乐中传统的节奏部分。

正是在那个时候，威廉·卡洛斯·威廉斯在诗学中引入了“话语的不同音步”的概念，而萨克斯风演奏家如莱斯特·扬和查利·帕克，萨克管演奏家如迪兹·吉莱斯皮和后来的迈尔斯·戴维斯也在爵士乐中也做着同样的工作。萨克斯管回响着讲话的气息，仿佛是在用一种交谈或是兴奋的狂想腔调说话。他在音乐中引入了一种元素，就是用萨克斯管或小号模拟黑人讲话中独特的节奏。这对凯鲁亚克很重要，也影响了他的散文写作。

六七十年代，这种方式似乎达到了顶峰，奥奈特·科尔曼将“啊咦、啊咦”囊括进来，一种完全放开喉咙的、对黑人声音经文般的律动再创造，或像唐·切里那样用萨克管吹奏出人声。换句话说，“话语”进入了萨克斯管的节奏和措辞，长呼吸被凸显出来，一个有滑稽结尾的长句通过萨克斯管的呼吸表现出来。这在莱斯特·扬、查利·帕克和吉莱斯皮的号角中都能听到。凯鲁亚克接着从这些重音、措辞、节奏和呼吸模式中汲取有用的东西，为他的散文获得了营养。

威廉·卡洛斯·威廉斯不听这些，他听卢瑟福的演讲[①]，从那些普通的语句中寻找他要的东西。人们说：“我吃了你放在冰箱里的李子，你可能是想留到早餐时吃的。原谅我吧，李子很好吃，又甜又凉。”音乐家们在街上交谈，爵士乐更像是城市街头的谈话，具备优美的形式和腔调。从音乐中得到，并再次注入音乐。这就是凯鲁亚克四十年代理论思考的开始，他将其应用于《镇与城》的一些段落，后来有意识地应用于《墨西哥城蓝调》。这是他基础的风格，对他后续的所有作品都很关键，可以说，这首三分钟的经典小曲（蓝调）开始在每个人的耳边回响，也包括他自己的。

音乐家们模仿了演讲措辞中的幽默，将其应用于音乐并从口语里为音节和节奏找寻灵感。他们有节奏地通过听和模仿真实的口语，革新了整个美国主流爵士乐。这一切都是同时发生的。没有什么比爵士乐更美国的

① 指诺贝尔化学奖得主欧内斯特·卢瑟福于 1946 年有关核物理的电视演讲。

了，在美国诗歌界也没有谁比威廉斯更美国的了。

音乐和诗之间的相似性，我相信你们能感知到。在那个时候，音乐家们自己有意识地对这个现象进行评论。这似乎导致了有的人发出比波普音乐的诗句，有的人则绕到另一端，将比波普音乐一个音节一个音节地嵌入诗句。这就是金·普莱彻先生所做的工作。

这些唱片一经播放便引起了公众的注意，首先是爵士乐专家，但很快［每个人都说］“欧普、波普、沙棒”，“古哥莫普”也出现在《迪克·特雷西》中。它引入了一种全新的放松的嬉皮语言元素。查利·帕克可能是最接近凯鲁亚克深沉的灵魂和声音的，从某种意义上说，他把这种变化的节奏基础、呼气、呼吸的灵感融入高度想象的飞翔节奏中。他们像鸟儿般飞翔，在合唱队上空形成彩虹般的拱形，包括任何我们能想到的和谐的正确，或者和谐的美丽，或者和谐的怪异，比如“哦可”（oonk），他就把它写进了萨克斯的乐句里。在凯鲁亚克的巅峰时期，他希望自己的节奏是一个长而轻盈的句子，听起来像是帕克的《鸟类学》或吉莱斯皮的《突尼斯之夜》。可能那个时刻凯鲁亚克接触到了波普音乐的精髓，达到了那种措辞和叙述的极致。凯鲁亚克的《墨西哥城蓝调》的第239首和第241首合唱反映了这一点，创作时距他首次在《交响乐西德》那儿听到波普音乐已有八年到十年了。

第239首合唱

查利·帕克有佛相
查利·帕克，最近被电视中的杂耍逗死的家伙
承受了数周的压力和病痛，最后被冠以“完美的音乐家”称号。
他脸上的表情
是那样安详、美丽与深邃
就像是东方
佛祖的模样，闭着眼睛

表达着“一切都很好”
——这就是查利·帕克演出时所表达的，一切都很好。
你在早上起来也有这种感觉
像是隐士的愉悦，或是
狂野的乐队即兴演奏时
完美的呼号
“哇哦，嘿”——查利从他的肺
迸发出速度者想要的速度而他们想要的
是让他下一秒慢一点。一个伟大的音乐家与形式缔造者
最终在习俗中找到了表达而你
又发现了什么

这是凯鲁亚克后来对这两首独奏的评论，尤其是在《突尼斯之夜》中，小鸟飞翔时的悲鸣。

之后哲学家与沉思者凯鲁亚克受到塞隆尼斯·蒙克的作品《午夜前后》影响，他的哲理缓慢、辉煌。深邃又简单，单一的音符直截了当，将旋律中沉淀的忧郁抽离出来，只演奏那些犹豫的单音，有一种哲学上的平静，与帕克极度兴奋的“飞行”截然不同。就好像重音从飞行的曲线中提取出来，连续的重音有节奏地排列起来，有种在段落之间断断续续和犹豫不决的特点。在蒙克创作的具有沉思感的《神秘》中，和弦简洁的介入产生了神秘感，他只在调子转换的关键时刻才从侧旁“评论”。

之前乐器是工具，现在是语言。蓝调一直是伟大的诗歌。伟大的蓝调女诗人比莉·哈乐黛，也是莱斯特·扬的著名情人，两个人双双都是瘾君子。他们是整个瘾君子嬉皮意识的一面镜子，那种厌世的幻灭，同时也包含着男同性恋感性地怀念昔日美丽的女同性恋者，或者双性恋感性地怀念美丽的女同性恋者。欲壑难填，我认为这在历史上标志着在性革命之前，欲望便已成熟。这是一种直接而坦率的情感表达，承载了如此多的感情，如此多被拒绝的柔情，未曾实现的抚摸，最终产生了某种突破以至于人们

最后会问："唉，为什么不呢?"在各个层面上，异性恋革命、同性恋革命、双性恋革命和女同性恋革命。掺杂了悲伤的特质、怀旧和渴望，影响了四十年代的每个人。

受影响最大的是赫伯特·汉克，他是巴勒斯和凯鲁亚克的导师，指导了他们在时代广场的嬉皮探险。他最喜欢比莉·哈乐黛的唱片《情人》《别解释》和《我走过湖滨》。有趣的地方是，她描述的纽约河滨码头的不美好之旅的象征意义，码头的蓝色与桥下的蓝色，在凯鲁亚克的脑海中直接与哈特·克兰相联系，和凯鲁亚克自己作为水手的联想具有关联性。他早期的小说是从未出版过的《大海是我的兄弟》[①]，因此，比莉·哈乐黛的《我走过湖滨》在四十年代的垮掉派文学圈内具有标志性意义。

哈乐黛的《别解释》是对瘾君子们宽恕和容忍的极致。你刚才打了我，因为我吸毒，还偷了我的"货"，嘘，别解释了。我不需要任何解释，请再多爱我一些，不要离开我。——这些纯粹是瘾君子式的受虐行为，是早期吸毒者宽恕和容忍任何侵犯身体和灵魂行为的最高宣言。在这警察国家的道德中受到迫害的丧家犬一样的瘾君子具有的元素，也是垮掉派最初的主题和思想。法律已经变了，但它曾是"垮掉"的起因之一，使垮掉派有机会以一种观察社会的哲学视野，以坟墓的视角，以底层的、不加修饰的视角，超越了社会对于善恶的概念，在那时候这些与人类的情感有关，与性倾向有关，还有诗歌，审查与精神药物有关的概念和中世纪没什么不同，相对于今天已被外界视为一般标准的理解与宽容而言。

那时候，你不能读《查泰莱夫人的情人》，也不能读亨利·米勒。这些事儿是非法的，受到禁止。抽一口大麻，你马上会被视为瘾君子，没错，他们会指着你的鼻子叫你"瘾虫"。政府的某个官僚机构发明了各种叫作"瘾虫"的公民，比莉·哈乐黛被官方归为此类。她是所有这些智慧、美丽、音乐、忧郁和活泼的语言的创造者，却被官方归类为"瘾虫"。大家对政府官方分类和术语的幻觉本质慢慢有了革命性的见解。它来自瘾

① 这本小说后来在2011年由达卡波出版社出版。——原注

君子的经历，病态地爱着自己的忠诚、怀旧、战友情谊和艺术，事后看来，在那种环境生活就像《悲惨世界》中的冉阿让被恶魔警察沙威追捕一样残酷。我的意思是，这是一种亘古不变的伤害，既对，又错。在四十年代和五十年代，这种伤害只有那些被法律践踏的人才能辨认出来。

最后是金·普莱彻，他没有其他艺术家那样显赫，但他为音乐家们创作的优美独奏作品写了很多诗，给我们带来了很多诗意的东西。他的《穆迪的蓝调》是一首由詹姆斯·穆迪的萨克斯管独奏的口头声乐，由金·普莱彻填词和演唱。所以他唱的歌是他为听过的萨克斯管独奏曲填词而成的。

还有其他类似的，比如贝斯手斯拉姆·斯图尔特，弹着玩完的贝斯，浅唱低吟，汗水涔涔，你能同时从他的嘴里听到音节与复杂的贝斯演奏。我想说的是，音乐家在表达某种语言、话语，然后再从乐器回到话语，进行再表达。人说话的节奏和演说的节奏是一样的。这是真正的由萨克斯管吹出来的美式演说，之后再重新翻译出来的黑人英语。

当时在所有这些新声音、新音乐、新节奏的突破中都有一些启示的元素，或者像伟大的苏格拉底演讲一样，“当音乐模式改变时，城市的墙在震动”。这确实带来了一种新的听觉方式，一种新的身体节奏。他们延续了独奏的、与快速音节呼应的传统拟声唱法。我们已经看到美国新音乐与诗学或散文特有的在意识上的联系。

> 哦锅碗瓢盆他们恐惧的吵闹，大海的厨房，海神降临，成群的海牛想给我们喂奶，我还未完成的海诗，苏格兰领主在爱尔兰海顺风划船时的恐惧，项上是另一只狐狸的脖子！她嘴唇的海！她瘦骨嶙峋、骨头嘎嘎作响！诺亚方舟的裂缝是由马赛克·施瓦茨在宇宙死亡的无条件之夜修补的。[①]

---

① 出自凯鲁亚克的小说《德卢兹的虚荣》。

7. 时代广场和四十年代

解读凯鲁亚克对四十年代纽约市的描述，你必须去看《镇与城》关于纽约和时代广场的部分，那是写得最好的部分，体现了他写作水平的飞跃。他一开始想写一部大部头的严肃玩意儿，像托马斯·曼写的《布登勃洛克一家》那样，一部关于几代人和社会历史的家庭小说。就美国散文而言，他最大的灵感来自托马斯·沃尔夫，因此《镇与城》带有沃尔夫风格。他读了很多托马斯·曼的书，也读了很多舍伍德·安德森和海明威，主要是沃尔夫吧，还有梭罗。他写作的时候，在巴勒斯的介绍下第一次读了路易-费迪南·塞利纳的散文。大约是在四十年代中期，通过巴勒斯读到了一些普鲁斯特、纪德和塞利纳的作品。安德森的作品他之前已经读过，托马斯·沃尔夫则是他自己挑选的。

在《镇与城》里，凯鲁亚克将自己的和他的家庭投射到了几个兄弟姐妹的人物里，勾画了加洛韦小镇上一个家庭的故事，与他自己在洛厄尔的亲身经历非常吻合。

《镇与城》始于对一个小镇家庭生活的研究，直到这个家庭搬到城市并在那里解体，在布鲁克林彻底破碎。主人公彼得·马丁在后面和一些有趣的怪家伙以及他在哥伦比亚大学或在贺拉斯·曼遇到的人①一起在时代广场附近闲逛。到 1947 年，凯鲁亚克的思想已经成熟了，世界观已经确立，孤独也已建立，对死亡的意识降临到了他身上，因为他曾和父亲坐在一起并看着父亲死去，这可能是他生命中最重要的关于爱的体验，是最重要的剧情。所以《镇与城》写的是他父亲的死亡。显然，他父亲死时满怀痛苦与愤怒。

最初，这是一个诺斯替派教徒的找寻。但当凯鲁亚克的父亲去世时，我想杰克意识到了一个基本的事实——生命的短暂性以及悲喜之间的转

---

① 贺拉斯·曼是一所预科学校，位于纽约市布朗克斯区，凯鲁亚克于 1939 年至 1940 年曾在此就读。——原注

换。因此，他对成为“记梦天使”非常感兴趣，就着手开始记录他的梦境，确切地说，还有与生活有关的梦想。他是记录生活梦想的天使，他明白这一切仅仅只是一个梦。通过在散文的海洋中遨游，他会得到一个满意的生活愿景并为别人付出。在《科迪的幻象》中，他表达了写作的原因。这本书以“我写这本书因为我们都会死”开头。他说：“在梦中，我的心裂开了，或者我的心向上帝打开了。”实际上这是一种祈祷方式，对凯鲁亚克来说，这就是祈祷。向主祈求和祷告。它是精神层面的，但这种方式更浪漫，更虔诚，最终化作天主教式的虔诚。然后就在 1953 年到 1955 年期间，他接受佛教的启发，佛能将人们从噩梦般存在的梦境唤醒。

杰克不需要挑选任何写作素材，他的生活本身就有许多趣味，而他要做的就是四处看看，描写他的生活，他不需要“发明”一种文学。我们当时的写作方向是后来被称为忏悔式的诗歌或散文式新式新闻，或称自传体小说。我们做的仅仅是环顾四周，把现实作为小说的主题。有些先驱者已经意识到小说在某种意义上已经死了。或者说，是那种人们过去经常搞的，庞大而臃肿的虚构玩意儿已经死了。而凯鲁亚克做到了，他在小说里《镇与城》做得十分出色，但随后他很快地投入到下一本书的写作中，描述了他所爱的人。

一切在《镇与城》里都被记录下来了。凯鲁亚克自个儿在纽约时代广场漫步，与那些具有战后启示主义思想的人物在一起。神秘主义的脑袋瓜，瘾君子，性怪胎，新自然嬉皮士。赫伯特·汉克是他遇到的一个重要核心人物。巴勒斯在他的书《瘾君子》中以赫尔曼这个人物对他的事情有所涉猎，所以，你可以交叉引用他们。

到我们讲述巴勒斯时，我们会涵盖到他对四十年代的时代广场的看法。这将与凯鲁亚克的《镇与城》产生交集。那段时间，凯鲁亚克、巴勒斯和我在赫伯特·汉克的陪伴下四处闲逛，汉克是一个男妓、外来者，有时候还吸毒。汉克也受雇于阿尔弗雷德·金赛医生，他在时代广场闲逛，收集关于流浪人群性生活的统计资料。汉克是他的一个小侦探，负责把人找来面谈。最早的金赛报告中接受采访的人中有赫伯特·汉克、威廉·巴勒斯、杰克·凯鲁亚克和我。这是一个非常有趣的历史巧合。

汉克是一个很有趣的作家，他影响了巴勒斯和凯鲁亚克。在凯鲁亚克、巴勒斯和约翰·克列农·霍尔姆斯的笔下，他都曾是里面的人物。在我们所有人的鼓励下，他写了很多非常好的故事，就像舍伍德·安德森或其他什么人一样，具有一种美式的野性，但他们的口语如此直接、如此完美，对我来说，他的东西一直都是经典，但可惜的是流传不够广。

从 1945 年到 1948 年，时代广场是巴勒斯、凯鲁亚克和我自己的重要活动场所。这可能是斯宾格勒早期思想成形的主要时期，汉克在比克福德餐厅的餐桌上常使用“活力”“嬉皮”“垮掉”这些词语。我想说赫伯特·汉克是“垮掉一代”概念或是垮掉思潮、垮掉和时代广场的概念的源起，关于这些词的意思，他聊的和我们聊的差不多，因为我们从他那儿听到这些。在他和我说“嬉皮（hip）”这个词之前，我从未听说过这个词。所以，实际上，汉克，一个没有任何财产的人，在词汇和态度上都很了不起，人微，言不轻。实际上他很可能就是那个后来被称为“嬉皮”的词，甚至包括“垮掉”这个词的创造者。

汉克的三十年代在芝加哥度过，后来来到纽约，待了五年时间，那段时间里，巴勒斯搬到了位于第八大道的里奥丹酒吧上面的一套公寓里。他的目的是探索第八大道，麦迪逊广场花园附近的赌徒酒吧和下等酒吧，老头儿去的酒吧，皮条客酒吧，吸毒者和缉毒便衣出没的酒吧，时代广场周围的社交场所。第四十二街所有的男妓、偷车贼、翻窗入室的大盗、急于脱手赃物的毛贼、卖草的家伙、暗门子进进出出打针的瘾君子、试图跟踪每个人的缉毒便衣、走投无路的牛郎小崽子、在那里吸食大麻听查利·帕克的作品阅读哈利勒·纪伯伦的黑人司机。还有像我及凯鲁亚克或者其他一些哥伦比亚大学生，像比尔·加弗这样靠从霍恩和哈达特自动连锁[①]偷大衣为生或用作毒资的老手，大家过去都经常出入“钓鱼吧”[②]。凯鲁亚克

---

① 纽约当时有名的连锁餐厅，实行自动售货。——原注

② Angler Bar，第八大道西四十三街的一间酒吧。——原注

在《镇与城》里对这些人物都进行了描述。

当时，时代广场是安非他命的成瘾者和男妓的天堂，因为那里有霍恩和哈达特汽车连锁店和比克福德餐厅，那里的桌边坐的都是男妓和瘾君子，他们可以喝一杯咖啡聊上一整晚。在阿波罗剧院①的遮棚下面待着，没什么人管他们。剧院里在上演电影，如让·加宾在《阴影之港》、彼得·罗的《M》或者《天堂之子》和《诗人的血液》等等。伟大的让·加宾的系列对凯鲁亚克影响不小，头发卷曲充满阳刚之气的加宾是男人中的男人，不失温柔和敏感，所以与凯鲁亚克的本性暗合同款，与过于男子气概、性格粗放的美国人截然不同。

时代广场上所有的男妓都在看那些电影。那些流浪的罪犯要去看《大都会》和《M》，然后他们就能整夜不睡，用黑得发亮的脏手指浸到咖啡里。巴勒斯的《裸体午餐》中，有一个小场景就发生在比克福德餐厅，年轻的男妓正在那么泡他的重磅蛋糕，有一个描述是“手指黑得发亮”。他和一个嫖客见面，那人带他去一家酒店的房间，变成了某种绿色黏腻湿冷的生物，把精液喷了他一身，男妓说：“好吧，我猜任何事情最后都是能习惯的，我和他明天又约了。”

我想说，那些日子是我们青春绽放的钻石时刻，可能也是最有决定性意义的经历。永恒最引人注目的一面是天空，建筑飞檐上方开阔的天空。在我的意识中，我第一次注意到天空中由霓虹灯泛起的天启般的红色光芒。它给我们头顶上的这片天空以一种炫丽、鲜艳的感觉。这让天空看起来像某个《圣经》里的场景，是末日之时或天启之前，在星辰之下有一个电光闪耀的组合。

《镇与城》里有所有这些人的形象，也有时代广场的景象和广场上方闪耀的红灯②。有一个叫波基里诺的地方，有一盏水下的、暗暗闪着绿蓝色的灯，整夜都亮着。人们会去那里玩弹球机、吸安非他命，越来越深入

---

① 这是西四十二街七大道和八大道之间的那个剧院，不要和另外一个同名的哈林区一百二十五街的剧院混淆。——原注

② 在金斯堡与垮掉派在时代广场“体验生活”的50年代，时代广场是著名的红灯区。

地沉入他们周围的荧光意识。在《镇与城》里都有这样的情景，和《瘾君子》《在路上》《科迪的幻象》交织在一起。在《寂寞的旅行者》中，凯鲁亚克也将时代广场叫作“纽约场景”。

> 我和我在纽约的朋友们有自己独特的娱乐方式，不用花很多钱，最重要的是不用被形式主义的无聊所纠缠，比如说，在市长的舞会上度过一个美妙的夜晚什么的。我们不需要握手，我们不需要预约，我们感觉良好——我们像孩子一样到处闲逛。我们去参加聚会，告诉每个人我们在做什么，人们认为我们在炫耀。他们说：“哦，看这些披头族！”

《时尚先生》杂志请凯鲁亚克写一篇关于纽约娱乐的文章，这个命题作文太难也太无聊了。然后杰克说：“如果我们只写在街上闲逛和去时代广场，那不是很有趣吗？因为这些文章通常都写去阁楼餐厅[1]吃饭或是去花花公子俱乐部这些高雅的事情对不对？”所以我们决定写时代广场一个真实的夜晚。

> 选一个很典型的晚上——
>
> 眼前出现了七大道四十二街，你路过一个路人，整个纽约最垮掉的路人——

于是在《时尚先生》的这篇文章开头，他就对纽约主要景点之一的地铁厕所进行了连篇累牍的描写，在那儿你可以了解地铁里发生了什么。

> 你永远不知道那儿是否开放，通常有把大锁挂在前面，说明厕所发生故障，要不然就是某个白发苍苍、行将就木的怪物——偷偷溜出

① Le Pavillion，纽约彼时最高档的法国餐厅之一。——原注

来，这个厕所纽约有七百万人都曾经路过，并奇怪地注意到——炭火炸制的汉堡摊，《圣经》摊位，歌剧点唱机，破烂的地铁二手杂志摊位，旁边是花生糖店，地铁的拱形游廊里的骚味儿——到处是像古老的游吟诗人普罗提诺那样的人偷偷摸摸溜进来，带着一套少见的德国高中课本——在那里他们售卖长而糟心的热狗（不，实际上它们很漂亮，尤其是如果你十五美分都没有，在比克福德自助餐厅里找人能施舍点钱给你买的话）（借些零钱）。

爬上楼梯，人们在雨中站了好几个小时，流着口水，打着湿漉漉的雨伞——许多穿着粗布工装裤的男孩害怕参军，他们站在楼梯一半的铁台阶上，天知道这些家伙在等什么，当然其中一些浪漫的英雄才刚刚从俄克拉荷马州来到这儿，野心勃勃，最终在帝国大厦顶楼那些性感的年轻金发美女的怀抱中泯灭了他们的渴望。他们中的有些人也许站在那里梦想着通过魔咒拥有帝国大厦，他们曾经在德克萨肯纳市郊区一座破房子旁边的森林里的一条小溪边做过这样的梦——耻于被人发现从《纽约时报》社那边过马路去看黄色电影（名字叫什么来着？），狮子和老虎经过，正如汤姆·沃尔夫过去常说的某种动物经过那个角落。

靠在雪茄店旁，第四十二街第七大道的街角有许多电话亭，你打着漂亮的电话望向大街外面下雨的时候那里面真是舒服。于是你要再聊一会儿，你找谁？篮球队吗？篮球教练？那些溜冰场的家伙都去那儿吗？布朗克斯的猫[①]又来了，是想找活儿干？还是在寻找浪漫？色情电影里奇怪的女声二重唱？你见过她们吗？抑或是醉眼迷离的商人，他们的帽子歪戴在灰白的脑袋上，精神分裂地仰视着《纽约时报》大楼上的标志，赫鲁晓夫的长篇大论一闪而过。亚洲人口在闪亮的灯泡中计算，每个句子总是经历五百个周期。——忽然，一个担忧又癫狂的警察出现在街角，叫所有人离开。——这是世界上最伟大城

① 纽约市布朗克斯区是贫民区，很多出身此地的女孩以卖身维持生计。

市的中心，这正是披头族在这里干的："站在街角上谁也不等就是力量"——诗人格雷戈里·柯索如是说。

而不是去夜总会——如果你能制造夜总会的场景而不是去夜总会（大多数披头族经过博德兰爵士俱乐部时，空空如也的口袋里叮当作响）。

他有意识地用"披头族"①，因为《时尚先生》的编辑说过"好吧，现在，给我们披头族的纽约"，因为有大量媒体宣传披头族过分鲜明的个性，杰克认为写一篇关于"垮掉的一代"对地铁油漆色调的欣赏的文章该会是很迷人的。

"披头族"这个词是由《旧金山纪事报》的八卦专栏作家赫伯·卡恩在"斯普特尼克"时代创造的，因为"垮掉的一代"的诗人被认为与"斯普特尼克"一样，远离世界。立刻，所有"披头族"站了起来。披头族有点弗兰肯斯坦的形象，《冒牌老爸》的观念，在浴缸里杀了你母亲，未洗的头发，长着胡子，生着毛虱，对政府不满，对父母不满，生活在污秽中，不收拾床铺，偷窃，用斧子杀人，整个风格是曼森主义那种恐怖优雅的类型。"垮掉的一代"让凯鲁亚克心烦意乱，因为人们会走到他面前，说他们可以开得比尼尔·卡萨帝还快，然后把他塞进车里，想杀了他。有一代人认为"披头族"指的是对世界感到愤怒，而非对世界哭泣。

这篇文章写于1960年，描述了五十年代末在纽约闲逛的情景，其中有一些倒叙了四十年代。现在它都变老了。在这一点上，凯鲁亚克只是带着某种嘲讽的怀旧情绪写作，几乎是在取笑它。他对时代广场的最初印象是一个大房间，这是我们共同的理念。"本身是对空间的欣赏，这是我们对达摩起初最早的暗示"，世界悬挂在太空；摩天大楼悬挂在太空。关键是建筑飞檐上方巨大天顶的幻想。如果你意识到自己正站在那间大屋子里，环顾四周，你就会从各个角度看到这个充满智慧的杰作。你会意识到

① 上文和此处的"披头族"，原文是beatniks，是大众传媒在"垮掉一代"出现在公众视野后开始滥用"beat"这个词所造，类似于"炫酷一代"式的缺乏内涵的时髦词语，和"垮掉一代"运动没有直接关联，仅仅是一种衍生出来的对于垮掉一代无害化的、娱乐化的渲染。

你不是站在纽约市而是站在宇宙的中央，在广阔的天空下。正是凯鲁亚克的空间意识才成就了他的、某种程度上还有我的，以及整个四十年代时期垮掉派的创作特色。这是第一次发现意识存在裂缝，我们是由同样的本性构成的，我们是鬼魂。

对我来说，《在路上》的高潮是当他们从墨西哥回来的时候，突然看到路上那个裹着头巾的陌生人说了一声“哦”。这是《在路上》中最关键、最意象化的时刻，因为它是浪漫自然主义中诗意的幻影。突然，一个小浮士德式的人物出现了，萨克斯医生走在路上，暗示时间、死亡、没有自我和痛苦，是［佛教］圣谛之首。幽灵说，“去为人类悲叹吧”，受苦的真相。我们知道发生了一件大事，我只能说“哇哦”。“哇哦”终于成为整本书的真言。《在路上》中有这样一个早期的暗示，已经以佛教为导向。理解存在的虚幻本质，体会人终究是肉体凡胎，“去为人类悲叹吧”。

8. 哥伦比亚大学的卡尔、金斯堡和凯鲁亚克

在哥伦比亚大学的大一下半学期，我在第一百二十二号大街和百老汇的联合神学院那边住。我和几个室友住在神学院里面，因为学院［宿舍］里满是 V-12 水手①。在那儿待了几个星期后，我在自己的房间里听到了勃拉姆斯的第一号钢琴三重奏，我以前从未听过的音乐，从大厅对面的一个房间传来。这是勃拉姆斯的经典作品，带有一种浪漫萦绕的旋律。于是我出去寻找音乐的来源，敲了敲门，门被我所见过的最像天使的孩子打开了，他一头金发、脸色苍白，“脸颊凹陷，好像吞了风，将一团阴影作血肉。”② 他叫吕西安·卡尔，是巴勒斯在圣路易斯的朋友，也是凯鲁亚克的好朋友。吕西安被许多私立学校开除过，最后在哥伦比亚大学安定下

① 在二次世界大战期间，美国海军实行了名为“V-12 计划”的将军官派到一些大学培训的计划，哥伦比亚大学也是这个计划中的学校之一。——原注

② 来自叶芝的诗《在学童中间》(*Among School Children*)。——原注

来，是西区酒吧[①]的常客。他灌下了不少啤酒，还认识一个名叫伊迪·帕克的有趣女孩，当时她和凯鲁亚克住在哥伦比亚大学校园附近的一所公寓里。伊迪把吕西安介绍给凯鲁亚克，凯鲁亚克刚回来，他跟着商船队经过了格陵兰岛，看到了潜艇，看到船只被鱼雷炸沉。他写了第一部小说，叫《大海是我的兄弟》，这是一部神秘又令人眩晕的作品。他读了很多托马斯·曼和托马斯·沃尔夫的作品，所以文法中裹挟了大量的日耳曼式的象征。这里没有太多自然主义的情节，但有很多关于海面、夜晚的星星、船头升降、水手的风流韵事、隐藏在海浪下的神秘天使，以及巨大的鲸鱼在北方呻吟。或者至少一些类似上面所列举的事物，深奥、神秘、引人入胜的事物。

吕西安已经见过杰克了，也让我去会会他。有一天我去了公寓，敲了敲他的门。我应该解释一下，我记不清很多具体实际情况了。我还发现凯鲁亚克写的东西也不太可靠。他是个小说家，他创造了一些细节，或者是浓缩的时间，所以他的描述也不是很准确。在很多情况下，我对他的描述记得很清楚，我认为事实就是这样，其实只是他的故事版本。我不能说我所说的是真实的事实，这只是我的回忆，[而且]它们必须与别人的版本相对照印证。

我听从吕西安的建议去见杰克，因为我迷恋上了吕西安，无论他建议我去哪里，我都愿意去。他说有这样一名高大、黑发、浪漫的水手，长得像杰克·伦敦，写过关于大海的书，听起来既敏感又伟大。所以我去看他时心里挺慌的，因为我听说他是一个强壮的橄榄球运动员，而我是一个来自新泽西的敏感的“仙女”[②]，有着各种各样的浪漫想法和一颗柔软脆弱的心。我对任何人都能一见钟情，但我没有告诉任何人我是同性恋。我没有对任何人说过我的爱情生活，因为我害怕自己会被拒绝，害怕会被打倒，只是太胆小，害怕被羞辱。如果我真的告诉人们我的爱是什么，对他们来

---

① 又称西门酒吧（West Gate），是哥伦比亚大学附近一家常有诗人和文化名流出没的酒吧，金斯堡和朋友们也是那家酒吧的常客。

② 指金斯堡当时已经渐渐显露的同性恋倾向。

说大概就像翻过石头去看下面的虫子，我的爱看起来如此精致、个人化和古怪。或者如果我真的暴露了自己，结果可能是我爱上男人的原因是如此可耻和可怕，甚至比爱上男人更糟糕。

很自然，我不能把脑子里的这些事说出来。我可能内心因为喜悦而神魂颠倒，同时还能端坐在那儿，试图维系一场关于政治的谈话，［举止］妥贴。我走进凯鲁亚克的公寓，他正坐在那里吃早饭，我说我是吕西安的一个朋友。我不记得对话是什么了，但他直截了当地说："你想喝一杯吗?"我说："不，不，谨慎是大勇。[①]"这是我十二岁时听到的一句话，当我不知道该说什么时，我就会这么说。

凯鲁亚克是一个非常成熟、敏锐、善于观察、宽容的人，我们双方都怀着好奇心。他看到了我的浅薄，我也看到了他的野性。我爱上了吕西安，我也爱上了凯鲁亚克。我发现我可以同时爱上很多人，部分原因是，事情从不是完美的，但我没有和任何人睡觉，我甚至没有告诉他们。我当时对吕西安的感情如此强烈，以至于我认为那是歌德式的《少年维特之烦恼》，或生命最后时刻的戏剧性场面。我对凯鲁亚克也有同样的感受。我的意思是，他们都十分漂亮，凯鲁亚克身材非常棒，这从早期的照片中不难发现。但在心理、思想、精神和心智方面他异常敏感，非常精明，富有同情心。对笨拙的孩子抱有同情心。

《德卢兹的虚荣》实际上是凯鲁亚克的最后一部长篇小说，但它［讲述了］那个时期的故事。这是杰克从未写过的一段时期，部分是出于对吕西安的敬意。他不想用传记式小说侵入吕西安的生活，除非是几十年后，每个人都变得柔和、成熟、冷却下来。这与他十年前或二十年前写的东西大相径庭。要是在以前，《德卢兹的虚荣》这本书本该是部宏大、浪漫的陀思妥耶夫斯基式的小说，书中每个人的美都是虚空的，每个人的宽容都是自负。这是一个晚期的幻灭版本，正因如此，这是一个非常珍贵的版

① 出自莎士比亚戏剧《亨利四世》剧中人物法斯塔夫为懦弱行为的辩解："谨慎是大勇，这种大勇救了我的命。"

本，它是一种从疾病、衰老和彻底的现实主义中好的一面来看待青春的视角，不再执着于青春的形象、青春原型和爱恋。这样不站在对立面看问题是很好的，因为你可以从坟墓的另一边来观察。

［凯鲁亚克和我］经常一起走路去联合神学院。他愿意和我一起散步，我感到很荣幸，很有兴趣。在路上，我们就幽灵和鬼魂的本质以及我们自己对鬼魂存在的忧思进行了长谈。我给他讲了一个故事，是关于我十二岁左右的时候在帕特森，晚上看完电影走回家。我穿过街对面教堂的树篱，想到宇宙是多么神秘，我是多么孤独，我的心就会痛。

这是我第一次回顾过去，回想儿时反复涌现的思绪。这确实是我第一次发出肺腑之言，而不是说“谨慎是大勇”之类的话。我就这么表达我心中的思想，我自己的经验，而不是在书上读到的东西，或者我认为我应当说的话。这很好，是他让我开始这样做，并充满兴趣和好奇。他说，“啊，我在洛厄尔的时候一直有这样的想法”。他接着说，他过去常常在大家正吃晚饭的时候跑到后院站着，把面前的人都想作吃鬼食的鬼，或者他自己是一个注视着活人的鬼魂。

在联合神学院，我指着那扇门说这是我遇见吕西安的地方，附近传来的音乐正好是勃拉姆斯的钢琴三重奏。我们对它有某种共同的理解，在这里我遇到了某种美。从宿舍套间出来后，我向它鞠了个躬，做了个告别的手势，说了声“再见”。

我们兴奋地聊了很长一段时间，聊到其他人也有同样的意识，［想知道是不是］每个人都是那样的。每个人的确都是这样的，每个人的意识和感知力。每个人都有相同的灵魂，每个人都是一样的，真的。这就是我们理解的基础。有关我们感受到的忧郁，一个人生来孤独，死也孤独，最终湮没于宇宙。我们已经意识到痛苦，意识到短暂性，意识到那幽灵般的本质。纽约屹立于永恒中，然后消失。

当时，哥伦比亚大学的老师包括莱昂内尔·特里林、马克·范·多伦、梅耶·夏皮罗以及其中最好的老师雷蒙德·韦弗。特里林是一位博学而优雅的文学评论家，在某种意义上，他试图复兴十九世纪中期英格兰纯良的人文主义。特里林喜欢吕西安［卡尔］，喜欢凯鲁亚克，也很喜欢我，我们都是他的学生。他完全被我们难住了。他可能认为我疯了，因为我要去市中心，和汉克、巴勒斯在时代广场闲逛。他喜欢我，但他担心我会给自己找很大的麻烦。事实的确如此。我最终被开除，又进了监狱，他不得不把我弄出来①。

特里林不想听关于巴勒斯的事。这可能是我的错，我给了他一个浪漫夸张的版本，在时代广场闲逛，同男妓和毛贼抽大麻，比尔·巴勒斯是哈佛大学毕业生，他的胳膊上插着一根长长的针头，就像马布斯医生②那样。这可能把特里林吓到了。

其他老师还有马克·范·多伦，他写押韵诗，和罗伯特·弗罗斯特有点像，实际上他是一个很好的诗人，很善良的人。后来我进了精神病院，被开除了，和威廉·布莱克有一段在虚幻中的相遇，我眼前光芒四射，范·多伦能够理解这些东西，他会说："啊，是的，你能描述一下这样的光吗？"他自己也有过一些这样的经历，没有被我的这些话吓着，却好奇我到底经历了什么。无论是幻觉还是真实，至少他愿意倾听。

范·多伦在哥伦比亚大学的同事有位非常罕见的人物，现在几乎没有人认识他，他就是雷蒙德·韦弗，赫尔曼·梅尔维尔第一本传记《赫尔曼·梅尔维尔：水手和神秘主义者》的作者。他在箱子里发现了《比利·巴德》的手稿。韦弗是一位真正的学者，在梅尔维尔为人所知之前，他就已经具备足够的智慧去了解梅尔维尔。他读《皮埃尔，或模棱两可之人》，或者《自信的人》，还有梅尔维尔所有伟大的小说，然后像一个优秀学者那样去寻找手稿。用专业眼光看，韦弗可能是美国所有教授中的超级教授。凯鲁亚克把他早期的小说《大海是我的兄弟》献给了韦弗，韦弗饱含情感地读了这本书。韦弗去过日本，他在课堂上使用了禅宗式的提问方

① 金斯堡曾因讽刺哥伦比亚大学校长的涂鸦被学校开除，在时代广场体验底层生活时一度卷入一桩凶杀案（窝藏犯罪嫌疑人），其后在该老师的帮助下以"精神失常"为由进精神病院治疗为交换条件免于刑事处罚。

② 导演弗里茨·朗多部电影中的反派。——原注

式，这也是他教学技巧的一部分，所以杰克离开韦弗时带走了一份要读的书单。这是我们第一次接触到神秘的、诺斯替主义的与禅宗风格的文学作品。

教师中有几位“仙女”很有趣，但其中多数人一开口都是反惠特曼的。惠特曼没有怎么在课堂中出现。当时人们对约翰·克劳·兰塞姆和艾伦·泰特，还有现在的学院派诗人的关注要多得多。惠特曼确实受到了一种真切、势利的贬低。四十年代，威廉·卡洛斯·威廉斯被认为是某类原始、粗鄙的乡下人。没有人理解埃兹拉·庞德的定量诗韵①，也没有人理解威廉斯为美国口语所做的音步。他在先锋艺术家杜尚和超现实主义者中享有盛誉，在学院中却没有。这些老师仍然困在《荒原》和埃兹拉·庞德早期的作品里，可能就像如今大学为我本人和［查尔斯·］奥尔森所困一样。

我描述的是哥伦比亚大学四楼［当时是英语系］，因为巴勒斯、我和凯鲁亚克在文学上取得的突破与英语系的老派作风或保守主义有一定关联。我们挑选的“素材”是热内、塞利纳、莎士比亚、托马斯·怀亚特、马维尔、弥尔顿和布莱克。我正在经历布莱克的幻觉。我们读的是克里斯托弗·斯马特、格雷戈里·柯索、雪莱和济慈、埃德加·爱伦·坡、艾米莉·狄金森（一个把自己锁在房间里字迹潦草的怪人）、梅尔维尔的《比利·巴德》，以及作为诗人的梅尔维尔。英语专业的学生可没听说过梅尔维尔是什么诗人。托马斯·沃尔夫被托马斯·曼认为是美国最伟大的散文作家，因为他的散文句子具有交响乐的力量，影响了凯鲁亚克。在哥伦比亚大学，沃尔夫的形象是某种聒噪的家伙，就像许多学者现在认为凯鲁亚克是某种天生的小混混一样。吕西安那时正在读兰波，兰波被他介绍到学校里。我和凯鲁亚克都读过陀思妥耶夫斯基的作品，尤其是他在《白痴》中塑造的梅诗金公爵的形象，［非常重要］。

---

① 一种将词语的音节和诗文韵脚做出统计关系的诗学工具。

9. 凯鲁亚克、哥伦比亚大学和《德卢兹的虚荣》

凯鲁亚克的《德卢兹的虚荣》涵盖了垮掉派早期的事情，但属于事后诸葛。如今正如大家所知，凯鲁亚克在最后的岁月里变成了一个醉醺醺的老穷光蛋，再也无法创作艺术作品，幻想完全破灭，搞得一团糟。这本书是在他去世前一年里写成的，书中包含了一些他最优秀的散文和最奇特的后知后觉。这是他的主要小说作品之一，也是一次对于浪漫主义传统的背离。

这是他对年轻时代的一次总结，起点略早于比波普时代，之后再到四十年代，所以我会快速将这本书过一遍，拮取一些亮点。我想指出的是作为一名艺术家，他并没有衰败，他的晚期作品是早期浪漫主义作品的必要补充。如果你打算了解凯鲁亚克，你就必须了解那个幻想破灭的凯鲁亚克，因为他勤于思考，尽管他很痛苦。他的书［副标题］是《一次冒险教育》。

> 我想所说的道理是，当我说到“冒险教育”，是放手让孩子用自己的方式去学东西，看看会发生什么。马不渴，你不能强迫它喝水。我的写作便是如此，老老实实地写出记忆，不去给读者堆砌太多无关的废话，也就是说，让孩子挑选他想做的，避免他长成一个喋喋不休地报出一长溜动植物的知识或各种蝴蝶的名称，或是在三更半夜还要面对黑板旁的傻缺教授复述德国中部的图林根苦修者的整个历史的人。
>
> 在这种情况下，思维比诡诈知道做什么更好，因为思维流动，而诡诈筑起堤坝，也就是说，思维大步前进，而诡诈裹足不前。然而，这是没有诚意的声明，也不是哈佛大学的谎言，麻省理工学院很快就会用电脑和火星数据进行测量。

那句“麻省理工学院很快就会用电脑和火星数据进行测量”很有趣，几乎是 W.C. 菲尔兹的风格，非常简单，轻率，嘲讽，愤世嫉俗，却是细致入微的即兴创作。回顾他的青春，看到他的虚荣心，看到他自己的业力缺失、自己的缺点，很少有作家敢如此行事，更不用说在临终前了。

这［本书写得］他好像在和妻子说话，有点类似赫尔曼·梅尔维尔给妻子写的诗，像一个老水手抽着烟跟妻子说话的样子。如果你知道赫尔曼·梅尔维尔的诗，就知道那是梅尔维尔最喜欢的角色之一，那个从海上回来的老水手，许多年后谈论他从前的伙伴奈德·邦恩，“啊，奈德，多少年前在南海的事”，他们在海岛天堂，却因为他妻子回想起这些往事。

凯鲁亚克、巴勒斯、我或其他人从经典作品的作者那里借鉴了不少。因此我会聊一聊梅尔维尔，聊聊梅尔维尔的诗歌，梅尔维尔的《比利·巴德》《巴特比，抄写员》《疯狂的亚哈》，梅尔维尔的《圣经》散文，所有这些与凯鲁亚克的创作灵感具有关联性。《皮埃尔，或模棱两可之人》尤为如此，因为这些作品带有莎士比亚散文刻意的古怪之美。

在这种教育中，思维与诡计对垒，凯鲁亚克实际上是在谈论他的文学创作方法以及他的诚实笔触，写作中的个人诚实。他经常被称为排犹主义者，他身上确有一点反犹的成分。你可以在这里看到一个很明确的、诚实的版本，［尽管］不太反犹太主义。我知道他与犹太人是什么关系，在这些文本中是那个纯粹的凯鲁亚克。

> 不管怎么说，有时候在午餐的时候（乔纳森·米勒，我高中的朋友），看到我糟糕的花生酱三明治，他会给我一些由他的女仆精心准备的鸡肉三明治，然后橄榄球队就会哄堂大笑。① 我不受橄榄球队其他成员的欢迎，因为他们认为我和那些不喜欢运动的犹太孩子在一起，为了三明治、礼物、晚餐、两美元的学期论文而冷落了运动员们，我猜他们是对的。但我对犹太孩子很着迷，因为我这辈子还从没见过

① 犹太人以饮食保守著称，对食材的选择和加工有自己的标准，口味与美国主流餐饮习惯有一定距离。一部分人会对其抱有“清淡”与“无聊”的偏见，便以“犹太人做的东西不好吃”来开玩笑。

这样的犹太孩子，尤其是这些教养良好、打扮入时的犹太孩子，虽然他们都长着一张我见过的最丑的脸和可怕的粉刺，尽管我也有粉刺。

这是本非常有趣的书，在这方面它非常诚实。“尽管我也有粉刺”，他试图记录下自己的真实想法，直言不讳，与他早期作品一切都被浪漫主义化截然不同。他不会犹豫，比如“尽管我也有粉刺”。关于犹太人还有一段文字：

让我生气的是橄榄球队，也就是其他来自新泽西的家伙，因为我和犹太孩子在一起玩耍而瞧不上我。他们不是反犹分子，我认为他们只是蔑视这些犹太孩子有钱、吃着美味的午餐或者坐豪华轿车上学的事实，或许就像在洛厄尔一样，他们认为犹太孩子太自负而不会认真思考。

我认为这是他的基本态度，他是个法裔加拿大人，不习惯犹太人。他们对他来说陌生、有趣、奇怪、长粉刺、黏乎乎、娘娘腔，就像我一样，还有点吓人。与此同时，也很浪漫，因为他也爱上了我，吕西安·卡尔是混血犹太人，[所以]这对他来说是件非常复杂的事情。

现在我开始不喜欢橄榄球和战争，还有炫耀。但是在比赛结束后（HM队27分，花园城市队0分[①]），我们洗澡时，父亲很高兴。“来吧，杰克，我的孩子，我们今晚要出去，进城去”。所以我们去了谢里丹广场的杰克·德莱尼牛排餐厅，我自己也不知道，在格林尼治村的那个广场上，在未来更黑暗却更温柔的岁月里，我注定要在那里待上多长时间。

---

① 凯鲁亚克来自新泽西州，是因为橄榄球打得好被哥伦比亚大学特招的体育生，“花园城市队”是他家乡新泽西的橄榄球队，“HM”队名缩写指向不明。

啊，今天是耶稣受难日，我要写我想写的东西。

通过炫耀整个职业生涯，他终于开始意识到“那只是炫耀”，这种炫耀是幻灭的落魄，只是他把这个过程说得很简单。紧接着他写了一个独立的句子：“啊，今天是耶稣受难日，我要写我想写的东西。”很少有作家有这样开放的成就和清晰的思路。他正处于职业生涯的巅峰，他的作品已足以让他不朽，而现在他对自己的幻灭乐此不疲。

在他写这本书时，他已经迎娶了斯特拉·桑帕塔克斯，她是他从前死于二战的那位最要好的朋友塞巴斯蒂安·桑帕斯的妹妹。凯鲁亚克爱上了桑帕斯，就像桑帕斯爱上他一样。在那些日子里，我认为说他们以一种诗意的方式爱着对方，没什么不妥。下面给你们看看凯鲁亚克某种有关塞巴斯蒂安·桑帕斯的特殊理想主义的后期叙述。

不管怎样，老婆，我最终就是这样开始和你哥哥萨巴斯说话的，他说他是克里特的王子，他可能曾经有，或只是最近才有斯巴达或什么高贵的血统。

那个鬈发大个子，以为自己是诗人，他的确是诗人，随着我们相处得不错，他开始教我如何对文学和善良的艺术产生兴趣（正如他们在墨西哥说的，interesa[①] 的艺术）。我把他放在讲哥伦比亚大学的这一章（我狡猾地说），因为他正是一路从预科学校的青春期走向了“正经事儿”。

藉由上帝，我的纪念品中有萨巴斯·萨瓦基斯的友谊。

我会用朴实的英语诗歌告诉你为什么：他会用洪亮的声音为我唱《土风舞开始》，无论我们走过一座桥、坐在酒馆或在我家门阶上时，还是在南方高地他父亲家的门阶上。他会冲我大声诵读拜伦的诗句：“我们不会再流浪了 / 因为夜已如此深沉……”原因并不是因为他死

① 西班牙文：有趣。

于战争，他在安齐奥的滩头阵地受伤，在阿尔及尔北非医院死于坏疽，或者可能死于心碎，因为其他很多人死于第二次世界大战，包括我在本书里提到过的一些人（卡扎拉吉斯、戈德、汉普夏尔，其他人我甚至不知道出什么事了），而是因为在夜晚我的脑海里，我用大事记的织法编织了一位骑士。那是朴实的英语诗歌吗？因为，好吧，他是个很棒的孩子，像骑士一样，也就是说，高贵、诗意、英俊、疯狂、甜蜜、悲伤，每个人作为朋友想要的一切。

与这种理想主义的甜蜜混合在一起的通常是突降的轮回之苦，尤其是与他父亲的关系，他父亲在四十年代死于癌症时，他和父亲坐在一起。

正是这个夏天，在一个特别炎热的晚上，当爸爸出人意料地加入我和男孩子们两英里半的步行时，他也扯下衣服，大声尖叫，穿着短裤跑到小溪边，光脚跳进水里。但他重达二百五十磅，整个八月天气都很干燥，他站在三英尺深的水里，几乎扭伤了脚踝。看到他尖叫着蹦得那么开心，最后倒在那浅浅的臭水里，我的心都要碎了。

这是一次真正的轮回式的一跃，凯鲁亚克延续了这种不断上演的幻灭和悲剧。这里也有一种同情和清晰，你在其他任何写作中都很难找到。

在《德卢兹的虚荣》里，凯鲁亚克对事物虚幻的描述包含某种疏离的感受，在最欢乐的时刻或最有成就感的时刻，仍有一定的空虚在人心中，让人觉得世界充满太多苦难，使每个人都有足够时间意识到存在的基本困难和不满。人类世界的优点是你可以驻足思考。因此，这就是凯鲁亚克的驻足思考。

一天晚上，我的表妹布兰奇来到家里，坐在厨房里和妈妈在包装盒堆里聊天。我坐在外面的门廊上，斜倚着墙，双脚架在扶手上，平生第一次凝视着星星。八月一个晴朗的夜晚，星星、银河，一切都清晰可见。我一直盯着它们看，直到它们也盯着我看。我到底在哪里，这又是怎么回事？

我走进客厅，坐在父亲那把旧安乐椅上，陷入了我一生中最疯狂的白日梦中。这很重要，是故事的关键，亲爱的老婆——

妈妈和表妹在厨房里说话，我幻想我现在回到哥伦比亚大学二年级，家里住在纽黑文，也许在耶鲁校园附近，房间里灯光柔和，雨打在窗台上，雾笼在窗格中，完成了橄榄球和学业。我要成为一名出色的赛跑运动员，赢得每一场比赛，战胜达特茅斯、耶鲁、普林斯顿、哈佛、佐治亚大学、密歇根大学、康奈尔大学，一堆失败者，结束于玫瑰碗①。在玫瑰碗的比赛里，我甚至比克里夫·蒙哥马利②更糟糕，我简直要发疯了。卢·立波叔叔这辈子第一次搂着我哭。甚至他的妻子也这么做了。队里的男孩们应该会在玫瑰碗的帕萨迪纳体育场把我举得高高的，唱着歌抬着我向浴室进发。今年一月回到哥伦比亚大学，我的化学考试得了A，我无所事事地把注意力转向冬季室内长跑比赛，决定用四分钟跑完一英里（这速度在当时很快）。确实快，以至于我能参加麦迪逊广场花园的大型比赛，并在最后的梦幻冲刺中击败目前所有伟大的一英里选手，将成绩提高到三分五十秒。这时，世界上的每个人都在大喊德卢兹！德卢兹！但我不满意，春天的时候，我悠闲地出去参加哥伦比亚棒球队，在哈莱姆河上空打出全垒打，一场或两场，包括快速突破，偷袭从一垒到二垒，从二垒到三垒，最后，在高潮中从三垒回到本垒，嘶、哗、扑、轰。现在纽约扬基队想将我纳入麾下。他们想让我成为他们的下一个乔·迪马吉奥。我漫不经心地拒绝了，因为我想让哥伦比亚大学在1943年再次进入玫瑰碗。（哈！）但我还在疯狂的午夜，对着浮士德式的头骨沉思，在地上画圆圈后，在河滨教堂哥特式尖塔里同上帝交谈，在布鲁克林大桥上会见

① 玫瑰碗，Rose Bowl Game，美国大学橄榄球联赛。

② 好莱坞电影演员，出演西部片《红河谷》一炮而红，后因为车祸毁容并导致心理问题，事业一蹶不振，生活上滥用酒精和药物。

耶稣，给萨比在百老汇找个角色扮演哈姆雷特（我在街对面扮演李尔王）。我会成为有史以来最伟大的作家，写了一本有魔力的书，洛阳纸贵，麦迪逊大街上每个人都击节赞赏。就连克莱尔教授也在哥伦比亚大学校园里拄着拐杖追我。迈克·亨尼西和他父亲手牵着手，尖叫着跑上宿舍台阶来找我。HM 的孩子们都在田野里唱歌。太棒了，太棒了，作家们在剧院里喊着我的名字，我也在那里展示了我最新的随性之作，一部堪与尤金·奥尼尔和马克斯韦尔·安德森匹敌的戏剧，让斯特林堡晕眩之作。最后，一个由嚼着雪茄的人组成的代表团前来找我，想知道我是否愿意接受训练，参加世界重量级拳击锦标赛，和乔·路易斯一决高下。好吧，我悠闲地在卡茨基尔训练，六月的一个晚上参加比赛，面对人高马大的乔。裁判给了我们指示，铃声响起，我以雷霆之速冲向他，撒胡椒面般对他快速击打，拳头势大力沉，他后退着倒在绳子上，又被弹了起来，摔到第三排座位上，躺在那里分不清东西。

我是世界重量级拳击冠军、世界上最伟大的作家、一英里跑世界冠军、玫瑰碗杯获得者，纽约所有报纸上的招工广告都想要我，还有什么？有人想来场网球吗？

我忽然从白日梦中醒来，意识到我要做的就是回到走廊上，再看看那些星星，我确实这么做了，但它们只是茫然地盯着我。

换句话说，我突然意识到，我所有的雄心壮志出现的方式相当平常，不管是如何产生的，你也从前面的叙述中看出来了，无论如何都不会影响到人类的呼吸与“快乐的星星之叹息”之间的地带，请允许我再次引用一下梭罗。

[……]

当我从那疯狂的遐想中抬起头来，看着星星，听见我的妈妈和表妹还在厨房里喋喋不休地说着茶叶的事，真切地听到我爸爸在街对面的保龄球馆里大喊大叫时，我意识到或者我疯了，或者世界疯了；我选择这个世界疯了。

当然，我是对的。

我想每个人都做过这种白日梦，这样或那样的。他非常诚实、本真地呈现了他自己的梦幻。但在将他的幻想原型发挥到极致，甚至开玩笑地对待它之后，他得出个奇怪的结论，他把这种可能性发挥到极致，在游戏结束时进入了空虚。这几乎影响了他所有的写作和他以后的生活，直抵最后的空虚。或是《墨西哥城蓝调》，第 217 首合唱：

用虚空的劳动折磨我的手
在奥利海湾①
来一场百码狂奔
看看我要做什么
这金酒加汤力水
喝吧，莫尼科斯
塔布
塔布
塔布噢②
一整天

最后的写作本事都是“用虚空的劳动折磨我的手”了，nada，意指“什么都没有”。漂亮的元音。这是凯鲁亚克作品中我最喜欢的诗句之一。这是所有的白日梦和所有引向空空的幻灭的万千思绪的一次爆炸。

这里的修辞是路易-费迪南·塞利纳散文里的修辞。他的作品为所有凯鲁亚克和巴勒斯的散文提供了基本的态度和文本参考。路易-费迪南·奥古斯特·德斯托奇斯博士，以路易-费迪南·塞利纳的笔名写作，

① 西班牙语海湾为 Ensanada，与 nada（虚空）词根一致。
② 为拟声词，模拟喝酒的声音。

塞利纳有几分偏执狂的态度，就像凯鲁亚克有着他那个可爱的岁数里的一丝优雅。

学校里所有的男孩都有一个小小的幻想。他刚从橄榄球队跑掉了。“好吧，八点回来，”教练告诉他，“八点回来啊。”

我带着所有家当出门坐地铁来到布鲁克林，从行李箱拿出几美元，向尼克叔叔说再见，告诉他我要回贝克弗莱德了，走在布鲁克林九月炎热的街头，听到富兰克林·德拉诺·罗斯福关于“我憎恶战争”的演讲从布鲁克林的每个理发馆里传出来，乘地铁到第八大街灰狗巴士站，买了一张去南方的票。

我想去南方看看，开始我的美国职业生涯。

他就是这样开始上路的。

这是我一生中目前最重要的决定。我所做的就是告诉每个人去跳进他们自己愚蠢的巨大海洋里去。我还告诉自己去跳进我自己愚蠢的巨大海洋里去。这个澡洗得！

多么令人愉快。我被洗刷干净了。

他开始接触到外部的美国，在他的第一次旅行中，他的一部分幻想破灭了。他从沃尔夫那里了解到，美国可以被看作一首诗，他立刻对这首诗失去了幻想。格雷戈里·柯索的《悲情亚美利加》在更大程度上反映了这一点。柯索在凯鲁亚克死后写了这本书。就像雪莱写给济慈的《阿童尼》一样，柯索也为凯鲁亚克之死写了挽歌。柯索继承了伟大诗人为其他已故亲爱的诗人哀悼的伟大传统。柯索的观点是，若一名歌者属于国家，国将衰亡，该歌手又将如何？

十一月，很冷，木柴烟升腾，银色光晕镶了一圈玫瑰金边，启明星（有些人称之为金星，有人称之为路西法）捂住她要流出的口水，试图将她沸腾的光局限在那阵悸动中。

在他去世的前一年，凯鲁亚克仍然能够写出这些关于星星的华彩句。真的很美，使我手不释卷。“沸腾的光”写得漂亮，是神来之笔。这反映了他几十年来对写作和皇皇巨著的全部态度。“沸腾的光局限在那阵悸动中”，轻而易举，一挥而就。

啊，诗意。我一直说“啊，诗意”，因为我不想让这成为一本写诗意赞歌的书，1967年，我写这本书时，留在我心里关于“美国”的感受可能是一部杂烩作品：破碎的信念，街上的骚乱和斗殴，流氓主义，愤世嫉俗的市政府与州政府，西装和领带是唯一得到认可的玩意儿，宏伟只存在于电视里的马赛克网（的确是马赛克，大写M），人们都盯着这些像素，辨别出各自扭曲的幻觉图像，然后他们听够了“注意！注意！注意！”[①]而不是在一棵老苹果树下如梦似幻湿润的嘴唇？或者《时代》杂志上一年前刊登的图片，上面有一千辆汽车停在加州的红杉林里，所有搭建在一旁千篇一律的带遮阳篷的帐篷和煤油炉，每个人穿着类似，四处张望，用本世纪下半叶的好奇眼睛看着每个人，只是偶尔抬头望一眼树，很可能想：“用这些红杉打我的户外家具该多好！”好吧，暂时……够了。

重要的事是，回家，去年八月的《来自我树上的甜蜜的离别之歌》被十一月的欢乐冲淡了。

然后凯鲁亚克回家了，离开了球队，犯了错，跑到南方去了。这很有趣，因为我记得像这样的旅行，突然间他就消失了，断了联系，去冒险了，我会说：“天啊，多么不负责任，不守纪律。”

---

① 指电视上庸俗而聒噪的电视节目开场白。

当我读他的书时，我总会意识到他的思想和心灵都比我大得多，我的愤怒是幼稚的、自我的、自我防御式的，并促成了他的死亡和幻灭。我总是感到内疚。偶尔，我也会意识到他满嘴屁话，虚荣透顶。这根本不是智慧，而是某种偏执狂的虚荣心。这是他喝酒致死的原因。我是说，整本书都在讲这些事，这本《德卢兹的虚荣》。

> 午夜时分，在明亮的月光下，我在穆迪街咯吱咯吱的积雪上走着，感到了在洛厄尔从未有过的一种可怕的感觉。一方面，我是“回老家的失败者”，另一方面，我失去了纽约市和哥伦比亚大学校园的魅力，失去了大二学生粗犷外表的魅力，失去了闪亮的曼哈顿，回来在磨坊的砖墙间跋涉。

自从他离开哥伦比亚大学，他就打破了菲茨杰拉德式小说的怀旧模式。现在，他陷入了某种可怕的境地，必须面对作为一名作家的孤独，而不只是幻想年轻时的浪漫，认为金钱可以办到一切。“大二学生粗犷外表的魅力”。当他意识到自己的写作方法开始成文和明晰的时候，他向作家们提出了建议。

> 作家就是这样开始的，通过模仿大师（不像说到的大师那样痛苦），直到他们有了自己的风格。当他们有了自己的风格，就不再有乐趣，因为除了你自己的痛苦，你无法模仿其他大师的痛苦。

凯鲁亚克在说，从模仿大师开始是可以的，但当你有了自己的风格，你会有自己的痛苦要写，这样就不再有乐趣了。他开始检查自己早期的作品，他在十八九岁时写的日记，那时候他出海完成军事运输任务。

> 所有的眼睛都在看着潜望镜。在此之前，和大炮附近的陆军（不是海军，抱歉）炮手一起度过的美好夜晚，留声机上播放着流行音乐

唱片，部队的小伙子们看上去比那些冷酷、愤世嫉俗的码头鼠辈要真诚得多。以下是我个人日志中的一些笔记……

他这时四十六岁了，他说这里有个人日志中的一些笔记，记录了他1938年塞林格式的岁月。

“到处都有一些合意的男人，比如唐·加里，他是新来的用人，一个明智而友好的家伙。他在苏格兰有妻子，但要跟着商船队回苏格兰。我遇到了其中一名乘客，或者说建筑工人，叫阿诺德·格尔森，来自布鲁克林的热情的年轻人。还有一个人在肉店工作。除此之外，我的熟人到目前为止都是碌碌无为，几乎是愚蠢的。我竭力装出一副真诚的样子，但我想船员们更喜欢怨恨的诅咒和淫秽的愚蠢。至少，就像电影里的男主角一样被误解。”（你能想象这样的废话是那个用人日记里的吗？）

这是他1967年所做的评论。然后事情变得有趣了，因为他把他早期的日记和一些小短语混在一起，让它变得更有趣，或诙谐的文章，或仅仅是开玩笑，引用自己十八岁的话，开玩笑地加上一些新的句子。

“7月26日星期天：天气真好！晴朗有风，波涛起伏的大海就像一幅画……蓝蓝的海水，巨浪翻滚，带着油污，船尾的海浪就像一条明亮的绿色道路……从新斯科舍省到左舷。我们现在已经通过了卡伯特海峡。”（卡伯特是谁？一个布列塔尼人？）（发音为卡—博）“我们前进，去北海。啊，在那里你会发现白雪皑皑的北极。”（那一席大海的话语之波，那即将风雪交加的冰山平原，那残酷的成吉思汗平原上的海草之语，只被升起的泡沫打破。）

那是他在旧日记本中插入的成分。他对元音的倾心和喋喋不休的思想，心灵的嬉戏，以及落笔的轻快之心。暗示一切最终都将化为乌有。泡沫泛起。

> 是的，孩子，土地是印第安人的，但海浪是中国的。知道这意味着什么吗？问问那些画旧卷轴的人，或者问问契丹的老渔民，什么印第安人敢从北美鲑鱼踊跃的河流航行到欧洲或夏威夷？我说印第安的时候，是指奥加拉格。

这里面有一种酒后胡言乱语的玩笑。“土地是印第安人的”是人们最喜欢的一句台词，最初是《在路上》某个地方摘录的。法拉辛出自斯宾格勒，出自巴勒斯在 1944 年给他的那些书，那时我们去拜访巴勒斯。凯鲁亚克逐渐将法拉辛和土地当作印第安人的这件事作为自我认知的一部分。

一开始我不理解他什么意思，当我听到他那样说时，我很生气。我总是对他的天才作品感到恼火。我认为他的意思是，“白人不应该在这里，只有印第安人拥有土地，土地属于印第安人”。后来，我了解到这意味着印第安人了解大地，他们知道所有的植物和药物，就像说土地是园丁的东西。起初我还认为这是政治性的，是一些反犹太的评论。

下一章十分杂乱无章，他那时一定是喝醉了。他这种有效的写作方式很有名。这本书被分成总共十三本左右，里面的每一本书都被分成五到十三小章。每一小章都是一个写作时段，写到哪算哪。这本书就是这样写的。有一天他可能会写一段话，那就是一章。第二天他会发生兴趣，悠闲地写上三页，因此那又成了另一个小章节。然后，当他积累了足够多这样的小章节，可以解释一个季节或者一个他打算按时间顺序在脑海中记录的想法时，他就会继续写下去。

> 但是我的手没有被绳子和铁丝缠住，就像后一年晚些时候的水手一样，现在我是一个帮厨。我隐约听说过莎士比亚喊过那些话，他涮罐子和巨大的平底锅，围着油腻腻的围裙，头发挂在脸上像白痴一

样，脸上溅满洗碗水，不是用擦洗的工具，你该明白的，而是该死的锁奴隶的链子，擦呀、刮呀，整个厨房缓慢地起伏。

哦锅碗瓢盆他们恐惧的吵闹，大海的厨房，海神驾临，成群的海牛想给我们喂奶，大海的诗我尚未完成，苏格兰领主在爱尔兰海顺风划船时的恐惧，项上是另一只狐狸的脖子！她嘴唇的海洋！她瘦骨嶙峋、骨头嘎嘎作响！诺亚方舟的裂缝是由马赛克·施瓦茨在宇宙死亡的无条件之夜修补的。

很短的一章。

这仅仅是一小段文字，没有任何意义，也没有多少抒情，但从叙述的角度来说，没有任何意义，但他并没有删除它或使它成为任何东西。仅仅是短短的一章。在这本书里有很多关于写作的评论，比如《继续读第五本书》。这篇文章十分简单，几乎很难注意到。记得他一挥而就写成一出戏时说过的那句话，“我最新的虚空之作”。这篇文章很无聊，他只是在和他的妻子聊天，这样他就不必成为一名伟大的文学家，他可以随意创作任何他想要的荒谬小品。

在他坐下来之前，他的心里肯定很难受，［然后］就像从木头上掉下来一样。他所要做的就是记住一些细节，偶尔拿出他的旧日记，写下来，然后发表一些有趣的评论，比如“哦，天哪！”。放松，诚实。他不在乎，他不再保持他的神话。事实上，他甚至在他的书中提到在神话学家的范围里他是一个专家。

如果你对写作感兴趣，纯粹的写作，这里面有一种愉快的玩闹，疏忽，他使用的“空闲”这个词非常精确。我的意思是，不是每个人都能那么懒散和粗心。他就像一幅差几笔就完成的名画。他做了那么多，以至于他知道如何改变一个短语，仅仅是改变短语，就在没什么话可说的时候。他从哪儿弄来的？你可能在“她嘴唇的海洋，她瘦骨嶙峋、骨头嘎嘎作响，非爱尔兰海的浅滩”中注意到乔伊斯的《芬尼根守灵夜》和《尤利西斯》中的一些元素，对他来说也是重要的原型。

10. 吕西安·卡尔对凯鲁亚克的影响

吕西安·卡尔是我们每个成员的神话中的核心人物，如果不引用他的话语作为文学背景资料，就很难开设一门关于“垮掉一代”文学史的课程。凯鲁亚克的一篇名为《老吕西安的午夜》的文章就是这样一篇宏伟的文献记录，后来改名为《老天使的午夜》。这是凯鲁亚克笔下吕西安式的胡言乱语，一种乔伊斯式的《芬尼根守灵夜》的风格，一种主要基于吕西安语言的无意识语言。杰克似乎从吕西安·卡尔的演讲中听到了莎士比亚的声音。吕西安的语言很纯正，很美，我们都认为他是我们中最会说莎士比亚式语言的人。最后吕西安决定，他不准备像我们这些自大狂那样，投下任何阴影。①

在《墨西哥城蓝调》中有一个很有趣的合唱，这可能是所有这些的总结。它是莎士比亚、吕西安·卡尔和 W.C. 菲尔兹的混合体。

第 217 首合唱

侃侃而谈的老兵走来了
顺着我不假思索的句子最后的噼里啪啦 ②
你觉得时光老父将他塑造成何物？西方的摸奥子 ③
没有一点瑕疵的帽子
夜晚时分困在阳具里
被鸡奸只有
一点点的补偿
他们面容英俊狂野

---

① 吕西安不喜欢抛头露面，他谢绝媒体采访，也请求朋友尊重他的隐私。——原注

② 原文 Prapopooty，是凯鲁亚克自造的词，结合了亲密昵喃的“屁股（Pattot）”“孩童（Pattoty）”。

③ 原文 Sponeet，凯鲁亚克为和下文“帽子”（Bonnet）形成对照关系自造的单词。

狂喜的荣耀
照亮他们闪亮着升起的长矛
顶着最高的啪了啪
于是，我总是凝望着
上帝，回忆起一切野兽
一切鳕鱼的源头
自然条件下的波士顿人
不用我自己的思维
不写铁路和补偿
这些忧愁，又伤了我的手
用虚空的劳动折磨我的手
在奥利海湾
来一场百码狂奔
看看我要做什么
这金酒加汤力水
喝吧，莫尼科斯
塔布
塔布
塔布噢
一整天

你们能听懂这些诗吗？我经常听到这几句，像铃声一样清澈。上周五，骄傲的人走来了，顺着我不假思索的句子，我火焰的句子，我冷漠的句子。时间对他有什么影响？他只是在模仿莎士比亚的十四行诗，写他想到的一切。部分是态度上的但也有双关语的暗示。

这是典型的吕西安·卡尔的话语，他在模仿。它是《老天使的午夜》的散文典型段落，是我选择这段的原因。这很好，很有趣，只是一场醉话，各式各样的话语，所以你不必深究意义。在音节、联想、双关语上都有各种各样的提示。如此一个星期天的下午，宇宙所有声音都从耳朵这扇窗户传进来。这是《老天使的午夜》的第一页，正如我说过，杰克感兴趣的其实是吕西安的声音。

只是好玩罢了。凯鲁亚克总是随心所欲。你不需要遵守任何人的规则，你甚至不需要有意义，你不需要编故事，只要你是脚踏实地的。这是心灵空虚、艺术空虚的表现。

11. 凯鲁亚克和《德卢兹的虚荣》，第二部分

凯鲁亚克在海军中疯掉了。战争还在继续，他去了海军精神病院。他认为这个世界是疯狂的，他不想和它有任何关系。他只想成为一名小说家，但他不想与世界有任何联系，也不想负责任。他的父亲去看了他，然后是他的老朋友塞巴斯蒂安·桑帕斯①，雪莱式的、诗人的、理想主义的朋友。

> 理想者萨比剃着平头，穿着美国陆军制服走进来，心情低落，但怀有梦想。他想跟我说点什么，"我记得，杰克，我一直有信仰"，但某个来自西弗吉亚的抑郁躁狂症者把他推搡到一个角落里，抓住这列兵的袖子，高唱《沃巴什的炮弹》②，可怜的萨比泪眼模糊，看着我说："我来这里是找你说话的，我只有二十分钟，这鬼地方，现在怎么办？"
>
> 我说："进厕所。"西弗吉尼亚人跟在我们后面嚷嚷，他开心的时候就这德性。"萨比，别担心，这孩子没事，大家都没事……而且，"我补充道，"我和你都没有什么话可说……我想，除了在巴特利特中学被烧光、火车带我回纽约预科学校时，你在旁边追着跑，记得吗？

---

① 即下文中的萨比，凯鲁亚克的童年好友，双方对彼此在生活和文学上都有影响，凯鲁亚克的第三任妻子是桑帕斯的妹妹。

② 原名 Wabash Cannonball，美国民谣歌曲，讲述一列开往家乡的火车勾起的思乡之情。

在暴风雪中歌唱《再见一面》……嗯?”

那是我最后一次见到萨比。此后，他在安齐奥滩头阵地上受了致命伤[1]。

这是他向最亲近的人做的迟来的告别——一位英年早逝的诗人。这是凯鲁亚克对这位迷失、纯洁、无辜的诗人的刻画。我认为他们之间有一种伟大的爱。

杰克提到，这本书在他写作过程中有一个关键点和一些变化。他在写作时就意识到了这一点，在这部特别的小说中，他把这看作一种空虚的玩笑。奇怪的是他知道自己在做什么，或许他决定写了什么就是什么。在这篇文章中，他和他的队友进行了一些关于橄榄球的对话。

我说："我突破后，也许不会进球，而你又错过了某个愚蠢的选择，我就用一把小镰刀将第一个球斜击到角落里，就像你这魔鬼一样轻柔。"

"因此你就是魔鬼。"

"不，我是他的风。我从他的掌控中逃脱，就像一次不能永久的握手。"

这就是本书、本故事的中心。

这就是被马萨诸塞扬基队称为的"深层形态"。

有趣的中卫不一定要卖百事可乐。

他认为自己是一个有趣的中卫，但他可以成为一名小说家，而不是像其他的中卫一样，变胖变老，卖百事可乐[2]。这本书在前半部分某种意义上着重于他在贺拉斯·曼中学的日子，然后继续写到了纽约，写到了巴勒斯、卡尔、汉克和我自己。他当时只是决定，"好吧，我还是继续写吧，

---

① 指第二次世界大战时盟军在意大利对抗轴心国的登陆战，又称鹅卵石行动。

② 在凯鲁亚克年轻的时代，百事可乐喜欢找当红的橄榄球明星做广告推销饮料。

写故事吧”，他也是这样告诉读者的。这里有一些内容是关于他理解的天主教义和他对上帝的看法，我认为这很好，因为他在总结思想，哲学思想。并漫不经心地得出一些结论：

> 因为当我在天堂看到我死去的爱猫蒂米的脸，和听到它像从前那样小声地“喵喵”叫时，我惊讶地意识到，第二次世界大战期间它甚至还没出生，在这一刻，又怎么会死了呢？如果它没有出生，怎么可能死呢？所以只是一个以分子形式出现了一会儿的幻影，用上帝一般的完美困扰我们的灵魂。在蒂米这里，完美就是当他如狮子般蹲坐于厨房餐桌上，爪子伸直，头耸立，下巴肥肥的。上帝的不完美体现在它临死时肋骨和脊椎清晰可见，毛皮脱落，它看着我的双眼：“我也许爱过你，我也许现在爱着你，但太晚了……”帕斯卡尔说得比我好，他说：“除了自己的一钱不值，我们应当从各自的黑暗中凝聚什么？”接着他补充，为了给你指一条正确的道路：
>
> “大自然中的完美，证明了她是上帝的形象。”——蒂米像狮子般蹲坐着，身手矫捷，精神焕发，我是无忧无虑的1943年的年轻人。所有人，“不完美”——我们衰弱、日薄西山，我们所有人——“让我们确信，她只不过是他的形象。”[那种特征只是上帝的形象。然后是凯鲁亚克的评价]我相信这些。
>
> “上帝死了”这话让每个人胃里感到恶心，因为他们都知道我刚才说的，以及帕斯卡尔说的，“逾越节”的意思是复活。

哲学家帕斯卡尔的话，以及“逾越节”，逾越节的羔羊，代表了复活。他在这里做了一个天主教式的陈述，仅仅是从美学的角度。“‘上帝死了’这话让每个人胃里感到恶心”，这是他对一个智性问题的最后评论。

当我们第一次聚在一起的时候，我认为至高无上的现实是我们可以作为“新幻象”来追求的理想。凯鲁亚克和我都用了“新幻象”这个短语，可能来自吕西安·卡尔，他随身带着叶芝的《幻象》，也可能来自兰波的

《地狱一季》里的一段话，诗中说："我们何时出发，越过海滩和山峦，前去问候新的劳作，新的智慧，还有暴君和魔鬼的逃亡，以及迷信的终结，作为新人崇拜大地上的圣诞！"在兰波的诗里，这是一个小小的充满幻想的时刻，如此辛酸、甜蜜和悲伤，因为他没能做到，但我们决定要做到，所以我们想在大地上过圣诞。这是我的痴迷，但凯鲁亚克也用了"至高无上的现实"这个词，来说明我们追求的东西。

> 我想，例如一天早晨我正枕着枕头，听到钢甲板上传来斗殴和摔跤的嘈杂声，五十人正在酣斗，棒打锤砸，但这是袭击警报的尖叫声，"所有人到甲板上集合"，我意识到我正听到潜艇攻击时深水炸弹的声音。我只是翻了个身，又睡着了。不是因为我们有五百磅重的炸弹却束手无策，而是因为我仅仅是想睡了，我在海军精神病院想明白了："如果至高无上的现实做了安排，我过马路也可能会丧命，那为什么不去海上呢？"而且，该死的，我只是一直都很困。他们叫我"昏昏欲睡的德卢兹"。他们叫我"疲倦的德卢兹"。像比图·贝利那样，你可能会说……呼噜噜。

这一段话以鼾声"呼噜噜"作为结尾。"如果至高无上的现实做了安排，我过马路也可能会丧命，那为什么不去海上呢？"他的睡意如此特别。就像从一个过于复杂的场景中跳接出去。当遇到了某种不可处理的状况，他所做的通常是两手一摊，任其失控。

12. 会见巴勒斯和金斯堡从哥伦比亚退学

我们每个人以前都单独见过巴勒斯。吕西安·卡尔把我带到格林尼治村，他的一个朋友戴夫·卡默勒住在那里，但他不在家。巴勒斯住在拐角处，我们去了那里，这是我第一次和他见面。吕西安前一天晚上出去了，喝得酩酊大醉，打了一场血战。他倒在地板上，和一个同性恋男人或某个女孩打架，咬掉了他或她的耳朵，我认为这简直耸人听闻。我在新泽西州的帕特森从未听说过这样的事。我刚到哥伦比亚大学，我不知道周围是一帮咬掉别人耳朵的醉鬼。

巴勒斯坐在壁炉旁一张矮矮的沙发上，我坐在一张木桩做的咖啡桌上。吕西安在讲这个故事，巴勒斯说："用不朽的吟游诗人的话来说，'我不想因为这样笨拙的争论脏了我的剑'。"意思是说，这样的争论很愚蠢，为什么要为它争斗呢？这就是巴勒斯的简洁和明智，立刻就体现出来了。这句话使我欣赏莎士比亚的智慧，以及"笨拙的争论"措辞的精确性。

我还记得巴勒斯说过的另一件事，那是对他的性格和谈话的第一次文学回忆，就是有个同性恋女孩住在他楼上。比尔说他喜欢她因为她"直率、有男子气概、可靠"。对我来说，这是后来促使我思考同性恋解放的决定性短语。通过性格来判断一个人，就这么简单。

当我们都去看巴勒斯时，那是一种简短、柔和、平静的经历。后来我们住在琼·巴勒斯的公寓里，杰克和我每天都花上一个小时和巴勒斯待在一起，他扮演精神科医生。这是一次常规的精神分析，巴勒斯是我们的听众。当我终于脱口而出说"没有人爱我"时，我的情况有了定论。说这些话的时候，我哭了。巴勒斯坐在那里，带着某种客观、友好、倾听、通融、欢迎的态度。这对我来说是一次突破，是对自己真实感受的一次领悟。

大约一年后，我住在哥伦比亚大学的哈特利厅宿舍，刚刚写了一首名为《最后的航行》的长诗，这首诗是根据阅读波德莱尔的《遨游》和兰波的《醉舟》改编的。波德莱尔最后引用了我们所有人最喜欢的一句话："哦，死亡，老船长，起锚吧，我们该走了，沉入海底吧，天堂还是地狱，有什么关系？在未知的海底寻找新的生命。"它与我们的新视角有关，那就是至高无上的现实。

看望巴勒斯之后，凯鲁亚克来到我住的地方，我给他读了我的长诗《最后的航行》。他刚刚和巴勒斯谈过，其间巴勒斯说："好吧，杰克，你知道，你的问题就是，你被缚在你母亲的围裙带上，它会越来越紧，到最后你只能待在那里，无法离开你的母亲，那是你的命运，你的宿命。"凯鲁亚克对此不寒而栗。这是来自巴勒斯那方面的精确见解，因为杰克是被母亲拴住了。我没有意识到，其实他把他母亲的许多想法都内化了。那是一个预言式的夜晚，当我们说完所有的话时，已经很晚了。凯鲁亚克不想回长岛，所以他和我一起过夜，睡在我的床上。我有点害怕，因为杰克不知道我是同性恋，也不知道我对他有兴趣。我想他可能会很生气，我也不想提起这件事，这太难了。

凯鲁亚克曾被禁止进入校园，据学校说，因为会“对学生产生不良影响”。凯鲁亚克来看我的那天早些时候，我发现窗户很脏。我们有一个穿蓝制服的女清洁工，我觉得她有点反犹太。趁她还没有擦我房间的窗户，我用手指［在灰上］作画来装饰它们，“巴特勒没有睾丸”（尼古拉斯·穆雷·巴特勒当时是学校的校长）和“操犹太人”，我以为她会擦干净窗户。这是枯燥无味的大学生活中的幽默。但她没有把它擦掉，而是去向院长报告了这件事。当凯鲁亚克和我像无辜的羔羊一样在那个诗意的夜晚睡觉时，门开了，院长走了进来。凯鲁亚克睁开一只眼睛，立刻察觉不对。他从床上跳了起来，跑进了我室友的房间，钻进空空的床，把被子蒙在头上，接着睡。让我想起这件事的是那句“该死的，我只是一直都很困”，在深水炸弹爆炸的时候，他把被子蒙在头上。然后院长走了，我穿好衣服，准备面对现实。凯鲁亚克起身回家，回到了母亲身边。在这次危机中他没有和我站在一起，所以我一个人去了院长办公室。

我已经读过塞利纳的《长夜行》，巴勒斯给了我这本书。主人公费迪南·巴达木①和他的朋友鲁滨逊在咖啡馆里喝酒，喝得有点醉。时间是第一次世界大战开始时。突然，他们看到一大群醉鬼兴高采烈地沿着街道游行，他们带着乐队、横笛、旗帜，还有女士，每个人都兴高采烈地手挽着手参加游行。他们徘徊在城镇的边缘，仍然醉醺醺的，有扇门在身后关上了，他们发现自己参军了。在第二章中，他们在战场上，巴达木环顾四

① 小说的主角 Ferdinand Bardamu，主人公的名字由 barda 和 mu 组合而成，分别代表法语中的“行囊”和“推动”。

周，所有这些人都在哭爹喊娘，炮弹在头顶呼啸而过，疯狂的上尉发出自相矛盾的命令，要求大家前进，冲进残酷又危险的战斗里。塞利纳是这样描写的：“我突然意识到我周围的人都疯了，如果我想在这种情况下生存下去，我最好采取措施，让自己完全脱离他们的疯狂计划，或者完全逃避，或者让自己隐形。”这句话很有趣。我认为这是西方文学史上最伟大的时刻之一，当主人公在战争中醒来，意识到他周围的人都疯了，觉得他最好离开那里。

我想说那就是嬉皮士式的作风，一种在社会中醒来发现每个人都疯了的态度。这一切完全是一个疯狂的计划，它将摧毁所有人，没有人会幸免于难。怀着这种态度，我走进院长办公室。他隔着桌子对着我说：“金斯堡先生，我希望你意识到你所做的事情的严重性。”我脑海中闪过塞利纳作品里的那一幕，他的四面八方都是危险的疯子。然后意识到，你知道，你正陷入非常危险的境地，下半辈子将被搞得一团糟。我说：“啊，我知道了，先生，我知道了。您是否能告诉我，我该做什么来弥补呢？”卑躬屈膝，战战兢兢，连声附和着好让自己摆脱窘境。

后来我去看特里林。我记得特里林很有意思。他不知道整件事到底是怎么回事，他认识我，认识凯鲁亚克，他意识到这件事有些愚蠢。他说：“我已经和院长谈过了，但似乎无能为力，他是铁了心了。”最终学校决定让我从哥伦比亚大学退学，直到我变得更加成熟才能回来。我必须得到精神科医生的证明信，信中要说明我在外面工作了一年，现在已经足够成熟，可以进入大学读书。

在我耳边回荡的是“金斯堡先生，我希望你意识到你所做的事情的严重性”，因为实际上我什么都没做。我什么都不敢做。我想做点什么［和凯鲁亚克一起］。我整夜躺在那里渴望着，思考着，做着梦，但我什么也没做。

回到凯鲁亚克。这里有一个我一直很喜欢的短语。他在船上：

……我在想：“约瑟夫·康拉德没有错，从孟买到不列颠哥伦比亚省，老水手世界各地都去，从孟买到英属哥伦比亚，在旧海轮的船尾抽烟斗，他们实际上就是生在海上死在海上，甚至连头都不抬……甚至因为有老鼠而在甲板下面养了猫，有时候还养狗……他们抽什么烟草？他们做什么，他们去哪儿，当他们在澳门穿上盛装，去做什么？”

我觉得这个短语“在澳门穿上盛装”①，发音漂亮。我认为这是凯鲁亚克的本质，实质上是爱闹的，潇洒的。他有着古怪的耳朵。音乐就从那里诞生。我想以一段话来结束。

我们准备向着布鲁克林航行之前的一个上午，我构思了“德卢兹传奇”的想法，这是一个飘雨的灰色早晨，我坐在出纳员的办公室里，他的打字机对面，我猜这是他最后一次喝醉，我目睹了这一切：用毕生的精力来描写我自己看到的事情，用自己的话来叙述，至于风格，我决定无论是二十一岁还是三十岁、四十岁或后面更大的年纪，将所有一切作为对当代历史的记录，将来可以来看看到底发生了什么，人们到底在想什么。

“看看到底发生了什么，人们到底在想什么。”这正是凯鲁亚克所做的。一个简单的点子，记录人们的真实想法，这就是他文学生涯的理念。竟然还可以以这种视角去写，这个点子令我非常震撼。

13. 凯鲁亚克和《镇与城》

《镇与城》作为处女作是非常了不起的，它确实是凯鲁亚克风格的散文，里里外外，从头到尾。作品包含了凯鲁亚克奏出的小提琴般的明亮之声，忧郁的小提琴昭示了时间流逝。一些你可以《在路上》和《科迪的幻象》里体会到的全景式的意识，关于橄榄球场末端红色十月落日远景的意识，场上的

① 原文是“glad rags in Macao”。

主人公们在黄昏中互相争夺，同时高中老师因为变老而绝望地用拳头砸向桌子。这里同样有一种忧郁的时空意识。当我第一次读到《镇与城》的开头部分时，我觉得它是一座伟大的纪念碑，我哭着写了首十四行诗。[①]

> 这个城镇是加洛韦。梅里马克河，宽阔而平静，从新罕布什尔的丘陵上流向它，在瀑布处破碎，是岩石上一场起泡的劫难。[“是岩石上一场起泡的劫难”，这是鲜明的凯鲁亚克式场面。]在古老的石头上变成泡沫，河流突然拐进宽阔而平静的盆地中，现在沿着城镇的侧翼，穿过树林茂密的峡谷，流向劳伦斯和黑弗里尔，到达普拉姆岛所在的大海，河流没入无边无际的水域，消失了。在加洛韦以北的远方，靠近加拿大的源头，这条河不断地汲取资养，从无尽的源头和深不可测的泉水中流出。

开头他就满嘴元音。他很享受这种感觉，虽然在这种情况下，它们会更浪漫一些，更像托马斯·沃尔夫深不可测、含糊不清的元音。从沃尔夫那里，他得到了这些交响乐式的长篇大论，还有他在所有小说中所表现出来的个人品质、个人的欢愉或快乐。

沃尔夫写过一段话，描述了一种喜悦、欢乐和狂喜的感觉，这有时让他不知所措，让他尖叫。这是凯鲁亚克在沃尔夫的世界里最喜欢的参考点，事实是巨大的托马斯·沃尔夫会想出这种完全个人的、曲折的喜悦。凯鲁亚克从沃尔夫那里得到的是一声微弱的个人式呼喊，还有那大尺寸的画布，林林总总的人物，无尽的书本，就像流过岩石的河流，越来越宽。

他写《镇与城》时，把自己分成了三个人物。他以一种虚构的方式描写了他的家庭。他真实的家庭包括他小时候就去世了的弟弟热拉尔、他的妹妹尼恩和他自己。在这本书中，他把虚构的马丁家分成几个兄弟姐妹。

---

① 指金斯堡的《十四行诗二首》：……恐怖之都，地狱般的纽约，还有多久你将沦为废都，一座灵魂的坟墓，一口颓唐的丧钟。伦敦火光四射，死神笼罩莫斯科，巴黎铅灰色的躯体全部卷入丧钟爆裂的哀鸣——所有城市都将因其赫赫威名敲响丧钟。

兄弟们都代表了他性格的不同方面。他很清楚这一点。这三个有分量的人物实际上是凯鲁亚克本性的画像和自我分裂。

> 长子是乔，此时大约十七岁。他会做这样的事：他借了朋友的旧汽车，1931年的奥本，和一个像他一样狂野的年轻牧马人一起开车去佛蒙特州看他的女朋友。那天晚上，在和女朋友们尽情跳了路边波尔卡舞曲后，乔把车开出了弯道，撞到了树上，车的残骸散了一地，他们受了轻伤。乔仰面平躺在公路中央，心想："哇！如果我说我快死了，也许会好一些，否则警察会找我麻烦，从那个老头那里得到报应。"
>
> 他们把乔和其他人送到医院，他在那里"昏迷"了两天，嘴闭得严严的，东看看西瞅瞅。医生们认为他受了严重的内伤。当地警察偶尔会过来询问。乔的朋友来自加洛韦，他只受了轻微的划伤，很快就可以起床了，和护士调情，在医院厨房帮忙洗碗，琢磨着该怎么收场。他每天来乔的床边二十次。
>
> "嘿，乔，你什么时候会好起来，伙计，"他抱怨道，"你怎么啦？唉，为什么会发生这种事！"
>
> 最后，乔低声说："闭嘴，看在上帝的分上。"他又严肃地闭上了眼睛，几乎虔诚地闭上了眼睛，带着疯狂的目的，让另一个男孩惊讶地张大了嘴。
>
> 那天晚上，乔的父亲晚上开车翻山越岭来接他这疯儿子。半夜里，乔从床上跳起来，穿上衣服，兴高采烈地跑出了医院。之后，他以每小时七十英里的速度载着他们赶回加洛韦。

我想凯鲁亚克当时在读《卡拉马佐夫兄弟》，所以他有些类似地把自己分成了陀思妥耶夫斯基笔下的角色。乔相当于德米特里，一个顽固的纯美国人（或纯俄罗斯人）。他是个有大男子气概的男人，常和摩托车、汽车残骸打交道，谈女朋友，往北驱车一百英里去约会，去游泳池。最终发展成他对尼尔·卡萨帝或迪安·莫里亚蒂的崇拜。这是凯鲁亚克在自己身上发现的一个特征，常见的纯美国直男。

卡拉马佐夫兄弟的另一个角色是知识分子伊凡，惯于思考的，有点像巴勒斯。这是凯鲁亚克本人的复合体，他性格中病态的、城市知识分子的一面，加上巴勒斯的性格、行为和相貌中的一些特征。

> 他的弟弟弗朗西斯·马丁总是闷闷不乐。弗朗西斯又高又瘦，上高中的第一天，他沿着走廊走着，神情阴沉地盯着每个人，好像在问："这些傻瓜都是谁?"当时弗朗西斯只有十五岁，他有个习惯就是一个人待着，看书，或者只是盯着卧室窗外看。他的家人"无法理解他"。弗朗西斯是已故的可爱的小朱利安的孪生兄弟，他和朱利安一样，健康状况也比不上马丁家的其他人。但他的母亲爱他，理解他。
>
> "你不能对弗朗西斯期望太高，"她总是说，"他身体不好，可能永远也不会好起来。他是个奇怪的男孩，你必须试着去理解他。"
>
> 弗朗西斯轻松地在学业中展现才华，创造了学校历史上的最高纪录，这让所有人都感到惊讶——他母亲也明白这一点。他是一个顽固、忧郁、薄嘴唇的年轻人，略微有点驼背，冷酷的蓝眼睛，一副神圣不可侵犯的庄严和机智的样子。

我想他是从巴勒斯那里得到了"冷酷的蓝眼睛，一副神圣不可侵犯的庄严和机智的样子"。

> 在马丁这样的大家庭里，当一个成员与其他成员保持距离时，他总是会被怀疑，但同时又会受到奇怪的尊重。因此，受到这份尊重的弗朗西斯·马丁很早就意识到了隐秘的力量。

对于一个二十七岁的孩子来说，这么写相当聪明了。这本书大概是我们和巴勒斯、琼·巴勒斯、哈尔·蔡斯一起住在同一所公寓里时开始的。凯鲁亚克在城里进进出出，就像弗朗西斯在城里一样，跟我和巴勒斯在一起无所事事。乔·马丁，这个纯美国人，和哈尔·蔡斯在一起，去酒吧，喝得酩酊大醉，追女孩子。

> “你不能催促弗朗西斯，”母亲说，“他是自己的老板，时机到了他才会做他想做的事。他这么沉默，那是因为他有很多心事。”
>
> “如果你问我，”罗西说，“他只是在这里出了点问题，”她的大拇指在耳朵边转动，“记住我的话。”
>
> “不，”马丁太太说，“你就是不了解他。”

把凯鲁亚克分成三部分不是我的主意，是他当时自己说的。他会说，“我正在写这本书《镇与城》，我把它都写出来了，我把我自己的不同部分也写进去了。”他有意识地要这么做，并告诉我们他正在这么做。他说：“弗朗西斯是我像巴勒斯的那部分。”然后他会朗读关于弗朗西斯的段落。第三个［兄弟］是敏感的凯鲁亚克。不是颓废的也不是纯美式的，而是基督教圣徒或佛教的菩萨。

> 学校礼堂里一年一度的“黑人秀”表演之后，十三岁的彼得·马丁看到他的妹妹露丝在舞会上和另一个男孩如此亲密地跳舞时感到很震惊。俯视整个舞池，玫瑰色的、朦胧的、可爱的舞池，他觉得生活比他想象中应该的样子更令人兴奋。［这里完全是凯鲁亚克本人。］这是 1935 年，管弦乐队演奏了拉里·克林顿的《红色研究》，每个人都开始感受这令人激动的新音乐的无限潜力。空气中弥漫着关于本尼·古德曼、弗莱彻·亨德森和新的伟大管弦乐队崛起的谣言。在拥挤的舞厅里，灯光、音乐、舞动的身影、回声都使这个男孩充满了新奇的感觉和神秘的悲伤。

“神秘的悲伤”，我想这是凯鲁亚克第一个高贵的真理。这是对永恒下的小木偶们的一瞥，它们在各自的虚空里互相抓伤对方，在空空荡荡的天空中，巨大的云在头顶上酝酿着。

彼得靠在窗边，凝视着春天的黑暗，回想那对抱在一起的舞者，音乐的浪潮激发了他，使他无限渴望长大，去上高中，他也可以拥抱体态优美的女孩跳舞，参加“黑人秀”表演，也许还会是一个橄榄球场上的英雄。

“看见那个平头的家伙了吗？”露丝指给他看，“那个矮胖的，跟漂亮的金发女孩跳舞的那个？是鲍比·斯特德曼。”

在彼得看来，鲍比·斯特曼这个名字印在了神圣的体育版上，是感恩节那天加洛韦-劳顿比赛的新闻短片上的一个掠影，是英雄中的英雄。一种黑暗、骄傲和疏远的东西包围着他的名字、他的形体、他的气场。当他在那里跳舞时，彼得简直不敢相信自己的眼睛——难道这就是鲍比·斯特德曼本人吗？难道他不是这个州最伟大、最快、跑得最厉害、移动最快的中卫吗？难道他们没有把他的名字用黑色大写字印出来吗？难道他的名字和他周围高傲的黑暗世界没有被一种缓慢而恢宏的旋律所包围吗？

这便是对一位橄榄球英雄的浪漫描述。

然后彼得意识到露丝和卢·怀特在跳舞，另一个遥远的英雄名字，大雨滂沱或大雪纷飞时在场上奔跑的身影，报纸上的一张聚精会神的中场的脸。

这里面有一些非常聪明的东西。他已经找到了他的原型思想形式，还有春天的黑暗、神秘的悲伤这种意象。有些词有点含糊不清，但在所有这些词中都有很多特别的细节。那近乎热内[①]般的华丽修辞，那伴随“英雄

① 指法国作家让·热内（Jean Genet），幼年被遗弃在孤儿院，以小偷小摸为生，生活坎坷，后在监狱中写作，成为作家，文风洒脱，关注中下层。

之名”的缓慢恢宏的音乐。这也有点讽刺意味，是他修辞中有趣的幽默。

当他再一次在感恩节比赛那天看到他时——远远地在球场上躬起身体，彼得简直不敢相信这位遥远的神竟然来到他家看他的妹妹，因为笑话而开怀大笑。观众在欢呼，秋风抽打着体育场周围的旗帜，远处的卢·怀特在条纹场地上将球踢回，做出惊心动魄的擒抱动作，观众简直沸腾了。最后，他在雷鸣般的欢呼声中退场，结束了为学校的最后一战。乐队演奏《母校歌》，在风中飘散。

彼得对他的父亲说：“两年后我也要参加比赛。”

“哦，你会的，是吧？”

“是的。”

“你不觉得你还太小，不适合吗？外面的那些男孩壮得像卡车。”

“我会长大，”彼得说，“也会变强壮。”

他的父亲笑了，从那一刻起，彼得·马丁终于被他在世界上所看到的所有不可思议和难以置信的成功所激励。

老三是个敏感的人，也像有远大志向的人，有远大的橄榄球志向，或远大的诗歌志向。还描述了一些其他的小孩，他把自己的家庭分裂成更多婴儿的原型。他已经确立了他忧思的风格和本质。通过投射他已经发展起来的意识和他从我、巴勒斯和其他人身上看到的，他已经开始试图描述角色能动的主观性。我指的是全景意识或时间意识，就像我在宿舍对话时所说的“再见了，门；再见了，第一步”，意识到时间在自己的空间里流逝。

如果在四月某个柔软、芬芳的晚上，十二岁的伊丽莎白·马丁被人看到在湿淋淋的树下独自散步，噘着嘴，情绪起伏，双手深深地探入她那棕褐色小雨衣的口袋里，那么她在思考生命可怕的传说。她一路沉思着，慢慢地走回家，不用说，十二岁的黑暗和恐怖会延续进充满温暖阳光的女人岁月里。

或者，那里是有着坚定的小脸、在回答问题前会舔舔嘴唇的小男孩，他坚定不移、全神贯注地大步走向他的目标，严肃而笨拙地在地下室或车库里摆弄着设备或旧汽车，很少说话，用水蓝色眼睛无比平静地盯着每个人。如果仔细地检查那个男孩，九岁的查利·马丁，当他从事着体现他自信、青春热情的事业时，黑色翅膀在他的脑袋上方出现，并在他深思的眼睛里投下奇怪的光影。

最后，如果在某个雪天的黄昏，夕阳斜射在山脊上，工厂窗户反射着阳光，你看到一个六岁的小孩，一个叫米奇·马丁的男孩，一动不动地站在路中间，身后拖着雪橇，突然因为发现不知道自己是谁、来自哪里、在这里做什么而惊呆了，只记得所有的孩子从母亲的子宫世界脱离时才知道孤独是他们的遗产，是他们重新发现男人和女人的唯一方法。

这就是马丁的一家，老的，小的，还有更小的，这来无影去无踪的一大家子将会成长，像其他人一样获得身高、仪态和四季的洗练，被生活的日与夜折磨，带着血缘的冥冥之中的联系与黑暗中的丰富的联系。

这对一个年轻人来说写得很好。我不能这样写，它太宏大了，太详细了。它被批评为太过沉静和广阔，就像《在路上》一样。自然而然地，浮渣会慢慢消失。他对生活细节的了解和对细节的敏锐关注仍然存在。

就像那句话，“年轻的彼得·马丁听到了蒙特利尔火车的悠长轰鸣被三月空气中的凛冽打断成为碎片”。这很奇怪，“三月空气中的凛冽”，因为我所说的宇宙的外部全景意识有一种有趣的敏感性。“全景意识”是从佛教的冥想术语中提取出来的。它描述了使心灵平静和将心灵延伸到周围全景空间意识之间的过渡点。当我第一次接触到佛教关于全景意识的概念时，一直让我印象深刻的事情之一就是凯鲁亚克对广阔空间的展示。

年轻的彼得·马丁听到了蒙特利尔火车的悠长轰鸣被三月空气中的凛冽打断成为碎片。他听到声音忽然从河对岸的风中传来，吠叫声、喊叫声、打铁声，几乎一传来就停止了。他坐在窗前，醒着，期待着，屋檐在滴水，像某种远雷般的回声。他抬头看着破碎的云在粗砺的天际奔逃，在他的屋顶上，在摇曳的树木上，成群结队地消失，成群结队地前进。有一股黏糊糊的桦树的气味，一股恶臭，又黑又湿的泥土浓郁的气味，还有去年秋天铺着草垫的地板上黑色的、静止的树枝，在一股芳香的混合物中溶化，还有整个前进的气流，雾气弥漫的三月空气。

它是抒情的，是新鲜的，怪异但恰如其分，即使语言是非常直白的浪漫，而不是柔和的。这是一种惊人的平衡，回忆童年，年轻的春天。是详细的、坚硬的、精确的，目的是制造出以元音结尾的长而有力的句子。

《白痴》和《卡拉马佐夫兄弟》是当时我们最喜欢的书，因为这些书讲述的主人公们不断地冲到对方面前，彼此看着对方的眼睛，拷问对方的灵魂，一起陷入大阴谋、犯罪或情感高潮。这是我们对待彼此的典范。我们把《卡拉马佐夫兄弟》中的阿廖沙和凯鲁亚克，或者和我或者吕西安、或者我们的复合体进行某种联系。陀思妥耶夫斯基对他癫痫发作前神秘的光环体验的描述让我们觉得有趣。那些惊鸿一现的幻象，因为我们一直在谈论幻象。

凯鲁亚克总是谈论幻象。他每隔一天就要感觉到这些。他说的幻象是一种知觉，[例如他]突然看到他的家人在他周围走动，或者他来到城市看到我们所有人都挤在公寓里合谋，所以他把我们想象成一群陀思妥耶夫斯基式的爬虫在合谋。他的幻象有点像陀思妥耶夫斯基。

我沉浸在至高无上的现实中，凯鲁亚克沉浸在他那原始的青春幻想中，幻想着成为继莎士比亚或托马斯·沃尔夫之后最伟大的作家，诸如此类。事实上，当我们去拜访巴勒斯的时候，我们突然想到，我们是去拜访韦尔西洛夫的青年①。我们不明白为什么比尔不自称艺术家，为什么他坚持

---

① 韦尔西洛夫是陀思妥耶夫斯基《少年》中的主人公。

说他只是个灭虫员或一个靠汇款过活的人。为什么他没有像我们一样有艺术家的浪漫观念?

《德卢兹的虚荣》延续了同样的主题，是凯鲁亚克对巴勒斯的第一瞥。

> 事实上，有一天我会写一本关于威尔的书，关于他如此靠近浮士德的灵魂，威尔逊·霍尔姆斯·哈伯德，如此特别，我不需要等到他死后才能写完他的故事，他最好的选择就是用手臂咄咄逼人地挥舞着，穿越世界上一座座圣城继续前进……说来话长，等等。
>
> 但在这种情况下，他来看我，打听克劳德，但他说是关于商船的。“但你上一份工作是什么?”我问。
>
> “在纽瓦克当酒保。”
>
> “在那之前呢?”
>
> “在芝加哥当灭虫员。灭臭虫的。”
>
> “我是来找你的，”他说，“想知道如何弄到文件，好运出去。”但之前，当我听说“威尔·哈伯德”时，我把他想象成一个矮壮的黑发人，特别强壮，因为看过关于他的报道，对他的行为有特别的了解。但现在他走进我的公寓，个子很高、戴着眼镜、很瘦，穿着泡泡纱的西装，好像他刚从赤道非洲一个院子里来，在那里，他坐在黄昏里，喝着马提尼，讨论些奇怪的东西……他很高，有六英尺一寸，奇怪又神秘的原因却是他样貌普通(可想见)，像一个害羞的银行职员，长着贵族般冷峻的脸，薄薄的蓝紫嘴唇，躲在眼镜框和玻璃后面一言不发，淡茶色的头发，有点纤细，他柔软的头发在微风中乱舞时有点像伤感的德国纳粹青年——他坐在约翰尼客厅中间的坐垫上时显得那么低调，而且问我非常无聊的问题，比如如何获得海运的文件……现在我对威尔有了第一次秘密的直觉幻象……

这就是凯鲁亚克使用“幻象”这个词的方式，那样使用修辞和那种态度非常普遍。这总是让我困惑，因为杰克总是有幻象，我从来没有经历过真正的幻象，我不知道他说的幻象是什么意思，或许与事物有某种了不起的联系。

> 现在我对威尔有了第一次秘密的直觉幻象，他来找我，不是因为我现在是那个夏天戏剧场面中的一个主角，而是因为我曾是一个海员，就是人们打听航运情况的那类海员，以作为了解某类型的海员特征的初步手段。他来找我时并没有期待深邃与妙趣横生，或混乱的灵魂，这个由上帝从各个层面缔造的摆在你面前的我，亲爱的老婆，亲爱的读者，他描述了一个商船海员，属于商船海员一类，睁着一双大大的蓝眼睛，口无遮拦，实施一些出格行为，然后走开，进入无尽的空间，一个单调的、跟着船走的“商船海员”——虽说他是同性恋，但他没出柜，也没找过我的麻烦，他的期望只比一般的浅薄高一点。就这样，1944 年 7 月，在纽约市那个决定命运的下午，当他坐在垫子上问我关于海运文件的事时（弗朗茨在他身后微笑着），我刚洗完澡，只穿着裤子坐在安乐椅上，回答着他的问题将这段关系开启，他认为这样做才对，结识“有趣、蓝眼睛、黑头发，认识克劳德的英俊海员”，虽然也未必一直如此（对此我有一点骄傲，我比他们花更多力气来创作这段传奇）——好吧，仅仅是笑话而已……尽管，在那个下午，除了有一句没一句的“你做什么”的闲聊，他无法获得更多，“是的，你现在得走了，先带上你的海岸警卫通行证，前往巴特里附近……”。

这真是一段有趣的自我智慧之言，有点脱胎于陀思妥耶夫斯基的作品。像在舞台上，角色之间非常清楚彼此的关系。不是那种有罪的、可怕的逃避责任者，更多是一种幽默有趣的自我意识。1967 年，我只写了一首关于迷幻剂的诗《探访威尔士》①，还有《五角大楼驱魔》与几首歪歪扭扭的诗，但是凯鲁亚克写了整部作品。令人惊奇，年复一年，一本又一本地

① 金斯堡曾在这首诗的末尾提到过是服用 LSD 迷幻剂后写的。

构成了他所说的德卢兹的传奇故事。“我比他们花更多力气来创作这段传奇。”他说。

14. 凯鲁亚克和《科迪的幻象》，第一部分

《科迪的幻象》[①] 于五十年代初完成。我 1953 年离开纽约去旧金山时把这本书和其他书一起带上了，因为在纽约我找不到出版商愿意出。我对这本书的最初反应是恐惧、沮丧、厌恶和愤怒，因为它看起来不像是小说。我花了大约一年的时间去适应它，可出版商永远也无法适应它。书中花了很大篇幅对丹佛和丹佛的科迪、橄榄球场的全景意识进行了托马斯·沃尔夫式与普鲁斯特式的介绍。与此同时，一本叫《在路上》的书稿样章交到了 A.A. 维恩出版社的卡尔·所罗门编辑手里。以此为基础，他们给了凯鲁亚克这本小说的预付款。

《科迪的幻象》实际上是卡萨帝的幻象，是一些启蒙时刻或认知的集合。这本书的结构按照时间顺序将不同的伟大时刻进行了排列。一次剧烈的顿悟。我们在读詹姆斯·乔伊斯的《英雄斯蒂芬》和《一个青年艺术家的肖像》时，会有一种顿悟的感觉，清晰的感知。

我认为凯鲁亚克受到过尼尔大声朗读普鲁斯特的影响。1947 年的时候，卡萨帝在城里，我们手上有本斯科特·蒙克利夫翻译的普鲁斯特，尼尔会在我们使用迷幻剂时大声朗读。他朗读得十分精彩，他喜欢错落有序的长句子，这些句子包含了各种各样在构成过程中产生的思想形式和联想。换句话说，如弥尔顿一样，普鲁斯特用了许多长句来表达他的所思所想。我记得，尼尔大声朗读普鲁斯特的某个长句，那个句子对夏吕斯男爵进行了描述，句子以描述这个犹太法国人欧洲式的黑色的油腻鬈发开头，以巴比伦空中花园闪烁的形象作为结尾，全部都在一个句子里。当

---

① 凯鲁亚克的这部作品直至 1972 年才完整出版，之前仅在垮掉派内部小范围传播过，其中的一些散文意象的段落也用在了《在路上》的创作里。

时尼尔正在谈论我们的意识、我们的谈话和意识如何同时下降了六个层次。我还是第一次听到如此广阔、复杂、简洁的想法，而不仅仅是简单的陈述。尼尔似乎很享受这种特定的冥想，一种出自他的专长——驾驶的冥想。在注意公路状况、汽车、汽车结构和汽车声音的同时，尼尔在迷幻剂的影响下听着音乐电台里播放的《开门吧，理查德》或一些别的曲子或蓝调之类，不时用一只手掌握着调谐盘，大概还试图把他的拇指放在坐在他身边的任何一个女孩的私处，同时跟我或凯鲁亚克保持着关于埃德加·凯西、佛教或者散文的形而上学的谈话，指出所有不同元素同时发生的相互关系，指出在整个思考过程、汽车运动和体育锻炼过程中的某种狂喜的摆动。这些东西影响了凯鲁亚克，那种独特的散文形式和与之散发的思想含义。

凯鲁亚克认为他会尝试以托马斯·沃尔夫风格或普鲁斯特风格的散文以及逻辑句法的散文中来实验这种写法。因此，在《科迪的幻象》中，有一章以描述了橄榄球场上十月红日下的擒抱动作作为结尾，作为小说的样章递交给了卡尔·所罗门，就是凯鲁亚克签到了合同的小说。我忘了他给了卡尔什么，要么就是这个，要么就是《在路上》。他把《在路上》大部分内容作为卷轴上的一个连续的句子提交了①。他出发去了旧金山或墨西哥，完成了这本书，包括所有他和尼尔的磁带录音，还有他对尼尔的其他幻想，然后把它交了出来。这吓到我了，因为这和我期待的小说完全不一样，而我是他的经纪人。我愚蠢地扮演了一个代理人的角色，希望他能兑现他的承诺，写些正常的和谐有序的句子。我吓坏了，给他写了好几封信，斥责他："你怎么敢这样对我！"我跑到疯狂的卡尔·所罗门那里，试图兜售杰克的书，而杰克送来了一本比卡尔·所罗门更疯狂的书。我的反应很丢脸。后来，我开始对这本书着迷了，这似乎是他创作的最伟大的作品。

没有人会出版《科迪的幻象》，除了一段一百页的节选，这段节选是

① 《在路上》是凯鲁亚克连续数10个小时在一整卷纸上用打字机完成的，中间没有间断。

詹姆斯·劳克林在［1959 年］出版的限量版《新方向》中发表的。这本书已经有二十年没有出版了，尽管它应该在《在路上》之后出版，以展示出凯鲁亚克的作品的自然轨迹。那将会震撼人们的心灵，因为它将揭示他艺术的深度和争议的复杂本质。也许所有的评论家都会像我一样震惊一年。相反，他的出版商让他为人们写一本简单易懂的书，解释所有人物的来由，以及他对“垮掉一代”的看法。于是他坐下来，用简洁、短小的句子写了《达摩流浪者》，以此作为商业稿件。他已经完成了这部实验性散文风格的巨著，是时候写一些简短、甜蜜和简单的东西了。在《德卢兹的虚荣》的开头，他这样说：

> 好吧，老婆，或许我就是个麻烦制造者但在我告诉你我必须经历什么样的麻烦才能在 1935 年和 1967 年前后变得好过一点，尽管我也知道世界上每个人都有自己的烦恼，你才会明白我特殊的痛苦来自对我必须打交道的呆子们过于敏感，这样，我才可以成为高中橄榄球明星，一位大学生，倒咖啡、洗碗直到天黑，连着三天都在同一时间阅读荷马的《伊利亚特》，上帝帮助我，一位“作家”很“成功”，到老的时候也不快乐，就是他的宿命。（目前，没人喜爱我的破折号，为这新一代的文盲，我得使用常规的标点符号。）

这是他的第一段话，明显被气到了。这对他来说很容易，因为他已经写了那么多了，这对他没有任何影响。凯鲁亚克后来的大部分作品都是关于四十年代的传说，由于吕西安·卡尔的极度敏感，他甚至没能把这些传说写出来。在吕西安的坚持下，凯鲁亚克直到许多年后才开始写他。这里是他关于巴勒斯的第一个概念。

> 哈伯德的魅力首先基于这样的事实，他是这里这个新出现的“新奥尔良派”的一个关键成员，是那个镇上少有的以克劳德为首的富有且敏锐的家伙，他们的陨落之星路西法天使男孩、恶魔天才，和弗

朗茨这位焦躁又愤世嫉俗的英雄威尔作为观察者，因为更具讽刺能力比许多人更有分量，其他人，比如威尔的具有腐蚀性的朋友凯尔·埃尔金，与他在哈佛“合作颂歌”表达对泰坦尼克号沉没的恐惧和船长弗朗茨射杀一个穿和服的女人，穿上她的和服与妇女儿童一起登上救生艇，当英雄的男人喊：“夫人你能把这个十四岁的男孩放在你的腿上吗？”（克劳德）弗朗茨船长傻笑着说：“当然啦！”与此同时，埃尔金的偏执狂叔叔在船舷边上口齿不清地唠唠叨叨一把秘鲁砍刀像手从水中伸出来，“亚本塔·巴斯德！[①]”一支黑人管弦乐队正在沉船上演奏星条旗永不落……这是他们一起在哈佛写的一个故事，当我第一次看到它的时候，我意识到这个新奥尔良的小集团是美国最邪恶、最聪明的垃圾杂种，但在我那令人艳羡的年轻时代，我不得不献上我的艳羡。他们的风格枯燥，对我来说很新鲜，我的风格是朦朦胧胧的新英格兰理想主义风格，虽然（如我所说）我在他们（威尔的，尤其是克劳德的）眼里的可取之处是唯物主义的法裔加拿大人那沉默寡言冷冰冰的怀疑主义，书中所有的理想主义都无法掩盖……“德卢兹是一个装成天使的杂种”。

实际上这是他自己的看法。玩世不恭、冷若冰霜，在这一切的背后都是敏锐的观察力，而不是朦朦胧胧的新英格兰理想主义风格的面具。1945年或1946年巴勒斯的进一步幻象。

“你为什么不穿一个商业的海员制服？像你这样的男人可以说自己造访伦敦时穿了那件制服，很多事情就方便了，现在正在打仗，不是吗？在这里，你穿着T恤和斜纹品脱，油漆，或裤子[②]，没有人知道你是军人的骄傲，是不是这么说的？”我回答说，他记得“要做些

---

① 原文为“Ya buntha bathadts！”。

② 原文“Pint，Paints，Pants”为叠韵效果的戏谑语。

浪漫的事”，显然是一个伟大的骄傲的语句直接从大厅门口传出，他，一个胆小的（当时）中产阶级的孩子富裕的父母，一直渴望远离家人无聊的“郊区[①]”（在芝加哥）生活，来到真正富裕的美国沙龙，乔治拉夫特和鲁尼恩这样的人物，有男子气概，忧郁，他梦中真实的美国，即使他把我的声明视为契机，回答说：

“这是一个芬克式[②]的世界。”

这预示着我们很快就会成为好朋友，他会把两卷本的斯宾格勒的《西方的没落》递给我，说：“我的孩子，用事实的伟大现实来充实你的思想。”当天晚上他就成为我的好老师。但在最初的那些日子里，在这我们的第三次会面，听我说，“要做芬克式的事”（这对我来说只是一个基于海员做派的普通声明，我妻子和我自豪地面对，和这个世界上与我们不同的“芬克”们产生对抗，那些恶心的玩意儿，没办法），听我这么说，显然威尔心里感到惊讶，无论他现在是否记得，除了胆小和温柔的好奇心外，他那副眼镜后面苍白的眼睛看上去有点吃惊。我认为直到那个时候，他开始对我有一种含含糊糊的欣赏，因为男子气概的独立思考，或“秘密交换”（不管他们怎么想）或魅力，或许是多思忧郁的凯尔特式哲思意外的深邃，或简单破烂光亮的坦白，或一束头发，或有趣绝望的启示中的不情愿，但他记得很清楚（几年后我们在非洲讨论过这一点）。几年后我对此感到惊讶，希望我们能使时光倒流，我可以再一次用无意识的天真使他吃惊，像我们的先辈逐渐揭示的那样，他开始意识到我的确是个人物，一个有不列颠血统的人，特别是一个有趣、愚笨的圣人。他带着某种母性的关怀思考我说话的方式，转过头去，低下头，皱着眉，“要做芬克式的事”“现在（对我来说）是”新奥尔良克劳德的方式，多愁善感，肚子里墨水不少，发音时辅音有力，而元音带有轻微的“eu”音或

---

① 指美国白人中产阶级以社区形式住在郊区产生的某种“标准化”生活。

② 原文 Finkish，指某种脆弱的事物因受到保护而免于毁灭的状态。

“eow”的尾音，你在华盛顿特区会听到这种奇怪的口音（我试着描述下，不是很好形容），但你说“deu”或“deuo”，你发“f”音时似乎这个音从你懒惰的嘴唇中给吐出来了。在那个不可挽回的夜晚，威尔坐在我旁边的长椅上，带着轻微的惊讶说“嗯嗯嗯”和“这是一个芬克式的世界”，他在严肃地为我指点迷津，第一次用茫然和闪烁的眼神看着我。只因为他那时候对我知之甚少，惊讶万分因为“熟稔导致轻视”，浮着面包屑的水面上有许多鱼儿追着啜食。

他今晚在哪里？我在哪儿？你在哪儿？

这是一段很好的冥想意识流。我想他被巴勒斯的角色吸引住了，下一章开始了，“哦，夜色中的威尔·哈伯德！”。

哦，夜色中的威尔·哈伯德！他是当今一位伟大的作家，他是盘旋在西方文学上空的一个影子，每个伟大的作家都有那种温柔的好奇心，对别人的想法和说法，有近乎母性的关怀。世界上，每个伟大的作家都会和他一样因为我本来的样子感到惊讶而匆匆离开。

1944年一个炎热的夏夜，在破烂落魄的纽约，穿着灰色泡泡纱西服的又高又奇怪的“老公牛”和我们坐在一起，人行道上的砾石以同样悲伤的方式在路灯间闪亮着，数年后当我要跨越海洋去看他，我还会看到它，同样悲伤绝望的砾石，我的嘴也像砾石一样，我试图向他解释：“威尔，为什么对任何事情都感到兴奋，每个地方的砾石都是一样的吗？”

“每个地方的砾石都是一样的吗？你到底在说什么，杰克，你真的很搞笑，嗯嗯嗯嗯哼？”他抱着肚子大笑，“谁听说过这种事？”

“我是说，我看到了我们多年前坐过的石头，对我来说，那是你生命的象征。”

“我的生活？亲爱的朋友，我的生活完全没有勇气，亲爱的。让我们把这个问题归入到‘我不想听这些’类别里。再点一杯……真的。”

外面的风阴森森地吹过你所在的满怀希望的酒吧，你在那里信誓旦旦地在灰色的光线中倾侧着脑袋向别人解释某些事情……风吹进了原子空间的无穷无尽的尘埃里。

“我的天啊，你再这么文绉绉的，我就不给你买酒了！”

当时我在写他在第六大道（美洲大道）当酒保的事情。在那些日子里，我在那些日子里如何习惯于惊奇，如何牵动着心弦，几乎破碎……

令人惊讶的是居然有人这样谈论自己，回忆几年前的事。我想这具有一定的普遍性。事后看来，这是凯鲁亚克对巴勒斯的幻象。属于后见之明。现在，他对我的幻象很有意思。

有一天，我坐在约翰尼的公寓里，门开了，走进来一个瘦长的犹太小孩，戴着角质框眼镜，支着两只大耳朵，十七岁，一双火辣辣的黑眼睛，一个奇怪、成熟的声音，看着我说：“谨慎是大勇。”

“喂，我的食物在哪里！”我对约翰尼大吼，因为他进来的那一刻，我脑子里想的就是这个。事实证明，欧文花了好几年的时间才克服了对这位“坐在大椅子上为晚餐大喊大叫的沉思的橄榄球艺术家”的恐惧。反正我也不喜欢他。一看到他，只花几天的工夫我就证明了对这家伙的论断，我得出的结论是，他是一个好色之徒，他想让世界上每个人都在同一个大浴缸里洗澡，这样才有机会浑水摸鱼，在浑水里摸腿。这正是第一次见面时我对他的印象。约翰尼在这方面也感到厌恶。克劳德喜欢他，总是感到很有趣，他们一起写诗，写“新幻象”的宣言，抱着书跑来跑去，在克劳德·道尔顿的客厅里召开即兴讨论，在那儿他几乎从来不睡，带着约翰尼和塞西莉到市中心去看芭蕾，那段时间，我在长岛看望我的家人。

这是他写我的第一个版本，也是他对吕西安·卡尔的又一个看法。在这部小说中，克劳德（卡尔）有一个比他年长的朋友［弗朗茨·米勒（卡默勒）］，哈伯德（巴勒斯）的一个朋友，自孩提时起就一直跟着他，并十数年来一直试图影响他。

> 无论克劳德走到哪儿，米勒就跟到哪儿。克劳德的母亲甚至试图叫警察抓这个人。当时，哈伯德，弗朗茨最亲密的朋友一再规劝他走开去某个地方，再找一个更听话的男孩，去航海，去南美，住到丛林里，去弗吉尼亚州娶辛迪·卢（米勒是出身某地的贵族）。不。这是一种浪漫而致命的依恋：我自己也能理解，因为我有生以来第一次发现自己站在街上，心里想的是："不知道克劳德现在在哪儿？""他现在在做什么？"想完了就去找他。我的意思是，就像你在恋爱时的那种感觉。那是非常怀旧的《地狱一季》。有约翰尼和我恋爱中的怀旧情绪，克劳德和塞西莉在恋爱，弗朗茨爱上了克劳德，哈伯德像一个盘旋的影子，加登爱上克劳德和哈伯德和我和塞西莉和约翰尼和弗朗茨，战争，第二战场（就在这个时候开辟），诗歌，柔软的城市之夜，兰波的呼喊！"新幻象！"伟大的《诸神的黄昏》，情歌"你总是伤害你爱的人"，啤酒的气味和西区酒吧的烟雾，我们花上整晚时间待在哈德逊河河滨路在一百一十六号街边草地上看玫瑰，看货船轻轻滑过。

这就是凯鲁亚克对那个时代的怀旧之情，也是他很多作品的核心。我之前就觉得他描写得很精彩的人物是巴勒斯［和］赫伯特·汉克。在《在路上》中，他大篇幅地描写了巴勒斯和卡萨帝。之后描写的加里·斯奈德更是一次全身肖像。我记得当时感觉他的书就像一次绘画成果，主要人物的肖像着墨最多，血肉丰满，脸颊和眼睑的表现颜色丰富，细节众多，次要角色只是随意地勾勒在周围，包括我本人、菲利普·惠伦或者肯尼斯·雷克斯罗斯。我们几乎是卡通式的素描，有时非常不明显，而他的心到了他浓墨重彩地描写的某些人物那里去了。

如果你读过卡萨帝的信，你会发现卡萨帝是多么崇拜和热爱凯鲁亚克。我那时爱上了他，并把他看作一位英雄式的浮士德作家。他可以坐在家里，孤独迷醉地熟读几百页充满诗情画意的句子。我觉得自己就像写了点歌词的狗屎。而尼尔，自从他崇拜诗歌以来，总是讶异于杰克的坚定和广博、他身上真正的专注和创造的力量。你如果觉得任何人漂亮，唯一的原因是你通过他的眼睛看到了它，并用诗意的方式感受到了。

每个人都从他身上看出了自己的美。因为他的宽容和胸襟，我觉得自己很美。当你听到自己在别人的宽容、温柔和同情的意识中回响时，你就会开始欣赏自己。我们把他看成英雄，后来，我们惊奇地发现评论家们说凯鲁亚克是个弱者，总是跟在别人屁股后面转。

你必须意识到他是一个幻想家。我很清楚这一点，读者也应该知道。如果没有凯鲁亚克，这一切都不会存在。我们只是一群安非他命瘾君子、同性恋、痞子教授。那种措辞是他脑子里想出来的。凯鲁亚克是能量的源头。

巴勒斯是巨大的信息和智慧的源泉，同时也集客观、冷静、平衡、良好的判断力于一身，嗅觉灵敏，彬彬有礼，有文化，高贵。是同性恋，但不是同性恋文化所能定义的那种。凯鲁亚克则有着闪亮的诚实，以及朴素粗糙的坦率。

这是巴勒斯所没有的，简单粗糙而闪亮的坦率。他更像一个小男孩，庚斯博罗忧郁男孩的细腻、忧郁和脆弱。他很脆弱，甜蜜又悲伤，像个小男孩。他出人意料地敏感，而凯鲁亚克更多是一个有着金子般心的、外向的橄榄球英雄。这显然有些夸大，但我认为这种能量、这种热情来自凯鲁亚克，甚至是巴勒斯对写作的热情。之后，巴勒斯自己也认为凯鲁亚克的热情和鼓励是他写作的最大动力。

巴勒斯在探索美国之外的邪恶世界时表现出了他的宽容。凯鲁亚克待在美国感觉不错，但他一越过边境，美国就变成了另一个邪恶的世界。欧洲人，欧洲精灵，躲在那里等待着。巴勒斯探索毒品，探索时代广场，吸引我和杰克对巴勒斯感兴趣的原因就是他所探索的邪恶黑暗之事。

凯鲁亚克和我都是理想主义者，我们都在寻找新的幻象。“高高的山顶上，蝙蝠落在羔羊之谷”是凯鲁亚克写的一首小调。巴勒斯和蝙蝠在高高的山顶上，他想和羔羊一起到山谷里去。我们认为巴勒斯是现实的报丧鸟，但他不认为自己是报丧鸟，而是一名灭虫员。他学过医学，所以他更客观、更冷血、更类似爬虫类。正如罗伯特·勃莱所说，“爬虫类意识”。我们向巴勒斯报告此事，巴勒斯说：“他对爬行动物有什么看法？”凯鲁亚克和我认为巴勒斯非常害羞、温柔、可爱，而且彬彬有礼，安静中透着幽默感。

凯鲁亚克身上的作家特质强烈。他的主题永远是美国和美国背后的承诺。作为一首诗的美国。当美国没有成为托马斯·沃尔夫的理想主义诗歌时，杰克发现为美国写抒情诗或狂想曲更难。

他可能花了很长时间才这么说：“我最好给我妻子写一本小书，而不是贝多芬式的一部关于美国灵魂胜利的三部曲巨作。”那一定不简单，但是他做到了。透过棺材看事物令他的幻想破灭。他已经看穿了自己的虚荣心、自我中心的本性和自我膨胀的欲望。

15. 凯鲁亚克、卡萨帝和《科迪的幻象》，第二部分

在《科迪的幻象》中，凯鲁亚克和卡萨帝都在探索他们对宇宙的第一印象。我认为这是他们建立融洽关系的基础。我想知道他们的童年或青春期时心中对宇宙本质最初的形象是什么？

> ……没有人注意到或谈论科迪将再次出现溺水感，除了在童年对自己驼背的记忆，每当他一转身，那些和他有关的人、其他恰巧站一旁的人有时候完全是陌生人，都会立刻以光速聚集到一起，躲在他背后窃窃私语、手舞足蹈、指指点点直到他快速转过头瞥上一眼或只是慢慢审视他们，事实证明这些家伙总是轰的一声各归原位，带着可以预想的残忍而完美的伪善，站立于之前同一处平淡无奇的位置。

还有另一个画面是在一起开车时科迪告诉凯鲁亚克，他童年的幻想是拿着一把从车的边缘可以探出来的几英里长的刀。当汽车前进的时候，它会砍倒所有的树、房子和人。凯鲁亚克拥有专注于人物和情境原型的能力。这都来自孩子们在青春期拥有的伟大、愚蠢和古怪个性的审美。

> 二战期间在丹佛的台球厅，一个奇怪的男孩开始被下午和晚上的熟客注意到，甚至对于从格伦纳街的一间台球厅的后门穿过一条又一条巷子拨开烟雾缭绕乱乱哄哄所有满台的球桌偶尔在饭后来打打台球的来来往往的过客来说也是这样——那个男孩叫科迪·波莫雷，拉里莫街酒鬼的儿子。没有人知道他从哪里来，一开始也没人在乎。在科迪到达之前很久，其他时代的老英雄们就已经把台球厅的墙壁弄黑了；那些难忘的怪人，伟大的台球鲨鱼①，甚至是杀手、爵士乐手、旅行推销员，不知名的冷酷的流浪者在冬天晚上进门在暖气旁坐上一小时，然后再也看不到了，其中就有科迪·波莫雷（这些人不会被任何人记住，因为那儿没人会去关心他们中的大多数人，当他们一年又一年这样随意地挤在一起，有时候一些面孔会被那一带的当地人认出来）。

这是开场部分，它聚焦于角色和英雄的概念，以及对我们的英雄保持着爱的关注。他今年会做什么？他现在在哪儿？或者她和谁在一起？当我第一次看到这样的语句，我惊呆了。这就像某位欧洲电影导演从宏观的综述到具体的一个细节、一个人物、一张脸一样。那句话中有一种高贵的戏剧性。我记得我说过那是一个很棒的点子，像陀思妥耶夫斯基一样，对所有的人物都保持着爱的注目。但是在谁的心目中这是一场戏、谁在关注、关注的人是什么类型的？凯鲁亚克对他这一代人保持着爱的关注。于是便

---

① 彼时许多美国的台球厅是有赌博性质的地下场所，混迹于其中球技凶狠的赌徒被称为鲨鱼，他们中一些也会有黑帮背景。

有了这么一段非常奇怪的段落。

> 你见过像科迪·波莫雷这样的人吗？好比在冬夜的芝加哥，或更妙，如法戈等任何十分寒冷的小镇街角，有一张瘦削的脸的年轻人，看起来似乎曾被按在铁栅栏上，才能有那样顽强、岩石般的受难的神情与坚毅，之后当你靠近一点看，他脸上是拘谨的自信与快乐，西部人的连鬓胡和老处女才有的一双蓝色轻浮的大眼睛、颤动的睫毛，爱穿着皮夹克的那种短小精悍的家伙，如果是一套配了马夹的西服，他就能让他粗壮忙碌的拇指安静下来摆放整齐像他祖父那般微笑。

这是个奇怪的点子，因为他想要让这个少年犯成为一名内战士兵。这就是凯鲁亚克当时的想法。他正在考虑写一部关于内战的小说。他看过所有那些在内战营地里的小伙子的照片，那些你看到的惠特曼描述过的英俊小伙子，凯鲁亚克意识到他们和我们没有什么不同。他们和每个人一样聪明，有着同样的冒险经历。所以他决定让吕西安·卡尔和巴勒斯来扮演这个角色。你们知道巴勒斯充当嗜吗啡成瘾的南方将军，一位贵族将军，自家豪宅里种着玉兰树的那种。他把卡萨帝塑造成一个英勇的无忧无虑的骑兵，骑马偷枪、跑来跑去和印第安人一起喝得酩酊大醉。

> ……他走得飞快，兴奋地说着话比比画画；可怜的孩子刚从教养院出来，没有钱，没有母亲，如果你看到他死在人行道上，身旁站着一个警察，你会从他身边匆匆走过，一言不发。

这是一篇非常漂亮的散文诗，同时也充满了深刻的见解，从某种意义上说它让你回到了最初的地方面对真实的自己。我喜欢这段，因为它很清晰地展示了全景意识的质量。

而在那广阔的空间里，是孤独。凯鲁亚克曾说过一句话：“人性中那种阴冷非人的孤独。”我觉得孤独是不可避免的，就像浩瀚的宇宙。凯鲁亚克并不是唯一一个喜欢并经常使用“孤独”这个词的美国散文作家。在他之前把“孤独”用得最漂亮的孤独大家，是赫尔曼·梅尔维尔。在梅尔维尔的诗歌中，你会看到那个孤独的灵魂与美国人的孤独联系在一起。凯鲁亚克的中心形象是每个人都在寻找“美国周六夜晚的中心”，用他的话来说。无论周六有多少兴奋，是出去喝个酩酊大醉，还是试着亲热和上床，我们最终还是会变成一个孤独的废物。对凯鲁亚克来说，在后面的小巷里是孤独的实体核心，在红砖建筑下，在霓虹灯下，没有人会多看他一眼。凯鲁亚克把他对美国孤独的印象集中在那堵红砖砌成的墙上，那是每个人的归宿，没人能得到满足。酒吧关门后，所有年轻的、狂野的、孤独的漂泊者最后都会倚在那堵墙上呕吐。这就是他眼前的景象。

> 科迪坐在那儿，整个人因兴奋而震惊，就在一伙人怀着对于还有几个小时就要到来步步逼近中无比重要的周六夜晚巨大而模糊的期待穿过烟雾对着另一伙人大喊大叫时，晚饭后面对镜子精心地打扮，之后是全城的人精儿们对于酒吧的入侵（这个时候已经人声鼎沸，年老的酒徒早已在酒吧丧失了自我），丹佛成千上万的年轻人匆匆从他们的家中赶来，发着傲慢的噼啪声，整理着领带，向那个辉煌的中心前进，行进中带着悲伤，因为没有人，无论他是个酒鬼、战士抑或是个淫棍能够发现美国周六夜晚的中心，尽管这些凌乱的领子和麻木的姿势在周日清晨空荡荡的街角随处可见，实际上，十五岁的科迪最好是告诉他们这一点；即将到来的夜晚和阴暗大厅里桌边每样事物都透着兴奋，虽然如此却未能遮掩某种令人心碎的失落的暗示，从街头黎明的微光中漏出（十月的台球厅）深入所有人的灵魂，这些灵魂中都有着受挫的记忆，不仅有狂野的风吹动着煤烟，在城市里纷飞的树叶，橄榄球比赛，而且现在还有他们的妻子和女人，她们怀着阴柔的盘算，带着自身的渴望欢欣地在城市里快步向前，买一盒盒的肥皂、吉露果子冻、地板蜡、荷兰去垢粉之类的东西，把这些东西放在手推车底部，再走到水果货架买苹果、罐装牛奶、卫生纸之类不太会压坏的

东西，最后是排骨、牛排、鸡蛋边上堆成金字塔形的培根、香烟、杂货区混合摆放的新式玩具、新袜子、家居服、灯泡。当她们的笨男人在自己阴暗的小角落于球、架子、球杆间一次次猛击时，她们用购买满足着每个未来可能的需求。

那是一个很好的长句子。从台球厅跳跃到超市，把所有的细节都写进书中，这是来自尼尔·卡萨帝大声朗读的普鲁斯特作品，其中有些互不关联因素的混合事物，浓缩在一个句子里。

周六晚上终极的画面是丹佛市后街红砖墙上的红色霓虹灯那什么都没发生的地方。人们只是在烂醉如泥地呕吐，这便是路的尽头，也就是说，所有的兴奋最后都以一堵巨大的、令人大失所望的红砖墙结束。人们聚在一起度过一个重要的周六夜晚的想法反复出现在他所有的书中。这堵红砖砌成的墙是“个体无法言说的幻象”之一。

……或者用光芒填充酒店的窗口，闪光和忽明忽现的阴影促使科迪进入他内心最隐秘之处如同使我和其他大多数的人一步步深入到内心的街道、球场、道路，就像被一曲音乐带着握住了思维或带来噩梦的梦中景象那不可言说的流动，无论哪个梦到了最后的核心，总是那堵被红色霓虹灯照亮的红砖墙在等待。

……这在他那可怜的、备受折磨的意识部分和红砖墙有着莫名的关联，那堵当他父亲在拉里默大街因为酗酒和其他五六个人一块从仓库的斜坡上被带走时总是从乡村监狱老旧光滑的等候室长凳看到的墙。

然后下一页：

……看到科迪·波莫雷试图快速进入大丹佛夜晚的中心对他来说他会在台球厅发现明显的中心有时候那里实在太吵里蒙特饭店的大厅的后门开着从交接处你能看到台球厅的实心砖块就像向下注视着无边

的镜子一样包含全部的台球杆、烟雾、绿色；刺入夜的心脏得手或被刺但总是刺不中因为这一切不在台球厅里发生，也不在市中心更远的地方，那里红砖墙延伸得更远，黑色架子上的霓虹灯发出光，深入难以言表的秘密的发亮的光点，那里所有事情都必须发生或至少发出缓和的指示，指出该去哪里找它……

……我得说，听的不是流行歌曲榜而是周六晚上电视里的那些热热闹闹蹦蹦跳跳的远程表演信号（当家里的女人在熨烫散发清香的衣服时），穿着你的浴袍和拖鞋（最好是中式的），带着喜剧色彩。但是周六晚上最好是在霓虹灯后面的红砖墙上，现在比以往任何时候都无限黯淡，像挂在有宽大的电影座位如青蛙般蹲伏在周六晚上变得黯淡的商业地产的无窗外墙上的铁制防火梯，它们投射出更绝望的阴影。

接着是一个关于科迪的直接接触的有趣的章节，他和台球厅里的鲨鱼交朋友并重新产出他的语言，他谈话中的兴奋，试图一次涵盖所有的心理角度。这是凯鲁亚克早期幻象的顶峰，也是围绕着《科迪的幻象》而构建的场景，就像永恒中的瞬间快照。也许这是凯鲁亚克最伟大的写作时刻。

凯鲁亚克将书中的许多元素融合在了一起，它是周六晚上黄昏时的一群人。汤姆·沃森把科迪介绍给了他的台球厅的伙伴，那些中产阶级的孩子，之后这个下层阶级的孩子加入了他们的行列开始炫耀自己。他表现得比其他所有人更机智、更有趣、更有运动能量，这是凯鲁亚克的一个主题特色，孩子们在空地上玩橄榄球与日落时整个天空的全景同时出现。接着介绍了一位老人，他悲叹生命的流逝，意识到自己正在走向死亡，他已经失去了青春和性，没有人爱他。最后，镜头拉近了科迪的脸，拍了一个橄榄球擒抱的镜头。

忽然，在通往柯林斯堡的东科尔法克斯大街上，科迪看到孩子们正在球场上进行橄榄球比赛，说“看呀”，然后跑出去，兴奋地跳着混在孩子们（带着高贵的严肃感好像身上悲剧般的肿块充作肌肉在模仿喜剧中的大力士）中间，接住球，告诉一个胳膊下夹着头盔的金发男孩有多快跑多快，直冲向门柱，那孩子这么做了但是科迪说“跑远些，再远些”，那孩子半路上怀疑能否接到那么远的球他已经七十码远了，科迪使出浑身力气，传出球，远得超出那孩子最大胆的预测，那次传球如此高如此有力，那男孩在黄昏天际完全接不到球，傻傻地转着圈，但是开心地尖叫着——当这一切发生的时候，每个人都很惊讶除了约翰逊，他身着蓝色外套冲出汽车，疯狂地在孩子们中间跳动，接到了球（一开始摔了一跤，因为他穿着新鞋子，鞋底还锃亮的，上面只沾了台球厅半小时的灰尘），他同样命令这位不抱怨的高贵男孩跑过球场，自己怒气冲冲地抛出一道长长的弧线，但科迪不知打哪里冒了出来，在沉沉的暮色里截住了球，动作突然狂躁，就像个狂野的疯子冲进坐满老太太的房间；旋转着，举起球又抛出一记球划过广袤的天际越过约翰逊的头顶，约翰逊嘲弄地看他往回跑，他以前还从未被任何人战胜过（“嘿，噢！”他们在车里喊着）；这样远的传球必定会被风吹走，吹到东科尔法克斯外的路上，然而约翰逊跑到那里躲开车流，像点燃了群山的地平线的疯狂火烧云。西边，球场里某个地方，一些年纪小一些的孩子发着无名之火，尖叫着，穿着短袜子，玩着橄榄球，一些人只是无意义地互相擒抱，都沉浸在十月的巨大喜悦中。……啊，好吧，约翰逊想给科迪传球，科迪挑衅说，“带着球跑过来，让我们看看我能不能断下你的球，让你到不了史蒂倍克站着的地方”；约翰逊大笑着因为他之前百分百是个出色的跑者，不论在哪里（包括学校、营地、野餐），十五岁时一百米就可以跑到十秒九，田径明星的速度，因此他出发时没有完全意识到他在这儿所做的一切会给科迪一些心理层面的机会，他回头看着他奚落道：“好，你来吧，来呀，有什么大不了？”科迪火了，搏命狂奔，不仅追上了他，甚至当约翰逊全力加速时也轻而易举地追上了他，用他那绝对的激情和前所未有的运动员力量，他可以在一百米跑中几乎跑进十秒（此言非虚），然后一次悲惨的断球在场内远处发生了，有那么一刻每个人看到科迪飞身水平擒抱，在暮色中，只见他的脖子使劲往前伸，脑袋垂得像死人般低，有种自我满意、自我成就的感觉，同时好像他的袖子就要擦到约翰逊了，两只胳膊都张开了，做好擒抱的动作，他悬浮在眼睛瞬间的注视中，带有某种难以言表的邪恶，是一种让人惊讶的邪恶，有时你会看到穿着得体的男人在人行道上争斗时，眼睛会放出这样的邪恶，大都市的恐怖，就像电影里巨人间的战斗，这种野性现在就从科迪的新外套中迸发，从垫肩以及庞大的胳膊发出怒火，然而，张开的胳膊带有不可名状的无言预言和深刻的谦卑，像加十字架上低垂着脑袋的基督徒然地射出一发加农炮弹，苦闷至极。轰隆，约翰逊中招了；贾斯汀·G客气地喊道"你为什么不在路上试试，我车上有铁铲"，甚至当他把车开走时都没人注意到。而科迪，就像约翰逊那样，双膝青肿，裤子扯破了，从而一举在汤姆·沃森著名的小团体中建立了自己第一个重要的领导位置。

很久以前，在红色的太阳里……

那个长句以瞬间注视的眼睛结尾，毕竟是全景和红色的太阳。这是他第一个长句写作，也是他的一个伟大的突破。那时候，他受到卡萨帝的作品和普鲁斯特的影响。所有的角色做着一些互不关联的事情，但视觉在一瞬的注视中被捕捉，他们中所有人都通过一个顿悟的时刻互相建立联系。所有的一切发生在高中旁边的红色太阳下的球场里。他开始写一部大部头小说，作为《镇与城》的延续，但它导致的是所有事情同时在他心中出现。也许他感到整个句法太限制人，因此他想如果整部小说就是一个句子会怎么样呢？我认为他当时意识到那样做太过于形式主义，就去写了《在路上》。

这就是凯鲁亚克开篇的小夜曲，或可被称作开篇的华彩乐章，这第一步的风格融入了《在路上》整个的主题里。当我第一次读它时，我哭了，因为它读起来如此具有交响乐团的风格，如此纷繁的元素糅合成一个句子，这么长的气息，这样悦耳，好似智慧，一刻接着一刻感知的智慧，它看起来神秘的同时又有着惊人的哲理，一次对时间、空间全景似的一瞥。悲痛、遗憾、深邃。

他对精神实质的探索有着合乎逻辑的进展，有着对世界的阐释和说明。这一点始于《科迪的幻象》一书的主题，顿悟时刻，启发时刻，或者明显的令人心碎的时刻。然后，他将其延伸到他自身，接受自己，开始通过《萨克斯医生》挖掘他自身所有的幻象是如何令人惊讶并通过《玛吉·卡萨帝》里面的那个女孩描写他亲历的爱情故事中的精彩。最终的个人幻象可能是在《热拉尔的幻象》这部作品中梳理他早期因为哥哥热拉尔在二十九岁时去世而引起的创伤和悲痛。我认为这也是一个拐点，使他从天主教徒的视角转向完全的佛教徒的视角。

《科迪的幻象》一书是我们遭遇的最严肃的文本，最富有创造力，也最有生机。在这本书中，凯鲁亚克几乎经历了某种深刻的改变，成为了他的艺术。他不再是一个写作艺术的人，他成为了与艺术互动的人。在某种意义上，他被艺术钉死在十字架上，从而与他的作品成为一体。他的作品和他的人格互相吻合，他变得超级专业化，犹如写作的圣徒。这种写作不只是某种他探索自身性格或证明作品有多漂亮，而是他所写的每一个词都成为更宏大的编年史的一部分，而不是仅仅局限在独立的作品里。这种趋势出现在创作《科迪的幻象》的过程中，这也是这部作品令人叹为观止的原因。于是，之后的每部作品都是对《科迪的幻象》中的某个独立的幻象进行演绎。

巴勒斯在几年后经历了类似的体验。相比凯鲁亚克的决定性时刻使他的人格和作品成为一体，那么巴勒斯的决定性时刻大约在 1953 年来到。体现在他写给我的信中。在信中，他附上了《裸体午餐》的一些章节。在那些章节里，巴勒斯的写作实践和巴勒斯这个人成为一体，之间不再有任何区别。

在完成《在路上》之后，凯鲁亚克的下一步是与艾德·怀特在纽约闲逛时做出了新的发现。怀特是位建筑学家，随身带着速写本，因此他建议杰克把自己的记事本也带出门进行口头素描。《科迪的幻象》的第一部分就包含一系列的令人惊异的素描里，对任何人的写作来说都可以称作一本标准指导手册。

整体理念就是像一位画家一样进行速描，对细节进行描绘。他对素描产生了深厚的兴趣。那些文字就像诗一样，就像午夜车门的声音，自慰的那些事儿，纽约的街道，大段描绘挂着的衣架上的尘埃，或者对纽约赫克特餐厅里食物的天马行空的描述，差不多是关于食物的启示录。另一种影响就是兰波的散文诗，他希望他的速写本像《灵光集》里那些短小的散文诗一样。

如果你认同威廉·卡洛斯·威廉斯的“没有思想，只有事物”，付诸实施，包含无意识、相对的心理，不仅仅是简单中产阶级的医生常识性的心理，也是非常识性的心理和非理性心理，你将会理解凯鲁亚克的所作所为。是某种后核武时代的写作，核武时代后的客观主义，严格地体现在对生活的描绘中。使他的兴趣进入写作，同时生活仍在继续。下一步就是写他自己在路上的经历，而彼时他也恰恰正在路上。

在《科迪的幻象》第二部分的结尾，他描述自己试图离开他的家，抛弃他的世界，抛弃他的母亲，再次去加利福尼亚见科迪。接下来是一连串的对他自己的描述，误船后坐在酒吧里，想着他那条船，直到最后他搭巴士离开。换句话说，他在描述他所过的生活。他像演奏钢琴一样锻炼他的写作技能，听到什么就能演奏什么，想到什么就能描写什么。

之后，写作成为他生活的一部分，艺术家和生活的人融为一体。他同时尝试着找一条船和描写找船的过程。对找船过程的幻想和实际发生的情形形成了一些差异，因此写作的戏剧性就在于当他幻想着找船的过程时的可悲的醒悟，最后，整个事件与事实合并为一体，他坐在那里和卡萨帝谈话并录音，不产生任何怀疑，甚至是关于写作方面的疑问，这实质上成了某种对话。小说成为生活，生活成为小说，两个人坐着，谈着话并录下音来。他们录音后，凯鲁亚克又从录音带中把内容转述出来。

然后，下一步实际上就是干些更让人瞠目的事情。他将录音这个手段用于自身的思想采编，只是在他脑海中的那些玩意儿更绚烂更新奇而已，这是一种自造天堂磁带的过程。这模仿是凯鲁亚克从自身的原始材料出发，虽然不是像吟诵莎士比亚的散文那样能完全令人满意，尽管作为对精彩对话的再现，以及精神上的高度不连续的对话，它绝对是让人满意的。但对凯鲁亚克来说，这仍然不够“莎士比亚”，因此他自造了一盘磁带，天堂里的那种，原封不动。两个在天堂里的人在用乔伊斯式的、喋喋不休的语言谈论着。全书剩下的部分就是妻子、孩子、工作、家庭发生的事，男人和女人之间的关系，真正在上演的现实。

这本书用对铁轨的速写结尾，那是科迪工作的地方，一片小草在弗里西斯科[①]下午的阳光中摇曳。全书的结尾就像是对主人公的一次告别，我也认为那是他最好的诗作之一，达到了散文风格的顶峰，糅合了录音带中虚幻的语言和真实的描写，小说结尾的部分饱含结局、告别、再会和终曲的全部经典美学魅力。

> 别了，科迪——你在沉静思索时的嘴唇还有新发现的善良的责任感都很安静，细小无声与自然感知的神秘，就像汽车的灯光打在闪亮的人行道上水槽的银色漆上的反光，一切都像一只鸟儿飞过晨曦寻找越过大海城市之外陆地尽头的山峦。
>
> 再见，你注视着太阳下山，余晖洒在铁轨上，在我身边微笑着——
>
> 再见，国王。

最后，科迪出发去追求他的人生，凯鲁亚克也出发去追求他的人生，回到他母亲身边。最后一行是：“再见，国王。再见仁慈的王的思维之光。”

他接下来做的事是将素描的方法运用到传奇故事，这是他孩提时候就有过的想象。这种传奇我也曾经有过，因此我们共同分享了那种特别的意象，黑夜覆盖的陌生人的幻象，或是萨克斯医生那种。凯鲁亚克的书《萨

---

① 作者对于旧金山市的昵称。

克斯医生》以一段白描开头："人行道柏油上的皱褶，纺织学院的铁栅栏或是露西、你和G.J.常坐的门口。当你停下时不要停下来去仔细琢磨词语，而是要想象那个画面如何能更好，让你的思绪游离，这很有用。"这是那个短语的来源。"不要停下来对词语的琢磨，当你停下来时要停止的是去想象那个画面如何更好"。

到这个时候，你不得不意识到他已经创作了《在路上》《科迪的幻象》《萨克斯医生》和《铁路上的十月》，这些都在两年内完成了。这个时期他的写作事业正值大爆发。他每天都要写，大量地写。那时候他的思维状态精准，因此他写的所有东西都是极有价值的。这也是我坚持说这本书是理解现代写作的重要一部，可以说，现代写作是由凯鲁亚克一手催生的。

他将这个全面回忆的方法应用到对他高中时期浪漫时光的回望，他和一位叫玛丽·卡内的女孩的故事，这本书叫《春天的玛丽》，出版时改作《玛吉·卡萨帝》。在一年内，他又回到通过描写生活来推动写作，完成了《地下工作者》。他和一位黑人女孩发生关系，关系快结束时他写了这本书。当他把这本书带给那女孩看时，这本书终结了他们的关系。她从他的眼中看到了他思考的东西，那和她所认为正在发生的事情完全不同。

同时，他开始使用相同的方法来描述他自己的梦境。他使用了全面回忆的方式，并且详尽地记录他心中所想的每一次关联性事件。他的《梦境之书》发端于此，还有短篇小说《皮克》，这本书直到他去世后才得以面世。这使他开始创作《旧金山布鲁斯》，开始创作短篇诗歌。而后是《达摩片语》，这些都在1954年完成。都是非常有分量的东西。

16. 晚年的凯鲁亚克

凯鲁亚克在他的暮年时被外界认为在政治上十分保守。他从年轻到老年的态度发生了有趣的变化。因为在某一刻，当他同时是水手也是共产党员。有句有趣的诗是关于这个的，"我可以搭乘顺风车沿此路而下驶入我的余生我知道外面有一对夫妻正在酒吧里打架起因是醉酒因为极权主义的迫害我的脑袋上一根毛都将不剩”，那是他乐观的幻象。当时老派的激进左翼和无政府主义传统在旧金山很盛行，凯鲁亚克搬到了那里。他曾经是共产党员，然后他陷入与一个装卸工的打斗中，发现这些人其实就是一帮捅屁眼的家伙。

这是一个有趣的小变化。我总是认为，杰克后来变得自以为是，或是非常“美国”的原因是他认识到自己心中的无边爆发力，在他的艺术作品中也如是，他的作品的确催生了文化的重大变革。从政府层面上说，他不知道他在和谁打交道，因此，有一些优势就是大概可以和政治保持一定距离，[他应当]避免当局。他不像我和其他犹太共产党员或知识分子共产党员那样有投身于政治的热忱。他认为我们在为仇恨炮制新的借口，这是他的原话，“为仇恨炮制新的借口”，我认为他说得没错。凯鲁亚克一直反对侵略、愤怒、恶意、怨恨、成长的新一代中盛行的反美国主义。对此我感到不安，因为我认为他指的是我，而他的确指的是我。后来回想，我认为这是一种纯粹的敏捷的思想，睿智，乡巴佬风格，但确是一种智慧的评论。

凯鲁亚克关于这些最终的政治结论是什么？这也许会使他的文化政治观更加清晰。他由于服用过量的苯齐巨林[①]得了静脉炎住院了。

> 我回忆起了在医院里的自己。我开始理解这世界上城市的知识分子正同土地割断血脉联系成为没有根的蠢货，尽管是获得批准的蠢货，他们真的不知道该如何继续生活。我开始出现一种新的幻象，一种更真实的黑暗掩盖了所有这些所谓存在主义、颓废派、资产阶级没落等等以任何之名掩盖的思想垃圾。
>
> 我只能躺在病床上，一连数周，在身旁苦主的鼾声中我注视着昏暗的天花板，我看出生命是一个残忍的创造，美丽又残忍，当你看到

① 安非他命的一种，会使人精神亢奋不眠不休。凯鲁亚克在写作期间经常滥用这种药物，慢慢导致身体出现了问题。

春天的蓓蕾覆上雨珠，你怎能相信它会如此美丽。而当你知道这些水气存在的原因仅仅是为了让花苞开放，然后花苞就会掉落在秋天干枯死去？所有当代（1967年）使用过LSD的人都会见到这种残忍创作的残酷之美，只需合上眼睛[①]，从此我也已经看到了：一座疯狂的曼荼罗旋转所有的马赛克，密集着数百万残酷的物件和美丽的场景在显现，好比说，在一边，我很快看到一天晚上一名唱诗班的指挥，是天国里的那类人，缓慢地用他的嘴敬畏地发出“呜”的声音，注视着他们正在歌颂的美好，但就在他旁边，一只猪被码头上残忍的侍从用来喂给一条鳄鱼，人们匆匆而过，漠不关心。这仅仅是一个例子而已。或者那位古印度可怕的时母[②]，她的智慧与胳膊上装饰着的珠宝闪耀亿万年的光辉，腿、腹部也缀满了珠宝。她疯狂地旋转，没有装饰珠宝的地方都被她吞食，如外阴或“阴”，吃掉她所生的一切。哈，哈，哈，她狂笑着在她生下来的这些死尸身上跳舞。大自然给了你生命又将你吞食。

我认为战争和社会灾难正在爆发……不是来自“社会”，毕竟社会的本意是良善的否则也不可能被称为“社会”了，对吗？

你们看到了他走过虚构和发现的时期。再加上交流的渴望，一切就是这么回事。他正试图用个体不可言表的幻象来和美国沟通。素描对整个诗学的流派至关重要，因为我们已经有了理论，或者说，我们在理论之前就创作了长篇散文，然后才有了理论，《科迪的幻象》的开篇就是例子。

从根本上说，将所有这些素描结合在一起的主题是凯鲁亚克在纽约的包厘街闲逛并将一路上的风景和丹佛拉瑞莫街上流浪汉的街景进行比对。他通过尼尔的眼睛来诠释纽约，确定他观察的场景，包括流浪汉、迷

① LSD在合上双眼时会产生幻视，如不断旋转花朵或头尾相连的蛇等等，金斯堡也在自己的诗《麦角酸》里描绘过这一场景。

② Kali，梵文的字面意思是“黑色”。指印度教性力派崇拜的女神。也被称作迦利女神。造型通常为4只手臂脖子上挂着人头的凶恶女性形象。

悯的父亲、缺衣少食的童年，被这片土地抛弃的失落、悲伤、丧失信心的人，他们在街头的经历。这也使得生存下来的人感到一种真正的怜悯之情。

有一段对餐厅的描写十分妙。这是他首次将素描的写法应用在《科迪的幻象》中。

> 这是一家老式餐厅，就像科迪和他的父亲很早以前去过的那家一样，有着老式的列车车厢样式的天花板，侧开的滑门，切面包的木板已经磨光了，十分平整，上面若隐若无有面包屑，冰箱（我要说，科迪，今晚我要做美味的家乡薯条）是一个硕大的棕色木制玩意，有着向外拉的老式手柄，窗户、装饰了瓷片的墙、鸡蛋、小块的黄油、成堆的培根装满了可爱的平底锅——老式的午餐餐车里总有的切成薄片、预备放到汉堡上面的生洋葱。

这是简单、直接的美式细微观察。凯鲁亚克的素描过程很随意，像塞尚那样出门就带着素描本，坐在圣维克多山的路边。他注意到每件必须注意的事情，他记下来，找到山脉的平面、表面和曲线的原型。他充满情感、怀旧地将它和卡萨帝联系在一起，因此这也给予了他某种暗流涌动的爱或情感或移情以产生联系。

当你注视着世界将某种崇高应用到你的素描中，某种崇高的世界观就会在你胸中孕育。没有人能给予你那种崇高的世界观。人们可以建议你如何清楚地表达出来，但没人会告诉你这就是永恒，假如你自己不知道的话。如果你不知道你处在永恒之中，也不知道你正在写的正是你对永恒明证的感知，没人能教你去那么做。

《德卢兹的虚荣》最后几页的最后评论是他对存在的最后也是最高级的评论性文字。

> 忘了它吧，老婆。去睡觉吧。明天又是新的一天。

Hic calix！

查阅拉丁语，它的意思是“这里是圣杯”，里面应该还装着酒。

这便是全书的最后一行文字，他喝酒喝到死。那时是1967年还是1968年。在《纽约时报》书评人阿纳托尔·博洛雅德心里，凯鲁亚克那时已经是个东倒西歪的过时醉鬼。在威廉·巴克利心里，他只是个酒鬼。而在他自己心里，一切都是虚无，都会化为灰烬，灰烬。他认为他是自莎士比亚以来最优秀的作家。如果你问我，我会说他在病中写出的是天使之书。我觉得每个对这类文学感兴趣的人都会意识到他做了一件永恒与广袤的事情。

17. 巴勒斯的处女作与《黄昏的最后微光》

有句话要先说，威廉·巴勒斯从未将自己视为一个作家。从三十年代他和叫凯尔斯·艾尔文斯的朋友兼同学在哈佛的时候，他就只写一件事。这是一本素描文学，名叫《黄昏的最后微光》①，是巴勒斯的美国幻象。在这部老套、猜字谜、讽刺文或随便你怎么称呼的作品里，蕴含了几乎所有他后期作品的种子，这本书也是他最有意思的作品之一。

沉没的泰坦尼克号，或国家之船，是贯穿巴勒斯作品的一个主题。在船下沉时我们这些乘客或曰美国人会有什么样的反应？那是一种对美国式角色带有偏见的、幻灭的视角，它必然与“将自己裹在国旗里”以示爱国的行为背道而驰。文章创作于1938年，是巴勒斯的第一部作品，直到他遇到凯鲁亚克和我之前他也只有这一部作品。他不是很愿意将自己看成什么作家，他认为自己是一个行动家。他对学习在地铁里如何抢劫醉酒的人与在第八大街和毒贩扒手厮混更感兴趣。他和让·热内对道德和礼貌感兴

---

① 书名来自美国国歌《星条旗》的歌词。

趣的部分相同。他有个理论是，精神错乱的人的无道德性可能反而是一种有趣的精神状态，因此，他和那些家伙一起厮混。巴勒斯因为自己对于美国式的道德嗤之以鼻而要去看看相反的一面，这人天生有一种愤世嫉俗的气质。

我认为，原因在于巴勒斯灵魂太干燥了，所以他需要一个情人、一丝友谊和一点点鼓励。他对成为作家并不上心，对其他事巴勒斯非常上心，在某种意义上他完全、神圣地投入到探索他的意识中去了，走进了他的思想尽头。他要走进深渊，不管是地狱或天堂的深渊，就是要去看看尽头到底有什么。

故事大概是一支黑人爵士乐队在演奏《再会，东圣·露易斯》或别的什么歌曲，百万富翁在跳舞，水手们在船舱喝酒，忽然，船开始下沉，泰坦尼克号要沉了。人们要求乐队演奏《我的祖国属于你》①，然而国家之船正在沉没。船长穿上女人的衣服喊着“女人和孩子们优先”，跳进救生船，有个老人的原型是凯尔斯·艾尔文斯的父亲，轻微瘫痪，口齿不清，不能说出一句整话。一名不受拘束的精神病患者，总是跳进他的车，沿着得克萨斯州的乡间小道行驶，留下一路的死鸡，他说“这些杂种，狗娘养的，他们想抢光我的钱”。

因此，他［船长］跳进救生船，带着大砍刀，而其他人正在试图上船。他将这些人的手指砍断，骂骂咧咧：“这些杂种，狗娘养的，这是我的救生船。”这些人物后来在本唯医生和其他角色中都有描写。心理变态者们开始发作，却对人性有着清醒的认知。巴勒斯的视角是喜剧化的，但同时他也是愤世嫉俗的，介于 W.C. 菲尔兹、马克斯兄弟、路易斯–费迪南·塞利纳和吸血鬼之间。

① 美国 19 世纪的老国歌，由英国国歌《天佑女王》的曲调重新填词而成，后被《星条旗》替代。

黄昏的最后微光

请想象船上发生了爆炸。

一名轻微瘫痪患者珀金斯歪歪斜斜地坐在破旧的轮椅上。他蠕动着嘴唇。

“你们这群狗娘养的。”他喊道。

巴巴拉·卡农，二等舱的乘客，赤裸地躺在头等舱的新娘套房，和斯图尔特·林达·亚当斯躺在一起。林达起身下床，走到窗户边向外瞧。

“穿上你的衣服，甜心，”他说道，“出事儿了。”

一名头等舱的客人诺顿夫人被爆炸掀到床下。她躺在那儿尖叫着，直到她的女仆走过来扶她起来。“把我的假发和和服拿过来。”

本唯医生是船上的医生，喝得醉醺醺，用手术刀把四英寸的伤口多切了两英寸。

“有个小疤，医生，”护士说道，她的目光越过他的肩膀瞧见了，“也许，阑尾已经切除了。”

“阑尾已经切除了！”医生吼道，“我正在切除阑尾！你觉得我在做什么呢？”

“也许阑尾在左边，”护士说，“有时候有这种情况的，你知道。”

“你就不能安静点吗？”医生说，“我就要做完了！”他恼怒地把手肘向后推了一下。“别在我脖子那呼气了！”他叫道。他拔出红色的拳头挥向她。“给我再拿一把手术刀。这把钝了”。他拎起病人的腹腔，沿着刀口检查。“我知道阑尾在哪儿。1904年在哈佛我就学过阑尾切除术”。

这是巴勒斯在自娱自乐，因为他上过维也纳的医校。

地板因为爆炸的冲击力翘了起来。医生蹒跚着后退，撞到了墙上。

“给她缝合！”他说道，褪下手套，“我在这样的条件下无法正常工作！”

克里斯托夫·希契坐在酒吧的一张桌子旁，一位富有的自由主义者；梅瑞克上校，一名退休人士；纽波特的比利·海恩斯；乔·贝恩，一名作家。

“以我旅行的经历，”上校说道，“我从未见识过这样的服务。”

比利·海恩斯扭动着他的玻璃杯，注视着冰块。“可怕的服务。”他说，他打了个哈欠，脸部因而扭曲着。

“你认为船长在控制这条船吗？”上校说，用充血的蓝眼睛盯着克里斯托夫·希契。

“工会！”上校大喊，“工会控制着这条船！”

希契发出一声笑声，本想缓和一下气氛，却发现有些油腔滑调。

“事情没有这么糟，真的。”他说着，拍拍上校的胳膊。但是他没有碰到上校的胳膊，因为上校把胳膊抽走了，“情况会好起来的”。

喝着不加冰的黑麦威士忌的乔·贝恩抬起头来。

“正如我所说的，上校先生，”他说着，“当一个男人……”

桌子离开了地板，玻璃杯都摔得粉碎。比利·海恩斯还保持着坐着的姿势，茫然地看着原来放杯子的那个地方。克里斯托夫·希契犹犹豫豫地站起身来。乔·贝恩跳起来，跑开了。

“以上帝的名义，”上校说，“我一点也不意外！”

酒吧的另一张桌子边坐着菲利普·布拉德申克，一位投资银行家，他妻子琼·布拉德申克，以及布兰奇·莫顿，圣露易斯的政治家和他的妻子玛丽·莫顿。

爆炸将他们的桌子掀翻了。

琼扬了扬她的眉毛，露出失望烦恼的表情，她看了她丈夫一眼，叹了口气。“我很抱歉会发生这样的事，亲爱的，”她丈夫说道，“我的意思是不管这是什么。”

玛丽·莫顿说：“哦，我的天啊！”

布兰奇·莫顿站起身来，用红色的大手将椅子推了回去。

“在这等等，”他说，“我去看看怎么回事。”

诺顿夫人从C甲板上的人群里挤过去。她摁响电梯铃，在那儿等着。她又摁了摁，然后等着。五分钟后，她走上了A甲板。

黑人乐队因为大麻的后劲儿在爆炸后仍然端坐于原位。

布兰奇·莫顿走到乐队指挥跟前。

“请演奏《星条旗》。”他命令说。

乐队指挥看着他。

“你说什么？”他问道。

“你这群黑狒狒，用萨克管演奏《星条旗》呀！”

“合同没说什么《星条旗》的玩意儿。”观众席里一位瘦瘦的黑人说。

“这艘老船要沉啦！”乐队中有人喊道，然后乐手们跳下舞台，四下散去，湮没在乘客中。

布兰奇·莫顿走到大厅角落里的自动唱片点唱机面前看见菲爱斯·沃尔勒的《星条旗》唱片在里面，他放进一小把零钱，机器咔嗒一声，嗡嗡转动开始播放。

“哦，你可……是的是的。”①

乔·贝恩跌跌撞撞地靠在头等舱的门上，走了进去。他坐到床上，头埋在双膝间开始哭泣。

他妻子坐到床边，轻声细语地用一种催眠的语气和他说话。

“你不能待在这儿，乔伊。这张床会沉到水底的。你不能待在这儿。”

渐渐地，啜泣声停止了，贝恩坐起来，她帮他穿上了救生衣。

“来吧。”她说。

---

① 来自《星条旗》歌词的第一句的前三个单词“O say can you see，by the dawn’s early light，(哦，你可看见，透过一线曙光)”，后面的“是的是的”是莫顿因为听到国歌放出来了，激动得自言自语回答“你看见了”。

"好的，甜甜脸。"他说着，尾随她出门而去。

"勇士的家乡。"①

诺顿夫人发现船长船舱的门半掩着。她推开门，走进去，敲了敲开着的门。一位高个、瘦瘦的红发男人，戴着镶边眼镜，坐在桌边，桌上散放着各种地图。他抬起头，没有说话。"噢，船长先生，船是不是在下沉？他们说有人引爆了炸弹。我是诺顿夫人，您知道的吧。诺顿先生，经营船运业务的。噢，船在下沉！我知道，你是不是该说句话。船长，你会管我们的吧？我的女仆和我？"她伸出手想扶着船长的胳膊。船忽然倾斜了，将她重重地甩到桌子上。她的假发歪了。

船长站起来，一把从她头上抓起假发戴在自己头上。

"把和服给我！"他命令道。

诺顿夫人尖声叫了起来，向门跑去。船长三步跨了过去，挡住了她。诺顿夫人又冲到窗口尖叫。船长从一侧口袋里掏出左轮手枪，对准窗户上那个秃秃的脑袋，开了枪。

"你这该死的老傻瓜，"他说，"把和服给我！"菲利普·布拉德申克走到一名水手面前，面露和蔼的微笑。

"只有女士能上这条船？"他问道，一只手指着救生艇。

水手一脸怪相地看着他。

"不！"水手说，他转过去，继续启动吊艇柱。

"等、等一下，"布拉德申克说，"你不是这个意思吧。女人和孩子优先，你知道的。"

"只有船员可以上这条救生艇。"水手说。

"噢，我明白了。"布拉德申克掏出一团钞票。

水手抓过了钱。

"我也这么觉得。"布拉德申克说。他抓住妻子的胳膊，帮助她

---

① 来自《星条旗》歌词第一小节的最后一句"O'er the land of the free and the home of the brave（在这自由国土，勇士的家乡）"。

上船。

“把这个老东西从这儿赶走！”水手大叫。

“我们谈好生意了！你拿了我的钱！”

“看在耶稣的分上，”水手说，“我只是帮你拿着钱，免得它被水淋湿！”

“但我妻子是一位女士！”

忽然，水手变得很有礼貌。

“我的一生，”他说，“我的一生都想要个上等女人。我在周日报纸上看到她们躺在沙滩上。又软又大的乳房。她们只是躺在那里，肮脏地笑着。耶稣啊，她们让我的裤裆发热！”

布拉德申克推了推妻子，“冲他笑笑”。他向水手眨眨眼：“您说什么？”

“不，”水手说，“我现在可没空睡她。”

“晚些时候。”布拉德申克补充。

“晚些时候也不行。另外，她是你的。她不能给我生孩子，她会一直喝酒的。像我说的那样，我只是在周日报纸上看到她，像一条狗想要臭肉那样想得到她。”

“让我来和这人谈谈。”布兰奇·莫顿说。他用手指抓住妻子肩头，用胳膊夹着她。

“这小妇人是位母亲。”他说。水手对着甲板擤了把鼻涕。莫顿抓住水手的胳膊。

“在密苏里的克莱顿，七个孩子睡前都要咬着大拇手指头呢喃地唤她的名字。”

水手把手臂抽回来。莫顿两手垂下来，手掌朝前。

“像男人对男人，”他恳求道，“像男人对男人一样。”

两位黑人音乐家眼睛放着光，跟在两位妻子后面。一个抓住莫顿夫人的手臂，一个抓住了布拉德申克。

“我们能和你们跳一曲吗？”

“国旗安然无恙。”[1]

克雷默船长戴上诺顿夫人的假发，穿上她的和服，脸上抹了厚厚一层雪花膏，拎着个小箱子走到C甲板，和服在他身后拖着。他用钥匙打开了通往事务长办公室的边门。一个瘦肩膀的人穿着事务长的制服，正在打开的保险柜前，往箱子里装钱和珠宝。

船长从内衣下掏出枪，开了两下。

“依然迎风招展。”

话务员芬奇将苏打水中的碳酸氢钠灌进肚子里，捂住嘴打了一个嗝。他放下杯子，继续敲击发报机的紧急求救。

“S.O.S……S.S.[2] 美国……S.O.S……泽西海岸……S.O.S……妈的鬼机器……S.O.S……也许会找到我们……S.O.S……妈的鬼船员……S.O.S……芬奇同志……猪屁股里的同志……S.O.S……船长该死的棕皮肤艺术家……S.O.S……S.S. 美国 S.O.S……S.S. 破玩意……”

船长用左手拎起和服，走到话务员身后，对准芬奇脑袋开了一枪。他把尸体拖到一边，用椅子把无线电台砸碎。

“在我军碉堡上。”[3]

本唯医生，挎着背包挤过人群来到一号救生艇。

“你们还好吧？”他喊道，坐在妇女中间，“我是医生。”

“火箭闪闪发光。”

船长到一号救生艇时，只剩下两个座位了。一些乘客簇拥着想挤上船，其他人把一个妻子、一个母亲或一个孩子向前推。船长把他们统统推开，跳进船里坐下。一个男孩尾随船长也挤过了人群。

“求求您了，”他说，“我只有十三岁。”

“好吧好吧，”船长说着，“你可以坐到我旁边来。”

---

① “国旗安然无恙”以及下文的“依然迎风招展”，都是《星条旗》的歌词。

② S.O.S 是电报中求救的代码，S.S 是蒸汽船的代码。

③ “在我军碉堡上”“火箭闪闪发光”“哦，你可看见”和“透过一线曙光”，都是《星条旗》中的歌词片段。

船开始摇摇晃晃地放下水去，四名男乘客在放船。一个女人把她的婴儿递给船长。

“看在上帝的分上！请照看我的孩子。”

乔·贝恩登上船，从横梁下爬过。本唯医生抛下绳索。医生和男孩开始划起桨来。船长回头看着船。

“哦，你可看见?”

一个名叫蒂特曼的三年级的神学院学生听到珀金斯在头等舱里喊他的侍从。他打开门，往里看。

“你想要什么？大个子?”珀金斯说。

“我想帮你。”蒂特曼说。

“把我放进轮椅!”

“这很好办，”蒂特曼说着走过去，走到破轮椅边，“一切都会好起来的。”

“出发!”珀金斯把一只手放在一边屁股上，猛地抬起手肘，做出个古怪的跳舞的姿势。

“找吹笛子的跳舞去!”

“我们会找到他。”蒂特曼说，把珀金斯抱出轮椅。他把这萎缩的小身体揽在臂弯里，就像抱着个孩子。

蒂特曼走出头等舱，珀金斯抄起一把刀，这把刀是他仆人用来做三明治的。

“找吹笛子的跳舞去!”

“透过一线曙光。”

一群乘客在七号救生艇前打斗。这是最后一艘要下水的船了。他们用酒瓶、碎了的甲板椅、消防斧打架。蒂特曼双臂抱起珀金斯，悄无声息地走过打斗的人群。他把珀金斯放到船尾的一个座位上。

“好了，”蒂特曼说，“都安排好了。”

珀金斯什么也没说。他坐在那里，下巴收着，眼睛发着光，把割肉刀紧紧地抓在手里。

一群歇斯底里的人从二等舱冲出来，后面的人推搡着前面的人。一个脸很大、一口黄色牙齿的鞋店店员抓住贝恩夫人，把她往前推。

“女士优先！”他叫嚷着。一群人在他后面推着。听到了枪声，贝恩夫人向前跌倒，撞到了救生艇上。人群散开了。

一个穿着后备军官制服的男人手持点45口径自动手枪站在救生艇旁边。他用枪指着站在吊艇柱旁边的水手。

“把它放下去！”他发出命令。

救生艇滑向水面的时候，甲板上的人发出一阵骚动。一些乘客跳下水，其他人被后面的人推落水。

“让它走吧，老天，让它走！”珀金斯喊着。

“把他扔出去！”

一只手从水里伸出来，慢慢贴近船边。珀金斯迅雷不及掩耳地一刀砍了下去。手指咕噜噜掉进船舱，带血的残肢滑进水里。

带枪的男人站在船尾。

“继续前进！”他命令着。水手们拼命划起来。

珀金斯近乎疯狂地向四面八方砍着。“杂种，狗娘养的家伙！”水里的人尖叫着，从船边掉进水里。

“好样的。”

“别让他们困住我们。”

“好样的，同志。”

“杂种，狗娘养的家伙！杂种，狗娘养的家伙！”

“你看星条旗不是还高高飘扬。”

晚间新闻

卡农小姐向记者展示了她经历了大灾祸的纪念品：船员们签名的救生衣，一根切断的手指。

“我不知道，”卡农小姐说，“看到这根手指我感觉有点难受。”

“在这自由国土。”①

这就是巴勒斯的第一次文字产出。凯鲁亚克大多和我一样，总是被巴勒斯弄得很尴尬，但我们都认可他的才智。杰克说，“他是全美国最聪明的人”，因为彼时无人能像巴勒斯那样胡诌乱扯。我在哥伦比亚大学时那儿没人像他那样说话，没有人这么直接、睿智和嘲讽，同时又那么滑稽，见多识广，对不同教育程度的人的举手投足描述得如此精确。我感觉最接近的文学作品是路易-费迪南·塞利纳的《长夜行》。

正是凯鲁亚克优美的抒情诗使巴勒斯有了写作的动力，因为巴勒斯最终并不抗拒凯鲁亚克的狂热。凯鲁亚克一直都很狂热、抒情、天真，有着绝佳的感知力和一颗伟大的心。尽管他玩世不恭，巴勒斯仍受其影响甚深，即使他有时候也认为凯鲁亚克是个幼稚的家伙。不管怎么说，这些事儿转化了巴勒斯，他开始写作并视写作为神圣的职业。

我感觉巴勒斯是憎恨女性的，或者至少在那段时期是如此。你可以看到他嘲讽那些被女人控制的男人，其中许多人是中上阶层的圣路易斯式贵族。能看出唯一他信任的、觉得有些靠谱的人是乐队中的黑人。那些黑人知道自己几斤几两。我认为他也喜欢船长和本唯医生。他喜欢本唯医生是因为他的那种粗暴，他代表了巴勒斯身上精神错乱的因素，那种没有任何力量能阻挡的行动力。他之所以喜欢船长，是因为船长知道自己在做什么。他穿上女人的和服，射杀事务长，带着所有珠宝和金钱，打死话务员，这样就没人会对外报告这些事了。这情节很像乔纳森·斯威夫特的《一个温和的建议》。

① 这是1938年的版本，1964年有一个略有删改的版本，以《它们都是见证》(*Gave Proof Through the Night*)发表。——原注

18. 巴勒斯、凯鲁亚克和《而河马被煮死在水槽里》

1946年，巴勒斯在哥伦布圆环[①]附近的瑞奥登酒吧上面租了间房间。他搬到那里的目的是探索第八大道上所有的酒吧。我和凯鲁亚克常去拜访他，坐在一起闲聊。巴勒斯出入所有酒吧，物色不同的人物。那段时间，他正在读约翰·奥哈拉的硬汉短篇。奥哈拉在他所处的时期一直为优雅的作家们所不屑，说他太过于商业化，因为他最开始的作品极为成功，而他本人十分有趣。因此，他、达希尔·哈米特、雷蒙德·钱德勒和一些其他作家创作了被称为硬汉小说[②]的作品，大部分是侦探类小说，风格很有意思。他们是后海明威时代的一代，没有过多地使用虚幻华丽之言，而是把“没有思想，只有事物”作为基本的口号和方法，通过细致入微的细节，对人物进行极佳的描写。

之后巴勒斯和凯鲁亚克被钱德勒和奥哈拉的作品风格吸引，决定合作写一部小说，他们给它取名为《而河马被煮死在水槽里》。这个标题来自巴勒斯看到的一则新闻广播。这则新闻描述了发生在圣路易斯动物园的一场大火，据说大火发生时，动物园管理员把蛇放出蛇屋，救了狮子，但鸸鹋和猫舍那里遇到了不幸，食蚁兽也很麻烦，“而河马被煮死在水槽里！”。所以，他们把这句话作为小说的题目，每人都写了一章。小说风格直白，创作于巴勒斯的《瘾君子》和凯鲁亚克的《在路上》之前。

大约在那段时间，巴勒斯在第八大道的四十三号街叫作“天使”的酒吧里遇到了汉克。巴勒斯在《瘾君子》里描写了他试图卖给汉克一些吗啡注射器的事儿。这也是巴勒斯毒瘾的开始。我在那附近晃悠的岁月里也在尝试过一些注射器。要不是看到了巴勒斯的样子，我自己也许就成瘾君子了。此后很多年，我尝试了不少精神药品，但不是规律性使用，为了确保

---

① 纽约市的地标，位于市中心的一个竖立着航海家哥伦布雕塑的环岛。

② 又称冷硬派侦探小说，诞生于美国20世纪40年代前后，主角往往是执着寻找真相的刚硬男子，动作场面多于推理情节。

自己在一周内不会摄入两次而养成习惯，我的间隔会达到十天。说到底，我并不是会对什么东西沉迷的那种人，我是个工作狂。

巴勒斯那时候没把自己当成作家。《黄昏的最后微光》是他遇到凯鲁亚克前的唯一作品。于是他们两人合作写了《而河马被煮死在水槽里》。小说以吕西安·卡尔谋杀大卫·卡默勒尔的故事为基础①。巴勒斯对凯鲁亚克会感兴趣，因为他认为凯鲁亚克是一名真正的作家，一个几乎回家就写作的人。杰克不只是嘴上说说，他每天都要花几个小时写作，他是为写作而生的。他以作家的目光来审视所有事物。

巴勒斯更多地把自己看作灵魂和城市的研究者，一个拥有好奇心的人或流浪冒险家。他对信息和事实感兴趣，对文学不是太感兴趣。杀妻事件是一个重大转折，在那之后他陷入了绝望，写作似乎是他唯一能做的事情与唯一能走的路。②写作也不太像赎罪，而像是一种交流活动，将他与我以及其他人联系起来，和剩下的人类、朋友们联系起来。在某种意义上，巴勒斯总是对写作持玩世不恭的态度，因此他认为写作是件浪漫的事，直到他发现了写作对自己产生了实际的作用。它也是一种沟通渠道，像信件，书信的写作，交流，或者发现裁剪法后进行事实的研究，作为对意识本质的研究，或对“词”本身性质的研究，甚至意识本身的研究，由词或意象主导的研究。写作和裁剪写作的方法后来变成对意识的裁剪，一种研究意识的方法，词语本身反而退居幕后。

凯鲁亚克也很类似，他散文中的研究探索也是精神层面上的，对他来说是一种精神工具。格雷戈里·柯索后来也使用了“调查”这个词，利用诗歌来探索死亡、未来、治安、婚姻、头发、炸弹，所有这些可以从意识和无意识层面收集的概念。在四十年代早期，凯鲁亚克的观点经历了几次不同的转变。当他还是浪漫年轻的二十岁毛头小伙时，写作是一种浮士德

---

① 1944 年的夏天在哥伦比亚大学校园附近的公园里发生了一桩杀人案，吕西安将自己的朋友大卫捅死在公园里。吕西安被定罪为误杀，坐牢 2 年。——原注

② 巴勒斯在 1951 年 9 月 6 日和妻子琼在墨西哥城醉酒后玩“射击头上的苹果”的游戏，将妻子误杀，之后巴勒斯逃离了墨西哥。——原注

式的点金之术，在他的作品《大海是我的兄弟》一书中即有体现。他读到了兰波，兰波是个预言家，长期的精神错乱使他看到了幻象。凯鲁亚克知道兰波伟大的诗句是一把解开谜底的钥匙："春天带给我白痴的狞笑。"[①] 这是对兰波精神错乱的补偿。

巴勒斯效法钱德勒-奥哈拉的美式硬汉小说，并将它变成对美国国民性的一场讽刺，一如在那艘要沉的船上，每个人都是利己的。他将人类行为的根源揭示给我们，暴露了人们的真实面目。

巴勒斯是个老同性恋。所以他以坚韧的外表示人，为自己涂上一层保护色，这便是难以抚慰的真相。他的日常生活粗暴到几乎成了超现实主义者，超出了文明人的界限。巴勒斯的写作启发自凯鲁亚克、我还有别人一块玩的字谜游戏。在其中，我们都会假扮一个角色。凯鲁亚克扮演一个初到巴黎的年轻的乡巴佬，呆萌地戴着一顶草帽。我扮演一个衣冠楚楚的匈牙利难民，带着伪造的家族艺术藏品来贩卖。巴勒斯扮演罗蒂·兰雅的一个角色，骗子男爵，喜欢上街勾引美国青年。我是匈牙利骗子，习性变化无常，巴勒斯是托儿，想让凯鲁亚克上钩。有时候，比尔会被拉来扮演异装爱好者，但他自控力不够有时候会笑得在地板上打滚，因为故事的发展太逗了。他会把剧情带向轻微的精神错乱，或从头到尾彻底错乱。他超出了杰克和我认为合理的边界，进入不受束缚的、天才的陌生领域。

这种陌生感部分源自他正在接受的有趣的精神分析。他之前接受过费德恩医生给他做的精神分析，那个医生是弗洛伊德亲手带过的学生之一，也是美国弗洛伊德社团的元老之一。后来，巴勒斯去找刘易斯·沃尔伯格医生，他是催眠疗法的专家。进入催眠状态后，巴勒斯开始展现他多层次的性格。表面上这是一位严肃的圣路易斯式贵族哈佛绅士，内心里，他是个拘谨的英国女家庭教师。她总是在下午喝茶，与淫秽没半点关系，直到她最终完全变得淫乱和贪婪。在这个下面还有几重人格，我认为，深入下

① 出自兰波散文长诗《地狱一季》。——原注

去他至少还有六到七重性格，但其中有一重性格是老卢克，一个密西西比的反犹太、反黑人的白人老废物，整日坐在后廊上面盯着河岸，嘴里念念叨叨："我只是整天坐在这儿，鱼儿从河上游游过来……这儿什么事情都没发生，除了一条又一条鱼游过来，一条鲶鱼游过来了。你钓过鲶鱼吗？"某种神经质的南方治安官①的类型。

人格再往下一层，是个中国佬②，住在长江边的泥地里，半人半泥半原始，可能是个瘾君子，甚至还抱着鸦片烟枪。他住在长江边，和文明或其他什么没半点关系，几乎不开口说话，但有着一种中国式的泰然自若，眼神空洞，对所有事情都容忍包容。在《裸体午餐》里，他化身为一个中国人，在书里说了最后一句话，一个中国洗衣工，"没货，周五再来"。没有答案的回答。没有上帝，没有答案，没货，我不能令您满意。这个中国人话不多，冷漠，用乏味暗淡的眼神注视着周围。处在观察的平均线之下，或许已经瘫在底部了。我猜这大概是终极的"垮掉"人物。经济和社会阶梯的底端，人类阶梯的底端。削减到只剩最终的本质，只是和长江、泥土打交道。

巴勒斯集这些还有其他几种人格于一身。原因之一是，他是同性恋，有特别的情欲情景。我觉得这很少见，但他坚持这一点也不少见，他最喜欢的射精方式是被男人搞的时候。有许多喜欢和男人性交的同性恋，但很少有人因为被别人搞而射精。可是，巴勒斯是个很要面子的哈佛人。这不是他能自己掌控的性生活场面。他发现这一点，正如《圣经》所说的，"不方便"。他更年轻的时候，在这种一本正经的外在风度下，从被男人搞中获得快感的做法有损人格。

四十几岁时，他尝试体验自身不同层次的意识。在他的催眠分析中，有一位拘谨的女家庭教师，在性爱时会叹息、摆动扇子。他发现他外在的

---

① 美国的地方执法官员、治安官大多由县或镇的居民选举产生，在南部或一些偏远地区，治安官的影响力很大。

② 金斯堡的"中国佬（Chinaman）"并无贬义，而是泛指某种生活在别处带有异化属性并彼此有精神关联的人，也代指具有乡土关系的人，金斯堡本人对中国诗歌也非常喜欢，经常自称是"中国佬"的一员。

利落高贵和内在的黏糊脆弱是一种严重的精神分裂。这之间的非相关性无比巨大，可以视作他的本性的巨大分裂。在这一点上，他有一些病态，并且厌倦了自己必须通过性交才能射精的情况，因此在《裸体午餐》中，他对所有这些癖好进行了详述。《裸体午餐》的忧郁部分象征性地展示了同样的异议。他塑造了一个男人的形象，这个人被绞死时不由自主地射精。他认为他的处境类似于被牺牲或受绞刑的人。在这组忧郁的影像里，他将自身的性癖剪切了进去，不断地使用，以不同的组合出现在约翰尼、马克和玛丽身上；玛丽和约翰尼绞死马克，马克和约翰尼绞死玛丽，反反复复直到他觉得厌倦。这是一种剪切的方法，剪切的开始，剪切的动机，剪去所有明显的思想、感情和感官印象，包括最终的性。巴勒斯实际上在把这些东西从身体中切除掉。因此，他的标题《灭虫员》有点虚无。

巴勒斯的许多作品都与庄严的外表和完全骇人的、被牺牲的、禁锢的、懦夫般的、分裂的内在相关。这是他心理世界的真实写照。在我们面前有这样一位十分智慧、庄严、有贵族气质的人，受过良好教育并足够聪明，因此不会承认这一点且用想象中的一种幽默感来对待它。在某种程度上，这是解开“许多个巴勒斯”的一把钥匙，这把钥匙也指向了他理解中的美国。在性瘾的驱使下，这是上瘾的另外一种表现形式。在古老的传统中，写作是驱除这种癖好的办法。以巴勒斯的情况来看，这成为了他的治疗手段，通过不同的方式反复地演绎，最后迷情被冲洗得干干净净。

19. 巴勒斯、琼·巴勒斯和《瘾君子》

1951 年，因为疏忽，巴勒斯在墨西哥城和妻子玩“威廉·泰尔”游戏[①]时将她误杀。她在头顶上放了一杯杜松子酒，醉醺醺地坚持让他把它打下来。他失手了。之前一个月我曾经和她在一起，她那时处在自杀的情

① 威廉·泰尔是瑞士民间传说的英雄，故事中有个情节是威廉·泰尔因为没有向暴政者行脱帽礼而被罚，当局强迫其儿子头顶苹果由他来射箭，只有射中苹果才能免罪。

绪中，因此当我听说这次意外后，觉得她在某种意义上杀了自己，巴勒斯仅仅是一个工具。在那之后，他开始写作。《瘾君子》这本书大部分内容都是他以书信的形式从墨西哥寄给我的。这本书于 1953 年首次出版，我就成为了这本书的合编者和出版代理人。

在这本书的序言里，巴勒斯有几段话。“我从药物的滥用中学到了很多东西。我在眼药水和吗啡溶液中看到生命被测量。”这段话是 T.S. 艾略特的变体。艾略特和巴勒斯都来自圣路易斯，他们有相似的口音，那种圣路易斯贵族的口音。最终，他们在写作方法上也采用了非常类似的方式。巴勒斯后来采用的裁剪法几乎是全景式小说的《荒原》，采用的拼缀或剪切对它进行一次更大范围的拓展。《荒原》和巴勒斯的作品几乎可以互换。如果从巴勒斯的《鹅卵石花园》或一些后期作品中摘录一百行诗句放入《荒原》里，风格上来说毫无违和感。

就算是艾略特那样石破天惊的天才，也只创作出四到五页这样高水平的拼缀方法创作的句子。似乎这是他的极限，抑或他不愿意写得太多。在《瘾君子》的前言部分另有一段有趣的话：“他们清楚几乎没人能帮别人。”没有钥匙，没有别人保守的什么秘密，巴勒斯无法给你们去揭示。这种感觉有点难以抚慰。

> 他看上去像乔治·拉夫特，但更高。诺顿试图提高他的英语水平，并达成一种平稳和蔼的姿态。然而和蔼，并没有自然而然地到来。

这是一种表达真实意思的有趣方法。一种超级保守的、像海明威和硬汉侦探小说的感觉。一些语句从这里浮现，然后反复地在巴勒斯其后的作品里出现，像更有名的《裸体的午餐》里那样。

> 杰克［……］不是这些寻找着牧羊人的迷途羔羊中的一员，那些牧羊人佩戴钻石戒指，背着套着枪套的枪，声音坚定、自信，语调靠谱，周全、妥帖，让你觉得和他们去抢劫听上去都是必然成功的事儿。

“声音坚定、自信，语调靠谱，周全、妥帖”，这场面出现了好几次，在巴勒斯后来的作品里以中情局特工或黑手党党魁的形象出现过。

> 那人坐得更直了，腿从沙发上挪下来，他的下巴松弛，使他的表情显得茫然。他脸部的皮肤光滑，呈棕色。颧骨很高，看上去像东方人。他的双耳正好贴在不对称的脑袋两边。棕色的眼睛，有着特别的光彩，似乎有光源在眼睛后闪烁。室内的光和他眼中的光芒交相辉映，如同猫眼石一般。

这就像一种光，直接投射入你的意识里，某种昆虫的意识里。有一种非人性，似某种昆虫或者爬虫类的非人性的描述。这种描述的效力是使这人的面孔看起来像奇穆人或者玛雅人或是眼神空洞的雕像。我猜测他就是想要捕捉这种空洞的表情。

《瘾君子》的创作始于四十年代中期的纽约市，巴勒斯遇到琼之前，也是在他吸毒成瘾之前。接下来，便是巴勒斯描写他第一次见到赫伯特·汉克的情景。

> 许多出租公寓的前门是正对着厨房门的。这就是一套那样的公寓，我们那时正在厨房里。
>
> 乔伊走出来后，我注意到另有一个男的站在那里看着我。他那双棕色的大眼睛里流淌出敌意、怀疑，像电视主持人那样的眼睛。作用在人身上几乎像真实的冲击一样。那个男人个子很小，很瘦弱，脖子在衬衫领子里晃荡。他的肤色从棕色褪成杂黄色，粉打得很厚，试图掩盖皮疹。他嘴角下垂，一副暴躁恼怒的表情。
>
> “这哪位？”他说。后来我知道了他的名字，叫赫曼。
>
> “我一朋友。他吗啡上瘾，想戒掉，”赫曼耸耸肩，摊开双手，“我可不想管，真的。”
>
> “好吧，”杰克说，“我们会把它卖给别人。走吧，比尔。”

这就是巴勒斯第一次见到汉克。

> 与罗伊和赫曼在一起的几个晚上，我尝试了一种吗啡，这是我第一次体验毒品。这玩意儿就像牙膏管一样，尾部有一根针。推动针管里的大头针，大头针刺破密封物，药剂就准备释放出来了。

这些是吗啡的提取物，二战的遗留品，被来自陆军或海军的军人拿到时代广场上贩卖。那时候监管不严，局面更松散。①

> 吗啡先从腿后侧起作用，然后是脖颈后面，一股放松的波浪使肌肉像从骨骼上被剥离。你看起来像是没有轮廓，躺在温暖的盐水里。当这种放松的波浪传导到我的组织上时，我体会到强烈的恐惧感。我感到某种可怕的形象就在我视线之外移动，我把头撇开，这样我就不会看清楚它。我感到想吐；我躺了下来，闭上了眼睛。一组画面飘过去了，就像看电影；一座闪着霓虹灯的巨大酒吧变得越来越大，直到街道、交通流量、修理厂都被它囊括进去；一位女招待在盘子里放了个骷髅；星星在晴朗的夜空闪耀。对死亡的恐惧带来肉体冲击；呼吸停止了：血液停止流动了。

通过这一个句子，你就能掌握巴勒斯之后的作家生涯关键所在。这是对一场白日梦或半梦半醒、催眠状态的惊人描述，一个意象被不断放大，直到你完全进入梦境。这是对初次鸦片制剂体验中的幻灯片式意识状态的完美再现。还有蒙太奇效果也很有趣，这也是后期巴勒斯作品的特点。蒙太奇的种子以及裁剪法的作用已体现在这些早期作品里，只不过是真实

① 美国早在南北战争期间军队就开始使用吗啡作为镇痛剂，吗啡的军中滥用在二战期间达到巅峰，在对其成瘾性有了深度研究后，军队开始更谨慎地使用吗啡，但是之前直接发放药剂到士兵手中并鼓励其使用，造成了大量退伍兵染上毒瘾，他们回到社会后将吸毒的生活习惯和需求也带了回去，一定程度上成为了美国社会战后至今都难以根除的药物滥用现象的催化剂。

地、自然地感知他自己心中的现象和毒品的体验。特别惊人的智慧在于记录，能够那样迅速地记录下来，根本原因在于他对意识的状态和外部的描述感兴趣。

我计划将《瘾君子》过一遍，像这样去指出它的精彩之处。我意识到，它们对他后来写作的发展很关键，意象充斥了他后期的写作。最早出现在早期作品《黄昏的最后微光》，这部作品描写泰坦尼克号沉没，象征西方文明的沉没。一些意象来源其中，但是巴勒斯整体范围内引起幻觉的意象来自《瘾君子》。一旦你知晓了源头，你就会看到这些意象的重复组合和排列，意象及其背后的幽默性浮现于他晚期的作品之上。他在钓鱼吧再次见到了汉克，我们来到了被称为钓鱼吧的地方。

> 我开始每晚都光顾钓鱼吧，多次遇到赫曼。我改变了他最初对我的糟糕印象，很快我开始为他的酒和饭买单，每隔一段时间，他都会怂恿我“来一下儿”。赫曼这时候还没有上瘾。实际上，他几乎没有这种习惯，除非别人请客。但这家伙对某些东西一直很热衷——像大麻、安非他命或是因为血管里充满了巴比妥酸盐而神志不清。他每晚都会和一个叫惠特尼的大傻瓜一起出现在钓鱼吧。钓鱼吧有四个叫这个名字的人，让人搞不清楚谁是谁。这个惠特尼身上有一种神经质般的敏感，带有精神病患者般的暴力倾向。他知道没人喜欢他，这个事实似乎让他十分焦虑。

这就是巴勒斯对于自己“不想被人喜欢”的表达，如果没人喜欢他，他并不焦虑。巴勒斯说他年轻的时候，感觉自己完全被冷落，就像个贱民。其结果就是在《裸体午餐》中，喋喋不休的狗屁家伙抱怨没人喜欢他。

巴勒斯对大麻烟鬼的第一印象很有意思。我觉得这篇特别的文章在当时很有意思，凯鲁亚克也这么想。巴勒斯曾冒险去当一名大麻贩子并想通过这个维持生计。以下是他对这种走出去当一名英勇兜售大麻的罪犯的奇想所进行的嘲讽。

赫曼试图和其他吸大麻的人联系，但他们都不理我们。

实际上，贩卖大麻是个令人头疼的事情。首先，大麻的体积太大，你得卖掉整手提箱的大麻才能挣上点钱。要是警察开始踹你的门，你面对的是一大包苜蓿一样的玩意儿。

我收到这封信时被逗坏了，这也太真实、太好笑了。他这种和一大包苜蓿一起身陷囹圄的幽默真是学不来的。

吸大麻的人和瘾君子是有区别的。瘾君子一手交钱，一手收货，拿东西走人。可吸大麻的人不这样。麻贩子要给这些爷爷点上一支，坐下，神聊半个小时，才能卖掉两美元的大麻。要是你直奔主题，他们会说，你“拉倒”吧。事实上，大麻贩子不应该这么直截了当地说他是卖大麻的。不，他只能给一些好“猫”和“鸡”出货[1]，因为他应该是藏得很深的。虽然每个人都知道这个家伙就是“那个人”，但照直说出来不太好。天知道为什么。我觉得吧，吸大麻的人都有点深不可测。

干这一行有许多交易的秘密，而这些吸大麻的人用“愚蠢的狡猾”小心地保守着这些想当然的秘密。例如，大麻得加工一下，否则太新鲜了就冲喉咙。但如果你去问一个吸大麻的人该怎么加工，他会给你一个狡猾又愚蠢的表情，接下来说的话就开始云山雾罩了。大概经常吸食大麻的确影响大脑，又或许吸大麻的人天生就傻里吧唧的。

那时候，我对吸食大麻有种浪漫的想法，但巴勒斯讽刺它，表现得很睿智。他一眼就看透一切，打破幻想。我在 1950 年用巴勒斯的方式移植了这种醒悟，但是六十年代仍然盛行浪漫主义，我们每个人都必须经历。每个人都很愚蠢，穿着大麻主题的卫衣，整个大麻族的精神都被浪漫化了。

---

① 原文中 Cats 与 Chicks，俚语，代指聪明的与机敏上道的买家。

那个时代的医生——1945年至1948年——都有历年收藏的鸦片制剂，这些收藏并不总是违法的，那时也没有民族主义的偏执，一定要歇斯底里地批判禁药和药物成瘾者。第二次世界大战期间，人们认为瘾君子是病人，是要去看医生或去药房或去马路上买海洛因、鸦片才能活下来的可怜人。美国毒瘾者人数有限，并不像现在的这种情况，因为如今现金链条进入了毒品贩卖中。这种现金链条使得毒品传播的速度超越了其自身的价值，真够荒谬的。换句话说，瘾君子们得出门去买毒品，因为市场很不稳定，使得他们又不能去工作。例如，他们的贩子上午十一点迟到了，你得到下午两点再去见他。这是不稳定的生活，因此你得向其他人贩卖毒品以谋生。所以说，每个瘾君子都在发展下线，这样他可以把毒品卖给别人，使自己能以贩养吸，因此，现金链开始扎根于药物成瘾这件事。

下面是巴勒斯对“开药医生”的描写，一个四十年代常常开吗啡药的家伙。

> 这些开药医生有几种不同的变体。有些人只在确信你是毒瘾者的情况下才会开药方，如果你不是就不开。大多数毒瘾者会编个故事来用，而且越用越顺手。一些人只需声称有胆结石或肾结石就行。这是大多数人常用的招数，我经历过只要我提到胆结石，医生就会站起身来打开柜子的门。要是脸上再显出一副神经痛的表情，效果就更好了，事先我已经查好了神经痛的症状，而且记在脑子里了。罗伊肚子上有块手术留下的疤，这是他用来证明患上胆结石的惯用伎俩。
>
> 有位老派的医生住在西七十街的维多利亚式联排房里。对付他，你只需要简单地摆出一副绅士的派头就行了，前提是你有办法进入他的私人办公室，即便这样嘛，他也最多开三个方子。另一位医生总是醉醺醺的，想在合适的时间找到他并非易事。他经常写错处方，然后你还得回头找他修改。然后，就像真事儿似的，他会声称这处方是伪造的，然后一把撕碎。还有另一位医生年事已高，你得帮他写处方。他会忘记自己在做什么，搁下笔，开始回忆过去他医治过的上流社会

的病人来。他特别喜欢谈论一位叫戈尔的将军曾对他说“医生，我去过梅奥诊所，你比全诊所加在一起都厉害[①]”。作为瘾君子只能压着怒气被迫捺着性子把故事听完不能打断。医生的妻子经常在最后一分钟冲进来撕掉处方，或者当药店打电话来时，在电话里拒绝确认。

一般而言，年纪大的医生比年轻医生更愿意开药。避难所的公益医生曾经有一阵子挺不错，但瘾君子们把避难所给烧了。通常医生一听人提到麻醉剂就要吹胡子瞪眼，威胁要叫警察。

医生的地位被夸大，他们只受过这样的教育。通常而言，最实际的方法可能是最糟糕的。

这个句子真绝了。

即使他们不相信你的故事，他们仍然想听。就像某些保全体面的东方仪式。一个人扮演高尚的医生，不愿为了一千美元开一个违背医德的药方，另一个呢，则竭力扮成一个合法的病人。假如你说，“看呐，医生，我想要一个吗啡制剂的处方，我愿付双倍的价钱”，医生就会大怒，把你赶出办公室。面对医生，你得态度好一点，否则的话你啥也得不到。

凯鲁亚克和我过去经常读这些文字，并且说：“巴勒斯脑子真的聪明！”哥伦比亚大学一带我再也不认识这样真实、这样睿智的人啦。我也从没遇到过比巴勒斯更有趣的人。不嘲讽，只是善于观察，没有废话，有的只是良好、宽容的幽默感。

在巴勒斯作品里出现的一个早期意象，贯穿于他所有作品中，始于四十年代，在下面这段中也出现了。他在描述戒除毒瘾。

---

① 梅奥诊所是美国最著名的医学机构之一，历史悠久，凝聚了顶尖的人才和世界领先的诊疗手段。

> 比恶心的感觉更糟的是因为恶心而带来的压抑。一天下午，我闭上眼睛，看到了纽约成为废墟。巨大的蜈蚣和蝎子在四十二号街空空的酒吧、餐厅、药店进进出出。人行道的缝隙和孔洞里野草丛生。街上空无一人。

这是伟大的预言。这是非常有力的意象，在巴勒斯的作品里反复出现。它来自巴勒斯和他妻子参观纽约自然历史博物馆时像读马德里法典一样读玛雅人的古籍。比尔认为玛雅人古籍概括了一个系统，这个系统被祭司用来控制玛雅的人口。巴勒斯对这些非常着迷，因为它们是未破解的语言，首先是视觉化的，其次看起来它们是许多神秘历史的关键。他认为玛雅帝国放弃了一些城市，他们走后保留了完好无损的状态。就好像人们忽然全部消失了。巴勒斯的理论是玛雅祭司有他们自己的一种秘密语言，用它们来控制平民的情感和思想，就像今天的电视控制平民的情感和思想一样。哪一天是什么样的心情，在日历里统统都规定好了。因此，这部日历就像一个有狂躁抑郁周期或感情周期的心理日历，整个文化都在同时接受祭司对日历和情感周期的掌控。因此，象形文字是他们控制你们情感的关键。

法典里最吸引人的意象也贯穿于巴勒斯的散文，就是一个男人带着非常热切的表情在期待什么。有一个小生物，小猴子似的东西，在他脖子后面。在后续的象形文字连环画式的场景里，这个人物的表情变得愈发空洞、冰冷如机器人一般。他脖子后面的生物变得越来越大，开始越来越强大、清醒、聪明、有力和残忍，直至最后，这个人的脸萎缩、变小、空洞，而那个非人的、长着甲虫眼睛的怪物坐在他的头上，取而代之。这是对于吸毒成瘾或巴勒斯的性变态的隐喻，或者说一种控制系统，电视等可以控制他人的东西。

在会说话的肛门这个例子中，一个人掌握一种腹语术，能使他的肛门说话，但过了一会，他无法阻止他的肛门说话，肛门总是插话，最后这个人陷入一场和肛门的斗争，肛门最后说："你才应该闭嘴。"结局是这个人的确闭嘴了，一种奇异的皮肤或薄膜在他的嘴上蔓延，脸部茫然而没了人形。那个段落说他眼中不再有生机，和一只快要死掉的螃蟹差不多了。

这些形象是巴勒斯对于占有或癌症的比喻，有这么一种细胞吞噬和复制自身，永无止境，损害了宿主。宿主被癌细胞和寄生物摧毁，就像官僚主义慢慢从社会和个人身体里抽走能量。毒瘾像病毒一样和人共生，甚至性欲也是人类的病毒。从最基本的层面说，它可能意味着性欲的痴迷、毒瘾、同性恋癖、癌细胞和警察的官僚主义等等都会成为控制宿主的方式。

预言部分指向化脓过程，以受害者的视角伴随着恐惧所见。部分也是对思想控制的隐喻，控制者也在控制上瘾物，不管它是中情局、希特勒、电视或黑手党或白宫或玛雅祭司或禁毒局。他们代表了另一层面的上瘾。身体上瘾意味着人们的生活依赖毒品，而整个实体经济的系统性上瘾是沉迷于控制上瘾物并使控制上瘾物的行为道德化，从某种意义上说，他们喜爱瘾君子，他们是依赖上瘾的寄生虫，以另一种方式依赖瘾癖生存的智慧病毒。

最后毒瘾自己成为一种病毒，这真够奇怪的。毒瘾作为病毒的概念后来延伸到性欲病毒，性欲成了另一种瘾癖。由巴勒斯最后将其导入了语言，语言作为又一种瘾癖，语言自身就是一种控制的机制。词，“起先就是词”，有神论者说，试图主张对自然和人的意识的终极控制。巴勒斯最后的革命是“把词擦去”。依据这个词顺藤摸瓜找到控制的本源。谁创立了整个玛雅文明、创立了这些幻象？语言究竟对我们的所见、所听、所嗅强加了什么？

我看到即使身处群贼中，巴勒斯的荣誉感也远超我在美联社一起工作的人们的道德观念和民族精神。他对人性的评判更有知觉力、更宽容，远远超过我在美国主流大众媒体中心所听到的。

关于“告密者”：

> 最坏的就是吉恩·杜立，一个瘦骨嶙峋的小个子爱尔兰人，一副基佬、皮条客的神情。他骨子里就是个告密者。他可能会列出一份份

肮脏的人名清单——他的手总是肮脏的——向法庭告发。在爱尔兰暴动期间，你会发现他进进出出司令部；他穿着肮脏的灰袍，变身为基督徒；向盖世太保告密；这个告密者坐在快餐厅里和缉毒警聊着。总是一样的瘦，邋邋遢遢的脸，穿着破烂过时的衣服，爱抱怨，嗓音尖锐。

吉恩最让人受不了的就是他的声音。那声音穿透你的全身。这声音是我对他的第一印象。

发掘一下巴勒斯对卑鄙无耻的告密者历史性的洞察之旅："他穿着肮脏的灰袍，变身为基督徒。"巴勒斯在哈佛大学擅长的是古典时代。他几乎读过罗马帝国历史的每部主要作品，因此他以一位十九世纪熟稔各种传统的学者的角度，从看待罗马帝国衰亡的视角来看待美国这个帝国。他对斯宾格勒的兴趣来自他对这些人物进行描述所依据的观点。"他穿着肮脏的灰袍，变身为基督徒。"我从没见过谁这样细腻地将自己化身为早期基督徒的样子，尤其对一个想用基督教当遮羞布的告密者而言。

"向盖世太保告密；这个告密者坐在快餐厅里和缉毒警聊着。"这太棒了。所有的想象都集中于告密者坐在快餐厅里和缉毒警聊着这个事儿。这里有个人长着"邋邋遢遢的脸，穿着破烂过时的衣服，爱抱怨，嗓音尖锐"。这个人会告发你，这个人会把你弄到牢里去。这本书里有太多的荣誉感。即便这来自已经丧失了荣誉的人们，但至少他们还知道荣誉是什么玩意儿。我们生活的美国正处在一个告密者的时代。这是反人性的。关于《瘾君子》的一个有趣的事情就是他展示的各种告密者，这一点在他之后的作品中也有体现。

这本书里最打动我的是他谈论新奥尔良的出租车司机的这一段。

这是一种紧绷的复杂模式，像心理学家设计的用来区分白鼠和豚鼠的电子迷宫，使一些不快乐的寻乐者处在一种永无宁日的警觉中。首先，新奥尔良已经是一个极其嘈杂的地方。司机们通过摁喇叭来定位，像蝙蝠一样。居民阴沉着脸。路过的人群聚集成团，顷刻间又分崩离析，所以你永远无法知道任何人会做出什么样的行为来。

这段话给我的印象实在太深刻了。多么离奇的意象，“司机们通过揿喇叭来定位，像蝙蝠一样。居民阴沉着脸”。这种想法真是珍宝。这是巴勒斯，这位贵族，“你永远无法知道任何人会做出什么样的行为来”。这位圣路易斯的贵族现身说法贯穿着整体的文风。这是更有趣的元素之一。

凯鲁亚克看到的时候也吃了一惊，这样的句子是很有感知力的。正因为这一点，他的散文才变得像诗歌一样，有些 T.S. 艾略特所翻译的圣–琼·佩斯的《阿纳巴斯》的味道，艾略特对巴勒斯有一定影响。佩斯所著散文诗有兰波的《灵光集》的风格，一种灵敏的事实般的意象，诗歌之所以成为诗歌只因为它的纪实性，或者可能也因为感知者聪明绝伦，能将互不相干的事实联系到一起。在新奥尔良，司机们揿喇叭揿得太多，这是事实。蝙蝠发出吱吱声利用回声来定位，这也是事实。但把这两样事物联系到一起，需要人类学家或医学生的本事才行，这两样巴勒斯都行。

对男同性恋者他会说什么呢？作为一个男同性恋，他与整个性的世界关系如何？以下是对新奥尔良男同酒吧的呈现，过去这里叫作同性恋酒吧。这一段是自我贬低，试图避免因联系而产生的罪恶感。

在法国区有几家酷儿酒吧人满为患，每晚男同性恋者蜂拥而出。整个房间都是同性恋，让我恐惧。他们像木偶一样被看不见的线控制着，被驱使做着可怕的事，否认一切活着、自然的事情。活人的灵魂已从这些躯壳里离开。原来的主人离开后，有些新的东西进驻了躯壳。同性恋是腹语者的傀儡，他们进入身体，控制了腹语者。傀儡坐在古怪的酒吧里照看着他们的啤酒杯，僵硬的一张张娃娃脸上不受控制地喷出许多话来。

他那时在墨西哥城寻找毒品，寻找“联系”。为另一篇散文，《瘾君子》出版后的一个作品，进行初步的构思。这是他第一篇高水平的散文，有些像散文诗，这篇文章的题目叫作《中间地带》①。

> 一天，我正走在圣胡安德勒坦的马路上，经过一家餐厅的入口，四周镶嵌了彩色瓷砖，地板上也有。这家餐厅明明白白是近东风格。我经过时，有人从里面出来。他是那种你只能在“吸贩”街区遇到的家伙。
>
> 就像地质学家根据某种岩石来寻找石油一样，在靠近毒品买卖的地方也会有相应的标识。毒品经常在靠近三不管地带：纽约靠近第三大街的东十四区；新奥尔良的普瓦德拉和圣查尔斯。自称是卖假肢的、假发的，以及牙科器械、香水、润发油、纪念品、精油的等等那种厂房。靠近贫民窟的一切可疑的企业。
>
> 你能认出与毒品有关联的人，他们频繁出入于这些居民区，虽然没在吸也没在卖。但当你看到他时，探矿者手中的仪器就会颤动。毒品不远了。他大概是近东地区的人，可能是埃及的。长着硕大且直挺的鼻子。嘴唇薄薄的，紫蓝色的（像包皮一样）。

这样的描写很精确，令人赞叹。除了巴勒斯，没人会想到使用如此精确的描写：“嘴唇薄薄的，紫蓝色的（像包皮一样）。”

> 他脸上的肌肤光滑紧致。脸上带着一种不言自明的卑鄙。他是一种记号，一种从事过某种现在不再存在的生意或职业的记号。就算毒品从地球上消失，仍会有瘾君子站在毒品区感受到那种缺失、暧昧与执着，一个苍白的毒瘾幽灵。
>
> 这个人在那他曾经从事腐朽且不可想象的生意的地方四处溜达。

---

① 巴勒斯离开美国后去了摩洛哥的丹吉尔，因该地执法宽松，地理位置也在各个大洲的交界处，就被作家称作“中间地带”，这也是书名的由来。

他很镇定。他有黑色的眼睛，眼睛里有着昆虫般无法察觉的冷静。他看上去就像是靠着用喙吸食蜜和黎凡特[1]的糖浆为生。

他失去的买卖是什么呢？当然是某种和用人阶层、或是和死人打交道的事情，尽管他不是个敛尸官。也许他在他的身体里隐藏了东西——一种延长生命的物质——固定地由他的主子们从他身上榨取好处。从发挥某些不可思议的邪恶作用方面，他的专精独门如一只特别的昆虫。

《瘾君子》这本书词藻华丽，但内容是冷硬的事实。非常好。这本书对巴勒斯五年来的瘾君子生活进行了回顾，他如何上瘾，加上一点童年的记忆。在书的结尾，有一些令人好奇的写作，昭示了日后他要创作《裸体午餐》的意图。

四月的一天早上，我醒过来，有些难受。我躺在那儿，注视着白石膏天花板上的阴影。我记得，很久以前，当时我躺在我妈妈身边注视着街上的反光反射到天花板又溜到墙上。我感受到火车汽笛那尖利的乡愁、街道远方传来的钢琴曲和烧着的树叶。

我一直很喜欢这一段，“汽笛那尖利的乡愁、街道远方传来的钢琴曲和烧着的树叶”。这是巴勒斯作品的精髓，浓缩成一滴强烈的乡愁味的香水。这也是 T.S. 艾略特诗歌的精髓。

我走进浴室去打一针。我花了很久时间才打进血管。针堵了两回。血沿着我手臂往下流。毒品传遍了我的身体，一剂死亡的剂量。梦想已逝去。我看着血从肘部流向手腕。忽然我对这些受侵犯的血管和组织充满怜悯。我轻轻地把血揩掉。

---

① 意即“日出之地”，一个模糊地理名称，泛指地中海东岸的地区。

“我要戒毒。”我大声说道。

当我因为弃保和因为毒品的各种麻烦[①]离开美国后，我看上去好像是个新人了，也特别了一点。全国范围内歇斯底里的最初征兆已经清楚。路易斯安那州已经通过了法律，将有毒瘾的人认定为罪犯。但没有详细说明地点或时间，“有瘾癖的人”这个词也没有清楚地定义，在一部如此制定的法律之下，证据就不是必要的甚至有关系的了。这是警察国家的立法，处罚的是一个生命的状态，其他州正在仿效路易斯安那州。我发现逃脱定罪的机会日益减小，因为反毒的情绪上升到如此之高的痴迷程度，就像纳粹时期的反犹主义一样。因此，我决定弃保潜逃，永远在美国境外居住。

在墨西哥的安全环境里，我开始远距离观察美国的反毒运动。我读到了有关儿童吸毒上瘾，以及议员们要求把这些毒贩子处以死刑的报道。这些在我听来不对。谁想让孩子成为顾客呢？他们又没有足够的钱，而且一经审问他们就竹筒倒豆子了。父母发现孩子在吸毒就会立刻报官。我琢磨要么在美国贩毒的家伙们头脑已经变简单了，或者整个儿童吸毒现象已成常态，足以引发反毒的情绪并通过一些新的法律。

嬉皮士难民们正在慢慢流向墨西哥。“加利福尼亚州的游民毒瘾法规定身上有针眼的人要入狱六个月。”“华盛顿贩卖点滴器将入狱八年。”“在纽约贩卖毒品入狱两至十年。”一小撮青年嬉皮士每天都到我这儿来吸点大麻。

我对这些事很感兴趣，因为这是在五十年代前后，巴勒斯为整整新一代的嬉皮士，也是后来慢慢开始在美国融合的嬉皮群体做的记录。

---

① 指巴勒斯在墨西哥将妻子误杀后弃保逃亡，以及出国躲避美国执法部门对其涉及毒品交易的调查。

我记得马文过去每次打针后都要晕倒。我看到他躺在小破旅馆的床上，一支针管里尽是血，扎在血管上，就像只玻璃做的水蛭，他嘴唇四周的皮肤变成蓝色。

这是一种精确的描写。我永远也想不透巴勒斯是如何这么高明的。“他嘴唇四周的皮肤变成蓝色”。除了有真正医学经验的人，谁会知道这一点呢？同样，“一支针管里尽是血，扎在血管上，就像只玻璃做的水蛭”，我可以看到他躺在床上的样子，所以这就是他拥有的视觉意象，一种视觉印象。

侦探段落在《瘾君子》的散文里都有体现。以前，这部作品不像今天被誉为经典之作，而是被当作某种忏悔之作。他们当时觉得如果为这本书搞一个恐怖的封面，比如一个疯了的瘾君子鞭打一个童颜巨乳的女孩，书一定会热卖。因此，另一本在套装里一起卖的书叫《缉毒警的自白》，出版商因此不会有麻烦，他们就是这么害怕审查。他们甚至加上一小行注脚：“受人尊敬的教授或医生并不赞同作者的观点。”现在你在任何一本书上都看不到这样的东西了。

20. 巴勒斯和柯日布斯基

在 1945 年，我和吕西安·卡尔就“什么是艺术”进行过一次马拉松式讨论。大概因为自己是某种年轻的共产主义者的缘故，我坚持艺术必须具有社会性。吕西安则说艺术就是为了艺术而艺术，艺术是自身寻找终极意义的过程。在哥伦比亚大学我们就这个命题“如果有人雕刻了一根拐杖，这是不是艺术”争论了几个星期，如果你雕刻了拐杖，然后把它放到月球上，没人看得见，还能被称为艺术吗？或者艺术需要人将其视为艺术吗？我们花了几周时间来争论，问了凯鲁亚克，最后我们去请教巴勒斯对这个问题的看法，他说：“这是我一生中听到的最愚蠢的争论。这个问题没有任何意义。艺术这个词有三个字母，无论你怎么定义它，都是如此。如果你们想把那个定义为艺术，那就把它定义为艺术。如果你们不想用那个词来描述这种状态，你们就不用它好了。但是，争论事物是否艺术很明显是混乱的。”

这件事展示了人们如何纠结于语言，并将某些假问题看作是真实的，而其实这些问题仅仅是辞藻累积而成。人们认为他们不能从这些事中解脱出来，因为他们已经迷惑了，认为词语有真实对应的所指。

巴勒斯总是这么智慧。他和阿尔弗雷德·柯日布斯基①一起做过研究，后者是《科学与健全精神》的作者，这是部语义学的奠基之作。比尔给我看过这本书，全书可以总结为一个事实，那就是你一定不要将词和它指代的事物混为一谈，因为如果你这样做就惹来各种麻烦。柯日布斯基创立了普通语义学理论，可以用一句禅意的话高度概括，“词和它展现的事物不是一回事”。比如，指着的一张木桌不是 table，table 是按照 t-a-b-l-e 来拼写的五个字母。而“table”这个词和再次指向这个实体的桌子不是一回事。大多数问题诸如“同性恋是自然的吗？”就是这么一回事。“natural（自然）”这个词表达什么意思？“homosexuality（同性恋）”这个词又表达什么意思？从一开始，那些“道德上的大多数”使用“natural”这个词时，他们的意思和生物学家的意思完全是两码事。大多数争论最后都被证明只是单纯的语义混淆。这就是巴勒斯最聪明的地方。

如果你从语言中解放出来，你将不再因语言、词汇以及他们所代表的词而困惑。然后，单词就变成飘浮于你大脑中的独立物体，你们可以用令人惊讶的不合理的组合方式将它们组合，就像格雷戈里·柯索制造不和谐那样。忘掉这个世界，只和词汇玩耍，这赋予了人一定的自由。既然我们大多数的思维过程都以词汇的形式进行，我们对现实的思考也基于我们被教习词汇时用的方法。我们对宇宙的看法很大程度上在于词汇在我们头脑里说它应该是如何如何的。二加二等于四，好就是好，坏就是坏，炉子就是炉子，炉子不是屋顶。但想想看，如果你们能摆脱词汇，如果你们开始

① 美籍波兰裔哲学家，普通语言学的创始人，他认为人类对于世界的认知受到神经和语言的双重限制，以至于现实可能永远无法被了解。

把词汇这件事放松一些，将你意识中的词汇与它们最初的设定慢慢脱钩，一切会怎样？

21. 巴勒斯与视觉

我提到这个事情的原因是我曾经和巴勒斯探讨过他的思维过程。他说他之所以如此信服柯日布斯基的理论，原因在于他自己就是主要用图像而不是词汇来思考的。而我仍然主要用词汇来思考，用佛教徒的话说是“潜意识的窃窃私语”。巴勒斯则相反，他的写作源自视觉。像这样的片段如“我看到他躺在廉价小旅馆的床上，一支针管里尽是血，扎在血管上，就像只玻璃做的水蛭，他嘴唇四周的皮肤变成蓝色”，他的思考过程首先是形象化的而不是语言化的，所以他的写作也是电影式的。他头脑里总有图片闪现，或电影蒙太奇，而不是概念。不像凯鲁亚克那样头脑里是理念和优美的声音，巴勒斯的头脑里都是视觉化的思想。

威廉·卡洛斯·威廉斯说他想做的事是将图片捏成小小的诗句。诗歌于他而言是拍张照片然后挤压成短诗。凯鲁亚克写作的时候说，“不要停下来去想确切的词是什么，而要停下来，把那个画面看得更清楚”。不要停下来去想确切的词是什么，因为那样你只会纠缠于这些词汇里。停下来，把画面看得更清楚点，和画面自然关联的词汇就会精确地浮现。如果你们在写关于某些可感知的事物，一些你实际上可以看到的东西，这样的方法对你来说就很管用。这个方法也可以让你有矫正的机会，使你回归某种以图像形式存在的现实维度，而不是声调、态度、抽象物或概括物的存在。概括或非图像化概括的倾向对写作是一种诅咒。回归精确感知的证据和数据，不论以图片、声音、气味、味道还是触感，只要有形就都是正确的方向。巴勒斯就是百分百有形的，视觉上的那种有形。

1961 年，比尔在丹吉尔[①] 用打字机写作，他凝视着空处，手放在键盘

① 摩洛哥的港口城市，因当时对违禁药物的管制宽松，一度成为嬉皮士的乐园。金斯堡、凯鲁亚克和巴勒斯等人都曾在此逗留过。

上，我说："你在想什么呢，比尔？"他说："从海中拉网的手。"这很神秘，因为比尔从四十年代起就开始为此事论战，尽管大多数人用词来思维，他自己方式是图像化的。他说过思维有不同模式。例如，巴勒斯笔下的一些绿色的金星人就是用声调震动或者色彩来思考的。

当他说"从海中拉网的手"时，我认为这是某种高度隐喻性质的事情，暗示上帝从永恒的海洋里拖动灵魂之网。我很好奇，问道："这句话有什么含义？"他说："噢，每天早晨，渔夫赶在黎明前来到海边收他们的网。"他只是记住了从海中拉网的手

这就有些像哈利勒·纪伯伦或贝多芬，他们的作品听起来比实际更深邃，尽管事实和你所能想到的任何其他事一样深邃。巴勒斯用图像进行思考。格雷戈里·柯索，我得说，他是在用不调和音思考。格雷戈里的想象力以声音的形式飘散到对立面或不调和音里。凯鲁亚克通过对"事物都是幻觉"的持续领悟来打破现象的坚固，一切事物在他面前都是透明的。刻板的语言不再统治一切。

22. 巴勒斯与《死藤水之信》

在五十年代早期，凯鲁亚克和我就认为巴勒斯的散文书信非常精彩，应该出版。我们聚在一起，细细阅读并进行编辑。从这些书信里，我第一次了解到了南美的政治。

1953 年 1 月 30 日，帕斯托，尼泽酒店

亲爱的爱尔：

我坐巴士去卡利因为汽车几天前就订满了。有好几回，警察对大巴和车上的每个人进行彻底搜查。我在行李里有把枪，我把它藏在药下面了，但他们只在车站搜了我的身。很显然，任何人都可以持枪通过这些检查站或是把枪藏在这些孱弱的法律不搜查的地方。通过当前的这套系统，警察所获仅仅是市民的抱怨而已。我在哥伦比亚从没听

到任何人对国家警察有过一句好话。

国家警察是保守党的皇家卫队（这支部队里有大量的自由党人，这些人不受信任）。他们是我之前没见识过的整齐划一凶神恶煞的年轻身体。看看他们，天啊，就好像受过核辐射一样。哥伦比亚有成千上万粗野的年轻人，我只见过一个我觉得合格的年轻人，但他在办公室里显得浑身难受。

我没听过有人为保守党说好话。他们只是一小撮不受欢迎、相貌丑陋的狗屎东西。

说警察和地方政府是不受欢迎的一小撮相貌丑陋的狗屎，这只是他个人的洞见，并未见诸报端。我对拉丁美洲的看法在这短短的一句话里得到了校正，无需再去争论谁是自由党还是保守党，谁是社会主义者还是独裁者。

在海关，我遇到一位参加过朝鲜战争的国家执法人员。他掀开衬衣给我看一个无趣的人身上的伤疤。

“我喜欢你们这些家伙。”他说道。

这种对美国人的廉价喜爱从未让我感到过荣幸。

这些只是一些逼真的描绘、摁下几个快门、瞥了几眼、小插曲、旅途手账、图片式的消遣，是幻灭的开始。

1953 年，2 月 28 日

亲爱的艾伦：

回波哥大的路上我一无所获。我被一个个巫医给骗了（每次最符合酒鬼、骗子、懒虫定义的家伙一定是村里的巫医。）

他用一个晚上的时间打破了我对南美巫医的幻想。

5月24日

无聊透顶，又被“卷”[1]了。我的眼镜和一把折刀。在这次服务里丢掉了我他妈所有的财产。

这个国家到处都是盗贼。以我作为男同性恋的经验，我从没成为这样白痴般的盗窃手段的受害者，这些手段别人真难以想到。眼镜和旅行支票还在。

麻烦就出在我和男孩镇已故的弗拉纳根神父[2]一个想法，深信世界上根本就没有坏孩子。

然后注脚来了。“萦绕着我常常梦到之事。这个想法的确梦里出现过，出现的那刻我带着笑容醒来。”巴勒斯写道。他觉得很有意思，我读的时候也觉得有意思。他发过来的第一封信是“就职典礼后的罗斯福”，在那些日子里我是自由主义者，还可以算作左派共产党之类的吧。但当我接到这封信时，我觉得这信真是有意思到令人吃惊的地步。有些像阿尔弗雷德·雅里的《愚比王》或《福斯特罗尔博士》[3]。里面有一些学院派戏谑的元素，但另一方面对政治有惊人的预见。

《裸体午餐》和他后来作品的萌芽在1953年7月10日那封信里就可找到。这封信里他说罗伯特·克里利的想法精彩绝伦，菲利普·惠伦的思想表明了巴勒斯是像兰波或圣-琼·佩斯一样出类拔萃的诗人。这封信记录了他体验死藤水[4]的过程。

---

① 原文Roll，俚语，指因疏忽大意而被别人设局拿走或偷走的东西，是巴勒斯为嫖宿付出的代价。

② 美国天主教神父，在美国创建了公益性质称作男孩镇的孤儿院，主要庇护和教育未成年男孩。这些男孩大多是离家出走或有轻微过失的不良少年。“世界上没有坏男孩。（there's no such thing as a bad boy）”是这所机构的座右铭。

③ 两个都是超现实主义戏剧，创作于19世纪末，其叛逆和粗放的内容曾造成轰动，对后来的荒诞派和达达主义等思潮有着深远影响，这两个剧本在思想上和巴勒斯对于事物的表面性认知有着互通关系。

④ 南美原住民在一些部落的通灵仪式上饮用的致幻溶液，源于几种植物的汁。

亲爱的艾伦：

昨晚上我喝光了从普兰尔帕带回的最后一点死藤水。运到美国去是没有意义的，这玩意几天就会失效。今天上午我仍然很嗨。我现在能想到的就是这些。喝了死藤水就像时空旅行。房间好像在随着动作摇晃似的。黑人、波利尼西亚人、高山蒙古人、沙漠游牧民族、近东精通语言的人、印度人，还有一些现在不认识的未出生的新种族，种种不可名状的组合穿过我的肉体。大迁徙，穿越沙漠、丛林和高山的奇妙历程（在封闭的山谷里，有人停滞不前倒下死了，植物从岩石里冒出新芽，大量的甲虫在里面孵化，它们破体而出），划着独木舟渡过太平洋到达复活节岛。一座所有人类的潜能都在广袤静谧的市场里传播着的摩天都市。

尖塔、棕榈树、高山、丛林。一条有凶鱼的慵懒之河，巨大的杂草丛生的公园里，男孩们或躺在草里，或玩着神秘的游戏。城里没有任何的门是锁着的。任何人都可以随时造访你家。警察局长是中国人，他剔着牙听着一个疯子的控诉。这个中国人不时地从嘴里拿出牙签，看看牙签头。嬉皮士们的古铜色脸非常光滑，他们在门廊上闲逛，头低垂着，靠在金链子上一脸茫然，有一种昆虫般暗含的平静。

在他们身后，穿过开启的门，经过桌子、包间、酒吧、房间、厨房和浴室，成对的夫妻在一排排黄铜的床上媾合，纵横交错的吊床上缠绕着吸毒的、吸鸦片的、吸大麻的，人们吃着、聊着、洗着、拉着并和一团氤氲的黑色烟气搅在一起。

牌桌上，赌徒们押下巨额赌注。不时有一个赌徒跳起来发出绝望的非人喊声，将自己的青春输给了一位老人或成为对手的拉塔①。可是还有比青春或拉塔更大的赌注，这游戏的赌注世界上只有两个人知道。

这是他和我之间关系的某种回响，“这游戏的赌注世界上只有两个人

① 指拉塔病（Latah），一种精神病症，患者会出现模仿他人语言和动作的刻板行为。

知道”。

无论你何时醉酒，断片后醒来都会在睡觉的地方发现一个看不清长相、整晚都竭尽全力想要让你感染他的病的家伙。没人知道这些病如何传染或者这些病是否有传染性。这些患病的乞丐住在城市下面的地洞迷宫里，随处都会冒出来，通常是从挤满人的餐厅地板下面冒出来。

这些腐败的衍生物用旁人难以理解的方式交流，一个化学试剂还没有被合成出来，他们就上瘾了，追随着肉叶芸香碱、诱发拉塔病的药液、海洛因和抗生素混合物、提托诺斯的长寿血清①等等一切玩意儿……

提托诺斯被神赐予长生不死，但不能永远年轻，因此最后他衰老成为一小堆尘土，装在一个瓶子里，只剩下一个意识仍在说：“我想死。”这就是提托诺斯的长寿血清。拉塔病是一种精神分裂的状态，得了这种病你会发出尖叫或诅咒，或者你跟着别人做同样的事。如果有人移动他们的手，你也会用同样的方式移动。

提托诺斯的长寿血清；第三次世界大战的黑市商人，摊贩兜售治疗辐射病的药物，犯罪调查者被冷漠偏执的国际象棋手揭发，“残缺认证股权”的忠实仆人向青春期痴呆式的速记中记录的精神那不可言说的残缺收取应收账款，幽灵部门的官僚，没有宪法的警察国家的官员，一位女同性恋侏儒完美地上演着逃亡②行动，肺部的隆起扼杀了睡梦中的敌人；卖生命力槽子或放松机器的人，在毒瘾的致敏细胞上对精致的梦和记忆进行测试并与意志的原始素材进行对等交换的代理人；精专于隐匿在废都黑色尘土之疾，人类宿主的肉体中慢慢蠕动的

---

① 在希腊神话《伊利亚特》中，提托诺斯向与其相恋的女神求来了永生，但忘记了自己会变老的事，以至于万年不死备受折磨，从一个美少年逐渐衰老最后变成了一只蟋蟀。

② 原文 begagut，保加利亚语，指逃亡或转瞬即逝。

无眼蠕虫体内的白血中渐渐凝聚的毒，大洋底和同温层的腐败之疾，试验室和核战争的腐败之疾，心灵感应的去阴唇手术与精神上的整骨疗法的医生。

这是未知的过去和面前的未来在这无声振动的吽[①]声中相遇的地方。蠕动的幼虫在等待一个活体。

活体指的就是病毒心心念念的宿主。这是一篇不可思议的散文，我一直这么认为。你可以在这本《中间地带》的辉煌篇章中读到《裸体午餐》和他此后的作品里的一切。不可思议，措辞很精彩，"脸很茫然，有一种昆虫般暗含的平静"。

到1953年为止，巴勒斯已完成了早期的日常写作，日后这些内容会成为《中间地带》里的篇章，都是关于一座末日都市衰败的文明的事。许多种文明混杂在一起，有点像丹吉尔所代表的十字路口，不仅仅东方和西方的，也是过去和未来的。巴勒斯第一次构思《中间地带》是在东七街，当时他从我公寓的窗口向外张望。他看到一位女士把手伸出窗户，拉后院房子间的绳子，上面晾着洗好的衣服。他开始想象一座应该包括步行小道、木板路和安全出口、像座迷宫一样的未来城市，里面的人住在不同的巷子、走廊、浴室、杂物间里，这城市如此古老，建筑一座叠着一座、一层套着一层、就像那一声的振动"吽"，而许多幼虫在等待着那些还未出生的活体。

这里面有一种启示，一位预言者，圣-琼·佩斯的《阿纳巴斯》。

如果你熟悉兰波的作品，你会认出其中一些与兰波以及二十世纪兰波追随者的蛛丝马迹，这部由圣-琼·佩斯所著、T.S. 艾略特翻译的《阿纳巴斯》散文诗，你们会感知到巴勒斯的主题也隐现其中。兰波和圣-琼·佩斯的《阿纳巴斯》是巴勒斯写作方法的源泉。

也许你们还记得十九世纪超验主义者中的一位，布朗森·奥尔科特，带回了各种和炼金术记录一样的东方著作，那种文本堪与佛教著作相比。

---

① 佛教六字真言（唵嘛呢叭咪吽）的最后一个字，有智慧与圆满的含义。

惠特曼从选集中进行了摘录。超验主义者之名源自对印度教、伊斯兰教和万物轮回的研究。在惠特曼的主题里有同样的广袤无垠。令人叫绝的是T.S.艾略特的作品《荒原》全篇参考了克里希纳、阿朱那与佛教的基本教义。诗的结尾我们听到超验主义八十年后的梵文吟唱，是东方思想的一次美国佬语汇转达。还记得吧，《荒原》结尾的句子：“给予，同情，自制。”①

《荒原》和巴勒斯的作品有很多共通点。巴勒斯的“裁剪法”和T.S.艾略特的“拼缀法”有异曲同工之妙。两者都运用了蒙太奇或拼缀法，也就是巴勒斯所称的“裁剪法”，艾略特从阿波利奈尔那里借鉴来的、我称之为“跳格剪接蒙太奇”的一种语言工具，从一个概念迅速地跳到另一个，从一幅图片迅速地切换到另一幅图片。我认为巴勒斯和艾略特最相似之处就是“音乐流淌于起风的街道”，换句话说，简朴的、怀旧的、滚烫的意象随着旧时光的回响抵达你的内心，久久挥之不去。

巴勒斯从艾略特翻译的圣-琼·佩斯的《阿纳巴斯》中收获良多。我记得这本书是巴勒斯在1944年拿给我和凯鲁亚克的好几本书中的一本。如果你综合圣-琼·佩斯的作品和《荒原》，你将体会到巴勒斯作品怀旧的余味。

23. 巴勒斯与《酷儿》

《酷儿》创作于《瘾君子》之后，但是这部作品当时没法发表，事实上三十年来都未发表。在前言里，巴勒斯讲述了他成为作家的经过。非常出乎人的意料：

> 我写了《瘾君子》，写作动机相对简单：将我吸毒的经历用最精

① 原诗“Datta. Dayadhvam. Damyata.”，是《耶若婆佉奥义》中毗湿奴所揭示的三个最重要的词。

确、简单的词汇表现出来。我期望作品能出版、获得金钱和得到认可。我在写《瘾君子》的时候，凯鲁亚克出版了《镇与城》。我记得书出版时我写了封信给他，他的钱和名现在都很妥当了。如你所见，我那时候对写作这买卖一无所知。

我写作《酷儿》的动机更复杂，而且目前我也还不清楚。为什么我会愿意将那些极其痛苦、不快和痛心的记忆如此细致地记录下来？我写了《瘾君子》，我感到我自己被写进了《瘾君子》。我也很辛苦地继续写，以便直截了当把事说清：像打疫苗一样写作。事情一旦被写下来，就失去了使人惊奇的力量，就如同灭活的病毒被用来使人体产生抗体，从而使病毒失效。所以我也因把自己的经历记下来而对这些字里行间所指向的伤害获得了免疫力。

《酷儿》部分手写稿件的起笔之处，从戒毒所回到人世间就像疯狂笨拙版本的拉扎勒斯[①]，李[②]似乎决定以词语的性感直觉造爱。他对一个合适性对象的需求有着令人惊奇的系统性和无性欲性，一个接一个地将清单上的目标划去，似乎心里汇集着终极的失败。在某种十分深刻的层面上，他并不愿意成功［这就是巴勒斯在写他自己］，而是要竭尽全力地去避免意识到他并未真正在寻找性的接触。

而阿勒顿肯定有“某种”接触。那么李在寻找的这种接触是什么呢？从这可以感受到和阿勒顿这个人物无关的一种混乱概念。而瘾君子对他给别人留下的印象则完全无所谓，在戒毒期间，他也许强烈感到需要一位观众，这很明显是李想从阿勒顿身上获得的：一个观众来认可他的表演，这当然是一副面具，用以掩盖令人震惊的崩溃。因此他发明了一种癫狂的注意力吸引配方，他把这唤作“日常”：震惊、有趣、引人入胜。

---

① 《圣经·新约·路加福音》第16章中患病乞丐的名字，也是《约翰福音》第11章中被耶稣复活的人的名字。

② Lee，巴勒斯在小说中的化身。

李并不知道他已决心开始写作，即便自己手中的笔是记录这难忘时刻的唯一方法，不管阿勒顿愿意看或是不看。李正在不可逆转地跻身小说的世界。他已经在自己的人生和他的创作之间做出了选择。

在凯鲁亚克、巴勒斯、梵高、阿尔托和埃兹拉·庞德或者我自己的作品里，当然首先是在凯鲁亚克和詹姆斯·乔伊斯的作品里，有着这样一种古怪的时刻，个体的身份和作为作家的身份整合在一起。个体决心成为作家，那是他在宇宙中的样子，一个抄抄写写的人，或是在这世上举手投足就等于写作、艺术或绘画的人。他们的生活与写作融为一体。巴勒斯的人生里，他的写作和他的人生在某个具体的时点忽然融合，凯鲁亚克也一样，他的融合时点可能是在决定抛弃一切修正、仅仅记下心中所想之事的时刻。从生命的角度来看，他完全成为了作家，他的人生成为了写作的人生。在某种意义上，作家凯鲁亚克取代了杰克·凯鲁亚克这个个体，一个“过去曾写作的伙计”。

某种意义上说，巴勒斯和凯鲁亚克身上发生的一切，是人变成萨满以及生命体成为预言，信息从那些躯体中穿过。他们致力超脱于理性的束缚、打开他们整个躯体和用想象力与梦来接收信息。他潜意识的生活和他每天的生活整合在一起。对巴勒斯而言，写作成为对意识的探究或对内心深处的探究。

巴勒斯给《酷儿》写序是最近的事情，而书完成于三十年前。

当我开始为《酷儿》作序时，我的万分不情愿使我难以下笔，一个作家好像身着紧身衣般受到束缚：“我看了一眼《酷儿》的手稿，感到不忍卒读。我的过去像一条充满毒素的河流，某人幸运地逃离，但数年后当这些记录再次出现时又立刻感觉受到了威胁——使人痛苦到不忍卒读，更遑论写有关的文字了。每个词和手势都让牙齿咬得咯咯作响。”当我强迫自己去看的时候，这种不情愿背后的理由愈加清晰：这本书写作的动机是一件从未提及的事儿，事实被很小心地回避了：我在1951年9月，因为意外枪杀了我的妻子，琼。

我读到《酷儿》手稿时，感同身受到难以承受的地步。李感到自己不可救药地受到亲手杀死妻子念头的驱使，这念头在他脑中挥之不去，一只死手就像只手套一样等着在他上方垂落。因此，威胁和罪恶的雾霾从书页里腾腾升起。这份罪恶是李知道又不知道的，他试图用疯狂的幻想来逃避：每一日他的牙齿都被咬得咯咯作响，因为那邪念常伴于左右，如阴霾般清晰可见。

布里昂·吉辛在巴黎时对我说过："对于一个射杀琼的丑恶灵魂来说……"有一点通灵意味的启示但话并不完整——或者完整？这话无需完整，如果你读到：射杀琼的丑恶灵魂"来说"，那两个字的意思表达了继续维持一种可憎的寄生式的占有。我对于占有的概念更近似于中世纪，而不是现代心理学的解释，那些人武断地坚持这种占有必定来自内部而绝对、绝对、绝对不可能来自外部（似乎内部和外部应该有明晰的界线似的）。我指的是确切占有的实体。

这些文字也是巴勒斯对绞刑、性高潮、占有的隐喻。一种被占有、侵入的感觉，这也是我们能在他的书中看到的所有这些病毒、上瘾的意象，将瘾癖比作病毒、比作占有的原因。

24. 巴勒斯与《裸体午餐》

《裸体午餐》是一系列素描、幻想或日常记录，我们最初创作这部作品只是为了消遣。情节只是想象的跳跃，为好玩儿写的。巴勒斯在丹吉尔时，处在创作《裸体午餐》高峰期的他正在用一种叫奥施康定①的合成药物，写出来的东西是一堆前后不连贯的片段。1957年，凯鲁亚克跑去丹吉尔帮他将一整个大黑色弹簧活页夹里满满的信件和草稿整理出来，以备出

① 即羟考酮，一种阿片类镇痛药物。

版。问题在于如何将信件和草稿分开，如何给这些记录排出时间顺序呢？如何把本唯医生带来，介绍他，然后因为内容更荒诞而有趣的琐事，又把本唯医生带回来再介绍一次？我们发现文本是具有一定重复性的。巴勒斯写了某个内容后，会过一个月后再来完善，如此种种。这些材料真是雪片般堆积如山，至少有一千页之多。

凯鲁亚克正要出版《在路上》，手头有点钱，所以他到丹吉尔去找比尔，然后我和彼得·奥洛夫斯基也去找他。凯鲁亚克比我们先到，因为他要把所有手稿都打出来[①]，并给它排序。凯鲁亚克开始进行这项工作的时候我到了，我也接过来打字的工作，然后一个叫阿兰·安森的人来了，他曾在 W.H. 奥登写作《焦虑时代》这一最高产时期担任他的秘书。安森在早期对巴勒斯无比仰慕。我们一起打字，然后尽我们所能将其整合，但是我们无法解决连续性的矛盾。

我个人认为应当按照时间顺序排列，以体现他思维的发展。但那种方法不管用，而且这个家伙仍在不断往里面添加新的材料。其中有许多内容是叠加的，因为不断完善的文本时序中会出现新的细节结合点。将相同内容的版本一一过筛并编辑成独立部分实在是一项艰巨的工作。

1957 年末，我去欧洲旅行，巴勒斯去了巴黎，我们带了其中一部分书稿给奥林匹亚出版社的莫瑞斯·吉罗迪亚斯看。之后，我们收到芝加哥大学《芝加哥评论》的一封信，向我们索取一部分稿件，包括我、巴勒斯、凯鲁亚克、柯索和奥洛夫斯基的东西，他们都想看看。于是，我们把《裸体午餐》中的一系列内容归拢一起，包括会说话的屁眼儿章节，寄给《芝加哥评论》，大约八十页的样子。编辑采用了并准备出版，但在分销前被大学的管理部门抓了个正着。丑闻传到巴黎时，吉罗迪亚斯决定马上出版《裸体午餐》。然而，巴勒斯手头仍是零散的底稿，他仍旧不知

---

① 凯鲁亚克和金斯堡生活的时代，一些老作家如巴勒斯还会用笔在稿纸上写作，将稿纸的内容整理到打字机上就成了一项必不可少的工作，为了方便出版，也可以在打字时朗读，进行修改和再创作并最后将不同的版本进行对比。金斯堡也保留了这一工作习惯，其诗稿从手稿到最后出版有时能经历数十个版本。

道如何将它们整合为一个合理有序的连续体，换言之就是使之成为一部小说。

此时，巴勒斯和同住一家酒店的画家布里昂·吉辛一起为稿子忙活。正是吉辛给了巴勒斯可以像画家看画一样来看待小说的建议，将所有事物拼缀在一起，使所有元素同时呈现，而不是以一种线性的或曰时间性的演进方式来看待小说。这样问题就可以解决了。他们仅仅是将文本以随意的方式通过打字机录入下来，然后一章一章地送给吉罗迪亚斯。巴勒斯看着成本说道："好的，比尔，你知道，如果你以这种方式来阅读，效果会像其他任何方式一样好。"这就是小说最后整合的方法。

将元素并置的措施足以启迪读者阅读下去，鲜明的意象、日常时序、戏剧性。《裸体午餐》里这些不相关的内容以艺术性的秩序来串联，章节之间没有很"硬"的联系。《中间地带》这章没必要按某种逻辑秩序和《本唯医生》这章有什么关联，就好像你把读者从纽约带到廷巴克图，然后从廷巴克图到维纳斯，又从维纳斯到丹吉尔，或者正如巴勒斯说，"我不是一列美国快车"。小说家不是美国快车，他没必要给读者提供一张从一地到另一地的车票，他只需要把所有地点都呈现出来，读者自己就可以出发。

25. 巴勒斯与"裁剪法"

大约在 1960 年，在欧洲，关于巴勒斯的裁剪法很多人都在与他论战。第一个线索是在巴黎出版的一个小册子，名叫《还有几分钟》，是巴勒斯、布里昂·吉辛、格雷戈里·柯索、辛克莱·贝尔斯和我共同合作完成的。那时候我在南美，我个人认为这种裁剪法有些过于琐碎和机械。这种方法是无机的，在我的想法里，要达到存在、终极现实或完全意识的统一，必须运用有机的方法。

那时我没有能力将词汇和事物分离。事实上，裁剪《嚎叫》对我是个挑战，如果再让我来一次，我会做出更明智的选择。但当时我觉得裁剪对文学不够尊重，太无情了。柯索在反对裁剪法时说：“我的诗是自然剪成的。”我想，啊哈，这个诗人已经超越了这些理性主义的裁剪者。我认为这种工作中包含着一种非个人的、无情的拉斯柯尔尼克智识[①]。

我认为《中间地带》是巴勒斯的作品的精髓，是他写作的极致。这是一种自然的切割，时间、空间、各种文明和各种生物形态的切割。在某种程度上，《中间地带》是他的主要意象，这一点贯穿于他其余的书。巴勒斯的裁剪概念是一种精神概念，在某种意义上说，这是他之前寻求意识扩张和试图摆脱语言的结果。他想要走出语言的牢笼，也想要超越感官，超越一切所思所想、感情以及明显的感官印象。这是他的原话。他想要脱离现实，就像我们习惯于理解现实一样，超越感官，到一个开放的环境，像蓝天一样寂静的地方，超脱肉体的囹圄。这就是裁剪背后的精神以及野心。我们所有的感官印象都是由语言和伴随我们成长的思维方式决定的。他开始怀疑这些明显的印象是被植入我们身体的。

他的第一个尝试是追溯单词的线索，找出这些单词是如何浮现并植入我们的意识中的。他假设所有的现实、视觉、声音、嗅觉、味觉、触觉，都是一种幻觉或者是一种魔幻[②]，但魔幻背后是空虚的、没有威胁的、开放的空间，而身体和感官的实际存在是某种设定好的情节。关于谁是背后的发件人，他有各种各样的理论。在《裸体午餐》中，我们小组成员之间存在着巨大的政治分歧，比如巴勒斯自己，他研究的是感官和事实；而分裂主义者，他们想复制自己，把自己的形象撒满全世界，这样如果在国外旅行时就可以出门靠朋友了；还有清算派，他们想清算所有和自己不一样的人，清算所有反对他们的人。

巴勒斯怀疑我们所知的现实的整个结构是完全被条件所限的。他开始将怀疑的目光投向那些条件制造者，那些在背后操纵着能影响整个宇宙

① 即俄文“教派分裂”，指俄国东正教在17世纪由于教义、仪式或文本理解产生的分歧而逐渐分成两个不同派别的过程。在基督教、佛教、伊斯兰教等宗教里也都出现过不同程度的分裂事件。

② 原文Maya（摩耶），具有多重含义，源自梵文的印度教词汇，也有幻觉与错觉的意思。印度教中将世界描绘成一个随时变化的幻象，摩耶即是对人们寻找真理的障碍一种笼统概括。

的条件的家伙。这有点像一个工程师运行着一个有很多磁带机和胶卷的录音室。这是一个沿着单词路线和图像路线探索的问题。换句话说，你要去跟踪你使用的或植入你的大脑的词语，跟踪它们回到你第一次听到或文字和图像被捏造的地方，找到“意象银行”的源头和在控制它的家伙。他的概念里所有的感官以及所有的视觉，都很可能一个不漏地正叠加在我们身上。

这是一个非常严肃的政治提议。我记得有一次来到丹吉尔，我必须接受巴勒斯关于我所代表的人的讯问。他能从我的语调、话语和态度中察觉到我父亲或哥伦比亚大学的某些元素。这很有趣，但是很难得看到，老朋友比尔看着我就好像我是一个被派去检查他的机器人。他假定那个时候每个人都是特工，不一定是那种来自政府的特工，而很有可能是受另一个星系巨大的昆虫委托的特工。女性被怀疑是邪恶时母的形象，巴勒斯一度认为也许你应该消灭所有的女性，只是把她们都除掉，让她们像多余的附属物一样掉下来，然后进化出一个可以生育的男性。这仅仅是一种理论，却是典型的巴勒斯理论。凯鲁亚克曾经认为巴勒斯的品质是浮士德式的实验，一种试图探索极端的想法，假设除掉所有的女人，看看到底会发生什么。

《还有几分钟》和《灭虫员》中的观念，巴勒斯于几年后的《新星快车》里有了进一步的完善。新星是一个不断爆炸的太阳。巴勒斯的理论是所有被陈列的幻觉目的，是表达这个星球正在经历着被一种不需要人的、类似病毒的形式接管过程。病毒以语言的形式进入了人体。语言本身就是病毒或者病毒的载体。这是令人震惊的洞见。

巴勒斯的想法与佛教徒的想法是平行的，只是巴勒斯相信另一个星系有巨型雌性昆虫。他试图将我们所处的困境归咎于外部世界，而佛教的观点是我们自己创造了整个世界。它们都需要高度的警觉和专注，每时每刻都要经过仔细的检查，一个思想一个思想、一个意象一个意象地反映整个事物的构造和现象。无论你是佛教徒、无神论者还是“巴勒斯主义”者，你仍然无法逃避审视现实的整个结构这件事。

《还有几分钟》的意思是，离原子弹爆炸只有几分钟了[①]，原子弹爆炸将是这个星球上创造新星的条件。如果操控者得逞的话，这将对地球造成干扰，这种干扰将扩展到太阳。在我们的太阳系中会有一颗新星。在那个时候，人们对原子弹爆炸产生了极大的焦虑，这反映在巴勒斯的意识中（也许是被夸大和过度敏感了）。

在《还有几分钟》或者《灭虫员》中，你会看到巴勒斯首次对原材料进行裁剪的尝试。是首次沿着词语路线跟踪的行动。如果你想知道这些想法是在什么地方被植入到地球或你体内的，你可以沿着文字的线索追溯，从历史的角度，来找出这些文字的始作俑者。

沿着字里行间的线索，他开始审视上帝和语言的概念。在《创世记》中，记得吗？第一句话就是“太初有道[②]”。巴勒斯想知道，这是谁说的？旅行是谁安排的？他对开篇那句话作了诺斯替派的解释，“太初有道（词）”，他的结论是“把道（词）去掉”。如果你仔细研究诺斯替版本的《圣经》，文字和伊甸园，你会发现与巴勒斯的毁灭天使有共通点。在《灭虫员》的开头，这些都是关于裁剪法的最早解释之一。

人类是一串“思想、情感和‘实在’的感官印象”词语的综合体，这是摘自《时代周刊》一篇叫作《芝加哥脑电图研究》的文章。详见巴勒斯的作品《裸体午餐》第156页。看到和听到他们期望你看到和听到的，因为字句已经预先将您的插槽安排好了。

> 用剪刀或你喜欢用的闸刀剪掉单词路线，单词路线使你及时……剪出整齐的线条……画出线条乃至空间。拿一页你自己写的东西或一封信或一篇报纸文章或任何活着或去世作家的作品中的一页，或多或

---

① 计时是一个象征性存在，指芝加哥大学于1947年创立的“末日之钟”，背后是由科学家和学者组成的学术小组不定期评估全球局势，发布“末日倒计时”的指针图片以起到警示世人的作用。指针离12点越近，代表人类爆发全面核战争的可能性越高。

② 《圣经》中的第一句话“In the beginning was the Word, and the Word was with God, and the Word was God”，中文《圣经》中一般以“太初有道，道与神同在，道就是神”来翻译。但“Word”也有词语的意思，巴勒斯探究的问题是“道”以“词”的方式作为一种代码是如何改变了生命的。

少……切成块。在中间。并且跨过两边……重新安排部分……将消息结果写下来……

谁写了最初的词，仍然在那里对他或她的任何词重新排列……可以识别出兰波被切割成兰波……梅尔维尔被分割成梅尔维尔……莎士比亚用莎士比亚的语言推动……等等，任何人都可以成为兰波，如果他能裁剪兰波的词汇，学习兰波的语言，像兰波一样谈话思考……并提供适当的肉体。所有死去的诗人和作家都可以在不同的宿主中转世。

切碎……把写作标准提高到一个所有人无论他是活的人还是另一个世界的死人都在永恒竞争的平台上。一致发生。

没有人能掩饰这种切碎……你可以从任何书面或口头语言中删去真相……

这意味着，如果你拿尼克松操纵你的思维的演讲稿，你把演讲稿剪下来重新排列，正如巴勒斯所说，你就会发现他真正想说的东西。把他的话剪下来，黏贴在中间，或者把它切成四等分重新排列成不同的顺序。在原文中，这些词是以一种可接受的、公认的、社会秩序井然的、连续的、有逻辑性的顺序呈现给你的，正好符合你所期待的“理性的人互相交谈”的预期。他神不知鬼不觉地催眠你，比如说“我不是小偷”。但如果你把这句话和“宝宝里伯莎”一起剪裁，就成了“我不是宝宝里伯莎一个小偷我的朋友”。所以，如果你把句子剪裁，你就不知道他是在说我是小偷还是我不是小偷。

换句话说，大部分的写作，包括政治写作和新闻写作，都是在试图用一些废话、一些空话说服你，背后是有控制的。如果你想让它的措辞看起来突兀一点，暴露其控制性，那就把它剪下来重新排列。操控性的不一致性就将跃然纸上。

1960 年左右我就这么做了。我的小实验是，在猪湾危机期间，把赫鲁晓夫的演讲和肯尼迪的演讲掺和在一起，看看最后是什么效果。我得出的结论是：“演习的目的是攻击性武器。”就这么简单。把他们两个人的思想结合在一起，换句话说是他们的语言混合在一起，显示出语言内部的信息。

奥威尔关于语言的文章《政治与英语》① 是一篇伟大的文章，巴勒斯经常引用它。奥威尔揭露了一种带有操控性的官僚措辞。它越具有操控性和官僚化，它就越抽象、越拉丁化，里面的图像和感官参考就越少。

26. 巴勒斯与《爆炸的门票》

我在沙夫茨伯里大街的报摊停了下来，买了一本《偶遇》。凝视着他们的爱神，那些被抽象化到毫无视觉痕迹可寻的散文韵脚。

巴勒斯把视觉痕迹作为相当于记录脑中词汇的磁带。他在这里混合，删去了他的一些情节，他的宇宙侦探小说意识情节以及一些拙劣的模仿和散文，我相信这些都是剪裁自《偶遇》散文的真实片段。《偶遇》杂志是英国的英美文学杂志，在五十年代初期由中央情报局资助。

（对社会价值绝望幻灭的否定催生了虚无的视角和秘而不宣的极权主义矛盾的洋洋自得。）

我知道他为什么站在那里。他还没有准备好完成剧本。他在等一个他能触摸的人。

（在不相称的恼怒中垮掉他甚至没有触摸到歇斯底里中无关痛痒的诚实……）

这是乔治·斯坦纳或《偶遇》杂志的某人写的关于《裸体午餐》的负面评论之一。“在歇斯底里的恼怒中垮掉。”巴勒斯指出，正如奥威尔指

① 《政治与英语》是乔治·奥威尔在1946年发表的一篇文章，书中揭示了当代英语被政治语言改造的真实目的，是为了“把空话说得恰有其事，使谎言听起来真实，使谋杀看起来正当”。乔治·奥威尔提倡使用直白、避免修辞和套话的“简明英语”来避免人们被误导。

出的，这只是态度上的抽象，这些词没有任何所指，没有视觉、声音、气味、触觉。它们只是在指向其他抽象概念。一个抽象指向另一个抽象，无限回溯。

“你的剧本需要帮把手吗，伙计？”

他转过身来看着我，觉得我不是来找麻烦的，就点了点头。我递给他一英镑。“这应该能帮你六下儿，我们在外面见。”

他又点了点头，走了进去，在字里行间坐了下来。

（具有讽刺意味的是这种形式对它矛盾地摆动着无用的言语腹泻的触角的核心来说是平庸的。）

我在词汇泥淖等待了半小时。

这是巴勒斯对操控性散文的诙谐改编。如果你把它剪开，你会发现它的空洞本质。巴勒斯还试图割断自己的思想、感情和性迷恋，他觉得这些都与某些感官印象有捆绑性。

另一个分割的概念是当你找到一个信息的发送者[①]，一个像尼克松一样的发送者，或者中情局，或者杂志、你的母亲、你的父亲、你自己、伟大的自我等等这样的发送者，那么你会发现对付发送者的方式是对他们发送的信息做出反应。所以如果你想要摧毁美国中央情报局，你只要沿着字词路线跟踪发现人类语言贬低的意象来自哪里，然后你剪裁给你的这个意象，回馈到中情局或你的母亲那里。“裁剪，向所有活着的思想喷射回去”。“目睹，或用火车的小折刀把字词线路切开”。“没有人能假装去剪。剪你自己的……剪”。

他在《柔软机器》《新星快车》《爆炸的门票》的结构就是使用随机切割的材料搭建的。他仍保留了他想要的情节、他的生活日常，就像《裸体

① 原文 Sender，在上一章巴勒斯的《中间地带》的原文中有所提及，指将带有议题或目的性的信息有意或无意传播的人。

午餐》，像一场悲情电影，或者像本唯医生，然后他再对这些生成的场景进行裁剪，蒸馏出怀旧的本质或每一个场景的诗意切成更小的部分，这样一来，消除的内容越来越多直到融合成一个完整的段落，这便是前面的章节裁剪后的精华所在。

巴勒斯有一个借口。他认为新星的条件正在成熟[①]，他认为只剩几分钟了。他认为，以某种激进的方法来深入语言内部，深入意识内部改变意识，在很大程度上是迫切需要的。他一方面感觉精神药品是政府操纵的，因此无法轻易获得，而佛教、精神分析等其他方法又显得缓慢而陈旧。

作为一个像他的祖父一样的美国佬发明家，比尔发明了一种裁剪的方法来观察语言内部。拿出你的理性意识，把它摊在桌子上，然后客观地拿起一把剃刀，把这玩意儿切开重新组合，这样就扩大了它，打开了它，给它增加了更多的空间。然后重新排列，给它一点空气，然后把它送回柔软的机器里。这将导致反馈短路，从而可能给思想一瞬间的解放或诞生一部小说。我认为裁剪的实践是一种非常诙谐有趣的形式，可能是一种古老的冥想形式。换句话说，裁剪把一篇文章中的无意识背后的意图带到了表面。他后来的所有著作都是这一中心思想的延伸。

从 1958 年到 1968 年的十年里，毫无疑问，将操纵剥离开是他的全部目标。这又回到了我说的我们这门课的最初目的，它主要是对意识的探索。数十年来，对与主观意识和意识的现象学相联系的文学手段进行了不同实验和推动。这可能就是为什么垮掉派的薪火传了下来，而不仅仅是昙花一现的社会现象。

27. 尼尔·卡萨帝与《如旧》

《如旧》一书收集了我和尼尔·卡萨帝的往来书信。

---

① 指毁灭的核战即将到来。

亲爱的尼尔：

你我之间的信件就像两个完蛋程度一样的流浪汉之间的对话，我们要么喋喋不休、怨天尤人，要么语言简练、高深莫测，但我不认为这有什么意义。就把这当作废话吧。如果我以为给你写一千页的信就能解开我和你的谜题，我就会拿着羽毛笔和长卷的纸坐下来，拼命地狂笔疾书。一周前，我重读了我在丹佛和得克萨斯的所有笔记，那是一长串的主观忧虑，我绝对惊讶于它听起来有多烂；在我的记忆和呼吸中再次醒来，我的灵魂是如何完全统一在爱的狂喜中；但要阅读它；这么长而曲折的玩意儿，令人沮丧，我似乎无法结束——不是无聊，而是压抑。

嗯还有还有……我最后一封信的风格像埃兹拉·庞德。我在你的信里也收到了他的一封信，回信中他问答了我一些关于韵律的问题。他用歪歪扭扭婴儿般的潦草字迹在信封正面写下了 A. 金斯堡和地址，占了一整页空白纸，上面写着：

圣·丽兹。（这里指的是华盛顿圣伊丽莎白疯人院。）AG[①]

亲爱的 AG

你们这些人都没有一点疲劳的概念。我已经把这一切都写出来了，也就是你们所有问题的答案——《诗章》对写短诗的人毫无用处。E.P.[②]

回答得很好，我想，至少他不怕麻烦。我给埃兹拉·庞德写了一封很长的废话连篇的信，是关于你需要写什么样的韵律或者新的韵律是什么、你对韵律有什么想法。威廉·卡洛斯·威廉斯谈到了韵律而庞德你怎么看？

“你们这些人对疲劳的概念一点都没有吗？我已经在书上说过了。”我

---

① 艾伦·金斯堡的字母缩写。
② 埃兹拉·庞德的字母缩写。

花了大约两天的时间才弄明白庞德的意思，“我把这一切都用铅字讲得明明白白，也就是说，你所有的答案都在那儿”。他的意思是他已经在别的地方回答了我所有的问题。有时别人给我写信时，我会把它重新印出来一份。但后来他又有了马后炮的菩萨心肠。“《诗章》对写短诗的人毫无用处。”他的意思是，如果你在写一首短小精悍的诗，《诗章》中扩展的变化韵脚和他使用的表意法就对你没什么意义了。然后我给了卡萨帝更多的建议。

> 不开玩笑，你应该尝试一些你所认定的我和别人觉得是理所当然的事：一个关于你失去爱的情绪的大纲，一个关于你隐秘感受的长长的忏悔；不仅仅是狂乱、知觉和活动，还有你所感受到的那种深刻的、真实的、个人的、没有说出口的痛苦。这一切被当作“理所当然”，我想表达的意思是，你从来没有利用过别人接收坦白的耳朵，你总是承认你的罪行，但我不知道你作为一个男孩或男人的感觉如何，甚至在与琼的信中你也没有透露过①。当然，我一直不明白你有多想要露安。她呢？你几乎比任何人都感到不快乐，但你很少让别人分享你的不快乐——杰克知道；他还记得你在餐馆里哭的情景，现在成了他作品的中心。上帝，尼尔，我希望我能看到你（在洒满阳光的永恒世界里）——我想你知道这一切。
>
> 即使是笨蛋比尔在他最后一封信里也告诉了我关于他自己的一切，然后用这句话结束了他的信：“我希望这些没有让你对我感到厌烦。”天啊，天啊，这些事已经在我心头萦绕这么多年了。

我注意到了这几段中有一种未明说的东西，很令我感兴趣。我们想当然地认为别人知道我们在想什么或感觉什么，我们写诗将有些从来没有被陈述过、未被理解的东西当成理所当然。诗歌是一种表层很薄的东西，因

---

① 这里指的是卡萨帝写给凯鲁亚克的一封长信，这封信被称作“琼的信”，因为信中谈到了卡萨帝和一个叫作琼的女人的关系。

为我们所感受到的东西的实质从一开始就没有展现出来。这很重要，因为有人在写没有人能理解的诗，这些人假设诗歌已经被理解了。他们只能在语言薄弱的地方写诗，因为它的内部没有包含最初的心结，可以这么说。它不包括最初的激起心脏悸动、恐惧或其他的真家伙。

然后是 1950 年 10 月 31 日写给尼尔的一封信，那一刻影响了这群人，卡萨帝、巴勒斯、我和凯鲁亚克。这是关于我们一个混入了高层艺术圈叫比尔·坎纳斯特拉的朋友的死亡。

> 每个人心里的一个大问题是，这是意外还是他故意这么做的？我遇到了安·亚当斯，她当时和他在一起，她向我详细地描述了经过。经过一整夜的坚持和徘徊之后，这帮人就要离开她家了。在去克劳德家的路上，克劳德和坎纳斯特拉玩得很好，喝得酩酊大醉，还亲昵地抚摸对方。黎明时，他们坐地铁到克劳德家去取钱。当他们谈到布利克酒馆（离维尼常去玩的地方很近），比尔突然从窗户里探出头来搞怪。他把头和肩膀伸出来，但显然是判断错了，他发现自己半悬在窗外。当地铁呼啸着穿过隧道时，其他人冲过去紧紧抓住他，试图把他拉回来。他的外套破了，他们抓不住他的肩膀，因为他离得太远了。当他看到发生的事情时，他开始尖叫着要后退。他弯下腰去，想避开隧道里的柱子，又低下了头，但突然传来一声巨响，他从他们手中摔下来，从窗户落到铁轨上。车停下时，她走到最后一节车厢，在那里他的尸体被拖着，他的头破了，脑浆从太阳穴的部位流了出来。

从某种意义上说，那是我们这一代最优秀的头脑之一，被疯狂摧毁了。[①] 它变成了我自己的诗《嚎叫》。这是我们这帮人第一次面对死亡，或者说我们群体中出现死亡事件，这影响了每个人。我们瑟瑟发抖，意识到我们终有一死，这是一次让我们意识到自己也是凡人的提醒。

---

① 出自《嚎叫》中的第一句，“我看到这代人最杰出的头脑毁于疯狂，挨饿受冻歇斯底里”。

虽然卡萨帝对凯鲁亚克和我来说是一个充满活力的英雄人物，但在那个时候，他已开始感到幻灭和虚无。我想说的是，他作为一个英雄的形象在 1950 年就结束了。在六十年代中期，尼尔被神话化为英雄人物，但他在 1950 年 11 月前就已经感到疲惫不堪，茫然无措。关于这个有一系列的陈述非常有趣，因为凯鲁亚克在《在路上》和《科迪的幻象》中对他的描述就像七巧板拼图一样。

1950 年 11 月 25 日

亲爱的艾伦：

给你或任何人写信可不是件容易的事；事实上，我根本无法让自己去写字。在这个我找不到任何话对任何人说的真空中，戴安娜·汉森承受得最多。因此，如果你在任何时候看到她，请告诉她我只是不能写或做任何其他事情，没有别的什么。我手头有很多我无能为力的漂亮例子，我可以为你背诵它们，但不需要，因为我真的没有力气去这么做。我不能过分强调我的生活变得多么丑陋，仅仅因为这是“什么也不做”，以及我在情感上每一个该死的时刻都意识到我是一条多么恶心的鱼。老实说，这很糟糕，我不仅不能做日常的事情（刷牙、看医生、做火车上最重要的事：睡觉），但同时也不能做绝对要做的事情，例如，我的车抛锚了，需要很简单地修一下火花塞，你认为我能走两个街区让他们花十分钟去修理吗？不，不，我已经连续几个星期坐有轨电车去上班了，等等等等，更糟糕的是，我只能说我每十二小时吃一次饭，每二十小时睡觉一次，每八小时手淫一次，或者只是坐在火车上，毫无思想地盯着前方。我做的一件事就是每五秒钟想想我要做的事情，我会在脑海里一遍又一遍地背诵它们？“修汽车，修脚，修牙齿，修眼睛，修鼻子，修拇指，修支气管，修屁眼，修新火车灯，让火车灯坚持到长毛杰克和被骚扰的戴安娜三月份旅行回来的时候（如果他们想要它），开始读书，获得在东部火车工作的候补机会，买狗（我给凯茜买了条纯种的可卡犬），打狂犬疫苗，把狗放到后院拴好等凯茜来玩，写这个，读那个等等。”这一切的最终结果是我肚子一直不舒服，没力气，吃了饭就感觉不舒服，我抽烟又因为停不下来而生气，等等等等。我非常希望自己能有一个大蘑菇可以趴在下面等死。

我记得我当时读这封信的时候，觉得这是一篇散文，而且罕见。

试图精确地定位永世神秘的灵魂是徒劳的。但如今人必须有抽象的思维，它迫使内心世界的物理学家用情节堆砌着情节、观念堆砌着观念的方法为自己阐明一个虚构的世界。他把未扩展的变形成为已扩展的。

接下来是一整篇关于大麻对他和杰克影响的专题论文，大麻把他们的脑子都清零了。这是一个早期的征兆。

杰克和我吸食的墨西哥“那”①（我的最近一个月前就用光了，如果你们这些可爱的男孩有同情心的话，给我一点，我一定会乐晕的），不同于其他任何“那”，因为我注意到，任何使用它的人会和其他吸食的人一样想象奇怪的事情。我知道“那”对我们所有人都有类似的影响，但这种类似更强烈；即使是阿尔·欣克尔，在吸过后也完全进入了同样状态。

欣克尔是一位丹佛的朋友，他是铁路司闸员。一个高大、文静、认真、惜字如金的家伙。

鉴于这一点，以及杰克写给我的信，我怀疑在里士满山独自沉思的原因是什么；那些他最令人沮丧的终极自我感悟。这并不是说他

① 原文 T，The 或 That 的隐晦用法，“那玩意儿”，代指大麻。

不快乐，而是它向他表明了事情的真相。在“那”的影响下，他确实连续很长一段时间都晕晕乎乎，而且是一个人。当一个人独自面对时，完全意识到每一个时刻的纯粹狂喜使他比以往任何时候都更清楚地认识到自己与他人的距离是多么遥远。与他们没有区别也不用忍受什么；一个人比以往任何时候都更接近人类和世界，但是最终，没有人能够独自探索构成思想的复杂性，何况是在思维受“那”的控制之下。所以，一个人终究无法让别人明白自己的意思；跟踪自己内心感受和信仰的难度是如此困难，不仅仅在写作，语言和行动也是一样，人完全被误解——人的任何言行举止都会为其创造出一个外部的漫画，这个形象并不一定总是你想表达的那种，无论你怎么说怎么做，人们会首先从这个漫画形象入手，他们会觉得你的一切行为都是这个漫画形象的铺垫（对经历过的事内心深处那种没有能力解释或有所行动的无力感），一旦这种特征浮现就无法停止，因此实际上，它就变成人造的了。命运可怖也就算了，竟然还是人造的，没有真正的感情痕迹；所有的思想都有迷惑性，除了自己外，对他人毫无意义。

尼尔一直在谈论这个话题。我认为这篇小论文在对于大麻成瘾者主观视角的描写中把原型找到了。我还觉得有句话在心理层面上很有趣，“一切行为都是这个漫画形象的铺垫”。

由此我们可以看到这个人对自己的思想、思想的过程和思想的形式感兴趣。也许这是一种非常粗陋的方式，但对于一个自学成才的丹佛人来说相当微妙。卡萨帝正从一个非常奇怪的角度研究他自己的思想现象。它的文学影响是使凯鲁亚克开始倾听自己的思想，然后以思想本身的混乱为基础构建一篇散文。

他对凯鲁亚克做了一些很有趣的评论。在同一封信中，尼尔还谈论了凯鲁亚克的婚姻。

随着时间的流逝，他将会失去使其保持一致性的力量（他知道得更多些），热望将转向别处，即使他们有真爱而且关系如焊接般牢固，这场游戏衍生出的实际任务太过于困难，我们对于真相一无所知，除非还有其他事冒出来，杰克会成为他缺陷的牺牲品（不是哈登），只在想象中惹上了大事。但这是另一个问题。那么我们的立场是什么呢？脚下是空空的。关于杰克的婚姻，我还没说过什么有根据的话。从哪里开始？从中国开始吧，因为它离得最远，但是，说实在的，哈，不如从客观视角看杰克，哈，哈。更多的垃圾，我闪人了——

影响杰克行动的强烈驱动力是极其多样和强烈的；这是头等大事，我必须不断地适应一个又一个纷繁浩渺的力量以避免过于简单化，这似乎是相当矛盾的——就像他自己一样矛盾。啊！为了准确刻画出他人格的每一面，冲突的程度可被估计，他的整个自我坚定地站着，精明又清晰。对他的思想的描绘看上去有模有样，他的情感又十分言之凿凿！啊呀，不管怎样——天哪，艾伦，他真是个了不起的人，停下来想一想吧。他的某些特点将他塑造成一个真正的劳动者，就像他自己说的那样，“像一颗土豆”，再者，他有着多么闪光的智慧！他让人们欺负他，无论是在智力上还是在其他方面，他总是表现出害羞和天然的温润；看着一切发生，他有时也会有豪迈的长篇大论，在聚会上，他会站起来对错误（通常是社会性的）表示愤怒；然而，只要对方有一点甜言蜜语的征兆，他又是第一个退缩的。他对麻烦有一种病态的恐惧（他会竭尽全力地逃避婚姻中的麻烦），但当事情真的找上门了，他又不会屈服。他有体贴但男子气概的自私，孩子气，但在孩子气里又有一种镇定，等等等等。该死的，我不想、也不能放肆地向你倾泻这些无脑的废话了。你比我更了解他，和他相处的时间更长，大概也比我更爱他。这封信写着写着我才意识到你不是杰克。（如果是你结婚了而我在给杰克写信聊你的性格呢？）

他继续说了一堆更有趣的废话。我在这里节选了尼尔对杰克的评论。写于 1951 年 5 月 10 日。

好消息是杰克已经完成了《在路上》，我相信他的写作，但也担心他的写作，正如他的不满所显示的，因为《在路上》的主题对他来说太琐碎了。他必须要么忘记它，要么把它放大成一个更强大的东西，让它不仅仅是一本书，因为他所做的并不够，他应该一个一个地往下写（像普鲁斯特一样），然后我们就会有一部伟大的美国小说了。我感觉他的第二本书会开始有点经济收益，这本书中记录了他早年生活的回忆，这些回忆先是寄到了我这里，然后融入他的先知般的著作《萨克斯医生》中。诚然，我说话有些上句不接下句，但我确实为他担心，想让他过得开心点。

凯鲁亚克就是这么做的。他写完《在路上》，然后继续写《科迪的幻象》，就像尼尔建议的一样，把它放大成一部更强大更普鲁斯特式的作品。之前的叙事风格因为太慢而被放弃。他又回到了《科迪的幻象》中继续写，通过许多自发的灵动性组成的一系列实验完稿。其中有一些章节仅仅是嘴发出的声音和胡言乱语，还有一些章节是他和尼尔谈话录音的平白记录。这是我所见过的最有风格的磁带手抄本。他咳嗽，哼哼唧唧，胡言乱语，含混不清。这是对磁带上事件的真实记录而不能算是完整的句子。在同一封信中，尼尔谈到了《在路上》里面的杰克和他自己的处境。

告诉杰克，我变成了一个患有溃疡的色盲列车长，从来没有写出过什么好东西，死于前列腺疾病（过度自慰导致的癌症），死得很痛苦，除非我因为和青少年鸡奸而被送到圣昆廷监狱滑进正在清理的肮脏粪坑后淹死。当然，我可能掉到货运列车下，但那简直太棒了，因为卡洛琳会从铁路公司得到差不多四五万安家费呢（老天保证，也许更多——这是我在这地方上班的文艺原因，而不是去开能和姑娘们打情骂俏的灰狗巴士），有一件事是确定的，我会像三年前一样在感情上以同样的速度蔫瘪，因此我发疯或自杀的可能性已经很低了，因为除了玩具手枪爆炸外不会再有别的爆炸了。一种平淡无奇的精神分裂症业已存在，这种精神分裂症是由过去失去爱和对自身的行为内疚所导致的，但它仍然是浅浅的蓝绿色，在经历普鲁斯特式十年的追忆似水年华之前它不会消失在真正的灰色中。由于我的挫折感接近历史最高水平，有可能不久就会产生一些不利于健康的冲击。而我恐怕已不可挽回地滑了一跤，我的平庸如期而至，正是杰克很久以前为我担心过的命运；我一片空白，而且越来越空白。

然后是一封很长很长的信，以很大的篇幅谈论他的写作障碍以及把任何东西写在纸上的困难。这是对每个人的“无法胜任感”一种相当聪明的分析，他的思维太快了，让作为作家的他写下来可不是容易的事。他在信的结尾谈到了菲茨杰拉德。

我想说的是我感觉菲茨杰拉德和我都在以同样的强度进行尝试。如果我最终不能写得像他那样好，我担心我真的会很失败，自负吗？不是，是事实。我意识到他并不是别的什么，仅仅只是作为美国人（至少有十几个，包括你的朋友杰克，他更好）而被别人称赞，和普鲁斯特或塞利纳相比我觉得他就像一个婴儿。这话题不再扯远了，下一页我写点别的。

这是尼尔·卡萨帝在 1950 年的想法。看透了尼尔在这些信中长篇大论的空白本质后，凯鲁亚克对他产生了同情，在完成《在路上》大部分内容和《科迪的幻象》写过半程的时候，他觉得我有些强求尼尔了，对他来说，去创作一些伟大的、戏剧性的艺术作品并把自己变成凯鲁亚克这样的大艺术家压力太大了。因此，凯鲁亚克写了一首小诗，让尼尔摆脱野心的纠缠。就是这首《散佚的诗》：

他是你的朋友，让他梦吧；
他不是你的兄弟，他不是你的父亲

他不是圣米迦勒[1]，他仅仅是个男孩子。

他结婚了，他工作，在地球转到另一头时
他才睡觉
在伟大的欧洲之夜思考

我以我的而不是你的方式为你分析他
孩子，狗——听吧：找你自己的灵魂，
去品尝风的味道，去远方。

生活哪有不遗憾的。合上书本，出门吧。
别写了，在墙上，在月亮上，
在狗舍上，在海底在飘雪的深处。

去黑夜里找一找神吧，云上也找找。
何时能停止头骨里的旋转
尼尔啊；外面的世界很精彩。

非洲沙漠的中心
竖立着活跃的巨墓
黑天使，还有女人在床上

为你张开了她们美丽的双臂
她们年轻，又温情款款
和身上的尸衣一样。

---

① 《圣经》中天使长的名字，在七日之战中，率领上帝的大军和黑暗势力决战。

新大陆的巨云，
双脚在神秘的气候中筋疲力尽啊，
希望你不会一无所获。

“双脚在神秘的气候中筋疲力尽啊”。我记得是他对尼尔在那次铁路事故中脚受伤的评论。为了防止一次火车相撞事故，他及时跳上了火车，将一节车厢和另一节车厢分开，避免了更大悲剧。在随后的颠簸中他跌倒了，脚被火车轧伤。他住进了医院，并获得了三万两千美元的赔偿，他用这笔钱为妻子买了一栋房子。我认为“双脚在神秘的气候中筋疲力尽啊”与此事有关。

28. 凯鲁亚克与《自发散文的本质》

今天看来，凯鲁亚克在他的散文《自发散文的本质》中诠释了自己的写作方法。“它提供了一套非常清晰实用的建议，关于如何将自然的流动和形式的平衡联系起来”。我认为这是本世纪最伟大的实用写作散文之一。它写于 1958 年，但它描述的是凯鲁亚克早先所使用的方法。

组织。物体被设定在意识之前，或者在现实中，比如在素描（在风景、茶杯或一张老面孔之前），或者被设定在记忆中，在这个记忆中它就变成了一个明确影像的素描。

过程。时间作为纯粹的语言的重要组成部分，素描语言是不受干扰地从个人头脑中流动出来的秘密的思想词语，在影像的主题上吹奏（像爵士音乐家一样）。

方法。不用句号来分离已经充满了错误的冒号和胆怯而没必要的逗号的句子结构，用破折号来分隔修辞上的呼吸，就像爵士音乐家在乐句之间的换气一样——“经过测量的停顿是我们言语的本质”——“我们听到声音的分段”——“时间以及如何记录”（威廉·卡洛斯·威廉斯）。

令人惊讶的是，他引用了威廉·卡洛斯·威廉斯的话。

审视。不是“选择性”的表达，而是随着思维的自由偏离（联想）进入充满引爆点的无限思想海洋，在英语海洋中遨游，除了呼吸节奏和劝诫性的陈述，没有任何纪律，就像一个拳头落在桌子上，每个完整的话语，砰！（破折号）——想炸多深就炸多深，想写多深就写多深，想钓多深就钓多深，先满足自己，这样读者才有可能受到心灵感应的震撼和意味深长的刺激，因为同样的规律也在他自己的思维中起作用。

这在他的一些素描中得到了证明，那就是他意识到“在他自己的大脑中运行着同样规律的兴奋意义”时的那种轻微的心灵感应震撼。

过程的滞后。不要停下来去想恰当的词语，而要不断地堆砌词语，哪怕幼稚也没事，直到满意为止，这将会是一种思想的绝好的补充节奏，并且符合时机的伟大法则。

时机。时间的运行和时间规律中没有什么是浑浊的，莎士比亚式的戏剧张力需要立刻以坚定不移的方式表达或永远保持沉默——不要修订（除了少数明显的错误，如姓名或经过衡量的插入性文字，不是写，而是插入）。

在写作过程中，他允许少量的、额外的、经过衡量的插入。兴趣中心更多地体现在《科迪的幻象》中。

兴趣中心。不绞尽脑汁去想该怎么描写那个画面而是要沉浸在那个画面的写作时刻，这是你的兴趣珍贵的中心点，从那儿出发向外圈开始游，经过词语的海洋直到神经末梢的释放与精疲力竭——不要追忆，除非是诗意或附注的原因。永远不要事后想去“改善”或修改印象，因为最好的作品永远是一个人能从自己思想的安全区温暖的摇篮里释放出来的痛苦的烦恼——从你自己的心里唱出你自己的歌，唱！——现在！——你的方式是你唯一的方式——“好”或“坏”都没关系——它们都将是诚实的（“滑稽的”）、自发的、“忏悔的”、有趣的，因为不是“精心制作的”。手艺这个词的另一个意思是狡猾。

凯鲁亚克说了很多，“手艺这个词的另一个意思是狡猾”。他联想到“手艺”这个词。“手艺”是带有贬义的。这个很有趣。我总是被它打动，因为我也是一个“手艺”人。

作品的结构。现代的奇异结构（科幻小说等）兴盛于语言本身的消亡，“不同”的主题给人以“新”生活的错觉。在主题的外展运动中遵循大致的轮廓，就像河流流过岩石，思维流过兴趣中心（试试把你的思维流引向那上面一次试试）[换句话说，在你写之前试试把你的思维向主题引流]，最后汇集在中心，在那里模糊的“开头”会变成尖锐且必要的“结尾”，语言会在串联作品时序的加速过程中变得越来越精炼，遵循着深层形式的规律，向着结论，向着最后的话语，最后的涓涓细流——万籁俱寂即是结尾①。

我不太明白“在外展运动中遵循大致的轮廓”是什么，这有点复杂，应是一种方法的表达。“在主题上的外展运动中”，嗯，这很明显，“就像河流流过岩石”，思想的河流流过兴趣的岩石，“思维流过兴趣中心”（试试把你的思维流引向那上面一次试试），这儿我有点迷惑，“最后汇集在中心，在那里模糊的‘开头’会变成尖锐且必要的‘结尾’，语言会在串联

① 原文 The End，也可译成“全剧终”。

作品时序的加速过程中变得越来越精炼，遵循着深层形式的规律，向着结论，向着最后的话语，最后的涓涓细流——万籁俱寂即是结尾”。

> 精神状态。如果可能的话，“无意识”地在半恍惚中写作（像叶芝后来的“恍惚写作”），允许自己的潜意识承认自身不受条件限制的兴趣的必要，“现代”语言是意识巧妙审查的产物，兴奋地写，疾驰地写，伴随写作或打字的肌肉抽筋，按照（从中心到边缘）高潮的法则与赖希的“意识浑浊”[①]。从内部出发，释放出来，放松并说话。

上面写着“放松并说话”，而我认为他真的很放松，也很悲伤。上面这些就是他的方法。

29. 凯鲁亚克与《在路上》

1951 年 4 月，凯鲁亚克在那间和新婚妻子琼·哈弗蒂同住的一居室公寓里写了《在路上》。她曾是比尔·坎纳斯特拉的朋友，那个爬到地铁列车窗户外面被撞死的家伙。那件事使我们的圈子受到了普遍的震动，不久凯鲁亚克就娶了她。他们安定下来，有了一段小小的夫妻关系。当他坐下来写作时，她会出去上上班。吕西安·卡尔从 UPI[②] 偷了一卷电传打字机纸给他，他把它放进打字机里，在他老练的语言里畅游，从中心向外开始了一项写作实验。

大约在那个时候，T.S. 艾略特发表了一篇关于乔伊斯和弥尔顿的文章，他们是伟大的盲人艺术家，他们能够在一个单一的句法结构中囊括从天堂

---

① 原文 beclouding of consciousness，多出现从清醒到昏迷中的思维障碍，患者会发现自己的大脑在向身体发出词语，并感觉思维陷入了云雾的笼罩。

② 原文 United Press International，合众国际社，美国著名通讯社。卡尔曾在那里工作，他帮助凯鲁亚克偷出来一卷电传纸为了方便写作，凯鲁亚克连续数周用这卷纸创作了《在路上》，中间未切断稿纸，原稿长度达到 36 米。也有一些批评家不承认《在路上》的实验性文学意义，认为凯鲁亚克是在“无脑打字”。

到地狱的整个全景。正如普鲁斯特能够用描绘夏吕斯男爵的头发对整个犹太希伯来历史进行全景概括一样，凯鲁亚克也对交响乐般平衡的长句感兴趣。凯鲁亚克认为普鲁斯特的写作技巧对口语写作（也就是他的模式）和打字运动来说太过绊手绊脚。他决定摒弃普鲁斯特式的句子，因为虽然它是平衡的，但它并不是一个延长的呼吸，它是破碎的呼吸。凯鲁亚克感兴趣的是呼吸时浮现的节奏感。他在《自发散文的本质》中提到了呼气。

为了写作《在路上》，凯鲁亚克停止了他一直为《科迪的幻象》开篇几个段落的铺垫工作。他想干点别的，于是他拿起吕西安给的电传打字机纸卷，把它放进打字机里。杰克是一个打字很快的打字员，每分钟一百二十字，像橄榄球运动员一样的运动打字员。这是一个人们不太理解的事实，他的大脑和手指之间的神经传导速度惊人。无论他的喉头或头脑中出现什么东西，只要默念一声，就能立即被翻译成打字的指尖敲击动作，很快就能完成长长的句子，包括他所有的插入式思维形式。

《在路上》的原稿只有一句话。当我去拜访他的时候，我读了其中的一部分。大约花了三到四周的时间。他的妻子抱怨他是个懒鬼，整天在家游手好闲，不出去找工作等等，是个典型的作家。他肯定是个难相处的家伙，但我认为他的妻子没有能力欣赏他创作环境的必要性。

完整的手稿交给了马尔科姆·考利，他几乎是唯一能理解手稿的人，他提议先放几年再出版。当它被递给埃斯出版社时，引发了争议，因为他们给了他一笔预付款，而他只给了他们没有别人会出版的一大卷电传纸，纸上只写了一句话。他们当时以为他们买到了关于嬉皮士或垮掉派的粗制滥造的东西。我也吓了一跳，因为我是他的代理人，而这也不是我原来卖给他们的东西。我卖给过他们一本长篇小说，有加长句子的散文，而凯鲁亚克掏出来的是一个卷轴。我生了他的气，给他写了封愚蠢的信，说："你是故意要搞我们的吗？"

凯鲁亚克实际上是一个孤独的天才，他独自创新并推进到尚未被认识和尚未给出坐标的领域，他有勇气独自完成这一切。他不仅没有"社会"的支持，也没有朋友、妻子、母亲或任何人的支持。我以一种亲密的方式参与其中，但我只是一个拖后腿的家伙。我为自己的角色感到羞愧。没过几个月，我就给他写了几封信，试图向他道歉，告诉他我是多么喜欢这部作品。我当时立刻就喜欢上了它，但另一方面，它就是卖不出去，作为代理人的我考虑把它卖到别的地方。那是我从真正的艺术环境中学到的一个创伤性的教训。有时候事情很乱。当你打破壳的时候屎也会从壳里出来，有时候是一团糟，就像真正生命的诞生一样。

迪安的智慧完全是有条理、辉煌和完整的，没有乏味的知识分子气。他的“犯罪行为”并不是一种生闷气、冷嘲热讽的行为；这是一种美国式的狂喜；那是西部的，西风，一首来自平原的颂歌，一种新的、长时间的预言，长时间的到来（他偷车来开只是为了好玩）。我所有其他的纽约朋友都处于消极、噩梦般的境地，他们都在贬低社会，利用他们乏味的文学、政治或精神分析方面的借口，但迪安只是在社会上奔跑，渴望着面包和爱；他一点也不在乎，“什么时候我才能伏倒在那个姑娘的石榴裙下啊哥们儿”，“我们还有多久能吃了，孩子，你听到我说了吗？我饿了，我饿死了，我们现在就吃吧！”。于是我们就跑出去吃了，正如《传道书》上说的：“这是你们在日光之下所得的份。”

他七十岁时走了。我浑身刺痛；我数着分分秒秒，一英里一英里减着距离。就在前面，在埃斯蒂斯远处的积雪下，金黄的麦地滚动着，我终于看到了老丹佛。那天晚上，我想象自己在丹佛的一家酒吧和一群人在一起，在他们的眼里，我将是衣衫褴褛的陌生人，就像那个穿越大地带来黑暗话语的先知，而我的话语仅有一个字：“哇！”

我在旧金山的时光即将结束。雷米再也不和我说话了。这很可怕，因为我真的很爱雷米，我是世界上少数几个知道他的真诚与伟大的人之一。他花了好几年的时间才能平复吧。这一切与我从帕特森给他写的、规划我穿越美国的红线六号公路的信相比简直是灾难性的。我在美国的尽头——没有了陆地——现在除了回去，我无处可去。我决定至少让自己的旅行成为一次周游：我当时就决定去好莱坞，然后再穿过得克萨斯去看我的河口帮；那剩下的就见鬼去吧。

这很有趣，因为与威士忌相关，而他死于酒精。这是喝酒的早期记录。

她做什么事都拖拖拉拉的；她吃饭花了很长时间；她慢慢地咀嚼着，凝视着空气，抽着烟念念叨叨，而我就像一个憔悴的幽灵，怀疑着她的一举一动，总觉得她在拖延时间。这完全是一种病态。我们手拉手在街上走着，我汗流浃背。我们去的第一家旅馆有空房间，还没回过神来我就发现自己把门反锁上了，而她在坐在床上脱鞋。我吻了她，但我有些温顺过头。最好她永远不知道。为了放松神经我知道我们需要威士忌，尤其是我。我跑出去，匆匆忙忙跑遍了十二个街区，直到在报摊上找到了一品脱威士忌。我精力充沛地跑回去。特里在浴室里，正在补妆。我拿过水杯，倒了一大杯酒，我们有弹药了。哦，甜蜜又美味，我整个悲惨的旅程没有白跑。

在他的散文中，有一件事贯穿始终，那就是关于十月秋天月亮的悠扬大提琴声。托马斯·沃尔夫很重视十月，凯鲁亚克也很重视十月。他死于十月，所以有一种十月情结，我想这是出自莎士比亚的作品，到处都是十月的荒芜。那也是他的十月的来源。

我从好莱坞的一个书摊上偷了一本书，是阿兰–傅尼埃的《大莫纳》，但我更喜欢在路上欣赏美国的风景。每一次颠簸，每一次上坡，每一次伸展，都为我内心的渴望平添了几分困惑。在漆黑的夜晚，我们穿过了新墨西哥；灰蒙蒙的黎明时分，是得克萨斯州的达尔哈特；在一个阴冷的星期天下午，我们穿过一个又一个俄克拉荷马州的平城；夜幕降临时，那是堪萨斯州。巴士咆哮向前。我打算十月份回家。每个人都在十月份回家。

从一本书到另一本书，与十月有关的悠扬的小夜曲在延续。

突然我发现自己身在时代广场。我绕着美洲大陆旅行了八千英里，回到了时代广场；就在交通高峰的时候，我用我天真的“公路”眼神看着纽约的绝对疯狂和狂欢热浪，它的千千万万的人永远在为了赚一块钱你争我抢，那疯狂的梦——不断握紧、索取、给予、叹息、死亡，就为了能把自己埋葬在长岛以外那些糟糕的墓地里。

我回家时吃光了冰盒[①]里的所有东西。我姑妈站起来看着我。“可怜的小塞尔瓦托，”她用意大利语说，“你瘦了，你瘦了。你这段时间都去哪儿了？”我穿了两件衬衫和两件毛衣；我的帆布包里面装着已经撕破了的棉裤，还有我那双破烂的凉鞋。我和姑姑决定用我从加利福尼亚寄给她的钱买一台新的电冰箱，这将是家里的第一台冰箱。她上床睡觉了，夜深了我还在辗转反侧，就爬起来在床上抽烟。我那完成一半的手稿在书桌上摊着。十月了，回家，又开始工作。第一股冷风吹得窗玻璃格格作响，我回来得正是时候。

夜中裹着面纱的陌生人是我们共同的幻想，从这特别的意象里诞生了我自己的诗《尸衣陌客》和凯鲁亚克的《萨克斯医生》。

就在那时，一件奇怪的事情开始困扰我。是这样的：我忘记了一些东西。在迪安出现之前，我有一个决定要做，但现在这件事已经消失了，虽然我的脑海中仍然萦绕着这件事。我不停地打响指，试图

① 旧时冰箱还未大规模生产，是高级消费品，美国中下层家庭会用装了碎冰的盒子来储存食物。

让它回来。我明明提到过。我甚至不知道这是一个真正的决定还是一个我已经忘记的想法。它萦绕着我使我目瞪口呆，让人难过。这在一定程度上与遮蔽了脸的旅人有关。在某次我和卡洛·马克斯的促膝长谈里，我告诉他我做了一个梦，梦见一个奇怪的阿拉伯人在沙漠里追我，我试图躲过他，就在我到达那座可以保护我的城市之前，我终于被他赶上了。“是谁啊?”卡洛问。我们一起思索着。我觉得是披着裹尸布的自己。但答案不对。是某种事物、某个人、某个幽灵在生命的沙漠中追逐我们，在我们到达天堂之前就一定会抓住我们。现在我回头想想，仅仅是死亡而已：死亡将挡在天堂前面捉走我们。那可是在活着的日子里我们唯一的渴望，那让我们叹息和呻吟，让我们忍受着各种酸甜苦辣的事，那可能在子宫里经历过的只能在死亡中再现的（尽管我们不愿意承认）逝去的幸福的回忆。但谁想死呢?在这一连串的事件中，我一直在想这件事。我把它告诉了迪安，他立刻意识到这只是对纯粹死亡的渴望；因为我们都是永远不会再活的人，他并没有这种渴望，我那时也同意他的观点。

我离开了大家，回家休息。我姑妈说我与迪安还有他那帮人混在一起是在浪费时间。我也知道这是不对的。生活就是生活，善良就是善良。

这很好。“生活就是生活，善良就是善良”。这是一个双关语，就像仁慈就是仁慈一样，但需要用一个类型来让另一个类型展现，亲戚就是亲戚，朋友就是朋友，类型就是类型。这句话是吕西安·卡尔的文字游戏，他在去格林尼治村的早期旅行中曾在米尼塔酒馆的小便池上写下“人类性”，又在下面写了“人性善”①，请选择吧。生活就是生活，善良就是善良。

① 写下的是“Humankind-ness”和“Humankindness”仅仅变了一个符号，kind的位置不同导致两个词的意思完全不同。

巴勒斯：

> 布尔对美国过去的日子有一种感伤的倾向，尤其是在1910年，那时你可以在药店里买到吗啡而不去找开处方的，中国人晚上在窗前吸着鸦片，那时这个国家是狂野的、喧闹的、自由的，每个人都有丰富的自由。他最痛恨的是华盛顿的官僚作风，其次是自由派，然后是警察。他把所有的时间都花在谈话和教育别人上。简坐在他的脚边；我也坐在他的脚边；迪安也是，卡洛·马克斯也是如此。我们都向他学习。他是一个灰头发、相貌平平的家伙，你在街上不会注意到他，除非仔细看，你才会发现他那疯疯癫癫的头脑有着奇怪的青春特征——他是堪萨斯州的牧师，有着异国情调、非凡的热度和神秘感。他曾在维也纳学医；学过人类学，什么都读过；现在他开始从事他毕生的工作，那就是研究生活和夜晚街道上的事物本身。

这是一段巴勒斯关于科学的预言。他们到赛马场去赛马的经历。

> 当我们开车返回他的老房子的路上，布尔说："人类终有一天会意识到，我们实际上是在与死者和另一个世界接触，不管它到底是什么；现在我们可以这么预测，除非我们在未来的一百年内凝聚足够的意志力才能有机会采取措施避免各种各样的灾难。一个人死后，他的大脑会发生一种突变，这种突变我们现在还不了解，但如果科学家们继续研究的话，有一天会弄清楚。这些王八蛋现在只对能不能炸毁世界感兴趣。"
>
> 我们把这话告诉了简。她倒吸一口气："我听着觉得很傻。"

"这些王八蛋现在只对能不能炸毁世界感兴趣"。就资金流向而言，这是完全正确的。巴勒斯他们的争论点总是"科学是否能给我们答案"。他对科学是有兴趣的，但他觉得所有的实验研究都在为破坏服务，而不是一些有趣的、好奇的、值得人关注的东西。

与此同时，迪安从加油站拿了一盒香烟，我们准备好了去旅行的汽油、油、香烟和食物。骗子不知道。他把汽车一直指引到路的尽头。

“骗子不知道”。我不太明白这是什么意思，但我总是喜欢对这样的插入语刨根问底。

要么是骗子不知道他们在造什么孽，要么是加油站老板都是骗子，他们不知道他们从谁那里偷东西。这是一句奇怪的话。也是一种有趣的智慧，他有一种敏捷的一晃而过的思想。骗子不知道。就像边心距，或者公理。他在这里还有一个，“土地是印第安人的东西”，这是一个非常漂亮的短语。

凯鲁亚克笔下的人物是以真人为原型的，但凯鲁亚克是一位小说家也是故事的杜撰者，所以为了展现戏剧性的魅力，这些轶事经过了一些修饰和夸张。他所做的是虚构人物，或虚构现实，这样就没有一一对应的关系。这些引语是凯鲁亚克发明的，是对说话人的节奏或措辞进行改写或模仿。有时有点粗鲁，有时则非常、非常机智。他们以巴勒斯说话的方式、我说话的方式、卡萨帝说话的方式为原型。但这些并不是真实的引用，虽然有时候因为他随身带了一些速写本，一些对话可能与人们口中说出的真实的话语完全一致。但在大多数情况下，当他打字时他不得不编造一些听起来像人们或者他记得听起来像人们的台词。他从真实人物中取材，但仍是虚构。

传记作家倾向于认为这些事件和人物对话都是一一对应的真事儿，就以他的小说当作史料来构建传记。这是错误的，事实并不是这样，因为场景是他创造的，冲突和令人兴奋的对话也是他创造的。比如对电传打字卷上的一句话作品《在路上》的编辑，涉及符合一本出版的书所需要的段落、页数、节和章，为了戏剧性的效果，就要将六次跨国旅行浓缩为两次。

我的“角色”卡洛·马克斯是杰克小说虚构的人物，所以与我不是完全吻合。老有人三天两头问我：“你是卡洛·马克斯吗?”嗯，我不是。卡洛·马克斯是一个虚构的人物。就我而言，这个人物是杰克有点傻傻的、迷人的、温柔的发明，但我没把他看作我。然而，这个形象在当时我觉得很可爱，现在依然如此。虽然这个人物有点恶毒。然而这是他的东西，这个事从来没有让我烦恼过，我有点喜欢它。我认为这毕竟是虚构的，他有权利用他的想象力来表达自己。不过，有一两个人应该会真的很生气。

> “我知道。”我说，然后回头看了看东边，叹了口气。我们没有钱。迪安没有提到钱的事。“我们要住在哪里？”我们带着一捆捆破烂的衣服在狭窄浪漫的街上走来走去。每个人看起来都像一部垮掉的电影的群众演员，一个枯萎的小明星；心灰意冷的特技演员、业余赛车手、辛酸的加利福尼亚人物，他们都带着一种大陆之末的悲伤，英俊、颓废、花花公子般的男人、眼睛浮肿的汽车旅馆金发女郎、皮条客、男妓、妓女、按摩师、侍者——都是缺斤短两的玩意儿，一个男人怎么能和这样一帮人厮混在一起谋生呢？

这很好。我会说“我写诗”，他会说“我也写诗，但我的句子更长”，这真的是我能写出的最好的东西。“心灰意冷的特技演员”是一个奇妙的想法。令人惊讶的组合，“大陆之末的悲伤”只是暖场情绪音乐，“枯萎的小明星”很好。这篇散文产生惊人的紧张，对于语言来说是惊人的生动和有创造性。“心灰意冷的特技演员”，这个想法很好。这本书中充斥着这些不假思索的、精辟的措辞。我认为，这才是他真正的天才，因为他在语言和听觉方面都有着非凡的智慧。杰克·凯鲁亚克对人物、刻板印象和社会原型的深刻见解并没有得到过认可。像这样关于特技演员或枯萎的小明星的台词，不只是复杂或社会智慧，而是世界智慧。“都是缺斤短两的玩意儿，一个男人怎么能和这样一帮人厮混在一起谋生呢？”，这是典型的布尔乔亚态度，一种中产阶级的态度，缺斤短两。这里面包含了幽默的元素，他在模仿、呈现，并化身中产阶级自以为是的大男子主义语气。

我想说的是，无论凯鲁亚克被认为是一个古怪的人，还是一个稀世天才，他的态度包含了美国中产阶级最风趣的一面。凯鲁亚克带有态度的修辞，旁敲侧击，像“都是缺斤短两的玩意儿，一个男人怎么能靠这样一帮人谋生呢？”既具有明显的男子气概，同时又能让人理解并令人喜爱，又很有基本常识，脚踏实地的乡下人风味，体现了他的世故老练。凯鲁亚克被认为是一个天真的人，或者是一个原始人，但他比大多数作家更了解美国人的日常和政治生活，尽管有些美国小说家也有这样的视野，比如多斯·帕索斯、菲茨杰拉德和海明威。但在凯鲁亚克这里，那种悲伤的智慧和洞察并不是经常被评论界关注的。这是我觉得最有趣的事，尽管我可能会发脾气或把他打倒。

苦难和易变、短暂、生命的苦与稍纵即逝，是凯鲁亚克最具特色的主题。所有这些吞云吐雾、兴奋与补偿性的快乐中都有清晰的思维垫底。这是基于对痛苦的纯粹欣赏。这大概是你能找到的关于稍纵即逝的最佳美国式定义，“枯萎的小明星”。

> 我看着窗外闪烁的霓虹对自己说：“迪安在哪儿？他为什么不关心我们的死活？”那年我对他失去了信心。在旧金山我晃悠了一个星期，度过了我一生中最糟糕的时光。我和玛丽露走了好几英里，寻找吃饭的门路。我们甚至去她熟悉的米申街的廉价旅馆找到了一些喝醉酒的水手，他们给了我们点威士忌。

> 我四处游荡，在马路上捡烟头抽。我经过市场街上的一家炸鱼薯条店，里面的女人突然用惊恐的眼神看着我；她是老板娘，很显然她以为我要带着枪进来抢劫。我继续走了几英尺。我突然感觉到她是我两百多年前在英国的母亲，我是她的抢劫犯儿子，刚刚从监狱放出来，作为丧门星来骚扰她勤劳简朴的小店。我停了下来，因为欣喜若狂而在人行道上僵住了。我朝市场街望去。我不知道那是市场街还是新奥尔良的运河街：它通向水，模糊、放之四海而皆准的水，就像纽约的第四十二街，通向水，你永远不知道你在哪里。

这关于第四十二街的说法很聪明的，因为当你深入看第四十二街，你意识到街两端都有水，但当你在第四十二街中间时，你会觉得自己在大陆的正中间，周围所有的霓虹灯都在闪烁，还有高楼。

> 我发狂了。我回到过去，为我在大麻卷烟里那陌生的狄更斯式的妈妈暗送秋波。我从头到脚都感到刺痛。我似乎对1750年在英国的生活有了很多回忆，我现在在旧金山只是在另一个身体里生活在别处。……刚才我达到了我一直想达到的狂喜，这是跨过时间之河进入无时间的阴影的一大步，回望凡人领域的惨淡令人惊叹，死亡的感觉踢着我的鞋跟让我继续前进，死亡的感觉在欢乐中前行，我匆匆到达一个平面，那里所有的天使都飞走了，飞进神圣的不存在的虚空里，强大而不可思议的辐射在明亮的思想本质中闪耀，无数的莲花在天堂的飞蛾群中开放。我能听到一种难以形容的火热的吼声，这声音不是在我的耳朵里而是在每一处，与声音无关。我意识到，我已重生无数次了，但自己不记得是因为从生到死再到生的过渡是如此容易，是唾手可得的神奇事件，就像睡了又醒了一百万次一样，完全的漫不经心与极度愚昧的混合体。我意识到这只是因为这些生与死的涟漪发生的地方：固有的思维，就像风吹在纯净、平静、如镜的水面上一样。我感到了甜蜜的、飘忽不定的幸福，就像一剂海洛因注入了我的血管；就像后半个下午喝了一大口葡萄酒让你不寒而栗；我的脚开始发麻。我想我马上就要死了。但我没有死，我走了四英里捡了十个长长的烟蒂，把它们带回玛丽露的旅馆房间，把它们的烟叶倒进我的旧烟斗里，点着了。我太年轻，不知道发生了什么事。从窗户里我闻到了旧金山所有食物的味道。

那是一段令人惊叹的文字，“飞蛾成群的天堂”。这是当时凯鲁亚克的内心，我认为这也是凯鲁亚克写作的“珍贵兴趣中心”。这是他关于“我拥有一切，因为我一无所有”的观念最早的完整表述之一。也是与失去、彻底一无所有相关。它是对死亡作为主要主题的认识以及华丽时刻的爆裂情感体现。这也与他对自己与母亲关系的看法有关，他回到了母亲的那支大麻烟。这似乎一直是他脑海里一个永恒的主题，或者是点子，他幻想自己在伦敦因为谋杀了他的一个前女友而被绞死，或者开膛手杰克之类的。

“思想本质”出自德怀特·戈达德的《佛教圣经》，这是当时的经典佛教译本。我的问题是，他是准备最终稿的时候将之插入《在路上》的？还是原本就写在那里的？“固有的思维”可能是他从戈达德引用的一句话，“生与死的涟漪，就像风吹在平静的水面上，像镜子一样”。这听起来像是一种禅学评论的释义，他可能是从铃木大拙对戈达德的引用中借用的。当时我们并不认识艾伦·瓦茨。

当我读到那份手稿时，我惊讶地发现他知道得那么多。坦率地说，这种洞察力吓到了我，因为这意味着我自己的整个存在都是虚无的，而我认为自己将变得相当充实。凯鲁亚克已经在写这篇充满同情、悲伤、空洞的散文，讨论存在如何变成了金色的灰烬。我的第一反应是，他处于负面情绪中，想寻死觅活之类的。但他实际上是在对死亡的无限、生命的无限以及它们之间的相互渗透罩上诗意与狂想。

正是这种对痛苦、短暂和空虚的洞察，主导了《在路上》和后来的作品，后来变成了凯鲁亚克的虚荣心，就像《德卢兹的虚荣》或《凯鲁亚克的虚荣》① 一样。这是对他空虚的雄心壮志的一次鉴别，是他想成为一个坚定、实体的小说家（图书馆里有壁炉和书桌，在乡下有一所房子，康涅狄格的草坪上如画的窗口风景）的空虚本质。他对自己和朋友们的因果报应幻想的空虚本质。

我不知道，除了巴勒斯和赫伯特·汉克之外，在美国作家界，还有谁对这个伟大的呆瓜般的存在能这样去解读。我在那时接触到了大量信件。后来，诺曼·梅勒对我们这个时代启示录般的本质和时间本身的虚无有了一些了解。当然，这给了托马斯·沃尔夫巨大的灵感。他想把它拿回家，他从未放弃过这个想法。凯鲁亚克则完全放弃了，我想，那是从 1950 年

---

① 这本书并不存在。

左右开始的。他已经写了一部不朽的、广受欢迎的中产阶级成长小说《镇与城》。他已经是一个很有前途的著名小说家，纽约的编辑们都爱上了他。他很英俊，也很年轻，所以他本可以有一个不错的小说家生涯，但他决定直接让脑子里的字儿蹦出来，而不是像他应该做的那样，填写一份表格排队等《纽约时报》评价。

有一个传统，尤其体现在赫尔曼·梅尔维尔的《骗子及其伪装》和他后来的作品中。梅尔维尔笔下有幽灵的传统，书写宇宙的幽灵性质，包括大白鲸的事情。在托尔斯泰的作品中，当博尔孔斯基亲王伤心地躺在战场上，拿破仑经过时，他抬头看向拿破仑的马背，望向蓝天有了幻象。在陀思妥耶夫斯基的作品中也会有这样的心理羁绊。

在我看来，像辛克莱·刘易斯和西奥多·德莱塞这样的传统美国中产阶级小说家，在某种程度上，仍然对进步抱有希望或者对进步感到绝望，但这种想法在某种意义上仍然是进步的。约翰·多斯·帕索斯和詹姆斯·T. 法雷尔基本上仍然扎根于这个世界，对待这个世界就好像它是真实的、永恒的，在某种意义上是马克思主义的。而美国的主流写作是以社会学或心理学作为切入点的。在我的印象中，很少有人能理解幽灵、轮回或存在那难以捉摸的本质。通俗地说，他们对意识的另一种模式缺乏基本的概念。我的印象里不记得谁有深远的洞察力能洞穿凡间的表现，发现某种人人都知道但没有公开披露过的不可思议的东西。那个东西没有被当作我们思想普通的组成部分，但它确实是我们生活的一部分。

如果小说中有宗教经历，拿伊夫林·沃的作品来说吧，通常是一些古怪而无关紧要的、外来的，或者是天外救星入侵。这是一种奇怪的外来入侵，也许真实但和这个世界无关。有一些天主教背景的小说家对于耶稣的幻象有自己的概念。T.S. 艾略特在作品《鸡尾酒会》里提到了一个和情节无关的人对耶稣的幻象。那个家伙跑去非洲当圣人，被蚂蚁吃掉。类似的情节总是这样花哨。

从流行文化的角度来看，凯鲁亚克的才华出众，引人入胜。我想这就是为什么整个“垮掉一代”从五十年代中期开始拥有如此大的影响力的原因。不是说凯鲁亚克有多么聪明，也不是说巴勒斯有多么聪明，而是说他们审视的东西是非常基本的常识。而美国的文化心态、媒体意识，无论是好莱坞、广播、电视，还是知识分子汲取营养的新杂志，其精神抱负都如此肤浅，以至于任何平白的叙述性文字，即使用波希米亚的腔调表达，都显得是一种启示了。

我在 1948 年有过一次看见幻象的经历，或者在我看来是一次看见幻象的经历吧。因为它可能只是每个人都在经历而不自知的体验，也就是此时此刻所有人在这个空间的存在，由于在哥伦比亚大学上过学，我的脑子被思维建构的超自然结构束缚了，之后有一刻，所有参照体系都被解下，我打开心灵的眼睛来看我周围这些在我看来似乎超自然的空间。当我看着所有人都一直在看的东西，我以为我看到了上帝。这件事把我送进了疯人院，因为我一直认为自己看到了一些特别的东西，我以为自己有看到“特别的东西”的天赋，却没有意识到我只是看到了任何一个大街上喝醉了的印度人每五分钟就能看到的东西。被本质触碰了一下，你就会认为你是桑塔亚那和威廉·詹姆斯的组合，而不是意识到你正在看着冰镇旅行包里一直放着的东西。四十年代和五十年代初的知识分子群体被囚禁在一个庞大而系统化的体系里，像布莱克的人物，尤里森被自己的合理化的铁链和思维的网所捆锁，对心灵原始状态和凯鲁亚克所呈现世界的一瞥或对巴勒斯所呈现的政治幽默、甚至是我在五十年代中期所呈现的坦率的观察，统统成为突破性的预言性语句，原因是其他所有人都太迟钝了。真的是，其他所有人。

中学培养出来的意识与现实世界之间存在着如此大的脱节，以至于从一种意识突破到另一种意识是一个重大奇迹。我想我们都记得高中时自己的脑子在想什么。对我来说，有那么一段时间，当我的思想从我的脑海中消失，所有我认为是正确的事情都被证明是错误的。我的自我调节支撑了我青春期的心智。当我精神破处之后，我意识到一切都和我想象的不一样。没有黑白分明的对错，就像我一开始想的那样。你之前所认为理所当然的道德法则在你知道有人杀人时不会起一丁点儿作用，真实的生活与媒体或小说里的完全不同。

在五十年代，中产阶级中有一种根深蒂固的从众心态。这就是为什么凯鲁亚克的出现是不可思议的（不仅仅是激进的左派，因为他根本就不是激进的左派，而是左右派都不是），触及到思想基础的问题成为他的当务之急。他甚至不关心谁对谁错，也不关心美国的将军们是好是坏、汽车是好是坏。他感兴趣的是心灵的本质和现象。无论是悲伤、懊悔、死亡、失落，到处都是虚幻和空虚的感觉，这是什么原因呢？不是社会学的原因，而是基于对死亡体验的理解。对我来说，社会上人人共享的那个集体意识完全就是个纸糊的玩意儿。

当时，《时代》杂志评论的大多数小说都与时事或如何在商界出人头地以及穿着灰色法兰绒西装的男人有关。也许会有一点点苦涩，也许是成功的苦乐参半，但是不会把整件事缩减成白痴的尘埃和灰烬，而事实的确是这样发生的。

有趣的事情发生了。

> 昨晚迪安疯了，在市中心的某个地方找到了玛丽露，我们上了车，开着车穿过里士满湾，去了石油公寓里的黑人爵士乐棚屋。玛丽露坐下来后，一个黑人从她下面把椅子拉了出来。姑娘们在厕所向她求欢。我也有追求者。迪安满头大汗。结局是：我想离开。
>
> 黎明时分，我乘上纽约的公共汽车，向迪安和玛丽露告别。他们想要我的三明治。我告诉他们我没有。那是一个沉闷的时刻。我们都以为再也见不到对方了，但我们也不在乎。

下一页有一个非常著名的段落，它在五十年代后期出版时被广泛讨论。

> 在丁香味道的夜晚，我在二十七号街和韦尔顿在丹佛的有色人种地区的路灯下走得每一块肌肉都在疼，我希望我是一个黑人，感觉白人世界最好的东西也不能给我带来狂喜了，没有足够的生活、快乐、

兴奋、黑暗、音乐，就没有足够的夜晚。我在一个小棚屋前停了下来，一个男人在那里卖纸包着的红辣椒；我买了一些，边吃边在黑暗神秘的街道上游荡。我希望自己是一个丹佛墨西哥人，或是一个可怜的过劳日本人。我一生都有着野心；这就是为什么我在圣华金山谷抛弃了像特里这样的好女人。我走过墨西哥和黑人家黑暗的门廊；那里有柔和的声音，时不时还有神秘的性感女郎黝黑的膝盖；还有玫瑰树后面的黑脸。小孩子像圣人一样坐在古老的摇椅上。一群黑人妇女走了过来，其中一位年轻的妇女从慈母般的长辈身边走开，迅速地向我走来——“你好，乔!”——突然发现不是乔，脸红着跑了回去。我真希望我是乔。但我只是我自己，萨尔天堂，悲伤，漫步在这丁香味道的黑暗中，在这难以忍受的甜蜜夜晚，多么希望我能与美国那些快乐、真诚、欣喜若狂的黑人交换生命。破旧的街区让我想起迪安和玛丽露，他们从小就非常熟悉这些街道。我多么希望我能找到他们。

然后下一页：

我旁边坐着一个老黑人，他似乎每天晚上都在看比赛。在他旁边是一个白人流浪汉；然后是一个墨西哥家庭，一些女孩，一些男孩——所有的人，全部的人。这位年轻的投手长得很像迪安。座位上一个漂亮的金发女郎长得很像玛丽露。那是丹佛之夜；我的一生只有死去。

在丹佛，在丹佛

我的一生只有死去。

马路对面，黑人家庭坐在前门的台阶上，聊着天，透过树林仰望满天星斗的夜晚，轻松地靠在柔软的垫子上休息，有时看看比赛。与此同时，有许多汽车在街上行驶着，红灯亮起就在拐角处停下来。那里充满了兴奋，空气中充满了真正快乐的生活震颤，不知何谓失望和“徒劳无益的悲伤”等等。黑人老头外套口袋里有一听啤酒，他准备打开；白人老头羡慕地盯着罐子，在口袋里上下摸索着，能不能也买一罐。我真该死！我离开了那里。

又一个奇怪的段落，非常抒情。诺曼·波德霍雷茨将其描述为一种理想化的、浪漫的想法。它当然是理想主义和浪漫主义的，它以这种方式呈现，但另一方面包含了一个真相的萌芽，那就是当时美国黑人的生活方式比白人更为朴实。尽管经历了种种苦难，他们仍然比白人更有基本的现实感和共同感知快乐的能力。它不具备普遍性，也不是一对一的，但黑人社区有一种厚重的文化力量，它可以为美国创造最伟大的艺术，也就是爵士乐。爵士乐是一种可以传遍世界、影响每个国家的言语形式。是美国仅有的属于美国的艺术形式，也是美国唯一一次改变了世界政治架构的文化推动力，这力量传递到披头士再到滚石乐队，从摇滚乐到今天的青年文化。

凯鲁亚克说的是基本事实。这句话的措辞隐晦，但许多评论家读到这句话时，就像被刺的猪一样嚎叫。他们认为这是一种非常不负责任的说法，仅仅是对黑人文化的一种简单的欣赏，这种欣赏很有魅力，每个人都知道。凯鲁亚克被指控是一个假黑鬼，一个毒品贩子，一个白痴，一个多愁善感的人，因为他心怀感激地欣赏黑人文化。以赛玛利·里德很喜欢这一段，里德可以说是最不留情面的黑人作家之一了。里德是在这本书的熏陶下长大的，他认为这段话确实代表了对他们生活状态的肯定。

波德霍雷茨说过这样一句话："黑人不快乐，你怎么敢说他们快乐呢?"但凯鲁亚克所描写的快乐不是经济上的快乐。他的意思是在他们的痛苦中包含着一些正直，一种正直的意识，这与虚假矫饰的白人世界不同。

不管你怎么看，凯鲁亚克在意识形态上没必要必须是对的或错的。凯鲁亚克说过："我是一个白人孩子，来自贫瘠的中产阶级，我正在体验另一种文化。"他后来在书中这样做了，他去墨西哥并体验另一种文化。我记得我第一次去墨西哥的时候，我突然意识到世界不等于美利坚合众国，世界上大部分地方不是这样的。认为美国是世界应有的样子，这种想法完全是疯狂的。杰克所做的只是个体的一次小小的突破而已，用抒情的话来说是一种跨文化的欣赏。这不是对黑人和白人痛苦的社会学调查，这只是对他们痛苦的一种欣赏。凯鲁亚克惊讶的是，在他在贺拉斯·曼中学学会的规则世界之外还有另一个艺术、节奏和语言的世界。凯鲁亚克有一颗开放的心，他试着去理解，我认为他对黑人的看法是开放的。他说："没有足够的生活、快乐、兴奋、黑暗、音乐，就没有足够的夜晚。"

在沙漠中还有更多的天籁之音或预言的文字。在静止的瞬间有一个完整的全景。

> 在卡米尔家旁的一间公寓外面，有十一个希腊男人和女人在阳光下的人行道上瞬间排成了一队，另一个人从狭窄的街道上倒退着走了出来，举着摄像机对他们微笑。我们目瞪口呆地望着这些古代人，他们正在为他们其中的一个女儿举行婚礼，也许是他们在不曾中断的黑暗时代里的第一千次阳光下的微笑。他们穿着很讲究，而且很奇怪。迪安和我来塞浦路斯有了这次奇遇。海鸥在闪光的空中飞过。
>
> "好吧，"迪安用一种非常害羞而甜蜜的声音说，"我们走吧？"
>
> "是的，"我说，"我们去意大利吧。"于是我们拿起行李，他用他那条完好的胳膊拎着箱子，我拎起其他行李，踉跄地向缆车站台走去；不一会儿，我们的腿从吱吱嘎嘎的架子上伸出来，摇摇晃晃地蹭到人行道上，两位西部之夜羸弱的主人公。

这一幕让我想起了凯鲁亚克从费奥多尔·陀思妥耶夫斯基的作品和那些我们一起读过的俄国小说中获得的灵感。这个体的挣扎，就像在《白痴》中一样，是提纲挈领的——就像我们彼此相遇、对峙、好奇地询问对方的灵魂，这和我们自己的经历一模一样。在陀思妥耶夫斯基的作品中，人物之间总会互相叩问，就像《群魔》中说的那样："尼古拉，尼古拉，我们怎么能忘记你呢？"当尼特金想退出革命时他们这样说到。男人和女人之间、男人和男人之间、灵魂和灵魂之间有着亲密的时刻。我在美国文学作品中几乎找不到这样的文字，除了凯鲁亚克的作品，以及《白鲸》里以赛玛利和魁魁格之间的几小段[①]，男人之间的爱情。坦率而无条件，就像惠特曼那样让两个男人心潮澎湃。不一定是性的，也可以是贞洁的，但仍然是一种意识的激动和内心的激动，这是男人之间的一种酸楚。它不是广为人知，除了惠特曼，没人写了这么多。但我认为这种情况可能是普遍的。

这是美国人性格的一个主要特征，但并不经常被表现出来。惠特曼认为这是拯救国家的方式，除非国家的主体由肝胆相照的男人组成，否则民主是行不通的。一群大男子主义的竞争对手相互憎恨，或相互冷漠，或在情感上相互畏惧，这将使一个合作的、民主的、运转正常的政治体系成为不可能。只有在友谊作为基础的情况下，一个国家才有可能创造一个宜居的政治环境。这个问题的破题，也是凯鲁亚克创作的突破之一。你可能已经在电影里看到了一些，比如《无因的反叛》和马龙·白兰度的《飞车党》。主人公内心的柔软世界，复杂的主人公有着温柔的内心。

我记得凯鲁亚克告诉过我，说有一次他和尼尔一起小便，彼此之间没有任何色情元素，尼尔抬起头坦白，“我爱你，杰克”，杰克也对他这么说。这是《科迪的幻象》中的顿悟时刻，他们在一个奇怪的时刻公开了对彼此的爱，并告诉了对方。让我印象深刻的是这也正是我最想要的，和另一个男人交换爱情。我对它诠释就和性或生殖器方面有关了，但多年来这只是在我内心的范围内。

在本书的这一刻，女孩们都把目光投向了男主角迪安·莫里亚蒂，指责他是一个混蛋，一个卑鄙小人，不负责任且麻木不仁。

> 就这么直接。这是最悲伤的夜晚。我觉得好像在做一个可怜的梦，身边是陌生的兄弟姐妹。接着，大家都鸦雀无声；迪安本来是会说话的，现在他却默不作声了，他站在大家面前，衣衫褴褛像个白

---

① 小说《白鲸》中的两个主要人物，一个来自美国大城市，一个是岛上的原住民。二人在书中的一些对话的场景涉及种族、文明和宗教的本质 。

痴，就站在电灯泡下面，他那张骨瘦如柴的疯脸上满是汗水和悸动的血管，他说，“是，是，是”，好像他一直在不断地得到巨大的启示，我相信他们是这样想的，其他的人也同样怀疑，但也很害怕。他垮了——幸福的根和灵魂。他都知道些什么？他尽其所能地告诉我他所知道的一切，他们羡慕我，羡慕我在他身边的位置，为他辩护，喝他的酒，就像他们曾经试图做的那样。然后他们看着我。我，一个陌生人，在这个美丽的夜晚在西海岸做什么？想到这，我就退缩了。

后来，所有女性都反对的某种高度相似的单调和迟钝归结到了安非他命头上，这玩意也使卡萨帝变得像一块木头。但在那时，他的大脑或身体还没有凉掉。正如书中所述，主人公试图在性上满足每个人，激发每个人的想象力，并充当每个人的菩萨，但是，使每个人都快乐是件很难的事。

杰克有一个点子就是爵士乐是吹响精神觉醒的萨克管。这是一种法拉辛语言，所以它代表最受压迫的人。被拒绝和被定罪的人最后成了神的代理人。凯鲁亚克认为新爵士乐是一种新意识的萨克管。不仅仅是比波普音乐，而是包括了美国蓝调和黑人音乐的全部。这与他对披头士、滚石乐队和改编古老蓝调的鲍勃·迪伦、斯基普·詹姆斯和罗伯特·约翰逊的预期略有不同。非洲人的身体节奏贯穿于机械文明世界，在人体中形成一种振动，使人们再次凝聚到一起跳舞。

在弗里斯科的最后一天，米申街到处都是建筑工地，孩子们在玩耍，下班回家的黑人的欢呼声、灰尘声、兴奋声和嗡嗡沉吟声，这真是美国最激动人心的城市——头顶是纯净的蓝天，蒙蒙雾海的欢乐在夜晚滚滚而来，使每个人都渴望着食物和更多的刺激。

第一站必须是萨克拉门托，这甚至不能算是丹佛之旅的开始。迪安和我独自坐在后座上把这个问题留给他们，我俩聊了起来。“现在，伙计，昨晚那个男高音已经得到‘它’了——他一找到就抓住了；我从没见过一个人能坚持这么久。”我想知道“它”是什么意思。“啊，好吧，”迪安笑着说，“现在你在问我的是一种无法估量的事物——呃哼！这里有个家伙，还有别的人，对吧？由他来写下每个人的想法。他唱了第一句，说出他的想法，人们附和着，突然，他的命运时刻到来了，必须提高音量大唱。在合唱的当儿，他这么干了——每个人都抬起头来，知道了这一点，他们倾听着；他把它捡起来夹在胳膊底下。时间停止了。他用我们的生活的元素填满了空白的空间，向我们倾诉他心底最深的忧愁，回忆思想，重温之前那次的爆发。他必须跑到桥上大声歌唱，声音带着无限的感觉进行心灵探索，传播一个来回，那一刻的曲调，每个人都知道已经不是那曲调，而是‘它’——”迪安不能再继续往下说了，讲述这件事已经让他汗流浃背。

这是对灵感，也就是呼吸相当到位的描述。如今我会把它定义为没有阻碍的呼吸，一种通畅呼吸的生理状态，被称为灵感、精神、呼吸。正是这种对无阻碍的呼吸和呼吸的突破是《在路上》大部分内容的关键点。凯鲁亚克是在黑人音乐中、在黑人语言和黑人社会中发现的。他在白人社会没有找到这些东西。这就是为什么他至少有那么一点关于黑人是美国的救星、是美国的灵魂或者是美国的终极精神的观点。严格意义上说，这法拉辛式的场景只发生在旧金山、底特律、克利夫兰或纽约的小型爵士俱乐部。它没有官方背景，人们是自发去做的，出于他们自己的喜悦。

他所欣赏的音乐家，是他们个体的鲜明特征，偶尔会有一些英勇的孩子，带着一种极端甜美、温柔和精致的气息出现在你面前。凯鲁亚克最初的兴趣是音乐家们的精神个性和寻找美国人做派的原型。他们是什么样的人，他们有什么样的感情。没有人会以这种眼光看待爵士音乐家，除了另一个爵士音乐家。

我们又累又脏。在一家餐馆的厕所里，我面对小便池撒尿时挡住了迪安去洗手池的路。我还没尿完但把尿缩了回去，挪到另一个小便池又继续尿，对迪安说，“喜欢这招儿吗”。

“不赖，伙计，”他边说着边在水槽洗手，“这是一个很不错的把戏，但对肾脏来说是场灾难，因为你现在慢慢变老了，你每一次这样搞，最终在你老的时候会导致多年的痛苦，你坐在公园里时就要承受可怕的肾病了。”

这让我很生气。“谁老了？我又比你大不了多少！”

“我不是那个意思，伙计！”

“啊，”我说，“你总是拿我的年龄开玩笑。我不是那种什么基佬，你不用提醒我注意肾脏。”我们回到了餐桌，就在女服务员刚刚放下热烤牛肉三明治的时候——通常迪安会立刻狼吞虎咽地吃东西——我想抑制住我的怒火，说道：“我不想再听到和这件事有关的一个字。”突然，迪安的眼睛里充满了泪水，他站起来，把热气腾腾的食物留在那里，走出了餐厅。我琢磨着，他是否永远地走开了。我才不管呢，我真是疯了，我一时冲动竟然对迪安恶言相向。看到面前他没吃的食物，我感到了多年来从未有过的难过。我不应该那样说……他那么喜欢吃东西……他从来没有像这样留下食物……管它呢。让他知道知道我的厉害。

迪安在餐厅外面整整站了五分钟，然后回来坐下。“好吧，”我说，“你在外面干什么，在摩拳擦掌？诅咒我，想出新法子来嘲笑我的肾脏？”

迪安默默地摇了摇头：“不，伙计，不，伙计，你完全错了。如果你想知道，好吧——”

“说吧，告诉我。”我说这些话时头一直埋在食物里。我感觉自己像一头野兽。

“我刚才在哭。”迪安说。

这是他们的关系。迪安身上有种巨大的柔情，这在充斥着英雄的美国文学中很罕见。惠特曼的作品里有含蓄的表现，但在大多数小说中不是这样。我认为这就是这本书取得突破的原因。

“嗯，”他们说，“我们从没想到我们会这么快到达芝加哥。”当我们经过昏昏欲睡的伊利诺伊州城镇，这里的人们对每天路过的芝加哥黑帮坐着豪华轿车的样子非常熟稔，我们是一个奇怪的组合：我们都不刮胡子，司机赤裸上身，带着两个流浪汉，我自己坐在后座上，抓着皮带，我的头靠在坐垫上，傲慢地盯着乡村——就像一个新的加利福尼亚黑帮来芝加哥抢地盘一样，一群亡命之徒从犹他州月球监狱越狱。

我一直很喜欢这句话。一群亡命之徒从犹他州月球监狱越狱。犹他州月球监狱，因为犹他州看起来像月亮，也许是和月球的地貌很像的缘故吧。凯鲁亚克提出过一个小小的建议，就是当你说完你的句子再加上一个词，“来自犹他州月球监狱”①。华彩乐段里多了一个音符。一种联想加一种联想，纯粹是为了从心灵智慧的映射中找点乐子。我记得那是他书中最精彩的句子之一。

下面这段是卡萨帝给凯鲁亚克关于散文和讲故事的指导。

我们都决定讲述自己的故事，一个接一个，斯坦是第一个。“我们还有很长的路要走，”迪安讲道，“所以你必须放纵自己，处理好你能想到的每一个细节——但事无巨细是不现实的。放松，放松一些。”他提醒开始讲述自己故事的斯坦：“你也要放松。”我们穿过黑暗的时候，斯坦摇摇晃晃进入了自己的人生故事。他从他在法国的经历开始，但为了解决不断增加的困难，他掉过头从他丹佛的童年开始。他和迪安比较了一下他们看到对方骑着自行车飞驰的次数。“有一次你忘了，我知道——阿拉帕霍车库？记得吗？我在拐角处把球弹回给你，你用拳头把球打回给我，球掉进了下水道。初中的时候。想起来了？”斯坦既紧张又兴奋。他想把一切都告诉迪安。迪安现在是仲裁

---

① 原文中，月球是最后一个词，为便于理解，以中文的语序放置。凯鲁亚克本来说的是“来自犹他州监狱月亮”。

者、长辈、法官、倾听者、批准者、点头者。“是的，是的，请继续。”我们刚刚经过瓦尔森堡；特立尼达又在面前，乍得国王在路边某处的篝火前和几个人类学家一起也在讲述他的人生故事，做梦也没想到我们恰在此时经过高速公路，前往墨西哥，讲述着我们自己的故事。啊，悲伤的美国之夜！

讲述人生故事的所有细节是一件很有特色的事情。凯鲁亚克在他的艺术中做到了这一点，这就是他的全部，成为记录的天使，或者伟大的记忆者。他想把他一生中所有的细节都讲出来。我们原来以为自己的个人历史会永远被遗忘、丢失、无足轻重。然后当我们开始互相讲述我们年轻时的想法和我们心灵意识见解的进步时，我们发现我们都有同样的神圣抱负。我们都发现了宇宙的浩渺，发现了死亡，有了第一次性的撩拨，在看电影时感到害怕。我们开始发现自己的生活像神话，因为每个人的生活都像神话。我们都对我们的旧毯子、玩具娃娃、儿童手推车、超市、童年时期路边的石头、弹珠游戏、电话大楼后面的防风栅栏和尖桩栅栏记忆犹新。我们都有这些原型回忆，似乎如果你和别人交谈，他们也有自己的原型回忆，但他们无法意识到这些原型回忆是构成他们生活的天使之砖，他们生活的基础。他们的童年早期的刺激和象征是所有成年人判断、意见和登月旅行的基础。这是一个完全隐藏的生命记忆，从来没有被阐述过、暴露过、分享过或交换过。这就是这篇文章的意义，也是卡萨帝特别感兴趣的。他遇到的每个人都有自己的历史，不是他在书籍中读到的有关第一次世界大战、俾斯麦、希腊和罗马的历史。这是真正的实实在在的历史，我们自己的历史，几乎像埃及人历史一样是隐秘的，因为终于有人开始讲述他生命的完整故事时，他们会发现，他们已经忘记了许多巨大的金字塔和狮身人面像就矗立在洛厄尔和帕特森的百货商店门口，具有先知意义的奇怪字符就在河岸街与梅里马克河沿岸，裹着头巾的旅人和老妇对未来发表理解与洞见。这篇关于口述历史与生命故事的小文章是能勾起回忆的东西，整本书也是如此。

我累极了，一路睡过了迪利和恩西纳尔，到了拉雷多，直到半夜两点他们把车停在餐厅前才醒来。“啊，”迪安叹了口气，“得克萨斯的末日，美国的末日，我们就知道这么多。”

这个主题贯穿本书，美国尽头，前往尽头的海岸，重建这个国家并走到尽头，然后不得不面对一堵空白的墙，像周六晚上的那堵尽管什么都没有发生但每个人都要获得狂喜的红砖墙，这次是美国尽头的一堵空白的墙。许多评论家都指出，这个时代是美国探险的结束。在汽油短缺和汽油本身变得可疑之前，汽车牛仔们的最后一次喘息。神奇的土地，路的尽头。尼尔的建议是：

“现在，萨尔，我们正在把一切都抛在身后，进入一个新的、未知的阶段。一切岁月和烦恼！还有毒品的作用——就现在！这样我们就可以踏踏实实心无旁骛地继续向前走，我们的脸就像这样突出，我们就能真正地理解这个世界，就像其他美国人以前没有做过的那样——他们来过这里，不是吗？墨西哥战争。用大炮轰过这里。”

“看这条路，”我对他说，“也是以前美国歹徒用来越过边境去旧蒙特雷的路线，所以如果你看着这灰色的沙漠和画面中一个古老的墓碑里巫婆的幽灵孤独地疾驰流放到未知的地方，你会进一步发现……”

“这就是世界。”迪安说。“天呐！”他叫道，拍了拍方向盘，“这就是世界！如果这条路一直通往南方，我们可以直接去南美洲。想想吧！狗娘养的！该死的！”

这是他们第一次离开美国，这显示出了当时美国人思维的地域局限性。就像我们假设自己在纽约或丹佛所拥有的是一个自我封闭的宇宙，突然这些人发现自己进入了一个完全陌生的国家，意识到美国的标准并不是唯一的标准。这也是“垮掉一代”一个得以突破的领域。美国人令人惊讶地发现除了这里，世界上其他的地方各不相同。美国不是意识、话语、礼仪或排水系统的整个宇宙。

之后是法拉辛，当然，这是一种天真的视角，但对那些日子来说还真不算太天真。

> 格雷戈里亚镇在前面。男孩子们都睡着了，我在永恒中独坐于方向盘前，道路像箭一样笔直。不像是开车穿过卡罗来纳、得克萨斯、亚利桑那、伊利诺伊州；而像是开车穿过世界来到我们最终发现自己被世界的法拉辛印第安人环绕的地方，那简单原始的本质特征、人性的哀号沿着赤道世界的腹地一带延伸环绕，从马来西亚（中国的长指甲）到印度次大陆到阿拉伯到摩洛哥到完全相同的沙漠和墨西哥的丛林，越过波利尼西亚海浪到神秘暹罗的黄色长袍一圈又一圈，因此，在西班牙加的斯，你会在腐烂的墙那儿听到同样悲伤的哀号，你会在世界之都贝拿勒斯深处周围一万两千英里听到一样的哀号。这些人的的确确都是印第安人，一点也不喜欢彼德牌热狗这些愚蠢的美国文明常识，他们有高高的颧骨、斜斜的眼睛和温柔的举止；他们不是傻瓜，也不是小丑；他们是伟大而严肃的印第安人，他们是人类的源泉和祖先。海浪是中国的，但土地是印第安人的。他们就像沙漠中的石头一样在“历史”的沙漠中不可或缺。当我们经过的时候，他们就知道了这一点，表面上认为自己很有钱的美国人在他们的土地上胡搞；他们知道谁是地球上古老生命的父亲、谁是儿子，因此没有发表任何评论。因为当世界“历史”毁灭时法拉辛的启示将再次返回，就像以前很多次那样，人们仍然用相同的眼睛注视着从墨西哥的洞穴以及巴厘岛的洞穴这一切开始的地方，这亚当被抚育成人的地方。这些就是在我驱车进入这酷热暴晒的格雷戈里亚镇时，在我心中萌发的想法。

这很崇高。这里的创作也源自他受斯宾格勒《西方的没落》的解读的影响。基本上很多东西是从斯宾格勒的散文中借鉴而来的。他们发现在美国所谓波希米亚人的生活方式，在墨西哥就是普通的生活方式，把吃的垫在报纸上吃或吃牛头肉什么的。

> 这将是我们在路的尽头找到的那座伟大而狂野的法拉辛式孩童般的城市。

从文化的层面来说这话真的很到位。大多数评论家认为这本书没有任何意义，路的尽头除了空白什么也没有。但他们最后到达美国公路的尽头，发现美国之外别有洞天，是整个庞大法拉辛，非《时代》杂志，非机械的，非石油化工的，超出《纽约时报》和《华盛顿邮报》的范围和一切大学、学者、数学家、政治家和艺术家的计算。最后是结论。

> 在美国夕阳西下的时候，当我坐在破败不堪的古老码头仰望新泽西浩渺的天空感受所有原始的土地向西延伸成为令人难以置信的巨物一直到西海岸，所有的道路通往那边，所有的人都在那片无垠中做着梦，我知道现在在爱荷华州孩子正在任由孩子哭泣的土地上哭泣，今晚的星星会出来，你不知道上帝是维尼熊吗？夜晚的星星会在大草原上卸下它的熠熠光辉，就在黑夜完全到来之前保佑了大地，使所有河流黯淡，箍住高峰，包住最后的海岸，没有人，没有人知道任何人会发生什么，除了被遗弃的老人，我想起迪安·莫里亚蒂，我甚至想起老迪安·莫里亚蒂我们从来没有找到的父亲，我想起迪安·莫里亚蒂。

30. 凯鲁亚克与《地下人》

杰克在 1950 年前完成了《镇与城》，然后他写了《科迪的幻象》的第一部分，“在丹佛的台球厅很久前的红日下……”，然后完成了《在路上》，又回头来写《科迪的幻象》，全都是草稿。他的下一部作品是《地下人》。巴勒斯四十年代末离开美国，1953 年又回到了纽约。那时他已经住过得克萨斯、新奥尔良、墨西哥和南美洲。他和我在东七街待了几个月，在那里我们把他过去三四年的所有信件都放在了一起，做成了《死藤水之信》。他早期的很多作品都是以书信的形式呈现，大部分都是写给我的。这些信写得很直白，他写这些信一半是为了交流，一半只是为了写作。

大约在那个时候，巴勒斯爱上了我。也许是因为我是他自 1945 年以来认识的所有人中与他接触最多的人。我持续地鼓励他坚持写作，所以他把《死藤水之信》整理出来。凯鲁亚克当时在长岛，就来拜访我们。柯索在纽约，所以他也时常进出公寓。周围有一位年轻的女士曾是我的女朋友。她一直在圣雷莫酒馆附近闲逛，住在一个叫天堂巷的地方，位于第十一大街和 A 大道。《地下人》中的玛都・福克斯是一位十分优秀的打字员。比尔和我雇她来打《死藤水之信》。杰克后来和她有了私情。这就是《地下人》的背景情况。

凯鲁亚克的写作方法是先服用一些安非他命，通常是苯丙胺，然后坐下来打字，这种写作方式完全吸干了他的脑子，他脑子里的一切，他能想到的与这个主题有关的一切。并不是随机的，必须首先是一个他痴迷的主题，他曾经想过也许在某个时候意识到的东西，“啊，我可以写一本关于这个的小说”。他坐下来，表现得像个运动员，写作对他而言像参加体育赛事。

从某种意义上说，创作《玛吉・卡萨帝》《地下人》和《萨克斯医生》的那段时期，是杰克精力最充沛、最高产的时期。在《科迪的幻象》中，他以一种完全实验性的爆发式形式演绎了尼尔・卡萨帝的爱情故事。他已经写了几千页疯狂的散文。“再会，国王”是他向年轻英雄告别的最后一句话。他已经醒悟了，已经是坟墓的视角。

然后他又回到了在《地下人》里他所身处时空的疯狂中。在这一点上，他的修整功夫是成熟的，他也会在《玛吉・卡萨帝》里回忆自己的高中女友。这是一本关于高中生活的书，主题很小，却是他最漂亮的散文。他还年轻，三十一岁，正值壮年，没有受到化学酒精所带来的幻灭的影响。虽然那不被认为是他最负盛名之作，但我个人认为它是。作为小说家，他正处于全盛时期，此时此刻他只是在为自己的灵魂而写作。

他意识到自己的年轻英雄小说《镇与城》取得了一些成功，获得了好评，但《在路上》最终以彻底失败告终，没人会出版。更糟糕的是，就连我也讨厌《科迪的幻象》。杰克在那里独自写作，为了他自己，为了他自己的耳朵，为了某种宇宙意识，为了艺术而奉献。《春天的玛丽》《玛吉·卡萨帝》是继赫尔曼·梅尔维尔之后为数不多的几篇由已经有所成就的人在孤独中写成的散文。凯鲁亚克在永恒中写作，为了永恒而写作。他写作不是为了出版，甚至不是为了朋友，因为我们的耳朵也不是那么好使。①

31. 凯鲁亚克和名望

1956年，凯鲁亚克开始动笔写这件事，并称之为《荒凉天使》。原计划是一部长篇小说，但他只完成了第一部分。他五年后才又回头来写，在他的一些书出版之后，在《在路上》出版之后，在他成名之后，在有了“垮掉一代”之后。在这中间，就在“垮掉一代”的顶峰时期，他写了一部小说，探究公众普遍幻觉的内部运作，以及这一切如何影响了他、他的家人和朋友。这便是《荒凉天使》，他的第十四本书。

另外说一句，《墨西哥城蓝调》也值得一读。迈克尔·麦克卢尔、我和加里·斯奈德认为，这是本世纪中叶最具创造力的诗歌作品之一，因为它是所有诗歌中最松散、自由形式最开放的，而当时开放形式是一件很火的事。凯鲁亚克的耳朵很好使，他已经写了很多了，在写这些小曲的时候，节奏中总是有带着火花的联系。他是一个很有经验的作家，文字的取舍对他来说是一件非常有趣的事。他的榜样是赫尔曼·梅尔维尔，梅尔维尔正是对作为作家的职业生涯感到失望之后，转而开始为自己的灵魂写小诗。

凯鲁亚克就像梅尔维尔一样，也曾是一个彻底的失败者，他无法出版

---

① 此处以及凯鲁亚克“为了自己的耳朵”“凯鲁亚克的耳朵很好使”等，指的是耳朵作为感官，以及人作为读者或听众的感知能力。

任何东西。到 1955 年，杰克已经写完了如今成为经典的所有作品，但当时没有任何一个出版商能理解它们。然后他开始写小诗，因为我们每一个人实际上都是诗人。我们一直在聊诗歌的事，凯鲁亚克说：“我是史诗级的诗人。我写的和你们写的有什么区别？你们一直诗歌诗歌说个不停，就好像它是特别的东西。我写了一千英尺长的诗，一页又一页的诗。让我给你们看看什么是诗歌。”所以他写了这本小诗集，只是为了展示自己的诗歌技巧。

最终《在路上》出版了，但和本应按时间顺序来出版不同，马尔科姆·考利说：“我们对‘垮掉一代’非常愤怒，杰克，我们应该做点什么。公众很困惑，他们不知道这是怎么回事，你的文章在某种意义上很混乱，我们不能出版《科迪的幻象》，因为它太脏了，没有人理解它。你为什么不用简单明了的句子写一本书呢？”在他经历了这一切之后，他终于用天堂的胡言乱语写完了《午夜天使》，他们让他用简单的句子写一本书。对他来说，这是小菜一碟。于是他说：“好吧，我想我会的。”他写了这本精致的小说《达摩流浪者》，里面介绍了披头士、背包族革命者、蓄长头发的孩子、大麻、派对、爬山、为爬山准备的锡锅、慕斯里和谷麦[①]等概念。每一件大家都想知道的事。这是一篇优美清澈的散文，但在描写的直接性方面比海明威更甜美。它也有一些荒谬的部分。

在《达摩流浪者》之后，他写了一个剧本，叫作《垮掉的一代三幕剧》。罗伯特·弗兰克和其他人把第一幕变成了电影《扯我的雏菊》[②]中的一个场景。杰克用自发的语气叙述了这件事，后来作为一本书出版了。这也是一篇精彩的小作品。

之后，他和卢·韦尔奇、阿尔伯特·西条——另一位日本诗人，从旧

---

① 慕斯里和谷麦都是复合食品，主要由燕麦和坚果蜂蜜等高热量易储存的原料预加工而成，因为体积小，食用方便，补充能量迅速而受登山者欢迎。嬉皮士跑到山上的聚会也常常携带这些食物。

② 金斯堡在 1949 年和卡萨帝与凯鲁亚克合写过同名的实验诗歌，以游戏的方式，用口语将没有逻辑关系的词语两两结合，形成句式通顺但语义不明的诗句。标题《扯我的雏菊》即为“Pull（扯）”和“My Daisy（我的雏菊）”的结合。

金山开车回纽约，来到我在纽约的公寓。他们有一个叫作《旅行陷阱》的小笔记本，里面满是俳句和路上荒诞的沉思。当时看确实一团糟，但现在再拿出来看是很有魅力的旅记，非常精湛。

旅途结束后凯鲁亚克整理了一本叫《孤独的旅行家》的书，包含他早期和近期的作品。很早期的有五十年代写铁路上的道岔工①的和一些小散文，然后他应城市之光②的要求整理了一本名为《各种尺寸的梨果》的诗集。《荒凉天使》的第二部分讲述了成名的岁月，很有趣。这是一个令人着迷的主题，因为除了主题外，其他的一切在孤独中书写的。他写的是这个大世界、广播电视和麦迪逊大道以及他的朋友们如何与之互动，以及去丹吉尔和巴黎的事。

下一部作品完成于 1961 年 10 月，是一部不朽的作品。名声的土崩瓦解以及酗酒，这便是《大苏尔》。这是我读过的最令人惊奇的作品之一，因为他当时正在被震颤性妄想症所折磨，但他仍然有镇定的精神和体力去面对自己所有的沮丧，并写出一部巨著。这个作品写得很好很精彩，充满了创造性，充满了诗意，充满了颤栗和噩梦。在此之前，即便像菲茨杰拉德或海明威这样被认定是大腕儿的作家，也从来没从此身跳开，为自己创作一部安魂曲。菲茨杰拉德曾动笔写过一本叫《崩溃》的作品，我认为他可能永远也写不完。海明威则一直无法完全写出自己崩溃的故事，但凯鲁亚克做了好几次了。在《荒凉天使》后半部分的幻灭之后，《大苏尔》是关于他自己的身体和情感完全衰退的故事。他在十一年的时间里出版了二十三部作品，数量惊人，还有数不清的日记、诗歌和笔记。

然后是 1961 年到 1965 年的一段长期中断，在这段时间里，他把所有之前的作品都用打字机打了一遍，这个过程实际上是他在编辑自己的日记、诗歌、小说，并准备依次出版。这一切又把我们带回到《德卢兹的虚荣》。

---

① 指凯鲁亚克根据曾在铁道公司工作的尼尔·卡萨帝的经历写的文章。

② City Lights Books，位于美国旧金山著名的独立书店，为推动垮掉派的文化影响起过重要作用，金斯堡的《嚎叫》就是城市之光出版的。

32. 凯鲁亚克、素描和方法

我想再讲一遍凯鲁亚克对于素描的想法，再看一遍他 1952 年给我的信，这里面讲述了他的创作方法。对他来说这是一个关键时刻，他发现了一些东西并同时向朋友们发表着评论。这就像一个火花，一个调整姿势参与其中的伟大时刻。我认为这是他的重大突破阶段，在创作《科迪的幻象》时期，特别是当他开始素描写作的时候。

> ……素描（艾德·怀特在哥伦比亚附近的第一百二十四街的中餐馆不经意地提到过，“你为什么不像画家那样在街上写生，而要用文字?”）我做的事……是激活那些你面前无数缤纷的一切，你只需净化你的思想，付诸文字（当你面对着现实，幻觉的天使毫不费力地扑面而来），用百分之百的个体诚实——包括心理和社会等等方面的，把见到的一切不带一丝犹豫迅速地记录下来，哪怕无耻或混乱也没有关系，有时灵感太过充沛我都会忘记自己在写作。传统的来源：叶芝入神的写作方式，当然，他们说这是“唯一的写作方式”。我已经很久没有素描了，我不得不重新开始，因为熟才能生巧。有时候在街上或外面的任何地方写东西会很尴尬，但这很纯粹……它永远不会失败，这是事物的自然所得。
>
> 你懂素描吗? 就像你写的诗一样——不要写得太过火，在十五分钟内写完最好——到那时我已经有了一章的东西，我为写了它而感到有点疯狂……读它的时候，感觉就像一个疯子的自白……第二天再读就像一篇很棒的散文。就像你说的，我们写的最好的东西总是最可疑的……我认为《在路上》最伟大的句子（你会不同意）是一部分来自密西西比河的那段：“莱斯特是一条河，这河发源于蒙大拿比尤特的雪顶（斯里福克斯），穿过蒙大拿州那山楂在雨夹雪中爆裂的荒凉的暗褐色大地，汇集了俾斯麦、奥马哈和圣路易斯的小河，再北边，还有开罗的，阿肯色州的、田纳西州的，一齐到新奥尔良泛滥，裹胁着

新鲜的河泥与地下兴奋的咆哮，好似整块土地在疯狂的午夜吸食它的内脏而发出的震动，激昂、火热，还有北面随着电线、冰冷的木头和号角而来的有着一排排的大泥孔和爪子似的电线杆与野兽般灵魂的巨河密西西比。”

如果不是入迷了，你以为我最后那几个字是怎么想出来的？

这里有一句（最好的）句子：“无法被满足的沉默的道路在一次没收防水布的权力中呜咽……”这显然是我“不得不说”的话，尽管我……防水布也一样，不要害怕显然是关键。伙计，那是一条路。人们需要花五十年才能意识到不要害怕是一条路。事实上，我清楚地记得我曾踯躅于“防水布”这个词（甚至我想写成 tarpolon 之类的东西），但某种东西告诉我，“防水布”是我所想，“防水布”就是我想要的……你了解布莱克吗？了解狄金森吗？莎士比亚想要说出末日之声时“垂头丧气，一天到晚像在做梦[①]”……就是把他感受到的东西写下来……“满身油腻的乔安搅动那锅；（鸟儿缩着脖子聚于雪地……）[②]”。

这就是他的具体说明了。建筑师艾德·怀特建议过使用素描法写作的事。在《杰克的书》中，怀特这么说：“我想我当时实际上是在用素描本的，我只是暗示他可以用笔记来做同样的事情。我想他是思考过的，虽然没有直接回应，但后来他开始随身带着他的小笔记本并把它们填满。他打印的速度比我们大多数人写得都要快。他有时会带着他的笔记本在晚上出现，在他整天都在市中心——图书馆里、我的公寓里或者在那个时候我们偶遇的任何地方之后出现；他会大声朗读他正在写的东西。之后我们通常会喝啤酒，出门去听音乐。“这些小笔记本提供了两种原始材料：日记式的细节，像记者的笔记用以记录手头发生的事件，以及对他生命中所有事件的无尽追忆，追溯他在洛厄尔最早的童年记忆”。他把这幅详尽的素描

① 原文“Peaked, Like John a Dream”，出自莎士比亚《莎姆雷特》中莎姆雷特发现国王已死而自己无能为力时的独白。

② 出自莎士比亚《春之歌》中的“greasy Joan doth keel the pot”和“and birds sit brooding in the snow”。

作为整个心灵的眼睛以及内心梦想的回忆。

令人惊讶的是，我曾经非常清楚地知道凯鲁亚克的书中最先出现的是什么，但在那个时候，我从来没有想过要在一门课上讲到它或者试图解释它。我只知道它具有一定的历史意义，你知道，一件事后接着另一件事，经历不同的阶段。了解这些不同的阶段很有趣，因为如果你这样做了，你就能更好地理解它。这也涉及如何整合这些材料，你怎样才能如同他一样开始做这些工作。我自己在五十年代的大部分作品，包括《嚎叫》《向日葵箴言》《管风琴曲的改变》等等，基本上都可以算是顺着他素描写作方向的一种模仿，他的散文诗和其他人的诗一样好。它们不会被分成一小行一小行的，但如果你想让它们看起来像威廉·卡洛斯·威廉斯的作品，你也可以这样做。本质上，它们都是散文诗。

杰克的散文写作与梅尔维尔有关的蛛丝马迹可在下面这段中寻找。

> 漫游地铁时，我看到一个黑人小伙儿，戴着一顶普普通通的灰色毡帽，穿着深蓝或略带紫色的衬衣，上面缀着白色闪亮的珍珠纽扣——一件灰色鲨鱼皮西装外套，裤子是棕色的，鞋子是黑的，深蓝条纹便服袜和华达呢短大衣又短又旧，底部被雨泡过显得松垮——带着一个棕色的牛皮纸袋——（他正在睡觉）强大有力的战士那种阴沉厚唇（非洲式的厚嘴唇），招人喜爱的脸——暗棕色的皮肤——他的大手悬着，指甲粉粉的（不是白色的），被体力活弄脏了——看起来就像乔·刘易斯，一个除了哈林区冬日早晨的彻骨寒冷外对其他一无所知的乔·刘易斯。这时，比丹佛的酒鬼老科迪·巴莫雷还颓废的黑人流浪汉从身边经过，把羊毛护罩戴在耳朵上，对未来没有任何见解，除了零度以下肮脏的雪——

“非洲式的厚嘴唇”来自梅尔维尔的诗歌《夜曲》，描述了内战中轰炸维克斯堡的大炮。他在这里写的散文是从梅尔维尔的《白鲸》和《皮埃尔》中衍生出来的微妙而有趣的思想。作者有足够的时间自言自语并和读者交谈，而不仅仅是叙事，也会在路上停下来和你说闲话。正如你在这里看到的，凯鲁亚克不停地和他自己与读者谈论着他使用的措辞，或者他的幻象，或者他看到的面孔。这些小念头最后会因为太可怕而使人感到不寒而栗，就像“羊毛护罩戴在耳朵上，对未来没有任何见解，除了零度以下肮脏的雪”。当他（大声朗读）的时候有一个非常有趣的习惯，那就是在呼吸的最后时刻，在他达到思想的极端和惊人的语言精妙之处时，以一种颤抖的笑声结束，就像“防水布的力量”。接下来的这段是人物和面孔的素描。

洛厄尔的可怜孤独的老太太从“五和十”[①]出来时，打着雨伞看起来很害怕，但真正的不幸不是因为腿脚便利活蹦乱跳的女佣们在雨中暗笑，老太太腿脚发软，摇摇摆摆地走着——在这危机中她们谈论着她们的女儿。

人们从边上经过。那个额前翘着一绺卷毛的爱尔兰人，穿着驼毛腰带束着的外套缓慢地走着，他的嘴唇因为某种阴郁的想法而垂下来仿佛他那干巴巴的灵魂里没有下雨——

胖老太太的东西出奇得多，不仅有雨伞和雨披，衣服下面也藏着需要保护的包裹，使得下面膨胀得像孕妇一样，连避让行道上的行人都很困难。她挤上公共汽车也会给穷人造成一个大问题，他们正从自己的位置向公共汽车冲去，没有注意到她——

干练的穿着裘皮大衣的犹太女人，挎着一把能吸引眼球的雨伞，雨伞价格昂贵，制作精美（棕色衬着红色），非常漂亮，一步步摇晃着前行，像是俄国踢踏舞的坚毅罗圈腿步子使她有别于其他女士，这位伟大的文明下的农妇有一栋住着名叫亚伦的从事高级金融交易、庄严如猩猩一样、多毛且迟钝的丈夫的华丽公寓，她带着一个包裹回家，雨就像其他事物一样不会让她有一丝悲伤——

这位爱尔兰绅士把自己紧紧地裹在一件滑溜溜的暗绿色雨衣里，

① 美国连锁商店，以出售低价杂货为主。

> 衣领高竖，紧紧贴在他的下巴上，头戴帽子，没有伞。他慢慢地向目的地走去，有点紧张，思索着工作或妻子或上帝等任何包括同性恋的感情堕落或共产党此时此刻从离海岸五英里的潜艇发射出思想之波来秘密控制他的生活，也许是联合报业的一名打字机操作员，在考虑这些的时候，他走入第六大道，这条马路几年前改名为美国之街让他十分厌恶，独自走在路上被整夜黑暗的雨包围着的他不停地用害怕的余光打量着人行道尽头的什么东西（不是我）——

凯鲁亚克还有对很多人的素描。在一个有趣的时刻他把一切都联系起来了。这对他而言是一种新的意识，这是一次阳刚和成人成熟意识的诞生，挣扎出子宫来到人世，将世界看作一个巨大的呼吸着的生机勃勃之地。这样的描述很新鲜，因为没有人曾经用几乎同样的方式描述他感官周围形象的世界。仿佛凯鲁亚克进入了一种意识状态，他是一只飘在空中的大眼球或大耳朵一样。这可能有点太夸张了。我的意思是他进入了一个状态，他得以从小说家的角度第一次看到了这个星球，以前没有这样看过。你在兰波的一些散文诗中能产生这样的感觉，我想莎士比亚也有，但在凯鲁亚克的描述中有一些不可思议的颤动，这可能是安非他命或者一些二十世纪的乐趣从旧的我们熟知的地球被驱逐，进入了另一个“社会星球”，这里还存在着原子弹、蚂蚁、管弦乐队、布痕瓦尔德、佛陀教义、显微镜下的冷冻切片。所有人类的知觉合为一个巨大的空蚁丘，碎步小跑着向一个机械的未来前进，而这个未来已经与家乡舒适的老式木制客厅、起居室、收音机、老妈妈那热气腾腾的布丁厨房隔绝了。再也没有家了，只有一个有可能在无限大的范围内迷失与成千上万的人可能会从边缘摔下去而其他人毫不知情的诡异无边宇宙。但这一切是平衡的，因为他已拥有了对冰冷的喜悦以及因喜悦产生的颤抖的渴望。

再说一个有趣的，可以算是最有趣的之一，这段文字从心理学的角度来讲很有敏锐性或洞察力或移情。这段描写了一个女孩坐在小餐厅独自吃饭的场面。凯鲁亚克进入她的孤独，试着去感受她内心的感受，试着去思考或猜测她的一些手势、态度和肢体语言背后的含义。

就在他坐过的地方完全不知道谁以前在那里坐过（一段消失的可怜历史），现在坐着一个眼神羞怯、穿飘逸的紫色带褶外套的褐发美女——脱外套的动作散发着诱惑，挂在钩子上（在后面），对着面前的热餐带着感伤又精致的饥饿开始吃饭——咀嚼时陷入深思——白色的小皱领子覆盖在黑色的布料上，上面有三个坠饰，是珍珠——可爱的嘴；她只是轻轻地用餐巾擤了擤鼻子；她有一种内敛的举止，外化为这种方式，使自己的存在为自己所知，也为她想象中礼貌的餐厅看门人所知，不是故作姿态，虽然姿态很美。她从叉子上把食物咬下来，然后，注意她的动作！她舔了一下叉子的边缘，动作轻微又有鬼鬼祟祟的快乐，她的眼睛抬起来去看是否有人注意到这一切——饥饿得到安抚，她变得不太在意外在礼仪，吃得更快，此刻自己坐在凳子上的大腿之间那些秘而不宣的私事加重了她的忧愁——

……她低着头，脸上纯洁得难以形容，像年轻的玛格丽特·罗丝公主；那样美，眼角斜飞的年轻姑娘青春焕发，面颊光洁，玫瑰色的嘴唇向上翘着，她正在看一本图书馆借来的书！并轻声叹息！来自她的嘴唇，嘴唇纯洁地抿着，柔软的脖子在耳朵下，清爽的眉毛永远不知道汗涔涔为何物只有清凉喜悦的露珠——她读书时轻轻抚着自己鼻子与嘴之间，每一边的细纹加倍地用指尖抚平，她爱自己的容颜的程度正像我爱她的一样——她用小指翻着书页，太远了，手因为惯性在空中飘得太远了——书名竟然是《现代图书馆》！——那么，她大概不是从妈妈的书架上随便拿了本什么书跑出来的打字员而是一个时髦的知识分子女孩，从布鲁克林来这里等着特里吉·布斯[1]来接她，带她去鸟园[2]。她会在两分钟内为我融化，我看她一眼就知道了。一对

---

① 美国著名的爵士音乐家和乐团领导者。

② Birdland，又称鸟园爵士，纽约著名的爵士俱乐部，因绰号为“大鸟”的爵士音乐家理查·帕克常在此地演出而得名。

高大可怕的中年犹太夫妇现在和她坐在一起——像入侵的阿莫尼特人。她走了，漂亮、干脆。这不再让我哭得死去活来，不再因为看到她的离去而落泪，因为一切都已离我远去——姑娘，幻象，任何事情，都以同样的方式永远失去了，而我从今天开始将永远与这失去为伴。

我拥有一切，因为我一无所有。

这是一个很好的结束句子，“我拥有一切，因为我一无所有”。我想那是当时大家都觉得很不错的东西，也是这本书中最重要的经典句子之一，就像在《在路上》中“土地是印第安人的”那句经典的话一样。

33. 柯索与《喋喋不休的贞女》

大约在1950年或1951年，我在“矮马棚子”酒吧遇到了格雷戈里·柯索，那是格林尼治村的一个女同酒吧。他刚刚因为无关痛痒的青少年犯罪问题出狱。他是一个在村子里[①]游荡的孤独者。他是一个头发很黑的孩子，头发像一顶小帽子，明亮的眼睛，非常英俊、聪明、活泼的脸，有着一丝意大利黑手党的气质，天使般的外表。格雷戈里出生在布莱克尔和麦克道戈尔的街附近，就在圣雷莫酒吧对面，那里是波希米亚人的聚会场所。迪伦·托马斯在那附近出现过，麦克斯韦·博登海姆也是，厄普顿·辛克莱也可能来过。格雷戈里对整个意大利区都很熟悉，对周围的人也很熟悉，但我那时还不认识他。我独自在外面闲逛，没有什么特别的目的，可能是想和别人上床或去见什么人，或者寻找我概念里的格雷戈里·柯索。

当我们相遇时，我不知道我们是如何开始交谈的，但他带来了一札自己的诗。我那时已经参与了凯鲁亚克和巴勒斯的艺术创作，所以在我的

---

① 指纽约市当时诗人和艺术家聚集的东村（East Village）。

头脑中有一些感觉，我有一根寻找诗意美感的魔杖。当我看到柯索的诗歌时，我立刻被它以某种有趣的方式而不朽这一事实所震撼。我看到的诗已经不存在了，我唯一记得的诗是这样开头的：“石头的世界来到我面前说‘肉，你有一个小时的时间离开’。”我把石头世界理解为一个永恒的世界，我在以布莱克的幻象作为双眼时看到的世界或者至上的现实，我往里面读，发现的是某种可能并不存在的神秘信号。语言是如此强烈、如此新颖与崇高，我那时没有意识到它的真正含义。

现在再看，他是说古代美的世界来到了他的面前，给了他一年、一个小时或一生的时间去完成同样的美。我认为他指的是永恒，他指的是古典的希腊和古典的罗马，阿佛洛狄忒、阿波罗或帕台农神庙的雕像这类事物。他当时在回顾自己的古典背景。在监狱里他读了很多关于希腊和罗马文学的书，然后他又进一步读了很多，比如《吉尔伽美什》，还有第一部史诗与史前希腊历史，巴比伦和苏美尔人，回到乌尔[①]一直是他的专长，所以他认为他应该回到第一个“爸爸”，第一个历史。这首诗很有力，我立刻就被迷住了。

很少有人把自己的诗当真到能把它们随身携带并随时拿出来的程度。事实是，扫了一眼这些诗我就知道它们不简单，里面有着某种致命的战栗，暗示性极强。所以我立刻认真地对待他的稿子。我从没见过有人能用方言写一首经典的诗。

这是其中他最早期的诗歌之一，《海中船歌》出自《喋喋不休的贞女》。这是一本1955年时哈佛有钱的年轻人出版的一本小书。格雷戈里那时也在那里。

海中船歌

我母亲憎恨大海

---

① 古代米索不达米亚平原上的城市。

特别是我的大海
我警告过她不要
我能做的也就是这样
两年后
大海吞噬了她

我读的时候就知道了这是在写无意识的大众，我母亲憎恨这个永恒的大众无意识的世界，尤其是我这个部分，我警告她不要去，两年后无意识的大众把她团团围住。接下来的部分就更奇怪了。

岸上，我找到了奇怪
却美丽的食物
我问海，能吃吗？
海说，吃吧
——海啊，这是什么鱼
温柔又甜蜜？
——你妈的脚

嗯，这对一个年轻人来说真的很奇怪。吃他母亲的脚，把他母亲的脚从海里拖回来。它以童谣开始，童趣或崇高的东西，但诗里有一个奇怪的扭曲的思想，在某种程度上是大胆的，因为大多数人不愿想象自己在吃母亲的脚，更不用说去想它是有趣的或漂亮的。几乎是不和谐又扎眼的美，这是他的天才，体量巨大的不和谐天才。在语言和意象的内部韵律中，它引导了一种中断，一种停顿，一种不和，一种矛盾的敲击，一行一行地，一如找到一种奇怪而美丽的食物并最后将这个东西定义为他母亲的脚。这很明显是一种幻想，但在最后，幻想又掉头回来呈现出恐怖而又真实的面目。的确只有诗人才会将他母亲的脚比作奇异又美丽的食物。

柯索的审美趣味是矛盾的、不和谐的思想，还有诗句中的音乐与声音。

这就意味着他要从写实的角度出发，从他自己的想法或经验出发，而不是从我或凯鲁亚克所拥有的那种美的理想出发。一些美好的理想，梅尔维尔、沃尔夫全舌元音的和谐。格雷戈里想要突如其来的不和谐来作为他的美。

歌谣

哦，我！的！老！天！
我娶了猪的女儿！
我娶了猪的女儿！
　　为什么？为什么？为什么？
晚上我和她
在月亮上相见！
她吻了我
与我成婚在猪圈！
哦，我！的！老！天！
我娶了猪的女儿！
我娶了猪的女儿！
　　为什么？为什么？为什么？
因为我感到必须这样
因为是我亲手教会她
如何去爱，如何去死！
明天这里将没有哀愁
没有哀愁
当我带她去屠宰场之后！
去屠宰场之后！
　　为什么？为什么？为什么？

一首非常奇怪的歌谣，以童谣的形式唱出来的最可怕的童谣。我不明白怎么会有人想到这些话。除了他。我认为这是一个年轻人的诗，但是一个灿烂的年轻人通常会说“我娶了天使的女儿”，而不是“我娶了猪的女儿”。很少有人会想到什么猪的女儿。谁会这样贬低自己呢，让自己扮演小丑？“我娶了猪的女儿，我要把她带到屠宰场去。”他伴随着这种不和谐写作，而不是被不和谐拖垮。令人意想不到的颠倒的反转或不和谐是他的美学。这里面几乎看不到什么自怜的成分。它更像一部恐怖喜剧。

你上个季节来过了

你来了用你的大拇指做成小糖块
　　　　我偷了你，吃了你
我的脚在一千条马路上
碾过你的糖纸
你伤了我的牙
你让我脸上长痘
你不太健康
你不太维生素
你把手弄脏
因为你比胶还黏
你冲不干净
你的污渍真糟糕

他的方法已经开始奏效。“你不太维生素”，一种奇怪的措辞。它是浓缩的，句子是经过裁剪的，去掉了一些内容。认为糖果中不含维生素的概括几乎被简化成了一种原型，成为专有词汇“你不太维生素”。他把形容词变成了名词。他所做的把形容词的尾巴剪掉作为名词使用，“你不是维生素”。如果你注意看，他的很多诗中都是这样去凝炼的，在语句构成上的凝炼。这首是他最早这样操作的诗之一。

有趣的是，他特别擅长将一个概念进行浓缩和抽象化处理，把这个概念分离成一个单词，把一个名词从形容词或动词中分离出来并把所有冠词、前缀和后缀都删掉。“你不是太维生素化”变成了“你不太维生素”。你会发现语言的剪裁和浓缩越来越多地在他后来的诗歌中孕育发展，直到他成为真正的大师，成为我在现代诗学中所知道的最精明、最锋利的裁剪大师。格雷戈里称它为裁剪法，他裁剪、成形、缝制，给他的诗戴上袖口，给它穿上背心，为它量体裁衣。

我有一个女朋友曾经住在第十二街新学院[①]的隔壁，柯索在街对面有一间挺舒服的房子，正对着她的公寓。在我们见面之前的几个月里，他每天晚上都看着她脱衣服。我们相遇的那晚，柯索开始讲这个女孩儿的事情，街道啊、她在干什么之类的，我忽然意识到这是我的女朋友。我想替格雷戈里安排一下，于是我说：“你想让我介绍你认识她吗？我会魔法。”于是我们就去拜访她。她马上就喜欢上了格雷戈里，因此他们有了一段小恋情。

格雷戈里当时有点疯疯癫癫的。他酒喝得不凶，也没有什么特别的坏习惯，只是偶尔在不同的地方说几句挑衅性的话。我记得有一天，他带着一个装满薄荷甜酒、茴香酒和其他根本不能喝的酒的手提箱来找我要钱花，这些酒不知怎么因为某辆汽车被盗而落到了他手里。我和巴勒斯把他当成一个捣蛋鬼，嘲笑他。他早期的写作有青春期风格，比如以艾米莉·狄金森式的方式写的《我母亲憎恨大海》。1953 年左右，巴勒斯去了丹吉尔，我去了墨西哥和旧金山。格雷戈里和他的女朋友霍普·萨维奇一起去了剑桥，在那里定居了一年。

霍普·萨维奇对柯索产生了巨大的影响。她是中南部某个小镇的镇长的女儿，她在十几岁时就开始反抗，并被送进了一个私人疯人院接受了电击治疗。她完全是个理想主义者。格雷戈里回忆说早在 1954 年或 1955 年，她就跑到纽约和剑桥的墙上去涂鸦“革命是解决之道”的字样。这是我周围以及同龄人中第一次有人把“革命”这个词写在城市的墙上。她是

① 指纽约著名的左派学院社会研究分院（The New School for Social Research）。

格雷戈里理想主义的头脑，是他见过的第一个活体革命者。她和格雷戈里去了剑桥，坐在一起通读了斯宾塞的《仙后》、弥尔顿的《失乐园》、布莱克的大部分作品和莎士比亚的很多作品。格雷戈里在剑桥大学待了两年，和一大批上哈佛大学的“灰足罗马军团”的外交圈子弟厮混。当时，剑桥也是诗歌圈的一个中心，因为弗兰克·奥哈拉、约翰·阿什贝利、肯尼斯·科赫、邦尼·朗和许多其他诗人都在那里。格雷戈里是那个场景中的一位诗歌英雄。霍普有一些钱，所以他们可以优雅地住在一间天花板很高的大房间里，里面有天鹅绒家具、沙发、椅子、大窗帘、可以俯瞰街道的大窗户、壁炉、大扶手椅、抽烟时候穿的袍子和天鹅绒衣服。

从格雷戈里早期的作品，1954 年至 1955 年由一些富有的哈佛年轻人出资的、在剑桥和一帮人的合集《喋喋不休的贞女》里，我想挑出其中的一些说一说，让大家对他的形象有一些概念。首先是对格林尼治村的回忆。

格林尼治村的自杀

双臂伸展
双手撑着窗户的边缘
她向下看去
想着巴托克、梵高
与《纽约客》里面的卡通
她下去了

他们用《每日新闻》盖着她的脸把她弄走
还有一个商店雇员往人行道上洒热水

在这样一个场景里写作，这对一个小孩子来说有点奇怪，并不是因为受到威廉·卡洛斯·威廉斯的影响。这仅仅是一种赤裸裸的苛刻观察。也包含着浪漫的同情，她想到了巴托克、梵高和《纽约客》的漫画。这几乎是《纽约客》里面的漫画场景，对自杀女孩的刻板印象化处理，但也是对一个充满崇高的理想最后以脸上的《每日新闻》和人行道上的热水作为结局的小女孩的一种敏锐的欣赏。还有一首诗，我当时觉得是他最好的诗，这篇早期的经典证明了格雷戈里的天才，这首诗是：

在停尸房

我记得在报纸上见过他们；
此时裸着，看上去更壮了，
我胃里的那颗子弹证明我已经死了。
我看着敛尸人拧开玻璃盖子。
他检查我，对我一分钟前的死微笑
然后他回到我对面的另外两具尸体
继续拧。

死了就不能说话
尽管你觉得你能。
看着我对面这两个黑帮分子想说话的样子很有趣。
他们咧开薄嘴唇，露出灰蓝色的牙

敛尸人回到我这边，还挂着微笑
他像一个母亲抱起孩子一样抱起了我，
把我直直放在一把摇椅里。
他推了一下摇椅，我开始晃动。
死了也没什么大不了的。
我仍然感觉到弹孔的疼痛。

上帝！从这个角度看着那两个黑帮分子真的很奇怪！

他们的样子和报纸上完全不一样。
这里的他们年轻又干净胡子也刮了身材匀称。

这就是格雷戈里对黑帮世界的个人见解，这也是《每日新闻》与现实的区别所在，对死亡的奇怪沉思，对死亡到底会是什么样子的好奇想象，对躺在太平间桌子上赤裸的黑帮尸体的惊人欣赏，甚至还有点性感元素。我看穿了这一点，并说这是真正的普遍意识。它有一种有趣的同情，一种有趣的疏离。几乎是相当直截了当的。对于一个孩子来说，这是惊人的聪明之举。我想说的就这么多。"我记得在报纸上见过他们"，你知道，这措辞、韵律绝对是我们格林尼治村原版的。读这首诗的时候，正如格雷戈里的舌头在你嘴里一样，就是简简单单的普通口语，但理念十分清晰，而且有一点不协调，但这种不协调产生了一点美的颤动。他们年轻，脸刮得很干净，身材匀称。我欣赏他对他们匀称身材的惠特曼式的欣赏。在他早期的作品中有一些自淫的、奇怪的和幼稚的元素。

下面这首是他的自画像，《在剑桥的骨隧道里》，一个小碎片。他向剑桥的唯美主义者们展示了他粗鄙的勾当以及黑帮或少年犯的前史。

在剑桥的骨隧道里

1
尽管有声音——
剑桥和它全部的领地
它生角的教堂长着小鹿的蹄子
它白发年轻的
　　　　灰足罗马军团
我还是决定住一晚
但是我幻象的代理人的嬉皮之声
决定和大海共起共落

将我丢在

查尔斯北面的荒原

于是，我困在了这里

一个地下人

冲到了塔尖

2

我不知道别人知道的那些好事

我知道的是逃兵把我送入黑色判了死刑——

他说：格雷戈里，这儿有两盒夜晚

一管月亮

二十个胶囊的星光，拿着去舞会吧——

他离开时毛骨悚然地

拿走了我所有杰瑞·穆勒根的专辑

结束了：

骨隧道深处，我把我的耳朵

贴在牧师的耳朵上——我能听到

钢铁在对蒸汽说话

蒸汽喊道：前方是黑色

前方是黑色，除了黑色没有别的

这是他自己的预言。他有很多有趣的想象，有些“小原型”卡通的、幻想的、用我们每个人熟知的形象作为素材的白日梦短片。他用一种非常生动、完整、聪明的方式来处理它们，把它们用在诗歌中。这里还有一首，名字叫《清早》，出自城市之光出的那本《汽油和喋喋不休的贞女》。

清早

清早

　　　　除了那个把手插在口袋里

　　　　吹着口哨跑掉的年轻人之外

我看到那活跃着鼾声阵阵的渴望者

他黑色的腿……玉米烟斗和手杖

油腻的长衫，血污的

　　指甲

他背靠着一棵树

　　　　　　在等待

这是某种老式妖魔，可能出自弗里茨·朗的电影《M》或《大都会》，也可能出自卡尔·德莱叶早期的关于吸血鬼的丹麦电影，也许是《吸血鬼》，如果你看过1932年的那部电影，“玉米烟斗和手杖，油腻的长衫，血污的指甲”，这只是一段小小的文字素描，但很漂亮。

格雷戈里当时另一首比较重要的诗是《查利·帕克的安魂曲》，是早期对帕克的一种好奇的个人欣赏。那个时期很多关于查利·帕克、吉米·迪安甚至凯鲁亚克的诗歌，都有些过于夸张和浪漫花哨。他们夸大一切，说得天花乱坠、一惊一乍或过分愤怒。但这首诗里有一些非常质朴，就像几个声音在进行假面出演。我还要指出的是，这是一首非常年轻的诗，因此才有了这种拐弯抹角、颠三倒四的孩童般玩具的意象。

音乐家“大鸟”帕克安魂曲

预言来自一封信：

在鸟的最后一次谋杀里

鸟将无处可寻

也不再有哀鸣
那无处之鸟将会是一只慢鸟
一只长长的鸟

某处有一个房间
这个房间里
一只旧萨克管
在角落躺着
像一把大米
想着**鸟**[①]的事

“一只旧萨克管在角落躺着像一把大米”，我不知道还有谁能有这种意象。

第一个声音

嘿哥们儿，鸟死了
他们把他的萨克管锁在什么地方了
把他的萨克管放在什么角落里了
萨克管在哪里？哥们儿，在哪里？

第二个声音

去他妈的萨克管
鸟在哪里？

第三个声音

走了
鸟沉寂了

---

① 原文用黑体字突出了“鸟”，指“大鸟”查理·帕克，以和其他代指的意象区分。

用萨克管的声音打破了障碍
鸟曾经比月亮还高
鸟曾经盘旋在屋顶
像一个古怪的僧侣他
丢下了手里的萨克管，高高在上
看着下面的人们
用半睁半闭的古怪眼睛
对自己说：“行吧，行吧”
就像一切都没有意义

第四个声音

刚刚在夜里醉酒的时候
他一个人站在阁楼里
鸟的黑色手里举着一朵黑色的花
他对着天空吹响萨克管
让天空变得不可思议！在中途
这个人厌倦了借助工具
鸟吹奏了一只变色的蜉蝣
还有一只紧张的节奏老鼠

这是格雷戈里独创的不和谐音，“一只紧张的节奏老鼠”。

星星不知所措
之后无处之鸟降临

第三个声音

是啊，那只无处之鸟——
鸟在吹奏的时候

来了另一只鸟
一只不真实的鸟
一只耷搭着翅膀的无处之鸟
鸟没有注意到；鸟在继续吹奏
乡巴佬鸟不期而至

第一个声音

是啊，我也是这么听说
耷搭的鸟落在了**鸟**的面前
盯着**鸟**的双眼
鸟说“放松”
又继续吹奏

第二个声音

看上去**鸟**把固执的鸟忽略了

第一个声音

就一会儿，哥们儿
无处之鸟开始口吐白沫
造成一片混乱
“兄弟，去别处搞怪吧。”**鸟**恳求道
但是无处之鸟跌跌撞撞
像一个无处之计的乡巴佬

我喜欢这句话，“像一个无处之计的乡巴佬”。你可以看到这些都是用五十年代早期的那种嬉皮语言写成，也许这首诗是最早使用这种新语言写的。我觉得这应该是第一次有人把垮掉派或嬉皮式的语言引入诗歌。与凯鲁亚克的《墨西哥城蓝调》一样，这可能是最早对这种语言的运用，后来

在诗歌中广为流传并被拙劣地模仿。

第三个声音

是啊，那时**鸟**知道了冒牌货
已经来到了屋顶
鸟准备闪人了，忽然间
无处之**鸟**把珠子似的脑袋
塞进**鸟**的萨克管里
很烦，**鸟**用力吹了一个长长的怪音

第一个声音

那是最后一个，是最后一个，哥们儿
耷搭鸟把死亡冲进了**鸟**的喉咙里
整个大楼都在震动
鸟的萨克管滑落时
天空更黑了……更黑了
无处之鸟用泥泞的羽翼罩住了**鸟**
把**鸟**带走
永不回头地带走

第四个声音

鸟死了
鸟死了

第一第二与第三个声音

是啊，是啊

第四个声音

为鸟恸哭吧

鸟死了

第一第二与第三个声音

是啊，是啊

这首诗到这里结束，漂亮又诡异的四种面具化声音。真的很漂亮，也没有用力过猛。这里面的想象力是非常美丽的，大鸟把它的珠子似的脑袋插进了鸟的萨克管里。鸟与死亡之鸟对立。用这种转瞬即逝的语言来和有趣的现代概念进行游戏，做得很好。想象力来自真实的诗意意象，同时在文化上平铺直叙，没有过分的野心，诗意的分量恰到好处。从某种意义上说，“是啊，是啊”是许多声音的合唱。对于一个小孩子来说，能把“是啊，是啊”当成合唱是很奇异、很有创意、很有想象力的。

他在五十年代发展了这种语言。1955 年，柯索去了旧金山，见了大家每一个人。他带来了一些新的诗，同时挥霍无度的风格愈演愈烈，写了更多的诗。在他的集子《汽油》的开头有一种奇妙的长句风格，这首叫作《科伊特塔[①]颂歌》的嬉皮士诗歌以最梦幻的莎士比亚式句子结尾。

我看到你的黑杰克的圣徒你的禅意大麻客
    雅典人和阳具人
尽管西风似将在此地徘徊没有任何
    纯粹雪莱式的梦就像
        宇宙那样
            金灿灿的一堵火墙
    向着哄骗的墨痕
        薄如蝉翼的消逝前进

---

① 科伊特塔（Coit Tower）是旧金山的一座现代建筑。

这首诗让我非常震惊。我当时觉得这根本说不通啊，但实际上它很说得通，如果你试着分析一下。他说的是“我来到旧金山，我是雪莱我不信这些什么禅意的东西，抽大麻就是扯淡，因为大麻里面根本看不到任何雪莱式的梦境”。那么什么是“哄骗的墨痕”呢？就是那种写完了字会消失的墨水。宇宙消失于自身的存在，一个金色的宇宙，概念化的概念抹去了它自己。也是凯鲁亚克“金色的灰烬”。“哄骗的墨痕”是格雷戈里诗歌的高度概括，他提出了一个想法，当你仔细看的时候，这个想法就消失了。

不和谐的矛盾，其中一个意象会与另一个意象相矛盾。看上去没有意义，但意义就在其中，因为这是他的文字游戏，暗示着一些奇怪的东西。柯索脑子里构思的是纯粹的“哄骗的墨痕”，语言以某种伟大的雪莱式的爆发，这便是诗学，纯粹的诗歌。这是才华的一次盛放。

格雷戈里关心的是不协调。不协调音是他的方法。也就是说，把事物从里到外翻转出来，让文字互相矛盾，或者让图像或隐喻以一种合乎逻辑的方式发生冲突。有一首诗叫《这是我的饭》，也可以理解成这是我的东西，这是我的诗学，这是我的方法，这是我的方式，这是我的现状，这是我的美。

这是我的饭

在豌豆里我认出了上下颠倒的 MONK[①]

塞隆尼斯·蒙克。他是怎么做到的？他看到豌豆会说“我看到上下颠倒”，看着豌豆他看到了上下颠倒，从这里开始太诡异了。什么？字母。什么字母？蒙克的？

在旁边，在葡萄酒的眼的注视中

① 即 Thelonious Monk（塞隆尼斯·蒙克），美国传奇的爵士钢琴家、作曲家，作品多为即兴创作，被称为“钢琴上的大象”。

我看到橄榄和黑色的头发
我决定在日落时用餐
我切开牛脑看到了圣诞
和我的生日手拉着手在雪地里奔跑
我继续往下切
　　圣诞的血流到了盘子的边缘

我求助于我的父亲
　　他一口吞下了我的生日
我将我的牛奶一饮而尽，看到树林跑得比自己快
　　小巷比自己多
　　没有一座山曾有机会不去行走

继母细长的手送来了沙漠
我想从我的嘴里丢下消防车！
但月光在奔跑，抓住了梅子。

这些话完全自相矛盾但没有关系。“我想从我的嘴里丢下消防车！”换句话说，他想要弄出大的声音，想要制造大的隐喻，想要有辆大消防车从他嘴里飞出来。真是表达诗意力量的奇妙点子。很直接，完全是直接给出来的，什么是你想象中最强大的刺耳的红色噪音制造者？一台消防车！好，就是“我想用我的嘴里丢下消防车！”。你们可能不明白他为什么这么做，这句诗意味着他想要实现伟大的修辞，但它本身是如此奇怪，即使你不明白它的意思，它仍然立即会以某种语言的无意识兴奋穿透心灵，兴奋地跳过无关联的鸿沟变成真正清晰的逻辑关联，所以这两句真的有两手。

但什么产生矛盾了呢？“但月光在奔跑”，很美，“抓住了梅子”，美在奔跑，抓住了现实。月光如何摘梅子？月光在跑什么劲儿？这些句子是很好玩的，是一个充满矛盾的意象世界。

他感兴趣的是用自己思想中的现实意象，如月光、梅子、消防车、圣诞节、父亲、母亲、豌豆，然后把它们“颠三倒四”，使它们自相矛盾。通过这些不和谐或自我矛盾，创造出一种有趣的和谐或美。

34. 柯索与《汽油及其他诗歌》

1957 年 10 月，彼得、我和格雷戈里住在阿姆斯特丹。格雷戈里那时正在为城市之光书店准备《汽油》这本书，他让我给他写一篇前言。我说你先落实到纸面上，写一些你写作方法的东西给我，因为他曾和我聊过他的写作方法，那次他的长篇大论非常令人震惊。他写作时的思维过程有过描述，从未有任何人能像他那样准确并有趣地向我叙述。格雷戈里的方法是，如果他想写一首关于一个年轻女孩的浪漫诗，他就会用心里的眼睛跟着她来到庭院，爬上阳台到达消防通道，像罗密欧与朱丽叶一样，但一旦他到了那里，他会开始将意象拓展到别的地方而不是老一套的想法。他会发现一些与之相抵触的东西。而如果有衣服挂在消防通道上，那就必须有尸体，洗过的人皮，这就会导致［人们问］那东西怎么到那里的？嗯，也许是在月球上发生了一场战斗或者是他随便想到的什么事。比如假设在月球上有一场战斗，那就必须有一艘宇宙飞船。换句话说，他跟随大脑的联想去做比喻，而不是用逻辑去完成它，他的方法是将自相矛盾注入意象里来完成比喻，不停地扭转，颠三倒四。他称之为“自动主义”。最后使那些自动的联想产生自相矛盾。

我请他写一段我可以放到他的序言里的东西，用以解释他如何运用联想法。他是这么说的：“对我而言，自动主义是内部互动的时刻，在这个时刻，思维将恒定的一小时加速，思维的愚蠢、思维的天才、思维的疯狂，当‘大鸟’帕克或迈尔斯·戴维斯吹奏一个标准的音乐片段时，他们会打破常规进入自己舒服的音乐理解中发出声音，这便是我作诗的办法。X、Y 和 Z，可被称作自动主义，我也称它为‘标准流动’，因为偏移的词也是在标准中，是故意去分散注意力，或是另一种发声方式，但仍然是我的声音。许多人肯定会说按照这种顺序写的诗是粗糙的，未经打磨的。这正是我想要的。因为我已经把它们变成了我自己的东西，这毫无疑问是新的东西，就像所有很棒的即兴爵士一样，新变化是可以接受的，一个好听众所期待的也正是这种新变化。”

一个绝佳的例子是下面这首怪诗，很像雪莱，他说《不要射杀疣猪》里的疣猪是代替缪斯出现的。他为他的缪斯女神选择了一头最丑陋的野兽。他同那个奇怪的丑陋缪斯具有共情。“我的天哪”是他对那句话的评论。这是他突出美学的另一种方式。

不要射杀疣猪

一个孩子走向我
在一根棍子上挥舞着大海

看到了吗？他又这么做了，一个孩子在一根棍子上挥舞大海。这点子够怪异了，但为什么不呢？

他跟我说他的姐姐死了，
我扒下他的裤子
踢了他一脚

诗人在做事情时让每一句话都产生矛盾。每一行，矛盾都积累一点。

我轰着他沿街走远
走出我这代人的夜晚
我喊出他的名字，他被诅咒的名字，
沿着我这代人的街道
小孩听到名字高兴地蹦跳

奔跑而来。
爸爸妈妈们弯下脑袋倾听；
我喊着名字。

那孩子颤抖着摔倒，
蹒跚着爬起来，
我喊着他的名字！
爸爸妈妈们的一阵怒气
让他们的牙沉到他的脑子里。
我向着我这代人的天使呼唤
在屋顶上，在小巷里
在垃圾堆下，在石头下
我喊着名字！他们就
侵蚀了孩子的骨头。
我喊着名字！美丽
美丽　美丽　美丽

一个有趣的组合。他对美的理解就是像野猪，这样地不和谐。他的写作方法是走到对立面去，到反面去看，就像他的一生一样，从意想不到的矛盾意象中创造出美丽的事物。美是意料之外的，就像一辆消防车从你嘴里掉了出来。美以丑陋的面目出现，以不和谐的面目出现，以矛盾的面目出现，以惊奇的面目出现，以虚幻的面目出现，美是除了你的期待之外的一切。美和丑陋的自我一样。美，如同一个在下东区的哑巴孩子。

《阿诺德的最后温暖》这首诗里，阿诺德就是柯索或下东区某个混蛋的化身。格雷戈里认为自己和疣猪一样，和丑陋的人一样，和被抛弃的人一样，和囚犯一样，和罪犯一样，和最糟糕的人一样，和会被抛弃的人一样，和会被拒绝的人一样，和被拒绝并删除的段落一样。他把浪漫注入失败者，阿诺德就是这个失败者。这是一幅自画像。

阿诺德的最后温暖

阿诺德，和藏在门廊下的神
取暖
想起了逃亡的岁月，被囚禁在佛特蒙州
铲雪。阿诺德不是那里的人，
他的家乡很温暖；那边的人穿羊皮鞋
打乒乓。
阿诺德读《古兰经》。
他知道怎么唱：
年轻的于连·索雷尔
会说拉丁文
智慧与美貌
并存
直到脑袋搬家。

你们知道于连·索雷尔吧？司汤达小说《红与黑》中的主人公。

空洞的环境中
阿诺德有三只一窝生的鸽子，一包喂鸡的苞米。
他想着埃莉诺，她的双手；
看着她坐在学校里闷闷不乐
他有引诱她到温暖环境的胭脂红
他想吻她，和她永远地生活在一起；
用廉价商品打碎她的头。

谁是阿诺德？嗯，
我第一次见到他时，他戴着一顶黑帽

上面有一个很久的威尔基徽章[①]。那年他十三岁。
他很害怕。但脸上有笑。他总是很喜欢
陪你走回家，去见你的妈妈，
告诉她西斯特街公园的事[②]
关于面无表情的流民；
关于面无表情坐在那里的犹太老妇，
双手交叉，悲伤，把脸扭过去
不去看那破旧的犹太避难所。
阿诺德在赌博记账人
和家禽脱毛器的知识中成长

阿诺德唱起歌来：
死了在我的第十五个年头
罗斯福微笑的脸
一张邪恶龅牙的资本家的脸
小胡子雅利安，
下巴突出的恺撒——
死了，我哭吧……
我之前恨他
没有理由
天真的恨
——我的帽子上是威尔基徽章。
温德尔·威尔基 1940 年参选反对罗斯福。

阿诺德的下体被踢了一脚

① 指美国政治家温德尔·威尔基（Wendell Lewis Willkie）在四十年代和罗斯福竞争总统职位时，竞选团队向选民发放的助选纪念品。
② 纽约的一个公园，经常有露天表演和周末集市。

一个气愤的意大利女孩踢的
因为煤矿工人正在罢工
逼迫教育联盟把门关上。
阿诺德，衰弱，濒死，从图书馆偷拿硬币
可是他也读到过帕德雷夫斯基[①]
他曾在南街上漫步
思考着不同类型的胶水。
当他从布鲁克林大桥掉下去摔死前
他想到的是飞机胶水[②]。

这是柯索早期作品中凯鲁亚克最喜欢的诗句。“他曾在南街上漫步，思考着不同类型的胶水”。这句话很有趣，完全不带夸张。完全是非文学的、不漂亮的，但它是现实的。这很荒谬，但人在闲逛的时候就是会想这些东西。有人走在南街上满脑子是各种胶水，为什么不呢？热胶，粘胶，想着胶水，人们的确会想到胶水的。它是如此完全的超现实主义，同时又是如此震撼人心的现实主义。柯索的天才之处，就是有能力将这些超现实主义的文学性离析出来。

“阿诺德的下体被踢了一脚一个气愤的意大利女孩踢的因为煤矿工人正在罢工逼迫教育联盟把门关上。”我认为这是这个句子的原始形式。这是我最喜欢的一句，因为它很神秘，没什么意义，同时又非常连贯和荒谬。很明显，这只是现实生活中的一个小小剪影，他的计划是去这个叫教育联盟的青年俱乐部，有一个小约会在那边。后来发生了煤矿工人罢工，俱乐部关闭了，女孩就生气地踢了他一脚。这是一段非常荒谬的历史，当你把它简化成抽象的符号，比如“疣猪现实”，它就具有了美感。还真挺好玩的。

---

① 伊格纳奇·扬·帕德雷夫斯基（Ignacy Jan Paderewski），波兰钢琴家，1919 年曾做过波兰总理兼任外交部长。

② 一种用来给儿童粘模型的胶水，因为会被不良少年吸食遭到滥用而被政府管制，只有家长才能少量购买。这里提到的“飞机胶水”和上文中“不同类型的胶水”，都是诗中的主角在生命末期逐渐沉沦毒瘾的表现。

那时柯索身上还有另外一个特征开始显现，就是他有能力将原型情景、感觉或感情用一种幽默的方式展示并推进，直到用想象力将它们完成拓展，成为可被人们辨识的熟悉诗句，就像在这首叫《你好》的诗里一样，你可以用微弱的声音读读看。

你好

当一只受伤的鹿是一场灾难。
我是伤得最重的那只，狼群跟踪我，
我曾误入歧途。
我的肉体被不可避免的钩子捕获！
小时候我见过许多我不想成为的食物。
我是那个我不想成为的人吗？
那个和自己说话的人吗？
那个被邻居取笑的人吗？
我是那个在博物馆台阶上，在他身边睡觉的人吗？
我是那个要穿失败者衣服的人吗？
我是那个孤独的人吗？
在万物的美妙夜曲中，
我是被删除的那段吗？

这里的想法都是每个人在某个时候对自己或别人有过的想法，害怕自己成为穿上失败的人留下的那件衣服的人，那个人侧身睡在博物馆台阶上，一个包厘街的流浪汉。这里面有一种幽默，我是说，以“你好”这个点开始一首诗。我不认为其他任何诗人对日常生活那些愚蠢的怪癖有那么明显的专注感。和日常的愚蠢为伴就是对日常奇迹的一种承认，这是一种惊人的矛盾的现实，就像《昨晚我开了一辆车》这首诗。这是一系列非常写实的诗歌之一，让人想起威廉·卡洛斯·威廉斯的修辞。

昨夜我开了一辆车

昨夜我开了一辆车
　　不知道该怎么开
　　　　车也不是我的
我开着车
　　撞倒了我心爱的人
　　　　……时速一百二十英里穿过镇子

我在赫奇斯维尔停下
　　到后座睡觉
　　　　……为我新的人生兴奋不已

这是抽了大麻之后写的。我记得他写这篇时我们在一起吸了很多大麻，我还记得第一次他抽高了读这首诗的场景。“我在赫奇斯维尔停下……为我新的人生兴奋不已”是一种你会在梦中梦到的感觉，而他非常简洁地记录了下来。

在这本书中，我个人最喜欢的是三四首非常简短的诗。以他那个年纪而言，柯索对别人、女人和他自己的爱情的态度是非常现实的，比如《有家具的无趣房间墙上》。

有家具的无趣房间墙上

我有一张我童年姑娘们的照片
我坐在那儿，心碎了，胳膊放在桌子上，
手拄着下巴，端详着
　　海伦高傲的眼睛，
　　珍妮单薄的嘴唇

苏珊的金发。

又一个原型出现了，“诗人看着他的旧日女友”的自画像。珍妮单薄的嘴唇放在海伦高傲的眼睛和苏珊金色的头发之间，大多数人不会想到这一点。这很出乎意料，却真实、现实。

然后是《意大利华丽秀》，这首歌改编自威廉·卡洛斯·威廉斯的一首诗《死去的婴儿》。“打扫床下，婴儿已经死了”，这是格雷戈里与威廉斯意象的特殊联系。《意大利华丽秀》是他对自己的出生地布莱克尔和麦克道戈尔的一家殡仪馆楼上的回忆。

意大利华丽秀

隆巴迪太太还在襁褓中的儿子死了。
我在里佐的殡仪馆目睹了这一切，
一个皱巴巴的紫色小脑袋。

他们刚刚做完大弥撒；
他们正往外走
……哇哦，好小的一口棺材！
十辆黑色凯迪拉克等着拉。

这很像俳句。很有现实主义和自然主义的风格。还有自然主义的细节、现实主义的细节，在这首《重返出生地》中应用了超现实主义方法。我记得格雷戈里这时已经离开纽约，进过监狱，去过巴黎，去过旧金山，当过诗人，被诗人搞过，和诗人一起创作，在剑桥用珍妮单薄的嘴唇和苏珊的金色头发创作之后回到纽约的格林尼治村。

重返出生地

我站在黑街上的黑光下
看着我房间的玻璃窗，我出生的地方。
灯亮着；有人在移动。
我穿着一件雨衣；嘴里叼着烟卷，
帽檐拉到眉梢，手里有把加[①]。

“加”就是“枪”。你懂的，好莱坞拍过，爱德华·罗宾逊大喊“小心！他有加！”。

我到街对面，进入了楼内。

从某种意义上说，诗人进入到了一个鱼雷（职业杀手）的角色里，并再次拜访他的出生地。这是一个意大利社区，他的周围有黑手党。他其实和当地所有的混混和头头都很熟。

垃圾桶的臭味依然如故。
我向着第一场架走去；脏耳朵
冲我举着把刀……
我把他灌满遗失的手表

这里有一个思维跨越。“我把他灌满遗失的手表”是一种天才的笔触。他想起了“脏耳朵”，一个儿时的宿敌，当年在那个和今天一样臭气熏天的垃圾桶楼梯边攻击他，但现在他又回来了，在二三十年后，他意识到“脏耳朵”活得很惨，于是主角为他灌满了遗失的时间。时间在改变，

① 原文 gat，来自加特林机枪（Gatling）的前 3 个字母。美国旧时黑社会的行话，代指枪。

柯索还活着而“脏耳朵”可能已经被关进监狱或者死掉了，谁知道呢？但是通过回忆、洞察力、记忆、怀旧、同情和诗意的想象，他召唤了“脏耳朵”回来。他不再害怕了，因为他可以给他灌满诗歌和丢失的手表。换句话说，格雷戈里有自己的武器，这个武器就是他的想象力，这个武器高于并远远超越了“脏耳朵”手里的刀。当这首作品刚完成时，我不明白这些东西是什么意思，第一次出版的时候每个人都问：“丢失的手表，油炸的鞋子，这些有趣的组合是什么意思？”这都是对逝去时间的完美隐喻，时光一去不复返。

然后是《最后的帮派分子》，这些超现实主义的影像般时光倒流的小诗中最好的一首。

最后的帮派分子

在窗前等待
我的脚被死掉的芝加哥私酒贩子围绕
我是最后的帮派分子，终于安全了
在一扇防弹玻璃前等待。

我看着下面的街道心里清楚
那两个圣路易斯的鱼雷[①]
我看着他们慢慢变老
……枪在他们患有关节炎的手里变锈。

非常像“遗失的手表”，这个现实的意象捕捉得很精确，用自然主义的形式创造了一个神奇的时间轮回。柯索的写作方法包含了不和谐音，也可以称作从意象到意象或从一个词到另一个词的矛盾。文章在他脑子里下

---

① 黑帮行话，指杀手。

一篇与上一篇也会产生矛盾。一个接一个的短语会完全打乱读者的思维过程以及诗人的写作过程，在大脑中打开某种奇怪的思维跳接点或缺口，或一个短暂的启示。

五十年代末《时代》杂志采访了他，问："什么是诗歌?"柯索说："油炸鞋子!"当时，这被认为是一种奇谈怪论，但这其实仅仅是他举的一个非常合乎逻辑的例子，来概括自己认为的富有诗意的意象，比如：油炸鞋子、水管黄油、散热器汤、企鹅尘埃。

35. 柯索与《死神生日快乐》

从 1956 年起，柯索开始创作一系列以单词为标题的诗歌。每个词都有一个非常简单的概念，比如婚姻、炸弹、死亡、小丑、头发、警察、军队、食物，穷尽了每个中心主题词的变化，矛盾的概念仍然在其中发挥作用。这其中包括一首名为《杂音》的诗，这首诗诠释了他的诗学方法。

杂音

哦，我想要把牙弄断
用以表达一台暖气!
我是说，咬出痕迹才有热量!
痕迹！不管会对嘴的传统产生何种后果。

这是他写作方法直接的体现，就像他在"想从我的嘴里丢下消防车"中阐述自己的美学观点一样。在这里，他想"用以表达一台暖气!"，无论这句话意味着什么。题目的《杂音》也为他的方法点题了，不是从陈腐的逻辑和谐中创造美，而是从矛盾中创造美，就像油炸鞋子一样。

我想要开一辆车

但我必须开它!
看——那里肯定有行刑队，是的，
为什么买狼?
我的意思是，如果我带着水球从那里经过
难道我应该换成“吓一跳”玩具不成?
想迷糊了我最好离开奇迹，糖果，学校
去废墟中寻找专横的海盗船
清醒
河堰摩尔皮毛尾巴小鹿爪子
冒险地狂热地思考
手电筒里的猫头鹰

这都是什么意思？首先他把自己的口语内容理论化了，就像“从他的嘴里丢下消防车”成为一种字面上的半玩笑半惊喜，“把牙弄断用以表达一台暖气”这是一个超现实主义的词的组合。当他张开嘴时，他表达了一台散热器或消防车蹦出来的事儿。这就像一个超现实主义的事情，你把一个物体放在另一个物体里面，但是关系是并列的，如一张嘴，它不属于那个地方但整体的确说得通。“用以表达”是一种有趣的表达方式。这是一种意大利裔美国人的双关语。然后他采用了一种传统的修辞语调。“必须咬出痕迹”，这在一些传统语境中是有意义的。但他说了什么？“痕迹才有热量”，这本身就是一个奇怪的想法，咬出痕迹才有热量，它是抽象的、有趣的句法。“不管会对嘴的传统产生何种后果”不是“不去管会对嘴的传统产生何种后果”，而是“不管会对嘴的传统产生何种后果”。他把诗句裁剪好。这就是他的话，“裁剪”。他去掉所有格冠词，尽可能多地去掉逗号，去掉任何多余的东西，只保留最准确的、精确的、尖锐的、快速的、有趣的方式来表达他的想法。他的诗是由概念组成的，与其他人的诗不一样。

这个诗歌理论本身就构成了不和谐，一个不和谐的例子是“消防车之声”，消防车巨大的声响从嘴巴里发出来。这个想法是这样表达的：“从我的嘴里丢下消防车”，或者用散热器来指代“激烈的语言”，把他的牙在暖气上弄断。只有真正的艺术家才会提出“把他的牙在暖气上弄断”的可能性。

我认为这种不和谐源自他自己的头脑，他早期对诗歌的直觉。他想的是通过视觉上建立的联系，一个想法跟着另一个想法不要停，但互相产生着矛盾并不断偏离原有的方向，最后这一切仅仅只是为了好玩或古怪。并以一幅文字的抽象画结束，这是他所阐述的关键观点的例证。他的创作表明，通过不和谐和矛盾可以达到文字上的美。这是一个简单明了的画面。这些小小的不和谐的火花，就像燧石与铁的碰撞产生诗歌智慧一瞬间的微光并将理论成型。

之后他进行了另一个练习，这首诗传播面比较广，主题是关于“纯粹发明”的。在他完全疯狂之前，他从某种逻辑感知过渡到完全非逻辑感知的那个点是一个中间点。“看，那里肯定有行刑队，是的”，好吧，是谁说肯定有行刑队？因为必须先有行刑队，诚然，生活中有行刑队，好吧，看，必须有行刑队，行吧，但为什么狼又来了呢？你们看到了，他用一个恐吓代替另一个，用狼代替行刑队。为什么是狼？如果你接受了地球上应该有行刑队的事，那他问“为什么应该有狼？”就不知从何说起，这个对话只是玩笑。并且，他在继续跟你开玩笑。“如果我带着水球从那里经过，难道我应该换成‘吓一跳’玩具不成？”或者，如果我发明了一个水球，如果这个概念本身就是我发明的，是不是有某种不合逻辑的东西让你宁愿我带着“吓一跳”玩具出现？这句话，他是在表述他的诗学方法，他很有礼貌地和你聊着他从头到尾都在做什么。最后他终于提问了，“困惑”？如果你要否认他的方法，他就要放弃所有早期的孩童般的恐惧，比如奇迹、糖果、学校，然后在废墟中寻找，找什么？“专横的海盗船”，一些人看到这就会立即要求海盗。最后，它以“河堰”的精致构成拼贴结束，还加上了“手电筒里的猫头鹰”这句智慧的小闪光，很有意思。我们可以观察到不和谐的概念的发展过程，这个过程是一次意象的发展过程，持续不断地，从一个点子发展出一系列点子并基本符合逻辑。

在《死神生日快乐》中有一首比较著名的诗，叫作《诗人在公路上搭便车》。当时的情况是我和格雷戈里 1956 年在大苏尔附近搭便车去拜访亨利·米勒，却没能搭上便车。我们被困在高速公路上，交谈着，谈论着不和谐，谈论着他的写作方法。我终于明白他其实只是在胡闹，将矛盾作为手段，基本上是在戏弄读者。它有一些功能，如果你是要以这种实用的功能去接近那种美的话。

诗人在公路上搭便车

我肯定试着告诉他了
但他无理由地
弯曲自己的头
我告诉他天空
追逐太阳
他笑着回：
“有什么用。”
我再次感到自己
像个魔鬼
于是我说：“可是海
追逐鱼。”
这次他笑了
说：“有可能草莓
被按进了一座山里。”
听到这句我知道
战争开始了——
我们开打：
他说：“苹果车像

一个扫帚天使
又咬又劈
老荷兰木鞋。”
我说：“闪电将击中老橡树
给烟自由！”
他说：“没有名字的疯街。”
我说：“光头杀手！光头杀手！光头杀手！”
他有点动气了，说，
“炉子！煤气！沙发！”
我带着微笑说，
“我知道自己坐下来静思时
上帝就会回过头来。”
我们最终融化消失，
憎恨着空气！

奇妙的事情是，终极的诗意时刻降临在没有新的相反组合出现的时候，只有“沙发”“炉子”“煤气”“火炉”“煤气”“沙发”这几个词。最炙热的点就在“火炉”“煤气”“沙发”这几个简单的词上面。他用令人难以置信的古怪和意想不到的或不协调的词语组合，如“苹果车”“扫帚天使”或“海追逐鱼”这样的概念，他用这些对立的或“翻个底朝天”的想法或怪异的“油炸鞋子”的语言组合来代替。我们是在试图搭便车，必须消磨时间，所以我们编了一些话来让对方大吃一惊。在这过程中试图通过不可能并列的词的迂回曲折制造意象来让对方震惊，从点子开始，一些乱七八糟的想法，如“天空追逐太阳”和“海追逐鱼”，从心印般的想法反转到奇怪的并列，如“苹果车”“扫帚天使”，再到几乎是普通的思维提示。我记得说过一个“疯狂大街，没有名字”。那时我们不知道自己在哪里，所处的位置正是一条没有名字的疯狂街道。他想出了“秃头杀手”。他们在那时似乎就存在着，在一座塞林格式的高中学生互相找碴的歇斯底里中，并发展得越来越好笑。但最后终极的好笑是，这些词平白无故地冒出来，与实际情况毫无关联，但仅仅是“气体”或“煤气”之类的普通事实。这首诗中最高的诗意来自一些普通的词语。当然，需要一些准备才能这么写，但对于他这是很基础的方法。

我们目前所处的领域矛盾如此明显，现实本身就足以自相矛盾了。或者说现实本身比矛盾更有趣。比如煤气和沙发，仅仅是说将“煤气”或“沙发”这些单词说出口，就比说“管道沙发”“水煤气”更有趣。这很容易做到，但那张沙发端坐于路程一半的地方，在我们的大脑里也一样，仅仅是现实本身加上一个简单的词，比如“沙发”，在这种情况下就成为了百分百浓缩的诗意。

36. 柯索与《原子弹》

我认为《原子弹》是格雷戈里最伟大的诗歌之一。《婚姻》之所以出名，是因为它出现在所有的选集里，很明显也是一首好诗，但也和其他的诗一样好，一样有趣，一样有力，在这个系列的方法中同样具有启发性。它们变得越来越精炼直到你变成“小丑”最后“死亡”。

《原子弹》最初被城市之光以单页、用蘑菇云的形式印刷。他从瓦格纳的感觉开始为原子弹冠以“历史的讨价还价者”之名。格雷戈里已经很搞笑了，这儿又来了一位。原子弹为历史讨价还价，一个非常有趣的短语。

历史的讨价还价者　时间的刹车　原子弹
宇宙的玩具　苍穹下的壮丽　我无法恨你
我是否憎恨那恶作剧的霹雳那混蛋的下颚
那史前一百万年粗糙的棒子　那权杖　那连枷　那斧头
达芬奇投石机　科奇斯战斧　基德燧石枪
拉斯波恩匕首
啊，还有那些魏尔伦　普希金　迪林杰　鲍嘉握过的悲伤而绝望的枪

还有圣米迦勒燃烧的剑　圣乔治的矛
大卫的投石器
原子弹　你不比你的制造者更残忍　你没有癌症残忍
人人都恨你　他们宁愿死于车祸
雷击　溺水
从屋顶坠落　电椅　心脏病　年老
年老　原子弹呵
他们愿意死于一切，除了你　死亡的手指从事的是自由职业
你炸或者不炸不由人做主　死亡早已
将它无条件的忧愁
散布各处

这是一次非常有趣的尝试，提醒大家无论怎么样都终有一死，所以为什么要对原子弹感到恐惧呢？原子弹的歇斯底里其实是对宇宙本身的歇斯底里，原子弹只是更深的恶意与歇斯底里的借口罢了。没错，每个人都会死的。“死亡早已将它无条件的忧愁散布各处”，这是万物的终极本性，巨大、忧愁、空无一物。

格雷戈里是一个有想法的人，这首诗的开头，虽然华丽但充满幽默感，是一个非常清晰简单的想法，原子弹并不比癌症残酷，所以他不能憎恨它。你也不能因为原子弹而憎恨别人。原子弹是否爆炸并不取决于人类。

想象一颗原子弹落在纽约以及由此倾泻的浩劫和喜剧性，将是一部超长的法式舞台华丽剧。几乎可以算是马克斯兄弟的喜剧，就像《鸭羹》[①]的结局一样。然后是一系列不和谐的矛盾，原子弹将如何破坏“帝国之巅在西西里岛的花椰菜地”或“企鹅向狮身人面像扑去”。一系列像那样的

① Duck Soup，马克斯兄弟的讽刺喜剧，讽刺了集权国家的宫廷争斗和暴力本质。Duck Soup 是旧英语俚语，指“易于反掌”或“唾手可得”。但中文版电影仍多以《鸭羹》或《鸭汤》作为标题。

意象。然后是一个小的历史综述，在其中现在的客队和过去的主队被放在最后的一个生死竞技场，嘘声和欢呼声一直持续到结局。紧接着描写原子弹，用非常漂亮的语言将原子弹在每一个美好的措辞中引爆。

棍状的天使降临到你大赦的脚上
旋转的光雨洒满你碉堡式的座位①
轮到你了注意轮到你了
天堂与你同在

然后是一长段关于原子弹恐怖效果的启示录式幽默言辞。

从你灵巧无光痉挛的眼
倾泻出天堂食尸鬼的洪水
从你唤作子宫的地方
喷涌出新生的巨大蠕虫
撕破你的肚子让它爆开
从你的腹部钻出一圈秃鹫脖子式的问候
较量你正摸到天堂边缘的
闪着光的鬣狗残肢

话说得非常密集。经过语言这次至高的爆炸后是一个安静的连奏区域，人在那个连奏区里检查自己到底怎么了。

我靠在科学的桌子上向前倾
一个占星学家在龙的散文嬉戏
百分之五十聪明，关于战争　原子弹　特别是原子弹

---

① “棍状的天使”和“旋转的光雨”指原子弹爆炸后产生的辐射和冲击波。

我无法恨需要去爱的东西
我无法存在于那个允许
一个孩子在公园里的世界

炸弹有什么奇怪的？这是他总在耍的把戏。简单、普通、古怪，就像穿着鞋一样，令人震惊的程度和公园里的一个孩子、一个坐在电椅里奄奄一息的人一样。就像诗歌原子弹的巨大戏剧性一样令人震惊。

我是一个诗人因此我爱一切人
我知道我的话语是人所熟知的预言
而我的非话语不会低于熟知本身

每个人的心里都有语言的野心和鲁莽。这是一种每个人都能感受到的共鸣，有一个共同幻想是，大家都想高于原子弹或者想比原子弹更美丽，或者想获得超越原子弹的想象。他说“而我的非话语”就是他没有说的东西，是“不会低于熟知本身”的。

我是多种多样的
一个追寻着弥天大谎的人

他承认了。他的华丽辞藻就是这些弥天大谎。“诗人在亮灰中咆哮”就是这首诗一直在做的。“或是我想象中的自己”。现在他又开始释放不和谐以及假想的结构。他把自己想象成“鲨牙的睡眠，吃人的梦”。然后他写道：

我不需要对原子弹百分百聪明
如果这样我也很高兴　假如我感觉到它们是毛毛虫的话
我不会怀疑它们能否变成蝴蝶

然后他把他们都推进了地狱还拿原子弹开玩笑。最后他终于瞄准了，用他的思想进入了原子弹开始在思想层面干翻原子弹。

我站在你奇妙的洁白门前
我为你带来了米德加德[①]的玫瑰　阿卡迪亚[②]的麝香
天国女儿们广受欢迎的化妆品
欢迎我　不要害怕你打开的门
也不要怕你冰冷主人的灰色记忆
……
然而　还不能说原子弹会失败
或斗争的神火就要熄灭
你可知大地会把原子弹作为圣母像
因为人的心中将有更多的原子弹降生
貂皮包裹的威风凛凛的原子弹　每一颗都那么美
它们会扑通一声坐在
长着暴躁的纯金小胡子的
坏脾气帝国上

所有这些辞藻都归结为一个事实，即原子弹是发自人的内心。如果人类制造了原子弹，他们就会得到他们应得的。这不是第一次，也可能不是最后一次。更可怕的想象力的投影将被创造成真，我们将不得不面对，如果我们不能面对它们，那么我们就会被我们创造的东西毁灭。如果我们要憎恨它，我们就必须憎恨我们自己和我们自己的想象力，因为我们有能力制造毁灭。仅仅因为整个宇宙都会熄灭，天界的火焰会熄灭，我们会用原子弹杀死上帝而感到愤怒是不够的。既然我们创造了整个宇宙，创造原子

① Midgard，北欧神话中人类居住的世界，也称中间世界。
② Arcadia，源自古希腊，原为以多山的畜牧业为主的区域的地名，后成为形容田园诗般的乌托邦地方。这个概念在文艺复兴时也被广泛使用。

弹的想象力比原子弹大。诗意的想象是超越原子弹的，因为原子弹毕竟只是一首嘈杂的诗。它是人的思想、人的创造，也是人的诗歌。由我们的想象而生的一切都是诗歌，我们想到并做到了。原子弹只是一部嘈杂的史诗。

格雷戈里主张着自己的想象力。特别是这首，这首诗比原子弹更宽广，比原子弹更具有爆炸性。这是我所知道的第一首用想象力面对原子弹而不畏惧原子弹的诗。这可能是第一首在与原子弹“战斗”中起作用的诗，因为它把人们从原子弹的恐惧中解放出来。这种想法认为，原子弹是某种独立于我们存在的伟大的神。

柯索是所有诗人中最有灵感、最聪明和最优秀的。他是诗人中的诗人，在某种程度上是完美的诗人。传统的经典著作《受诅咒的诗人》说过，诗人是因不良行为而被社会唾弃的人。他是一个攻击性的诗人，一个粗暴的诗人，一个醉醺醺的诗人，一个吸毒的诗人，一个无礼的诗人，一个臭虫诗人，一个悲剧诗人，但他活了下来，而不是英年早逝。幸存下来，并困扰着每一个人。他认为自己是一个圣愚或悲剧小丑。

《我以前是多么快乐》可能有点难懂，但我记得他创作的过程，我很喜欢他写这首诗时的状态，因为我们那时在一起“嗨”，每次他都有新的好玩句子蹦出来。点子就是，作为孤儿的格雷戈里。

我以前是多么快乐

我以前是多么快乐
想象着自己的很多事——
亚历山大·汉密尔顿[①] 躺在雪地上
鞋扣在雪地里生锈
一颗子弹击碎了他的眉毛。

---

① 美国宪法起草人之一，美国开国元勋，后在一场决斗中死亡。

在到访诸王的身后
我喊道：
威尼斯和热那亚
会像维罗纳一样欢迎吗?
我手里没有城堡
可以给热那亚公爵
没有非洲公牛可以给威尼斯的总督
但为了教皇!
我有给土耳其人的藏身之处。
告密者吗？不——我参与
是为了兴奋
在阿富汗和特立尼达岛之间
阴谋和歌剧都是带电的
到处都是电!
那疯狂旋转的芭蕾舞者
看到观众席上的我就晕倒在了地上
我笑着我笑着我笑着——
还有昨天我听到了一首悲伤的歌
我停下脚步倾听，并哭泣
我最后一次把自己想象成国王是什么时候?
一个慈爱的国王，他的王国有大使，有花朵和聪慧的教师——
我是怎么了为什么如今
我的一切都被填满?
我还会沿着列克星敦大街而上
或是而下吗
感受到理查三世的温暖
还有头戴着憋闷的黑头巾
的刽子手吗?

我难道没有跟着本杰明·富兰克林
那来自他的两条面包[①]与
马萨诸塞州的半便士[②]里的音乐漫步吗?
我知道在1768年很多人都有眼罩和木腿
把玩着八,达布隆[③]的我是多么开心——
孩子,你是否听说过我与
以色列汉斯的会面,与以色列汉斯[④]——

他从某种的中学时代的神话入手,想象自己在历史中扮演不同的角色。亚历山大·汉密尔顿躺在雪地里。汉密尔顿在与亚伦·伯尔的决斗中被杀,所以亚历山大·汉密尔顿躺在雪地里。要么是格雷戈里读到了,要么是他猜出这是一个冬天的雪景。[⑤]他马上想到的第一件事就是把这个抽象的历史事件放在雪里,让鞋扣在雪里生锈。大麻的作用让他想象鞋扣在雪地上生锈的情景,而不是仅仅放在那儿。他详细地描述了它,把它具体化、人性化了,在诗里放了一个小鞋扣。

"在到访诸王的身后,我喊道:威尼斯和热那亚会像维罗纳一样欢迎吗?"此刻,他把自己想象成文艺复兴时期的艺术家或王子。"我手里没有城堡可以给热那亚公爵",每个人都在分发礼物。他想象自己穿越历史,把城堡送给热那亚公爵。"没有非洲公牛可以给威尼斯的总督",用一只非洲牛作礼物。"但为了教皇!我有给土耳其人的藏身之处。"他实际上是一名间谍,所以他掌握了土耳其军队藏身之处的秘密信息。"告密者吗?不——我参与是为了兴奋,在阿富汗和特立尼达岛之间,阴谋和歌剧都是

---

① 指富兰克林把面包分给老妇、自己指着装满书的书包声称还有面包的故事。
② 改写自富兰克林劝人节俭的名言"A penny saved is two pence dear(省下的一便士贵如两便士)",诗人将名言中的一便士改写成了半便士(美国作为英国殖民地时期货币)。
③ "八"指的是葡萄牙16世纪前后的货币单位埃斯库多,八埃斯库多被称为达布隆。由贵金属铸造,在本诗中象征着大航海时代。
④ 一个混合词,指代某种虚幻的领导者。汉斯(Hans)也是德国和荷兰人的绰号以及常见的名字。
⑤ 实际上这场决斗发生于1804年的7月11日,并不是冬天。——原注

带电的，到处都是电！”这是一个非常有趣的“嗨”想法。这位文艺复兴时期前后的诗人、外交官、间谍，带着兴奋之情“在阿富汗和特立尼达岛之间”旅行，这是一种纯粹的声音。是阴谋和歌剧。

突然，一个催眠般的电影画面出现了：“那疯狂旋转的芭蕾舞者看到观众席上的我就晕倒在了地上”，我不知道出自哪里，也许是一些老电影，比如《死亡之夜》[①]，里面有一张幽灵般的脸在男主角身边萦绕。

“我最后一次把自己想象成国王是什么时候？”当我第一次听到这句诗时，我觉得这句话非常好。他在自夸想象力的力量，自夸他诗歌的想象力。他在这方面的天赋不仅在于他历史的功底，他擅长历史，但他对细节的意象化也很有兴趣。比如这个人人熟知的带着斧头、头上戴头巾的刽子手形象，但柯索知道头套是让人难以忍受的东西，不排汗。会有多少人真正对刽子手心里的感受产生过共情，并试图弄清楚身在这个角色中会有什么样的感觉？“我最后一次把自己想象成国王是什么时候？”这是超乎想象的，达到了大乘佛教的菩萨般慈悲共情的程度，将觉知延伸到奇异有趣的地方。初中学校的每个人都知道刽子手的事，但没人考虑过他的感受是什么。每个人都听说过亚历山大·汉密尔顿的决斗，但没有人把它和现实生活联系起来，比如雪中的鞋扣就是一个非常棒的主意。让决斗和死亡成为现实，鞋扣掉在雪地上。这首诗中的幽默、智慧和思维的跳跃令人惊叹。

> 我难道没有跟着本杰明·富兰克林
> 那来自他的两条面包与
> 马萨诸塞州的半便士里的音乐漫步吗？

这是三十年代的中学神话，本·富兰克林带着两块面包和半便士走进费城。这是某种潜意识里的美国原型，他一定在 1935 年的《读者文摘》上读到过什么或看到过某种小插画。

---

① *Dead of Night*，英国 1945 年拍摄的系列恐怖片。

我知道在 1768 年很多人都有眼罩和木腿
把玩着八，达布隆的我是多么开心——
孩子，你是否听说过我与
以色列汉斯的会面，与以色列汉斯——

他想到了孩子们。这一位诗人对另一代人的发言，他说，你们难道没听说过我所做的伟大的事情吗？我已经很老了，我曾和以色列汉斯谈笑风生。“以色列汉斯是谁？”我一直在想，“以色列汉斯是谁？”因为这很有趣。以色列汉斯显然是指代美国革命的代表。奇怪的是，柯索在古老而有趣的历史方面算是很厉害的。[①]

下面有一个元素，一个潜行的主题动机，格雷戈里是个孤儿。一个无依无靠、没有继承权但又完全是天才的人，一个如饥似渴的读者，展示着他心灵的小玩意和玩具，展示着他的同理心。也许是因为他在监狱里，必须培养更强大的想象力。他是个孤儿犯人，他说：“孩子们，你们没听说过我和以色列汉斯的会面吗？”乔治·华盛顿和我打牌的事儿？我借钱给托马斯·潘恩的事儿？以色列汉斯这几个字的不断重复令人心碎。我一直很喜欢这首诗，这首诗很奇怪，但它是想象力的一次伟大展示。这首诗是他在阿姆斯特丹写的，那是 1958 年，当时我们同住在一间舒适的房间里与荷兰诗人相聚。我猜以色列汉斯有可能来自某个荷兰人，我想可能就是某种这样的联系，一个荷兰人，美国犹太革命家。格雷戈里就是这么琢磨出来的。

37. 柯索与《权力》

柯索最早的单词（单字）主题诗歌之一便是《权力》，这首诗很了不起，我认为是本世纪最伟大的诗歌之一。[他的出版商劳伦斯] 弗林格蒂

① 编辑无法找到任何与以色列汉斯相关的资料。——原注

不喜欢它，他被它吓到了。他认为这是一首法西斯诗歌，因为这是关于权力的。但实际上，这就像一只权力的空手。在这里，他接受了另一个大课题，并开始发挥权力的华彩乐章。开头也很奇怪，和以色列汉斯的诗是同一个时期完成的。

权力

我们是权力的仿制品
每个人都会被怀疑
没有口没有眼没有鼻没有耳没有手
感官缺乏
你需要权力来驱散阳光
而不是闭上的那只眼睛

"你需要权力来驱散阳光"，我不知道这意味着什么。可能是要发出光，而不是把光搞没了，好像变成盲人一样。这个开头的含义是模棱两可的。我不知道他指的是豁免还是消除。我想，他是故意要把你弄糊涂。

自从我观察记忆和梦境
而不是此刻的图像
我变得更加鲜活

运用了想象力、记忆、梦想、心灵、理智的美，而不仅仅是唯物主义的字面意思，"我变得更加鲜活"，而不是不那么鲜活，所以他在做自相矛盾的陈述。并且在自相矛盾中处理这首诗。

也并不需要睁开眼去看
他又来了。实际上他不需要睁开眼去看。

和我在一起光就永远是光
能想象出黑暗的我是多么厉害!

他在玩弄概念了。他认为这是一种非常有趣的方式，使隐喻脱胎于想法。他在操纵思想，也许是因为思想与文字相连，文字就可以被做成“脑筋急转弯”，用来迷惑读者。有一种欺骗的游戏在这首诗里，他试图通过说一些绝对愚蠢的简单话语来迷惑读者，如果你跟着逻辑走，就会不断地把自己弄糊涂。这样做的目的是为了以这种急转弯兜圈子的方式最终说出一些完全正确的事情。我喜欢这首诗的地方在于他最终到达了这样一个点：为颠三倒四的文字赋予绝对正确的定义，并以此为工具一步步揭穿国家、宇宙和所有人的谎言。一开始它就削弱了权力本身。他说的权力是什么意思？他会用十六种不同的方式来定义权力，然后最终落在一个最狡猾的上面，成为一次对权力尤其侵略性的权力的釜底抽薪。

我需要英雄的意见和容忍

他也需要凯鲁亚克、我或者巴勒斯。这里的语言有一点花招。你永远无法判断这是否意味着什么或者他在暗示这可能意味着什么，什么都不意味。比如“能想象出黑暗的我是多么厉害!”有一些诡计在里面，但当你开始检查这句话，发现了诡计时，另一个诡计又在下面等着你了。所以他的诡计、精确、矛盾语言的创造性，就像“我把他灌满了遗失的手表”，一个恶作剧式的结尾。像一个魔术，你从帽子里拽出一只兔子，或者“枪在他们患有关节炎的手里变锈”，以及“血污的指甲他背靠着一棵树在等待”。

我以正当的真理和错误为生
英雄，如果你需要英雄，你选对了。

沙赞！[1]

是哪个超级英雄，蝙蝠侠还是谁？

哦，但很可惜，泰德·威廉斯[2]被克扣剥削

一个人站在中外场

让我成为你聪明的巴克·罗杰斯！[3]

因为我可以让虚幻和真实产生矛盾

世上将不再有不公平和不可能

从逻辑上讲，所有的事情都是这样的。这个不和谐的想法是让真实与虚幻产生矛盾，比如“管道黄油”，管道是真实的，黄油也是真实的，管道黄油就是真实与虚幻的矛盾混合体。他在诗歌中的方法是把一些看起来真实的东西，烟斗、黄油，所有这些东西，然后把它们古怪地组合起来，油炸鞋子、管道黄油，用它来制造一些不真实的事物。把两个真的放在一起做不真实的东西，但美丽、漂亮。从某种意义上说，这是另一种现实，就像油炸鞋子一样。它确实是一个短语。油炸鞋子，一点不假，你在书上能看到。与此同时，它确实会在你的大脑中产生一个真正的波纹，一些微微颤抖，或者一丝诡异的美。它表明了语言是如何工作的，你可以用语言创造任何你想象的事物。你可以编造一些诸如此类的小东西，但它们在某些方面是不真实的。

格雷戈里的意思是，既然他的诗歌写作方法是用想象来反驳真实、用虚幻来反驳真实（他指的是想象），那么他就在此声明“不再有不公平和不可能”。因为想象力高于表象，没有什么比把自己局限于眼前的事物而排除想象的可能性更不公平的事了。不可能这三个字是不公平的，因为他喜欢做不可能的组合，所以他说不可能这三个字对作为诗人的他来说不公

---

① 原文 SHAZAM，美国漫画中的超级英雄名字以及出场的口号，在漫画之外也可用在对于事情快速变化时的感叹。

② 美国著名科幻和漫画作家。和波士顿红袜队著名棒球手同名，因此后面的句子里有“一个人站在中外场”的意象。

③ 美国科幻冒险剧中的男主角。

平。作为一个诗人他要求正义，这是他被允许和“不可能”一起游戏，这里面充满了人性。

他在表达同样的倾向。你们看这句话多么诙谐幽默，“因为我可以让虚幻和真实产生矛盾，世上将不再有不公平和不可能”，这是一种非常孩子气的坚持。而其他所有的诗人都想长大成人，像《责任始于梦中》那样去写作，开始承担责任。或者他们想脚踏实地，或者想像罗伯特·弗罗斯特那样聪明和诚实。他们希望觉醒，希望一切都是准确真实的，或者他们希望以自己的思想为基础，像威廉·卡洛斯·威廉斯那样，或者他们希望宣扬“没有思想，只有事物”。他们想让一切都变好。但格雷戈里说他不想让一切都变好。他想成为一个不可能的诗人。这是他的第一次权力宣言。

这种诗歌的逻辑结尾是让所有普通的现实在我们看来都变成了奇怪的、新鲜的、怪异的、新制的、新生的，并让我们感觉到它们其实一直如此，只是没有被我们注意到。他让我们不再追求适应自己的想法，他剪短了我们的想法，剪断了逻辑。他把大脑抛入混乱，把思想抛入混乱，他和混乱发生关系是为了如同诗一样完成一个古典行为，那就是向我们展示真实世界的美，奇迹或奇异。

心中散发爱意的数理之心澎湃为整个星球注入激情
但有时候仅仅是沙赞还不够
残忍也存在于带领我们去天堂的
那只兔子里

他的意思是，现实主义的玩世不恭元素不是一个丘比特娃娃，不是迪斯尼的卡通兔子，而是一只真正的兔子，它有牙齿，只有这种理解本身才可以打开天堂或极乐的大门。然而，第四个矛盾出现了。“残忍也存在于那只兔子里。”它的内部是具有一致性的。这种元素来自很平常的完蛋，邪恶的死法，是有侵略性的，兔子牙齿的元素提出了一种心理现实主义，这就是我们唯一的天堂，这个天堂里没有甜甜的糖果神。

小鹿里也有残忍
用虎的优雅把苜蓿嚼得粉身碎骨

小鹿的残忍在于吃草，吃苜蓿。从苜蓿的角度来看，小鹿残忍。小鹿有一种老虎的优雅。但诗句中又出现了不和谐，“虎的优雅把苜蓿嚼得粉身碎骨”。下面他终于进入了他的话题中心。

我是权力的创造者
只要我在就不会有暴行
我很公平　很小心　智慧并且有趣
我为自己掀起了爱的事业
我是在寻找同情的强大人性
我的权力需要爱　看我多厉害！

见识我的权力
我看起来像五十英里的权力
我剪指甲用红色的权力
在巴士上我站在一大套西班牙的权力上
我爱的那个女孩像一只山羊喷涌出金色的乳汁权力
整个春天我放下权力

可我的使命是粗暴！
我来这里是为了让你见识神的各种失败
神的非理性
还有一件事有些不公平
神没有让权力变得不可忍受　是爱

这里诗人准备好了让一切产生矛盾并且发出爱的宣言

影响的爱　工业　武器　保护
人保护人不受人的侵害　这是爱
“好”没有含义，“同情”没有信息　这是爱
“思考”的标志永不会让位于“梦想”的标志　这是爱
我们准备好用榴弹炮开战了！　这是爱
这不曾是我的爱
感谢上帝啊我的权力

这只是对中产阶级情感的一种简单、直接的攻击，这种中产情感最后会走向爱国主义、侵略或自我矛盾，这是其内部规律。他带着这个主意从一个逻辑延伸到另一个，离起点越来越远，词汇、理念或概念，经历着某种改变。这取决于提供矛盾点的实际思维，因为每个人都能想到所有这些。

我是谁那阵权力的吟唱
我是尼加拉瓜坚硬的手臂吗
我在克莱斯勒小队里是穿红还是穿绿
我恨我的人民吗
税收的情况如何
他们原谅我让他们交税了吗
我是否要在赛马场被枪决——他们在密谋了吗
我雕着骏马的纪念碑在月光下是纯白色的！
我是不是已经没有权力了的潘乔宏伟龙舌兰阁下？①

① 原文 Don Pancho Magnifico Pulque，历史上并没有这个人，这个词是由墨西哥的意象和人名组合成的假名，都是元音饱满的单词，为模仿一种中美洲口音。其中潘乔借用了1910 年墨西哥农民起义军领袖潘乔·比利亚的名字。

这种移情和刽子手的黑色头套里的移情是一样的，之后他移情到了独裁者的内心世界。

不我没有为独裁的权力歌唱
为独裁高呼万岁是坏权力的体现
在我的房间里我已经积攒了足够多的汽油和证据
为允许独裁者用之不尽的权力

他的意思是“在我的房间里，我有足够的诗歌和智慧的蛛丝马迹作为取之不尽的力量源泉”。这更像是美国印第安人使用的“力量”而不是“权力”，意思说精神存在或想象的存在，是终极的自信，无所畏惧，也是庄严的姿态，畅通无阻的幽默和高贵优雅的语言，以及对他统治的王国的完全信心，那个王国便是想象的王国。大多数人没有自己的想象力，也害怕别人的想象力。这就是文字所能做到的，这首充满力量的诗破解了军事独裁权力的密码，因为它使用了“权力（power）”这个词并检验了到底什么是权力。你会发现，他对“权力”的定义与中国古代道家、印度人或惠特曼的一致，而与现代高度工业化、高度技术官僚国家的机械权力格格不入。

我没有什么权力除了生命的权力以外
还没有对权力任何形式的全面谴责但是对死亡我有
死亡的就职典礼是一个荒谬的权力
生命是至高无上的权力
任何伤害生命的人都是权力糖果店里一分钱一块的糖
任何抱怨生命的人是权力动物园里一头晕乎乎的怪物

任何抱怨“你是一头晕乎乎的怪物”的神经过敏者也是怪物，是另外一头晕乎乎的怪物。

热爱生命的人理应得到权力的奖品
他们不需要在权力的奥林匹克里又蹦又跳也不需要证明朝拜
每个人都是软弱这个领域里权力的快乐间谍

这几句也写得很好。我们都很脆弱，但我们都意识到我们的脆弱，这就是我们的力量。香巴拉佛教的教导是，这源自你意识到自己是脆弱的。那些没有意识到自己软弱和脆弱的人将会死去，或者成为一群到处踢死狗的疯子。那些意识到自己软弱的人对眼前的事物会更温柔一些，因为他们知道这一切都和他们一样脆弱。

权力
什么是权力
帽子是权力

现在他要慢慢接近那个地方了。权力是什么?"帽子是权力。"这是二十世纪诗歌中最好的一句。这就像"煤气"或"沙发"。思维过程基本是一样的，如他所说，诗歌是对真实世界的辉煌的实现，即使只是一个词，比如"煤气"或"沙发"。

这个世界是权力
害怕是权力
诗歌是什么，没有权力的地方
诗歌无权无力，当权力缺席时
站在街角不等着任何人是权力

这是我认为最伟大的一句:"站在街角不等着任何人是权力"，没有目的性就没有目的。想想看，如果没有先入之见，头脑是开放的，那么意识和想象力成为至高力量的可能性是存在的。可能性的至高力量，因为你的思想不再有天花板。

天使并没有看上去那么充满权力所以别看了
权力会让我变得刻薄和记仇吗？

这是一段有趣的独白，因为他从一行到另一行都在使用“权力”这个词，并带来了你能想象到的每一个细微的变化。这真是一首聪明的诗。这就是它棒的地方。它的聪明的原因是另外的大多数人很愚蠢，不了解自己拥有的聪明，因为他们不相信自己的思想。这是一个令人惊诧的宣言。我想说，这是格雷戈里·柯索第一首主要的成年诗作，他对自己的一次赋权，也是他对诗歌的赋权。

很奇怪的是，弗林格蒂认为这是一首支持强权、支持法西斯的诗歌。弗林格蒂认为这与希特勒有关，他没有意识到这只是内外交换而已。如果你有那么大的权力，你会像他喜欢的人一样，还是会像吉米·迪恩或马龙·白兰度一样，刻薄而难忘？

权力的动力不足

他是怎么到达这里的？“权力的动力不足”，这是一把钥匙。这是完全合乎逻辑的，也同样的不和谐，同样的矛盾。和诗歌一样，真的，诗歌并不是诗歌。你试着写诗，然后你就陷入了自我意识的野心的焦虑中，然后你就写下了你的自大。实际上，定义就在下面这几行里。

权力是正在发生的
权力是不需要身体或精神的
权力是彻头彻尾悲伤的
权力由软弱产生

沃尔特·惠特曼曾说：“太阳不排斥你，我就不会排斥你。万岁，失败者，万岁，失败者，万岁，致那些船沉没于大海的以及输掉战争的人。”

柴油不想解释权力
权力中没有毁灭
权力不是被飞机投掷的东西
对权力的渴望是在喝沙子
我不要歌颂权力
我不要梦到权力
我不要被驱使汽车的权力
我要我要我要权力

权力是没有补偿的
权力的天使从天而降满杯的仇恨
他们要求获得补偿

来自天堂的天使，如同天堂和地狱，他们带着杯子里的仇恨从天而降想要获得补偿，他们不像看上去那样厉害，于是就不看了，受伤然后放手。被侮辱和放手。

人啊！你们的权力去哪儿了？
权力的天使已经带着杯子从天而降！

我是权力的大使
我走过恐惧隧道
胳膊下夹着权力的档案
看着我
权力的表象就在这儿

我来调查你储藏的权力——它在哪儿
在你的心里还是钱包里
或者是你的厨房水槽下面
美丽的人们我记得你们的权力
我没有忘记你们在巴伐利亚的雪里
穿着喇叭裤背着卡宾枪滑雪经过一个沉睡的村庄
我没有忘记你们摩擦着你们油污的双手在一架飞机上
在炸弹上签着你们淫秽的名字
没有！我没有忘记你用棕榈叶伪装的那个火箭筒
固定在一个黑人的肩膀上
瞄准着一辆坦克的雅利安人

这是二战期间北非战场一个黑人士兵的写照。在托布鲁克之类的地方。一个火箭筒用蕨类或者棕榈的叶子伪装起来，在一个黑人男子的肩膀上瞄准了整整一辆坦克的雅利安人。

我也没有忘记那手榴弹
它散布的恐惧和紧急
遍布你弟兄的战壕
你就是权力美丽的人们

这就是高潮。好，我们还是继续吧，这就是我们的兴趣所在。然后他停顿了一下，休息了一下，然后他继续思考这一切，回到了童年生活。

在我写这首诗的游乐场里感觉到后背被打了一枪
在想要改变权力原有的意思时

这是对 1958 年欧洲局势做出的反应，读着《时代》杂志，杂志宣布美国世纪已经来临，宣布这个世纪美国拥有无限的权力，也就是军事力量。我们那时刚刚开始把中情局联络员送去老挝。法国人在印度支那被打败，仍在阿尔及利亚作战。他们五年前失去了印度支那的殖民地，美国用自己散布于世界各地的武器取代了所有的殖民主义。很多人都在谈论这位大哥的卓越、责任和权力。

想要为他重新定义，用我的定义
我低下我不寻常的头面对良善的至真快乐哑口无言

这是他的回忆，回忆那些在他小时候格林尼治村里黑帮的年轻狠角色。那些胖揍所有人并对他说他是个怪胎诗人而且有份好工作的意大利人。他是从已经成为国际著名诗人天才的角度来看待这个问题，并意识到那些被丢在后面的人的悲伤，他们要么被征召去参加一场想象中的战争，要么被送到宇宙工厂当次等人。

我想我已经没有权力了
蹒跚着变回我年轻时那些虚弱的男孩
他们已经是宇宙工厂里的次等人了吗
他们是否在那儿压缩着空气
把不敬的话语通过一根多叶的管子灌进自己的肚子里
我看到他们高高栖息在上帝的架子上
啄食着整个半球像啄面包屑——

上帝啊！什么样无望的诅咒把我引向了他们
像是战俘一样……
这永恒不详的吱嘎作响是他们在悲伤的行进吗？

我在游乐场里是这么的无权无力

秋千像女巫对我发出呼声
滑梯像是恐龙舌头伸出来到我不寻常的脚上
让我在街上走就**都会**很不寻常

又是一个源于大麻的奇怪想法。从语法上来说，这是一个成立的陈述，必须读出来才符合一点点逻辑。弗林格蒂不想在《汽油》中印刷这首诗，因为他认为这首诗与法西斯势力有关，于是格雷戈里在 1956 年停止了这首诗的创作。两年后，他在阿姆斯特丹完成了这首诗。1958 年续写的第一行是：

权力仍然和我在一起！谁使我保有了权力？

那么他现在要怎么做呢？当然，他已经成长为一名诗人，他变得更加富有想象力和风趣，远离尘世。

我是否已经喂饱了权力开足马力的灰色胃囊
我是否将永远如此　脑袋在里面　腿在外
像尤利西斯那个在波吕斐摩斯嘴里的人那样

[参考了]《奥德赛》中关于独眼巨人波吕斐摩斯的神话。在山洞里，他抓住了奥德修斯所有的随从，奥德修斯弄瞎了波吕斐摩斯的双眼，让他的随从们爬到羊的肚子上，而波吕斐摩斯则摸着羊的背。这出自画家戈雅的一幅画，一个非常凶狠的形象。画中波吕斐摩斯吞了奥德修斯的一个手下，脚从他嘴里伸了出来。

我是权力的异装癖吗？我是权力的瘾君子吗？
我到底是权力的什么东西？

下面，格雷戈里得到了机会通过一系列词的组合来展示他的诗意力量，这些词的组合本身就已经够令人惊叹的了。

封住的蜜蜂在耀眼的蜂蜜权力里——
蜘蛛在蛛网的中央
拥有“从另一个世界飞来”的权力——

这大概是出自电影《蝇人》。

睡了一个美美的午觉舒舒服服枕着残忍的权力
高耸入天的融化像玻璃的雪崩永不停歇的刺耳权力——
弯腰不出一声斯宾塞式的俗丽服饰世代的媚眼
这肯定大概是我的权力——
无论几时我用我冰冷的手指弹起火红的竖琴进行吟唱
那满足感官的权力就向我洒下被天堂的结果如同阳光——

这很好。他现在正在弹奏火红的竖琴。手指发凉的游吟诗人，深思熟虑、冷静而又精心设计的词组。这些词也都很不同寻常。下面他即将用纯粹的即兴创作，用不可思议的诗意钻石意象那充满力量的矛盾把整首诗带向高潮。措辞是很奇怪的，天堂一样的结果。天堂一样的结果变成了“被天堂”的结果。

可怕的空白面积曾经被神话变成田园
如今因人类的诚实而无望废弃
安提蒙的长生不老药需要我的权力

柯索的一个有趣之处是他提到的那些奇怪的希腊名字，墨丘利的凉鞋

（翼靴）和之类的东西[1]。我忘了安提蒙是什么，是一个希腊神，做了很坏的事情的那种，比如为了钱毁了一座城市。他需要我的权力。柯索很擅长希腊神话。“可怕的空白面积曾经被神话变成田园”，这是纽约市，或者是普拉卡[2]。归结起来，就是现代文明对地球的侵蚀以求能获得他的力量。还有“空白面积”，这就像停车场一样。曾几何时，人们赞美荒野的田园诗品质，但现在它变成了一个停车场。

但我的权力来源于我自己的努力！
那恶狼在昏暗神圣伪装的权力下靠近
都是我的！光芒四射的绵羊权力！
那林间隐士诡诈目光的微弱远景出自
乳香满溢的宏伟史诗巨著源于我羞怯白日梦的权力！

你可以试着坐下来，把诗句里的每句对应的意思都琢磨出来。这个“林间隐士”是一个聪明的隐士在树林里，或者一个女巫，或者一个术士。“诡诈目光”通常在田园画中用来形容一个女人的词语，好像她在对你说“跟着我来”，我不知道他为什么使用“微弱远景”，大概是他在谈论如何画她的这个动作吧。“乳香满溢”就像《基列的乳香》这首爱伦·坡的诗中写的一样。“基列有乳香吗？”[3]这是一位勇敢的骑士在爱伦坡的一首神秘小诗中所提出的问题。天堂里有蜂蜜吗？史诗巨著本身就是格雷戈里的乳香。

那颗手榴弹似的幽默
从防弹衣上掉落我提议的又迈进一步的毁灭日权力！

---

① 安提蒙是一种在古希腊和罗马时期的建筑上使用的花状平纹。——原注
② 雅典卫城附近的地区。——原注
③ 这句诗是对《圣经》的改写，出自《旧约·耶利米书》第 8 章第 22 节：“在基列岂没有乳香呢？在那里岂没有医生呢？我百姓为何不得痊愈呢？”

这实际上是他的方法的一个很好的定义。“那颗手榴弹似的幽默从防弹衣上掉落”这很逗，是直接从漫画中衍生出来的，就像迪斯尼卡通或者《汤姆和杰瑞》那部动画片。

多么欢乐啊我人类愉悦的权力！
欢乐啊沿着大街一路游行！
哈！橱窗中钻石闪耀着嫉妒！
孩子的权力是他的笑声！

在陈述并展示了他的权力后，最后的陈述是一个柔和的、永恒中的小提琴华彩乐章。这是尾声。

十月你丰饶的月份充满了昏暗和诗意
悦耳的墓地气息一去不返
还有你被夜猛拽的柏树
你可爱的死月
这是我化身的十月！我的权力！
在一次愉悦一个火花一阵笑声中生机勃勃
那让我的哀愁以及一切的哀愁消失殆尽
像一个迅猛的间谍

最后那句诗，“像一个迅猛的间谍”，真的是犀利、机智、火花四溅。它与诗的开头“我是权力的大使”相呼应，连续的即兴诗句，连续的不和谐或旺盛的人类火花，一行又一行地出现。每行都有一些有趣的变化，无论是句法、语言、捷径或者是像“那颗手榴弹似的幽默从防弹衣上掉落”一样的卡通原型。

这是美丽的。如果你在他完成这些小谜题的时候将注意力放到他思想的迂回曲折上，你会发现每种意象都让人联想到一些东西。这个过程你可以用文字来完成，也可以用想法来完成。他是一个伟大的思想诗人，就像原型思想一样，以一种前所未有的方式将它们展现出来。

“权力的动力不足”，是指任何渴望权力的人都在喝沙子。任何想要权力的人都不能拥有权力，因为他们是欲望的牺牲品。这个地方本来就没有什么权力存在。这就像有些人太过努力地想要和别人上床，但他们做不到，因为他们太过焦虑，以至于真正的做爱被自我意识的焦虑和野心所取代。人被野心和贪婪所俘虏时是没有力量的。

38. 柯索与《原住民精神先驱》

更接近现在的一首诗叫作《一团糟……几乎算是》。就其思想和要说的内容而言，这是半个世纪以来的终极诗歌之一。

一团糟……几乎算是

我跑上六段楼梯
打开窗
开始把那些
我生命里最重要的东西往外扔

这个开头对一首诗来说很精彩。他以这首诗给读者详细列出什么是真正重要的，但他必须把这个清单用诙谐方式列出来，不然就太老套了。下面便是最重要的事情，以一种完全简单的方式陈述。首先他陈述了总体情况，他住在一个有家具的房间里，六层楼高。他陈述了他的状态，他和财产的关系，和道德的关系，和伦理的关系，和生活本身的关系，然后他开始抛弃生活中最重要的东西。

首先是真相，叽叽喳喳像个告密者

“别扔我！我会说你的坏话！”
“哦是吗？嗯，我没什么可瞒着的……滚吧！”

在所有的诗人中他是最受诅咒[①]的那位，法国人对那些混账诗人，或者那些名声不好的诗人都这么叫，比如法国最伟大的两位抒情诗人维庸和兰波，都被认为是受诅咒的诗人。我觉得梵高也可被称作一个受诅咒的画家。

然后是上帝，怒目而视惊讶地幽咽着
“不是我的错！这一切不是我造成的！”“滚吧！”
接着是爱，轻声细语地贿赂：“性无能可是说来就来呀！
《时尚》杂志封面上的姑娘全是你的，怎么样！”
我把她的大肥屁股推了出去，喊道：
“你丫最后总是令人失望！”
我捡起信仰　希望　慈善
它们三个紧紧黏在一起：
“没有我们你会死的！”
“有你们我会疯的！再见吧！”

接着是美……啊，美——
当我把她从窗户顺出去的时候
我对她说：“你是我一生的挚爱
……但你是个凶手；美是索命的！”
并不是真的想把她丢下去
我飞速跑下楼梯
在下面刚好接住了她

① 原文 Maudit，法语：诅咒、可恶、该死。

格雷戈里用文字完成了人们在漫画中所做的。这是令人惊奇的，它的诡计和简单，因为他有满嘴胡言乱语的“权力”，聪明的胡言乱语或是敏感的组合，但是到了最后他也不能真的有意地去抛弃她（美）。这是一种奇迹的直喻。我不知道还有哪个诗人会这样做。完全是直接的、清楚的、简单的，几乎是一串单音节的词。

“你接住了我！”她哭了
我把她放下对她说：“继续吧。”

那么他还需要消灭什么呢？这首诗是将大量智慧运用到街头语言中提炼出的精华。他研究了真理、上帝、爱、恨、希望、美，这很有趣。他采用了他所谓的大主题，每个主题用一到两行来处理。欣赏，但不牵挂，不是说两句就上瘾了。

从六节楼梯爬回去
面对着钱
没有钱可以扔出去
房间里剩下的只有死亡

现在他要去擒抱死亡了。

死亡躲在厨房的水槽下面：
“我不是真的！”它哭着说
“我只是生命散布的一个谣言……”

格雷戈里最喜欢的鸡尾酒派对戏法之一就是走到某人面前说：“我永远不会死！”人当然会死的，但他会这么说：“我永远不会死，因为我永远不会知道死是什么，我就不会去那里，因此我不会死。”逐字逐句去理解的人不会理解他话里的含义。“你当然会死，每个人都会死。”格雷戈里会继续下诱饵。“我不会在那里，我甚至不知道死亡，不要告诉我关于死亡的事，我什么都不知道。”这就是他日常行为的一个小小缩影。

我笑着把它扔了出去，连水槽一起
我忽然意识到，幽默
是唯一剩下的东西
而我唯一能做的是对它说：
“和窗户一起从窗户滚下去！”

真是一种绝妙的手法。以参照系脱离了参照系。以概念脱离了概念。就像至高无上的禅，一个巴掌拍出的响声，和窗户一起去窗外。意象最终将自身消解。概念消除了概念化。思想在思考中擦除自身。

39. 金斯堡的早期作品

1948 年，杰克·凯鲁亚克的第一本书《镇与城》出版。我读了手稿，惊讶地发现我们中的任何一个人都已经做了至少一件艺术品了。这是我的熟人第一次搞了看起来像专业小说的事情。我从未想过我们会长大，会做一些像你在《纽约时报》上读到的那样真实的事儿。读完凯鲁亚克的手稿后，我是很惊讶的，于是就写了一首十四行诗。它反应的是我们当时生活的社会环境。

（《十四行诗》中的诗句）

我在人间的炼狱写下这诗篇，
我是沉寂的居民，身处燃烧的烈焰；
我目睹过天堂不洁的流年，

我虽为名城的租客，却
一文不名。这名气不属于我
非我所愿。空中的天使
唱着夜曲令快乐充斥我的感官。
聪慧的诗人、圣人和美人
与我彻夜长谈。
但街上已火海一片。
这座城将攀爬她巨厦的民众
一一点燃。他们的炼狱我曾经历
也曾攀爬过那耀眼的巨梯。
他们消失于我望向的火光里。

我寂寂无名，住在一个著名的大都市，但它的一切都不属于我。我不会用这些语言来表达，因为现在我有更好的处理方式。空中的天使吟唱小夜曲愉悦我的感官，就像收音机里的《交响乐西德》，播放早期的比波普音乐，而诗人、圣人和美人的智慧整夜与我交谈。实际上还真是这样，我当时和尼尔·卡萨帝、凯鲁亚克在一起，去市中心的时代广场，和赫伯特·汉克在比克福德餐吧聊了一整夜。“但是所有的街道都在燃烧”。我从T.S. 艾略特的《四个四重奏》中读到过这句话。他在伦敦遭受空袭时期的午夜迷雾中进行死亡的巡查。一样的狱火场景。T.S. 艾略特写过一段话叫作“燃烧的布道”，“燃烧燃烧燃烧燃烧 / 向着迦太基接着我来临 / 那里有一口大锅装满不圣洁的爱在我耳边沸腾”。我想描述的是，这座城市正在燃烧，然而，对我来说，这场大火就像一次梦幻般的经历。当我望向那栉比鳞次的天堂时，所有的凡人都消失了。“他们消失于我望向的火光里。”凯鲁亚克的作品似乎是不朽的，我受到这个事实的启发，所以我开始将他的不朽与这座城市本身的易朽进行比较。于是我写了这样一首戏仿的十四行诗。

（《十四行诗》中的诗句）

大祸临头，曼哈顿，大祸临头
世界上的城市，你们大祸临头了。
忏悔，芝加哥人，忏悔吧；啊，还有我！
洛杉矶，你今天已是如此狂暴，
我认为你权势犹在，也确实如此，
当大地震动，旧金山陷落，
一个天使在烈焰中挣扎。
恐怖之都，地狱般的纽约，
还有多久你将沦为废都
一座灵魂的坟墓，一口颓唐的丧钟。
伦敦火光四射，死神笼罩莫斯科，
巴黎她铅灰色的躯体全部卷入
丧钟爆裂的哀鸣——
所有城市都将因其赫赫威名敲响丧钟。

就像一首小小的原子弹十四行诗。这些十四行诗或多或少是我当时喜欢写的那种诗，主要受托马斯·怀特爵士、约翰·多恩、安德鲁·马维尔和当时流行的玄学派诗歌的影响。下面这首诗是对马维尔的《花园》的戏仿，是献给尼尔·卡萨帝的，但我改变了参照对象的性别。

爱人的花园

爱人们的惊奇有多么自负，一切集合
构成身体、思想与灵魂，
是谁，赢得了优雅的白夜，
将在未来一年的白昼中哭泣、狂怒，

或是存于一吻中的缪斯，
如果那个赢家是个多愁的情妇——
所有的爱人是否都爱得孤独，
就像他和我，无疾而终？
啊，思想中的一切美德
是否都为这次的爱打造？
时钟的秒针仍在表盘上移动，
每一次都在为爱的思考记录；
思考紧跟着思考，我们盘算着
每一分钟的时间与它对照，
直到，整点的报时响起，
我们群居于雄辩里。

我们思想中生出的争论
我们去做，去卧床，求证；
愉悦我们的，我们也不会鄙夷
为讨好亚里士多德：
在一个刹那里，我们
撑起了整个永恒，
在自身暗淡的形态里找到
周遭广阔的天地。

在这社会，灵魂
变得冷淡无情，
如同，受困于一种机械的喜乐，
在颤栗中烟消云散——
每个人都会有三种品质死去
为了团结撒上狗血演戏。

同一时间，同一地点，好戏开始，那时，
我们坐着歌唱，唱着，笑容满面。

这是什么样的生活？是什么让我快乐！
那时无法描绘的画面：
没有悦耳的音乐，理解，
夜晚的柔软，在孤寂中
面对一扇窗，眉间
波澜不惊：我呼吸，
我走过大地，做我想做的，
呼喊和平！和平！四周万籁俱寂。

尽管在这儿，似乎，我必须继续，
我这鲁莽的世界，人在其上损耗消磨
经过那些木然而行的生命，
别了！在这种仁慈里——
所有人，包括我，都可安排
一种简单的、甜蜜的、奇异的爱
只被极少数知道，我也无法描述，
只有把告别仿效。

如果你们读过一些经典的英语诗歌，你们就会知道马维尔的《花园》，我对多恩做了一些释义，也对《和我一起生活，做我的爱人》做了一些阐释。我在之后经历了一个实际的幻想体验，于是我试图用一种押韵的、封闭的、深奥的、形而上学的诗来包装那种洞察力。我写了几首“高深莫测”的诗，这些诗不一定是需要被理解的那种，事实上，在那个时间点它们可能是不可理解的，但我当时就是这么写的。基本上这显示了我从哪里来，从哪里得到了什么。这就是我的这首《眼界变，世界亦变》，布莱克式的小警句诗。

眼界变，世界亦变

多少人在盲目地寻觅，
谁能给予解答的良药
他们哭呵，他们闹
不去尝试就不会得到
谁知道是不是在梦中寻找
反正他们至死也得不到。
你去问别人，别人反问你。
这是一个不解的谜。

这诗写得很认真，如果我现在看的话，我会说它有一种非凡的修辞力量，尽管它非常让人困惑。我不得不说，这首诗包含着一种没有破壳的诡异天才。

幻象 1948

可怕的灵魂栖息在我的身体
　　我尝试用写作驱逐你，
你可否听见这恳求，至少
　　请答复我无力的笔：
我是否该忍受，是否不应求证
　　你我已经相爱，
告诉我，魂灵，告诉我啊，后面怎么办？

如果这不是爱，为何，另一种激情
　　从脑海中出现
阴影，阴影，盲区。

　　静谧迷离的哑吼，
狂喜失控的影子，
　　跃然纸上的力量。
起舞吧，起舞，魂灵啊，魂灵，起舞吧！

世界正平静地在梦中安睡
　　是不是我的想象？
窗外，坚强的哈林意志
　　在黑梦中前行：
在心灵的呼号中，
　　有萨克斯风吹响，
如我疯狂地从深渊呼唤你们。

我就此领悟，颤抖不已
　　从沉沉的光亮中苏醒
听，一架庞大的机器
　　正徐徐降落，没有声音，
太亮，令我无法忍受，
　　它就横在我眼前，战栗着
世界还未运行，眼睛却已失明。

东哈林区任何一个来了一点迷幻剂的人都可能从中悟出一些深奥的信息，就像在常规思维形式中有某种突破的经历，并瞥见某种稍微大一点的事物。但由于诗歌是对传统和古典的旧意象、旧符号的重新操纵，没有提供对所看到的任何事物的直接感知，因此无法解释或解读作者所观察到的。这只是“光”“力量”“段落”“欢乐”等词的机械重述。我那时读了很多布莱克，我便顺着这个感觉写了一首歌，这也是我写的第一首歌词，当时我和尼尔·卡萨帝有了亲密关系。他结束了这段关系后，我经历了这段幻想的经历，属于一种戒断症状，在某种意义上我承受了一次精神上的死亡。

西部歌谣

当我死去，爱人，当我死去
我的心在你的关爱中破碎；
我从未遭受如此美妙的爱
如我现在遭受和容忍的这样
当我死去，爱人，当我死去。

当我死去，爱人，当我死去
我厌倦这无尽的迷宫
人们世代徘徊其中，
像大门一样宽广无边
当我死去，爱人，当我死去。

当我死去，爱人，当我死去
曾有一场战争爆发在天际：
要发生的，都会发生；
曾有位天使在我身边
当我死去，爱人，当我死去。

不管怎么说，这种形式的诗歌似乎并没有将任何直接的明晰带给读者。凯鲁亚克在作品《镇与城》中有一个角色，这个角色是以我为原型的，里昂·列文斯基。我不喜欢他的漫画式写作，所以我写了一首诗叫《甜蜜的列文斯基》，献给这个角色来弥补一下。

甜蜜的列文斯基

甜蜜的列文斯基在黑夜游荡
甜蜜的列文斯基背靠着灯光
你是否出于恶意而咯咯笑
还是有欢快的笑声朗朗
甜蜜的列文斯基呵，甜蜜的列文斯基？

甜蜜的列文斯基，你可曾颤抖
当那雄鸡鸣叫，你是深藏不露
如何从悠闲漫步变成嬉戏欢闹？
为何衣冠楚楚，当你疑惑踌躇
甜蜜的列文斯基呵，甜蜜的列文斯基？

甜蜜的列文斯基，你为何含着泪，
甜蜜的列文斯基请别再去受罪，
甜蜜的列文斯基天使给你安慰
你耳边将有鸟鸣般的欢歌萦绕
列文斯基呵，甜蜜的列文斯基，
甜蜜的列文斯基呵，甜蜜的列文斯基。

人们当时对波普音乐很感兴趣，这首歌也是如此，我们那时常常读克里斯托弗·斯马特，他写过一首长诗叫《羔羊的喜乐》。因此，凯鲁亚克和我合作创作了一首名为《扯我的雏菊》的诗。十年后，大卫·阿姆拉姆为罗伯特·弗兰克导演的一部半小时的电影用了这段。“扯我的雏菊，小费我的杯，全开了我的门都”，我开始了一段歌词，“扯我的雏菊，小费我的杯，削我的脑壳，做成椰壳”，意思是我的想法变得如此明显，或者说是某种深奥的幻想参照，你知道，像“拔我的花朵”你知道一切都开花了，或者“削我的脑壳，做成椰壳”。思想是如此坚定，就像切椰子一样。然而，凯鲁亚克带来了另一个公式，一种不同形式的诗节，“扯我的雏菊，小费我的杯，全开了我的门都”，所以我们就这样往下写了。

扯我的雏菊

扯我的雏菊
小费我的杯
全开了我的门都
削我的脑壳
做成椰壳
全碎了我的蛋都
举起我的林子
开门我的阴间
哎我的路能说话了都
丝绸我的花房
玫瑰我的岁月
呀我的祈祷成真了都

骨骼我的影子
鸽子我的梦境
开始我光环的渗血
牛乳我的思想
为我做成奶油
准备好了就喝掉我
跳上我的心脏
聊聊我的身高
六翼天使把我抱紧了

臀我的天使
推我的灯
当送给穷苦人

治愈那雨滴
撒播那眼
继续毁我的土
痛那虫
治那智
戳我的锹一致
停止那模仿
什么是魔法
哪儿在守丧
乡下人怎样
带走我的金光束

抢我的柜子
舔我的石子
飞过我的阳具去学校
榨我的渣
拉我的脸
跳进我的洞
娼我的门
敲我的民
吃下我的傻瓜蛇
狂热我的头发
空乏我的贫穷
屁眼修剪为羊绒

说我的靠
嗑我的壳

咬我的裸坚果
卷我的骨头
敲我的铃
叫我的虫来晚餐
宗主我的零件
抛出我的水壶
高举我的雏菊
拨我的波
埋我的梅
愈合我的裂缝

我们在写这首诗的期间去市内找尼尔·卡萨帝，他那时在一个停车场工作，我们一起创作了这个短句“痛那虫，治那智，戳我的锹一致，停止那模仿”，我记得凯鲁亚克说：“停止骗局。”我说：“我勒个去。”然后凯鲁亚克说：“醒来的地方在哪儿？”卡萨帝看着我们说：“乡巴佬是啥？”①

接下来一首是特别符合那种所谓押韵的“形而上假大空”诗歌。这首诗的名字叫《诗篇：献给无线电城之夜》，这首可能是这些古老的、过时的诗中最成功的一首。不过，诗中还是有一些嬉皮的信息。我那时是美联社的抄写员，晚上有很多时间写小诗。那时写过一首方法完全不同的诗，叫作《最后，还有什么好说的？》。

---

① 如同《扯我的雏菊》，这几句对话是儿人的文字游戏，原句是“stop the hoax”“what's the hex”与“where's the wake？”“How's the hicks？”有些与中文的接龙游戏类似，句义没有实际的所指。

最后，还有什么好说的？

当我坐在稿纸前
准备动笔我的思想
却变成女性特有的
愚蠢的闲言碎语；

还是想想，看看外面
家才是宇宙
在你四周砌起的高墙
我等待：等待天空
还原它本来的模样，
等待一个时刻
等真正的诗歌
让我脱口而出，不去
慷慨地颂扬什么，不，
只说真理。

我当时有一种精神分裂的诗歌方法。下面的一首僧侣诗，将两者联系起来，叫作《形而上》，这首诗是一种禅宗式的表达。

形而上

此乃人间唯一
苍穹；因而
世界是绝对的。
无它。
圆满。

我在永恒中呼吸。
这世界的轨迹
是天堂的轨迹。

接下来是与那时在联合报业工作的吕西安·卡尔的合作。最初把我介绍给凯鲁亚克的就是他，也是他把凯鲁亚克和我介绍给巴勒斯。他自己也有一种莎士比亚式的现代腔调，但从来没有写过诗。我从精神病院出来后在帕特森的一家缎带厂短暂工作过，有一天我被解雇了，我就去看他，告诉他我的故事。他说："我来让你瞧瞧该怎么写这首诗。"于是他口述了下面这首诗，我把它逐字逐句地记录下来，重新编排成几行。如果你读过《午夜天使》，你会听到凯鲁亚克这熟悉的语气。

他怎会困于一间缎带工厂

女工歌队的合唱：

有个家伙走进来
捡起所有断的纺线
把它们系回织机。

他以为他没掌握的事物
也能顺顺利利，他试图
把线头打成小小的结。

看，他的脚在鞋子里发抖
显出他试图做所有线头的上帝
我们将把技艺痛苦地练习。

几年后史密斯先生雇我们
去打这些结，我们花了六个月
达到完美的境界。他却

没有任何像样的进展，他苦苦
熬过止步不前的五个星期，
我们一致认定
他没有希望。显而易见，
他不算男人，他是笨蛋。

在另一个情景里吕西安·卡尔口述了下面的文字，我把它重新排列成诗文的结构，因为感觉它有点太尖锐了。我们当时正在谈论如何写一首现代诗，他就抓起他的新闻风格放了进去。

原型诗

有个家伙痛下决心
再也不做
　　娘娘腔。
他把自己牵扯
进各种不靠谱
　　终于碰了
个钉子
叫玛丽。

他和她上了床
　　表现得

和他心目中
平日里正常
　　的水准接近，
就是说那种应该
　　特棒
　　可惜不是棒的棒。

什么出了状况？
　　他张口
自问。我想拥有她
可她不想
　　拥有我。

我觉得我
　　给了她 ×××[①]
而她给了我
　　男性在世上
应扮演的角色。

她忽然
　　斩钉截铁。
我很累，她说道，
　　你走吧。

就这么完了？他想。

① 原文如此。

　　我不想就这么
结束，我可
得让自己摆脱
　　这步田地。
　　所以问题
迎刃而解：你选择
　　和她成家
还是滚蛋？我不会
　　给你一分钱，
你反正也不是
　　什么美妞。他

捡起地上的尊严
穿上他的裤子，觉得
　　——有裤子穿
　　已经很好——
　　出门离去。

为何这些
交流障碍的各种版本
放之四海
而皆准？

不管怎么说，在这种自然主义风格的基础上，还需要添加一些来自心灵本质的神奇蒙太奇。

40. 金斯堡和威廉・卡洛斯・威廉斯

威廉・卡洛斯・威廉斯一直住在新泽西州帕特森。我见到他的时候，他正在写他的长诗《帕特森》。四十年代末，我给他写了几封信。威廉斯感兴趣的事情是创造一种自己的音步。正如他的编辑约翰・C. 瑟尔沃尔在《新韵律的十年》里《布鲁盖尔的一幅画》这篇文章中说的那样，在写作《帕特森》时他创作出了"可变韵脚"。有一种危险是，自由诗正在变得单调，所以即使有了"可变韵脚"，三合一诗节[①]也会一样的单调。威廉斯当时将诗句排列成沿着页面向下的三步阶梯。这个措施首先通过韵律变化拯救了威廉斯，就像莎士比亚和弥尔顿的无韵体诗被抑扬格五音步韵律的变化所拯救一样。威廉斯在 1953 年告诉我："抑扬格不是美国人讲话的正常语调。""在口语中，韵脚必须扩张或收缩。""现代诗歌的关键是音步，音步必须反映现代生活的变迁。人与诗人必须与自己的世界同步。"他在寻找一种可变的韵脚，用爱因斯坦的话说，一种相对的音步，或者说是可变的音步。"相对音步"是他使用的另一个短语。和凯鲁亚克一样，威廉斯当时也在研究他自己的语言和思想的本质。

1948 年我遇到了威廉斯，我一开始没搞明白这家伙到底在做什么，直到我在现代艺术博物馆的现场听到他朗诵自己作品。我给他写了几封信，威廉斯很喜欢，就像帕特森的街开始对他回话一样。他写了一部叫《帕特森》的史诗巨著，突然间帕特森的一个富有诗意的孩子给他回了信，让他十分震惊。[②]威廉斯收到这封信后回信说："我要把它放进我的书里，你介意吗？"我说："天啊，我要不朽了。"因为我认为他是永生的。

---

① 即 Triadic-line poetry，又称为交错诗节，是 W.C. 威廉斯创造的一种现代诗歌写作方法，将一句话拆分为三句，并交错呈现在三行，从第二行开始将前面留出与上一行距离相当的空白，形成一种交错式的、阶梯式的观感。"可变韵脚"指的便是这种方法下押韵和不同句子形成的新的通联关系。

② 金斯堡在美国新泽西州的帕特森市长大，威廉斯的《帕特森》以及金斯堡对于写自己家乡文章的热情回复让双方产生了共鸣，成为他们友谊的开始。

亲爱的医生：

尽管这有益的雨天让人感受到时光的暗淡隐秘和自我震颤的怀疑，我想对您说，我想出现在您熟知的那个帕特森，我希望您会欢迎这个来自我，一个默默无名的诗人向您这位同生活在一个世界里的另一个默默无名的老诗人的致意。请允许我以古代谦逊的贤者之风写下这封信，那些人数代以来彼此认同为缪斯[①]式兄弟般的童年伙伴（他们的名字广为人知），我这么写，也是作为来自同一省的中国佬，他们的储气罐、垃圾场、小巷的沼泽、磨坊路、殡仪馆、河景——啊！瀑布——就是他们胡须中白色交织的景象。

两年前（当时我二十一岁），我曾短暂地与您会面，为当地一家报纸采访您。我用一种很柔和简单的方式把这个故事写了，但是最后它被修改了，并在接下来的一周作为一个痛苦的笑话出现在您面前，我猜您可能没看到这个笑话。您礼貌地邀请我回来，但是我没有回来，因为自己除了暗淡之光的意象之外没有什么可谈的，那时甚至也无法落实到您或我的具体话语为您呈现。在某种程度上，这失败仍然困扰着我，但我感觉自己准备再一次和您接触。

至于我个人的历史：从 1943 年开始，我断断续续地在哥伦比亚上学，不上学的时候，我在国内工作、旅行，还在船上学习英语。我在那里获得了一些诗歌奖，还编辑了《哥伦比亚评论》。在那里的时间大多就像范·多伦[②]一样度过。我后来在美联社做打字员，去年大部分时间都在精神病院度过；现在我回到帕特森，这是七年来我第一次回到这里。我将在这里做什么我还不知道——我的第一步是试着在这里和帕塞伊克的一家报社找到一份工作，但目前还没有成功。

我喜欢的文学形象是《皮埃尔》和《自信的人》的梅尔维尔，与

---

① 即灵感的来源。

② 因电视节目答题丑闻而退出电视圈的著名电视明星，后被出版社接纳，参与了编纂百科全书的工作。

我同辈中一个叫杰克·凯鲁亚克的人，他今年出版了第一本书。

我不知您是否会喜欢我的诗歌——一个人创作的毅力能坚持多久？我是说，排除掉所有非独立性的，因为年轻而去尝试的完美、改写、美化，并用一种机械性的老派诗文展示当下，我个人的经历中，正是在对于云朵的想象中经历了这种挣扎。随函寄上几件我个人挑选的最好的作品。我所做的一切都有程序，有意识或无意识的，从一个阶段到另一个阶段，从情感崩溃的开始，到云间的瞬间雨滴变成有形的，再到对人类的客观性做出更新，在“没有思想，只有事物”的进程中，我认为这最终都是殊途同归的。但这迈出的最后一步我还没有将它变成诗意的现实。我为自己设想了一些新的演讲——和之前的不同，至少和我写的东西来比较是这样的——它必须清楚地说明痛苦的事实（而不是痛苦本身），而且是辉煌的，如果有任何主观的东西发散并在帕特森漫游的话。这个地方是我记忆中的自然栖息地，就像我说的，并不是追随您文字的痕迹让我变得诗意：虽然我知道您会很高兴知道至少有一个此刻正在呼吸的社区成员继承了您的经验，通过您的作品，挣扎着去爱并认知自己的地球村所在，这对于创作者几乎是一个没有希望实现的目标。我看到的是痛苦（就像我的幻想潮水泛滥一样），但更多的是感受到自己内在的光辉，像所有的自由人一样。回头看看这封信前面的内容，我可能需要为自己找一个新的音步，尽管我欣赏您的风格，但我很少挖掘您的节奏、诗句的长度，以及句法等等，我不能将您的作品看作一个死的东西，它是活的——我相信您也是这么想。我不懂音步。不过，我也没怎么用过它，这肯定会带来不同。但我愿意和您就此具体地谈谈。

我随信附上这些诗。第一首向您展示了几年前的我。第二首是一种我出于本能模仿的密集的抒情诗——模仿克兰、鲁宾逊、泰特和老英国人。《尸衣陌客》作为一首没有那么有趣（或者不那么真诚）的诗也附上了，但我感觉，它把对事物的观察与空洞的旧梦想联系起来——我有一个关于经典蒙面人物的真实梦想。但是这个梦已经和我自己的深渊——和伊利铁路下久久不散的雾气下的深渊——联系在一起了，所以这个裹尸布的陌生人是任何帕特森或美国任何地方的老流浪汉的内心独白。这首诗只写了一半（用了一些诗句和我在梦里的情景）。我仔细打量着那个裹尸布的陌生人，以及他在四处游荡的样子。下一首早期的诗《无线电城》，是一首写在病中的抒情诗。然后是一首疯狂的歌曲（格劳乔·马克斯以波普乐为背景演唱）。然后是一首老式民谣式的幽魂之梦的诗。后面是在离开医院之前写的一首落日下抽象思想的颂歌，最后是一首关于审判的颂歌，我刚写，但还没写完。我还不知道这一切会有什么结果。

我知道这封信会被身体健康的您收到，就像我本周在纽约博物馆看到您的演讲一样。我跑到后台想跟您搭讪，但在向您招手后改变了主意，就又跑了。

对您饱含敬意的，

A.G.

然后我把那些诗寄给他，他给我回了信："不，这些诗不行。"然后我拿出了我的日记本，从我的日记中直接把诗文撕下来寄给他，如这首《大麻乐谱》。

大麻乐谱

我病得不轻啊！
这种想法
经常出现
伴随着恐惧。
对他者而言
这是否奇怪？
可这起伏的情感

一直是
我的手艺。

波德莱尔————他则拥有
欢喜的时刻
凝视着天空，
望向地平线的远方，
于不朽间
注视着他的意象。
这都是他的
代表性时刻。
人去思考这些
该有多孤绝。

十二月了
大概是吧，他们唱起了
圣诞颂
在十四街转角
小百货店的
台阶前。

它从一个发自内部的思考出发，然后突然之间按下了一个开关，注意力从内部的灵光和废话转向外部世界。就像在大麻的影响下或者普通的思维，都一样，一种突然从内心的沉思中醒来把注意力放在外部世界的感觉。最后，我回到了自己的生活中，或者说，把自己定位在一个特定的时空中，是一种从内部跳跃到对外部的细节或事实以及真正打动了我的事物的观察。我在大麻的影响下很兴奋，所以它给我的打动是三倍的打动或加倍的打动，意识到思想可以被分散，然后凝聚回来集中。这也是一种想法本身做出了跨越或者跳跃，从意识的一个阶段到另一个阶段，从一个无意识的白日梦到一个真实所在，并聚焦于外部现象世界的过程。

这是我在有机会读诗时经常会读到的诗之一，我试图解释我从哪里来，我在做什么，这在很大程度上受到威廉·卡洛斯·威廉斯的影响，他把思维保持在事物上，或者达到现实的层面。至少这是我诗歌的基础原理。所以我为威廉斯写了一些这样的诗。意义在于，从主观的胡言乱语、散漫的交谈、思考和白日梦中你会突然得到现实，在不断转变中对你周遭的现状产生意识，就像威廉斯写的关于现实的文章一样。他对那件事立刻产生了兴趣。

我寄给他的其他一些小东西：

一所毫无意义的机构

我得到一套寝具，一个铺位
在一间巨大的病房，
周围是数百名哭泣着的
慢慢腐烂的男女。

我坐在床上，第三层铺位，
头顶是天花板
俯视灰色的过道。
老的、瘸的、哑的，正弯腰

缝缝补补。有个
裙子脏兮兮的胖姑娘
盯着我看。我只等着
管事的人来

给我指示。
过了一会儿，我向
空荡荡的走廊溜达过去，
寻找厕所。

之后我不再沉迷于形而上的幻想者兰波式的感官错乱，我开始观察，就像威廉斯一样，用平常人的思维来观察幻想的感知。观察普通的事实而不是超自然的事实。然后是《面纱的颤抖》，来自意识面纱的颤抖。这个题目摘自威廉·巴特勒·叶芝在十九世纪九十年代的一篇关于文明面纱颤抖的文章。所以《面纱的颤抖》意味着一些重大的启示即将到来。

面纱的颤抖

今天窗外的
那些树好似
月球上的生物。

枝杈纷纷伸出手臂
用树叶遮蔽北边的尽头，
像一个绿色的

毛茸茸的瘤。我看到
阳光下
粉粉红红的叶芽

在微风中
轻轻摆动，

当风
吹动它们

所有树的手臂
弯曲着伸向大地。

威廉·卡洛斯·威廉斯举出的例子对我当时的工作是一种指引，他说过："直接接触外部现象世界，是你能描述外部客观现实唯一的方法，是唯一你可以制造的一个让其他人可以看到、比较他们的看法和你的看法的坐标点。"如果你准确描述你看到的外部世界，你就会以那种方式传播你的思想，不是试图依靠象征或者深奥象征的重复，而是通过直接接触外部世界来获得与他人的看法互动的方式。你通过你的感官呈现你所感知的事物，其他人就能够将他们自己的感官体验与你的相比较，以此，你便能将你的思想呈现。之后我开始以一种更"不那么古代"的现代风格写作，与此同时，我还写了押韵的抒情诗以及模仿威廉斯风格的直截了当的现代诗歌。这只是对本性的一种泛灵论的描述，直接从事实出发，而不是进行一次思想大旅行。他看到这些，马上回信说："你还有多少这样的东西？我预感你快可以出诗集了。"有人能理解他搞的那种"感知的迅速转变"，让他感觉很神奇。

泥瓦匠的午休

两个泥瓦匠
在绿影婆娑的丹佛街边
用刚刚新挖出来的泥土
为一所山墙爬满常春藤的
老木屋后面的地窖砌着墙。中午
一个溜走了。年轻的

小工吃完三明治
将纸袋丢掉，坐在那儿
无所事事。
他穿着工装裤，光着膀子；
黄头发上一顶脏兮兮
但色彩鲜艳的红帽子。
他无所事事地坐在墙头
两腿之间有个梯子，
他的脑袋耷拉着，漠然地盯着
草地上的纸袋。
他双手在胸前交叉
指关节缓缓地顺着
下巴两侧摩挲，身体前后摇晃。
有只小猫沿着墙头向他走来。
他抓住了它，摘下帽子，
在猫咪身上扣了一会。
此时天色渐暗似有雨要来
风从街边树顶
近乎粗暴地吹过。

我看着窗外，直接观察，这里面有一种情欲的投射，不知你们注意到没有。我看着外面发生的一切，试图进行文字素描，就像一个画家画出一个小草图一样。对泥瓦匠的描述充斥着色情的感受和对他如何处理小猫咪的兴趣。然后，突然间，瞥见这张天空之外的全景图。思维跳跃的注意力从一个小的事情变成一个巨大的全景，就像《大麻乐谱》中忽然出现的跳跃，从思考我病得有多厉害到突然意识到“十二月了，大概是吧，他们唱起了圣诞颂，在十四街转角”。把意识聚焦在物体上，回归现实。这就是威廉斯注意到的，以及对我发给他的诗感兴趣的点。

《关于美国的诗》是另一首。那时我们都在阅读陀思妥耶夫斯基的《少年》，这是他的倒数第二本小说，书中有一个角色叫作韦尔西洛夫，所以我写“美国和俄国很像，阿西斯和加拉蒂亚坐在湖边”。那是小说中描述的一幅画。

关于美国的诗

美国和俄国很像。
阿西斯和加拉蒂亚坐在湖边。
我们也有无产阶级。

阿西斯和加拉蒂亚坐在湖边。
韦尔西洛夫　身着粗布衣衫
幻想着那些经典画面。

那小巷，那染坊的苦差，
尘烟中的磨房街，
酒吧里飘散的忧郁，
那漫漫长路上的哀愁，
黑人们在河岸的锈铁间
爬上又爬下，
藏在缫丝厂后巷
暗处的浴池
在使用循环的废水；
这些景象在我们脑中挥之不去

三十年代的一幕幕，
大萧条还有阶级意识

变形上升超越政治
充斥着烈焰
与上帝的显现。

好吧，我不知道结局到底如何。小巷、染坊、磨坊街在烟雾中，悲伤的长长的公路。凯鲁亚克喜欢它，然后威廉斯立即意识到这一点，也很喜欢。这首诗只是一些简单的现实。

41. 金斯堡与《绿汽车》

能量不够充沛，在某种意义上有点夕阳西下的感觉，诗中的观念缺少爱、挥之不去、一败涂地。但是，这都是我发掘自己想象力的必要工具。这是我对自己在 1953 年写的这首叫作《绿汽车》的诗的感觉。基本上来自对一种假设的反应——如果我能为所欲为，那么我会做什么？绿色是罗马宽外袍的艳丽之色，也是某种罗马神游者的意象。这首诗是有预言性的，因为书中提到了一所神奇的学院，这很可能是日后那诺巴大学杰克·凯鲁亚克虚空诗歌学院的一个暗示。

绿汽车

如果我有辆绿汽车
我要把它开到老友
西海岸的房前。
哈！哈！哈！哈！哈！

我要在他大门口按喇叭，
屋里他老婆和
三个孩子正光着屁股

在客厅地板四仰八叉。

他定会飞奔向
我装满壮烈啤酒的车
跳起来冲着方向盘尖叫
说他车开得更好。

我们要去最高的山朝圣
寻找心中的洛基幻境
在彼此的怀中欢笑，
笑声冲破洛基山的顶峰，

回忆老套的苦，饱醉新年的酒，
向白雪皑皑的地平线飞驰
再把仪表盘的指针一击报废
在山路尽情狂飙

我们将痛击阴云密布的公路
那儿的焦虑天使们
在树林里斜身穿行
自引擎发出阵阵尖叫。

我们将在夏夜从丹佛眺望的
山顶短叶松间消磨一宿，
森林散发出超然光影
将使山顶遍布光明：

童年、青春、老年与永恒

像一棵棵芬芳的树敞开怀抱
在下个春风轻拂的夜晚
使我们因爱哑口无声，

我们还能一起看到
灵魂的美丽
就像那钻石藏于
世界的钟里，

如同中国魔术师可用
我们雾气笼罩
的知性
将不朽者唤醒，

开着绿汽车
那辆我发明的
想象的，梦见的
在世界的路上行驶

比行驶在沙漠铁路
上面的火车要真实
比灰狗巴士纯净
比实体的喷气机敏捷。

丹佛！丹佛！我们会回来的
咆哮着经过了城市乡村楼房与草坪
那种绿伴随着我们的风驰电掣
燃起了翡翠般透明的熊熊烈火。

是我们买下整座城市的时候了！
我向自己脑袋里的银行兑现了一张伟大的支票
资助了建在汽车总站房顶上面
身体里的那所不可思议的大学。

但首先我们要驶向城里的车站
台球厅大车店爵士酒吧监狱
妓院，从福尔松街
驶向赖玛瑞广场最黑暗的小巷

向丹佛的父亲致敬吧
迷失于蛛网般的铁轨
酒醉的眩晕与沉默
他长居的贫民窟圣光笼罩，

向他和他一整箱圣洁的
深色麝香葡萄酒致敬，喝光
并将可爱的瓶子一个个忠诚地
摔碎在柴油发动机上。

我们会喝醉把车开到
士兵们从那些隐形的现实标语下
行军并一路游行
蹒跚而过的大街——

街道从眼前飞速闪过
坐在我们命的车

分享大天使赐福的香烟
并为对方算命：

关于超自然启示的传说，
与时间缝隙里的阴风苦雨，
荒芜中习得的伟大艺术
和六十年后我们的别离……

接着在一条柏油十字路口，
和对方再次如王子般
相敬如宾地，回忆起一些
其他城市的往生者语。

挡风玻璃满是泪，
雨水打湿了我们的裸胸，
我们在阴凉处一起跪下
身旁是天堂之夜的车来车往

现在让我重新念出那隐士之誓
我们在得克萨斯
彼此信誓旦旦曾经的誓言：
我不能写在这儿

……
……

将会有多少周六的夜将被
我们这传奇所灌醉？

将会让年轻的丹佛如何为
她被遗忘的性爱天使哀悼?

将会有多少小伙子死命弹着黑色钢琴
去模仿一个才华横溢的国产圣人?
有多少姑娘会伏在那幽灵的裤脚
在高中毕业舞会上为他变成荡妇?

永恒中的全部岁月
这诗句中振颤的微弱光芒
我们坐在夜所遗忘的角落
聆听每周六收音机里爵士的迷惘。

尼尔，我们就要成为真正的英雄了
在这场介于我们的鸡巴和时光之间的战争中:
让我们变成代表世界欲望的天使
在我们死之前把世界拉上床。

独自睡着，或旁边有谁，
姑娘或是同性恋，数羊或是梦乡
我因缺少爱而一败涂地，而你是过剩的:
人的结局都是一败涂地，父辈即是明证，

但让这堆迷失的肉振奋
也只是脑子一转的工夫:
爱那一瞬间的不朽
浮现眼前:

我们的躯体将被塑成为纪念碑
被一首未知的诗消磨——
我们站在丹佛瑟瑟发抖，忍耐着
尽管鲜血和皱纹弄瞎我们的双眼。

看，这辆绿色汽车：
行驶中，我把方向盘给你
这是一个礼物，一个来自
我想象的礼物。

我们将翻越
落基山脉，
我们整夜兜风
直到黎明，

再回到你的轨道，那南太平洋铁路
你的家，你的孩子
瘸了腿的命运
你将驶过平原

在清晨：我将恢复
我的视觉，我的办公室
东区的公寓
我将回到纽约。

这里有很多典故。我当时读了很多威廉·巴特勒·叶芝的作品，[在《青金石》中]，他的中国佬的那些“他们古老，闪闪发光的眼睛，充满了喜乐”催生了这句“如同中国魔术师可用/我们雾气笼罩/的知性/将不朽者唤醒”。就像《普罗提诺的德尔斐神谕》中“看啊伟大的普罗提诺在游泳 / 海在与他争斗 / 冷酷的拉达曼提斯召唤他 / 金色的比赛渐渐黯淡 / 盐血堵住了他的双眼”，然后叶芝写出“我们将向着丹佛颤抖并忍耐 / 尽管血与皱纹让我们双眼失明”，这是叶芝的《普罗提诺的德尔斐神谕》中的一小段。

诗句的安排很有趣，因为经过五十年的实验，威廉斯找到了他言语的某种近似值的音步。罗伯特·克里利注意到了，我注意到了，邓肯也注意到了。这是件大事。威廉斯提出了美国诗句或曰诗歌的美式音步。1953 年，我开始有意识地在一首名为《释迦出山图》的诗中对它进行试验。

释迦出山图 ①

他拖着赤足
走出
树荫下的山洞
眉毛
哭长了
鹰钩鼻的哀恸，
破布袍子
胡须很好看，
愁苦的手掌合十
在裸露的胸口前——
谦卑即喜悦
谦卑即喜悦——
他蹒跚走入

① 《释迦出山图》为南宋画家梁楷于公元 1150 年前后所作，描绘释迦领悟到长久的艰苦修行走出深山的情景。金斯堡后来这样描述这幅画：“这是关于一个男人、圣人、学究、圣徒，他遁闭深山为求智慧的画。”

溪流边的树丛中，
万籁俱寂
他的智慧
却矗立在那儿
尽管抖个不停：
寻找天国的
阿罗汉[①]
于石山之麓
打坐
冥思
终大彻大悟
原那幸福的净土
只来自想象——
灵光乍现
镜中无它——
重生乃苦难
胡须很好看，
来世重返
这圣人生作苦涩之躯：
面前的尘世是唯一的路。
我们能望见他的灵魂，
他心中是“无”
如一位神：
战栗
温顺的小人物——
谦卑即喜悦

① 原文“arhat”，即罗汉，佛教术语，指修行所得四沙门果的最后一果，意为慧之圆满。

在这绝对的世界之前。

那也是用“三合一”方式写的，我当时在朗读这首诗的时候，会在每行作一点停顿。之后我决定最好离开纽约，1953 年前后我就向着墨西哥进发，为了最后去旧金山找尼尔·卡萨帝汇合。路上我在古巴停留，在那里我写了一首小诗，名为《哈瓦那 1953》，这是关于哈瓦那的素描。是我 1953 年将仿照凯鲁亚克的文字素描加上威廉斯的相对音步法的三合一诗节的产物。

哈瓦那 1953①

I

夜间咖啡店——凌晨四点
自由古巴　两毛一杯：
白色方砖铺地，
三角霓虹灯闪亮，
一侧是长长的木质吧台，
满满一橱窗的熟食
向着街面
这中央
伟大的城市夜酒客间
戈麦斯角
阿尔达马宫　附近的
白人男女
伴着大鼓，

① 本书中的《哈瓦那 1953》是原诗的节选，保留了第一部分。

墨西哥流浪乐队，歌手，和吉他乐师——
拍打着桌面，
用餐刀敲瓶子，
撞击地板
和对方，
木地板噼啪作响，
口哨声声，嚎叫连连
胖女人身穿着露肩丝裙。

警察在和一个穿着亮片黑裙的
胖鼻子姑娘说话。
有个像是从塞尚式某幅古巴
诡异的风情画中走出来的人：
高，瘦，灰格子西装，
灰毛毡鞋子，
头顶的赌徒帽发着光，
留着凯比·卡洛威式的皮条客小胡子
——胡子的两边非常对称——
婴儿潮一代　喋喋不休的古巴人，
将那根戴着金戒指的手指
指向泛黄的天花板，
另一只夹着香烟的手
僵直地撑在旁边，
突然变得温柔：——他看见了那个警察——
他们冲向对方——他们拥抱
像失散多年的兄弟——
把胖鼻子彻底忘记。

精美的和弦
从黑人的吉他涌现
——大牧场酒店的歌手们，
醉醺醺的丑角
哀愁地齐声喊着
“哈利斯科万岁！”
我吃着鲶鱼三明治
配有洋葱和红色酱汁
两毛一份。

有一次在墨西哥我在恰帕斯的雨林中生活了几个月，在一个可可种植园工作，爱对我来说仍然是一种缺乏的事物。我写了另一首歌，这是我写的第二首歌。

绿情人蓝调

我走进森林遍寻神明的灵示
思想需要改善未来需要预知；
我绿色的情人，我绿色的情人，
我了解你些什么我绿色的情人?

有片怪异树叶在野藤蔓上延伸
形似心脏也和我的绿一样纯真
我的绿色情人，我绿色的情人
我用你做了什么我绿色的情人?

身体我所熟知幻想我所相遇，
我收集着树叶也收集了这绿

情人，情人，情人，情人；
就将你如此这般我绿色的情人。

我在监狱与疯人院散发光亮
公寓的空床上遍布我的渴望
啊，人去楼空！我绿色的情人
你的心，它被何种轮廓所困？

钞票与美酒与夜晚与灵魂
旧爱与回忆——我全部放任
所有城市，所有的爵士，
所有时光中回响的音韵
但我又能将你如何啊我绿色的情人？

一些可以掌握，一些难以过问，
但没谁拥有我手上的这片奇珍
该把你送到何处，向谁的精神。
我的绿色情人，我绿色的情人？

昨日的爱恋，明天将会更深？
是你亲手策划了今夜的烦闷。
这算是什么，我绿色的情人？
悔恨，啊悔恨，我绿色的情人。

当我在奇琴伊察与帕伦克这些位于尤卡坦半岛上的玛雅帝国旧时的城市时，我觉得，把它们当作雪莱和济慈写过的那些希腊伟大的遗迹是件很有趣的事。为什么美国人不能用中美洲遗迹为同样的怀旧和古典作参照，感受同样的永恒感和永恒中的时间呢？我在穿越墨西哥的六个月时间里写了［一首长诗《在西瓦尔巴午睡》］。我那时住在恰帕斯雨林附近的丛林地区。

我一到加利福尼亚就到圣何塞和尼尔·卡萨帝同住。我和威廉斯一起做写作训练的时候，对实在的画面有了一些概念，我已经掌握了某种客观性的能力。我在 1955 年之前一直在写的早期诗歌就是例子，比如《歌》和《真实的背面》，威廉斯非常喜欢。

在《歌：世界的重量是爱》中，我谈到了回到我自己的身体，回到我自己的皮肤。这直接来自威廉斯的东西，关于孤立的想法，“是的，是的，这就是我想要的”。这是真实的语言，真实的谈话，激烈的习惯语片段。后来，路易斯·祖柯夫斯基注意到了这首诗。尽管他忽略了《嚎叫》，也忽略了我的其他一切，但他还是对这个很感兴趣。我很高兴，因为这种倾听和平衡，这是我所做的一切的基础。我那时也在尝试使用更长的诗句。那个时代的诗人，“歌”这个形容是定义某首诗是这类诗歌顶尖水准的代名词，在这种诗歌中一切都被恰当地分割，诗歌被耳朵平衡。大部分的诗句都显示了一种新的气息，每一次停顿都是一种新的气息。尤其是在克里利、奥尔森和威廉斯那里，我第一次从威廉斯那里听到“呼吸停顿”这个词。你在呼吸结束的时候停止诗句或者用呼吸作为诗句的长度。这可能意味着长时间的呼吸，也可能是短时间的呼吸。这就是你划分行与行的方式，以你呼吸的方式来切分。

真实的背面

沿着圣荷西的铁道
我在荒野里游荡
经过制造坦克的工厂
坐在扳道工小屋
门前的木条凳上。

有朵花儿在柏油路旁
一堆干草的上方
——一朵可怕的干花
我想——它拥有
脆弱的黑茎与
花冠上淡黄色
肮脏的尖刺
似耶稣头上的荆冠，
在污渍
遍布棉絮中的一簇
像把旧的剃须刷
被丢弃在仓库底下
已沉睡多年。

黄色，黄色的花，与
工业之花，
倔强多刺而丑陋的花，
花虽不过如此，
但亦可用它去代表你脑中
伟大的黄色玫瑰！
这朵花属于全世界。

“伟大的黄色玫瑰”是指但丁的天堂玫瑰，出现在《天堂》的第三十四篇结尾。我所感兴趣的是“脆弱的黑茎与花冠上淡黄色肮脏的尖刺似耶稣头上的荆冠”，我认为是到那个时间点为止我写得最好的诗。它是所有诗中最集中的、准确的、清晰的，同时也是最有趣的一首。威廉斯很喜欢这种把花比作在车库里放了一年的旧剃须刷的行为。

威廉斯后来的作品，比如《布鲁盖尔的一幅画》就尝试了这种诗韵，就像在车库里用了一年的旧剃须刷。在 1948 年到 1950 年间我们很有兴趣地把它安排在稿纸上，这样它就是可以用某种韵律或音步来测量的自由诗。“音步”是他的话。从某种意义上说，他厌倦了自由诗的松散，因为它的规则似乎没有任何基本原理可寻。在当时人们使用它的时候，它是草率的，没有秩序，没有比例和平衡。不平衡的头脑写不平衡的诗。他开始对平衡页面上的短语感兴趣，为它们称重，平衡它们，或许就像风铃一样。某种在每一行都产生某种意义的平衡性的东西。他试着把每一句冗长的诗句分成三部分，三合一的那种阶梯式句子，就像诗歌《致达芙妮和弗吉尼亚》一样。这是相对抽象的，却是一个老人在说话。

那是在 1954 年，我对这些诗很感兴趣，因为我的创作风格有点类似。威廉斯在他的韵律上取得了进步，现在开始以这种奇特的方式来安排他的诗句，我试图弄明白他为什么这么做，里面是否有我可以使用的部分。我在进行模仿。

致达芙妮和弗吉尼亚

热浪的味道来自黄杨木
　　唤醒我们
　　　　一种空气的运动
搅动我们的思绪
　　那无生命的
　　　　向着有生命的，一个
让两个女人痛苦着的生命：
　　活着就是呼吸依然如此。
　　　　两个年轻的女人。
黄杨的味道
　　是某种分别分担着
　　　　的味道

她们的每一个

　　我也在分别

　　　　　　分担着

他就是这样划分诗句的。它可以写成散文，然而，大脑的注意力和眼睛的注意力会很快地掠过它，以至于忽略了短语的某些细微划分。这便是他说话的方式。大约在那个时候，他说他认为美国人的语言倾向于抑扬格，或所谓的上升诗体。有一些短语你可以利用划分去强调。这种平衡的方式里带有一些幽默。

当我住在旧金山时，我做了一个关于已故的琼·巴勒斯的旧日之梦，那是1951年，我刚去墨西哥访问，心中一直萦绕着对她的回忆，因为我和她曾经很熟。我想知道她对向她开了一枪的丈夫有什么态度。于是我的梦中就出现了一个幽灵。我有机会问问琼了。这是我在写《嚎叫》之前写的最后一首诗，从某种意义上说，它是对那个时代的垮掉一代主要人物的调查或总结。这首诗的风格比较正式。它是我那个梦的真实记录。

记梦：1955年6月8日

醉酒的夜我在家里和一个
男孩儿共度，旧金山：醉卧而眠。
冥冥中：
我又回到了墨西哥城
看见琼·巴勒斯
在花园的长椅上，
身子前倾，胳膊放在
膝盖。她带着疲惫的微笑
打量着我，双眸清澈见底，
她恢复了美丽的容颜

奇异的组合龙舌兰配盐
在那颗子弹射入她眉心前。
我们聊起了一些过往。
比如，巴勒斯最近有什么新闻？
比尔还在地球上，在北美吧。
哦，凯鲁亚克？杰克继续蹦跶着
他一贯拥有节拍的天赋。
灌满佛学的笔记本。
我衷心祝愿他能成功，她笑着说。
汉克还在监狱里吗？没有，
上次我在时代广场看到了他。
那肯尼呢？已婚，醉鬼一个
在东部炙手可热。我？在西方
找到了新的爱——
之后我才明白
她是个梦：我问她
——琼，死者会拥有什么样
的学问？你还会继续去爱
你凡间的老朋友们吗？
你对我们的记忆是什么？
她
从我面前淡出——一转眼间
我又看到她被雨水腐蚀的墓石
那斑驳难认的碑文
被枝杈纵横的小树怀抱
周围寂寥的荒草
生在这墨西哥我未曾到过的荒园。

这是对梦境进行的文字记录。巴勒斯在墨西哥的那次醉酒事故中枪杀了他的妻子，我和琼在一起直到她去世前两天。五年后的今天，她突然回到了我梦中。我开始研究我的梦，在梦中我醒来并变得清醒。我意识到我可以把梦转向我想要的方向。我意识到她已经死了，这是一次机会，我可以直接从死者口中得知他们知道什么以及他们能记住多少事情。答案是快接与跳接式的，走到墓地时“那斑驳难认的碑文 / 被枝杈纵横的小树怀抱 / 周围寂寥的荒草 / 生在这墨西哥我未曾到过的荒园”。我醒来时感到很震惊，这些话好像完全是禅悟，因为我问了这些问题并在问的时候得到了答案。这根本不是我想要的答案。答案是一个不能改变的墓碑，而不是琼前倾身体向我娓娓道来的风情万种。

除了社会学和文学史之外，我在这首诗里发现的有趣东西是它强烈的梦境框架。关键似乎就是在梦中从鲜活的影像到蒙太奇的转变。或者从那个被问到“你对我们的记忆是什么？”的意象，转到接下来的一块被雨水腐蚀的墓石，上面有一块难以辨认的墓志铭，埋在野草丛中，一棵小树的枝杈下。我想做的就是尽可能快地用电影的方式把它转录下来。我感兴趣的是思想之间的鸿沟所产生的概念，或者是文字之间的鸿沟，在两种思想之间创造了消极和积极的空洞，通过这个空洞心灵将不同的意象连接起来，就像一瞬间的电光火石。你的大脑可以自动填补这种关系，或者用叶芝的话来说，“跃出残忍无辜的海面”，你的思想填补了残忍与无辜之间的鸿沟。或者“啊，蚂蚁在爬上富士山，慢慢地，慢慢地”，“你的思想填补了小蚂蚁和富士山巨大斜坡之间的鸿沟”。

由此，我对俳句以及诗歌的本质，还有隐喻的本质有了一个自己的认识。这句话至今仍在我脑海中挥之不去，也是创作《嚎叫》时修辞手法的基础。它们是浓缩的，便于它们在单词之间跳跃，而不是仅仅呈现场景。我写了这首诗，把它寄给了巴勒斯，他对这首诗感到非常震惊。

我还给肯尼斯·雷克斯罗斯寄了一份复印件，里面有一封解释我的理论的信。[我是这么说的] 诗歌有说服力的地方在于，当你呈现一幅清晰的画面，之后不做任何解释，就跳到另一幅完全清晰的画面。这些画面的间隙，就像是思想的间隙或是时间，意识以及意象的间隙。就像在电影中一样，辛酸，冲劲，幻想，禅意，空，或精神之电，来自思想形式或文字或图片作为极点，再设置另一个极点。然后大脑必须通过连接这些极点来填补它们之间的空间。思想的连接就像两极之间流动的电荷。这种思维自然地浮现，以连接两个极点的意象，不同的意象，可能甚至相反或矛盾的意象。前一分钟有人在说话，下一分钟就成了墓碑。

我从中得出的诗学理论是，诗歌的效果会让你脖子后的毛发倒竖，或者让你的脊椎发颤。这不仅体现在诗歌中，也体现在其他的审美体验中。它类似于似曾相识的感觉或某种宗教体验，像是兰波和波德莱尔发明的“新颤栗”一样。这是一种新的颤栗，一种新的褶皱，一种新的艺术刺痛，一件艺术作品的刺痛或震撼或冲击，便是思想填补两幅意象之间的刹那所在。

雷克斯罗斯回信说：“听着，金斯堡，你在哥伦比亚大学待得时间太长了。你年纪太大了，不能再钻研这些形式了，以及所有那些狗屁理论。这首诗刻板得要命，形式主义和学术性太强了，你一大把年纪了是怎么搞的？”于是我想：“啊，我操，我又失败了，我写不了诗。”我之前真的很认真地在写《记梦》，并反复修改，以求用词准确。而雷克斯罗斯对这首诗的评价是仅仅是一次学术练习。在某种程度上，他是对的，但作为一个诗人，我觉得自己完全失败了。我觉得自己是个失败者，毫不夸张地说，我一度放弃了。我改变了自己的生活。我决定和彼得·奥洛夫斯基住在一起，辞去我的市场调查工作，开始领失业救济金。

42. 金斯堡与《嚎叫》

我领取失业救济金已经三周了，在市场研究领域做了五年的管理人员之后，我一坐在打字机前就只想写我想写的东西，而不是写规规矩矩的诗。写一些松散的东西，像散文之类的。《嚎叫》动笔的感觉和威廉斯的三合一诗差不多，就是更长了一些。这就是一切的开始，《嚎叫》的第一行。“我看到这代人最杰出的头脑”，但这似乎有点太长了，所以加进了“这代人毁于疯狂”，“疯狂的一代”。这两段会在其间形成平衡，一边是一代，另一边是疯狂，就像骡子上的驮包。“一代”是一个囊包，“疯狂”是另一个。[①] 我打字时不做任何修改，直到打完了为止。之后再提取意象并搅乱句子胡搞一下。

我想到的第一句诗是威廉·巴特勒·叶芝在他的诗《为我的女儿祷告》中写的，“跃出残忍与无辜的海面”。这两个意象放在这里都合适，杀人的海和无辜的海，虽然通常不会同时出现。当你能把“谋杀”和“无辜”这样的词放在一起时，你的大脑就必须弄清楚这样一对完全矛盾的概念是如何产生意义的。自然会有一个小玩意儿在脑海中鱼跃而起。在布莱克的作品中，有很多这样的精神跳跃片段，比如“知更鸟红色的胸脯在笼子里，让所有的天堂都歇斯底里”。[②]

你会不由自主地琢磨它们，因为这里面有矛盾。一只受伤的被害的虫子怎么能原谅犁？这太矛盾了。所以诗意在某种程度上是由对立面构成的。你把两个相反的东西放在一起，把它们放在一起不加任何解释，读到时头脑就为了联系而产生小小的爆发。头脑必须把它们联系起来，并对它们的关系做出判断。思想在运转中审美开始发挥作用，将那个空白补完。

另一个关于那种鸿沟的例子是《哈姆雷特》中的一句诗，他父亲的鬼魂出现在墙上，说“夜深人静”，我一直觉得这两个词的组合很有趣。死寂而广袤和进行到一半。[③] 令人惊叹的莎士比亚，在某种意义上说，它是非常神奇的，它唤起了无尽的黑夜，但也在它的中间。正如亚里士多德对隐喻的描述，两种“非相似”的关系调整。把两件非相似的东西放在一起，心灵就会把它们联系起来。隐喻就是这个样子。想想这句：“你比花还甜。”

---

① 最后完成的句子是：“I saw the best minds of my generation destroyed by madness（我看到这代人最杰出的头脑毁于疯狂）”。

② 出自布莱克《天真的预言》一诗。

③ 莎士比亚的原文是“In the dead vast and middle of the night”，包含“死寂广袤的夜”和“半夜”。两种夜晚是并列关系。中文剧本一般将这句话浓缩为短语“夜深人静”。

我开始意识到，词语越南辕北辙，脑海中闪现的光芒就越令人惊叹。大脑会产生一道闪光，就像两极之间的闪电一样。如果你在大脑中设置一个正极和一个负极，它们之间的距离越远，闪光就越大。两极越矛盾，精神上的闪光就越具有爆发力。当我坐下来写《嚎叫》时，这是我的基本原则。

我已经在《绿色汽车》中试验过类似威廉斯的三合一诗歌形式。《嚎叫》第一页基本上保持了威廉斯的三合一式感觉。它自我延伸得有一点大了，以至于诗句变得沉重、冗长，里面有这么一句“布鲁克林大桥，一支迷惘的柏拉图式侃爷大军正屈身跳下防火梯”，这个三行形成三合一的句子已经快要承载不了里面的能量了。在一次屏息间的思想中，会出现更多扩宽的想法和即兴创作。这让我想起了几年后的 1959 年凯鲁亚克的一句诗。他在《新美国诗歌》是这么说的：

> 当一切都筋疲力尽时将“冲积层”添加到你的句子末端，由于某些特定的非理性原因必须说出一些东西，因为理性永远不会胜出，因为诗歌**不是**一门科学。你决定“匆匆”陈述的节奏决定了诗歌的节奏，无论是诗歌，还是零散韵律的句子，或者是无穷无尽的单行诗歌散文……（及其段落）。所以，不要对陈述本身有任何模棱两可，如果你认为这不难，那就试试吧。你会发现你的谎言比你的意图分量更重，而你的忏悔比天堂更轻。
>
> 否则的话，谁会有兴趣读？

这就是当时我在做的。他引述的是詹姆斯·乔伊斯的安娜·利维亚·普罗拉贝尔，她是《芬尼根守灵夜》的女主人公，神话中的永恒女性形象。芬尼根是阳刚的，安娜·利维亚·普罗拉贝尔意指许多河流，叫作利菲河。利菲河的许多美人是乔伊斯的《芬尼根守灵夜》中的女神。当凯鲁亚克在那句话里提到“冲积层”时，他指的是《芬尼根守灵夜》的散文，那是一种喋喋不休的声音，是潜意识在耳后持续不断的喋喋不休。额外的头韵谐音和雨神的暴雨从你的大脑中倾泻而出。在你以为你说了你已经拥有的之后，但你仍有话说，就继续说。比如“布鲁克林大桥，一支迷惘的柏拉图式侃爷大军正屈身跳下防火梯”，这就是他所说的“冲积层”。多说几句，多说几句话，多想几句，为了完成想法，让想法迸发出来。

基本上，我当时的这首诗只是为了自己开心写的。随着时间的推移，我产生了一个想法，那就是它大概无论如何都不会被出版，所以我是完全自由的，想说什么就说什么，因为它没有所谓真正的诗歌形式。它没有成功地像威廉斯三合一式诗歌那样整齐地组合在一起，它太笨重、太大、太矮胖，然后我开始以一种奇异的方式拆开句子，以至于它没有任何形式。它平淡无奇，不够长，不足以成为一部小说，也不够短，不足以成为一首抒情诗，所以我当时认为它不是一首诗。那么在这种情况下，我还不如写我自己喜欢的东西，这是一个幸运的错误，因为这样我就能摆脱“我在写诗”的自我意识。对我个人来说，这是一个常见的陷阱，一个持续不断的意识，感觉写出来就是要让别人去读。在这种情况下，你不会说出你的真实想法，而是说一些你希望他们认为你在想的事情。道理就这么简单。

说出你真实的想法，而不是你希望别人认为你在想什么，这是一个大槛儿。如果你在月球上，你知道没有人会看到它，你会写什么？写作将是崇高的，因为没有理由不吐露一切。这便是方法了。

这句诗最初是“我这一代最杰出的头脑正在挨饿；神秘，赤裸”，这就是它的秘密含义。然后当我看着它的时候，我意识到“神秘”就像一个哭泣婴儿的抱怨。威廉斯也不会认同的，因为那他妈到底是什么意思？但如果我说“歇斯底里”，听起来反而很神秘，突然间这个概念落地了，因为很明显这些人是歇斯底里的，人们也将他们辨认为歇斯底里的。它也给出了《时代》杂志式的观点。换句话说，这首诗是为那些读过《时代》杂志的人写的，也是为那些波希米亚的左派写的。

《嚎叫》的手稿中有一些句子最后被划掉了。这里有一个有趣的，“无政府与布莱克——轻微的灾难”，这听起来很陈腐，什么叫无政府主义的幻觉？你怎么能幻想无政府主义？你可以幻想阿肯色，但你怎么能幻想无政府状态？无政府是一种抽象概念，所以我放了一些能让你产生幻觉的东西。比阿肯色和布莱克要好得多，但我很喜欢一开始那种对立的感觉，我想，还有什么比“布莱克灯火悲剧”更能比阿肯色相反的呢？如果我把“阿肯色”放在“布莱克灯火悲剧”旁边，读的时候脑海里就会闪现出“这两样东西怎么能放在一起？”的效果。非常愚蠢的行为使它变得有趣，出乎意料。当你读它的时候，它是那样的美丽，比平滑和漂亮的玩意儿更好。

然后是后面这句“在战后愤世嫉俗的学者中”。我把“战后学者中的愤世嫉俗的”去掉了，因为我觉得这太过编辑化了，后来又改成了“战争学者”。我想起诺曼·波德霍雷茨的“谁在诗歌的地狱中燃烧”，那是什么意思？我把它从诗歌变成了松节油和绘画。这两个听上去很像“诗歌”“松节油”，如果我要用颜料和松节油来形容一个艺术家的阁楼，我不应该说艺术或诗歌。我应该说松节油和颜料之类的东西。于是就有了“他们在油漆酒店里吞火”与“在天堂巷里痛饮松节油”。换句话说，这两个事情是一样的，那些自杀或者为艺术而受苦的人。这个想法是一个年老的波希米亚式人物形象，一个因为自己的艺术而受苦的画家。这句诗原来的版本是“他们在诗歌的地狱里燃烧，画画，他们的公寓被他们天堂般头脑里的快乐火花点亮”，这些都太老土了，所以最后都拿掉了。我把它换成了“在油漆酒店里吞火”，“吞火”是一个相反的说法，一个并置关系，你怎么能吞火呢？我觉得这有点意思。“痛饮松节油”的意思是他自杀了。

总体上我对于到底有多少行诗句最后完好无损很惊讶。我保留了那些很好的。修改后的版本在开头差不多是一样的。包括“裸露的大脑”等等。“在自己的胡子里被逮捕”是陈词滥调，所以最后它变成了“在自己的阴毛里被逮捕”。

这首诗受到过阿波利奈尔的诗《地带》的引导。与此平行的文本，除了《地带》这首诗之外，我还引用了克里斯托弗·斯马特的《羔羊的喜乐》，结构也是一样的。他在诗中使用了“谁谁谁”或“那那那”“与与与”这样的句式。洛尔卡为斗牛士的颂歌《沃尔特·惠特曼的颂歌》有一些伟大的诗句也存在这些对立效果。这句“你在寻找像一条河一样的裸体。公牛和梦哪个会和海草一起飘动”，试图把某个男朋友描述成一个情人，一个斗牛士情人。他还有一句关于斗牛士的话：“睡觉，飞翔，休息：就算大海都死光！”这个想法类似于“跃出残忍与无辜的海面”。

我曾在比克福德的自助餐厅做过拖地板的工作，“整晚在比克福德餐厅拖地”[①]这句就是这个由头。“听着末日审判在氢弹点唱机里噼啪作响”，这句是有启发性的，也是我在《嚎叫》中最喜欢的一句。氢弹点唱机就是“残忍与无辜”。这是一回事，选取两个相反的词或者两个理论上不相关的词，把它们放在一起形成一种联系，这种联系超现实地来自无意识但确实有意义。[②]我说的是在点唱机的巨大轰鸣声和点唱机歌词中预言世界末日的歌词之间的关系。在那些日子里流行过“开门，理查德”这样的歌。尼尔·卡萨帝和我将其解释为“打开通往未来的大门，打开天启，打开基督的大门”。让我进去吧，我要进入天堂，打开另一个宇宙的门。无论如何，氢弹点唱机这个组合是一种方法。

一开始，你会有一个“从点唱机上听到末日审判的霹雳”的大概想法，但是说“点唱机上的末日霹雳”有点无聊，还不够。它需要别的东西来平衡它，它需要一句妙语。这么说吧，你需要一些能让点唱机通电的东西。或者你需要一些东西把某种超音速的金属点子植入到点唱机中，所以你把相反的词放在点唱机上。我本可以说，“听着经典点唱机上的末日霹雳”。这么写也不会太糟糕，或者资本主义点唱机，或者共产主义点唱机，都可以。如果你有一个抽象的词，然后把另一个抽象的词放在它的旁边，如果是第一个的反面的话，你就得到了一个具体的形象。

这是超现实主义的经典方法。用完全相反的“砰”一声的词将你的意象组合成型。用一种很奇怪的东西把图像“砰”了，以至于人们会问：“你是怎么做到的？”一种方法是把“肉”这个词放在前面：变成肉点唱

---

① 在《嚎叫》最后出版的版本中，是“Who sank all night in submarine light of Bickford's（他们整晚沉陷在比克福德餐厅）”，拖地的事情被剪裁掉了。

② 金斯堡曾经也称“氢弹点唱机”这种词语的创作方式为“眼球冲击（Eyeball-kick）”。

机，变成肉学者，变成肉女士，变成肉墙。它们听起来都不错，“肉”是一个恒久不变的、完美的词。

提出“绝对现实”这个概念是一个大胆的举动，因为这四个字很滑稽。这也是它成功的原因。这个行当有个诀窍，就是把无意义的东西提升为一门艺术。不是说这是废话，而是借用你的想象的提示，或者叫作无意识，把无意识和意识进行匹配。拿一个形容词，一个无意识的直觉，用一个有意识的名词或动词匹配它。让它成为超现实或无意识或富有想象力的形容词或副词，与有意识的名词或动词并列。比如一个像“天使”这样普通的词。如果你把“印第安人”放在“天使”旁边，它就会变成一个充满画面感的印第安天使。当然现在这算是陈词滥调了，但在那个时候这是一个新发明。把印第安人放在天使旁边或把“少年”放在“天使”之前的想法在 1957 年是很新颖的。大约在那个时候，天使的概念刚刚进入美国人的思维，可能是因为佩奥特掌当时在美国流传甚广，所以某种天使般的光线进入了绝对大脑。

《嚎叫》使用了更长的句子，像惠特曼或斯马特，但用了一种速记的方式记录下了对于人工制品和现象世界的观察。这就是威廉·卡洛斯·威廉斯对我的影响，尽管你会发现很多惠特曼的细节，如果你仔细阅读他的诗集并对细节有细致观察的话。《嚎叫》的问题是有点冗长，语法化，所以我使用超现实主义方法连接或并列的单词像“氢气点唱机”，目的是保持长句一直都是一种很活跃的状态，或者说，在诗句里注入许多好奇有趣的火花。这些长长的句子啊。疯狂诗意的并列总会存在于句子的内部，在内部形成了分节的效果，比如“带劲儿的药剂”或“穆罕默德天使”，《嚎叫》中莫洛神的部分是在试图制作一个有韵律的机器，有点像雪莱的《西风颂》或哈特·克兰的《亚特兰蒂斯》，这两个作品也是曾经为《嚎叫》的成形指明了方向的。

下面是“莫洛神注定被氢气的愁云笼罩”这句，“氢气的愁云”的组合是相当远离现实的，但它实际上有很多想法包含其中。有氢弹，但也有性欲的转移，所有的能量都去了战争，爱欲被取代，所以氢成为无性的了，氢真的很美，这是一次氢的解放，原子的分裂，分裂而不是原子的聚合。莫洛神的很多视觉形象都来自超现实主义电影，比如弗里茨·朗的《大都会》和由彼得·洛雷出演的《M》，还有一部德国电影是前希特勒时期的德国电影《马布斯博士的最后遗嘱》，在心理层面上的无政府主义向着警察国家发起进攻。

43. 金斯堡、《嚎叫》和克里斯托弗·斯马特

当我痴迷于实践威廉·卡洛斯·威廉斯的三合一诗句点子，在太多要表达的东西和三合一诗句的停顿太长的呼吸压力下崩溃的时候，克里斯托弗·斯马特为我提供了新的诗句写作方法。

斯马特的诗歌《羔羊的喜乐》是一个过渡文本。克里斯托弗·斯马特是塞缪尔·约翰逊博士的朋友。他是一位杰出的希腊语和拉丁语学者，去了剑桥，在大约十五年的诗歌创作生涯里，他获得了一年又一年的所有奖项。当时这是很了不起的荣誉，也可以让他在伦敦城、外交部门或社会上谋个好差事。但他是个古怪的人，这个人会在伦敦的大街上停步，跪下来向上帝祈祷。他总是被治安官欺负，磕磕碰碰。这个人还负债累累，酗酒成性，在格拉勃街混日子[①]，还当过记者。与此同时他写了很多紧凑、押韵、复杂的诗，有一首叫《给大卫的歌》的诗几乎被所有的文学选集收录。斯马特也是为数不多的能写作精彩的萨福诗[②]的人，更多地关注于元音的长度而不是重音。在整个英国传统中，他是少数几个对发音的辨识能力很好的人之一，像埃兹拉·庞德希望二十世纪的诗人能够发展的那种听力一样。一只能感知音节持续时间或音节长度的耳朵。

我在1948年写了一首诗，诗中有这么一句：“聪明已疯狂，聪明已疯

① 19世纪伦敦著名的草根文化街区，又称“寒士街”，因其聚集了大量中下层雇佣写手（寒士）和小报与低俗杂志出版商而闻名。

② 萨福是古希腊女诗人，文笔秀美，主题多聚焦于爱欲，作品存世不多。

狂”[1]。斯马特那时在伯利恒的疯人院里惶惶不可终日，于是他动笔开始写一首名为《羔羊的喜乐》的诗。传说他一天写三行。他写单行诗，就像直接出自惠特曼或《圣经》的感觉。他写作的方法是首句重复法。“谁”这个词每次都会把他带回到纸的边界，就像我在《嚎叫》里写的一样——“谁干的这个，谁干的那个。”

我从很多克里斯托弗·斯马特的作品中获得了构建的方法，并开始模仿他。有很多评论家研究过我的诗歌，他们说《嚎叫》是仿照肯尼斯·菲尔、肯尼斯·帕辰、卡尔·桑德伯格和惠特曼的诗歌创作的，但是尽管我读过惠特曼的作品，我对他的形式并不是很感兴趣。我感兴趣的是斯马特的形式。我很熟悉《羔羊的喜乐》，这本手稿在斯马特在世时从未出版过，因为每个人都认为他疯了，他的东西太离经叛道了。终于在 1920 年它第一次出版了，每个人都说它就像一首伟大的超现实主义现代诗歌，具有二十世纪的风格。这首诗是以轮唱赞美诗的形式构建的。

羔羊的喜乐

上帝的喜乐，啊汝等的舌头；把荣耀赋予主，还有羔羊

众邦，每一种语言，和每一个生灵，所有呼吸着的生命。

让人与兽在他身后降临，一起赞美他的名字。

让诺亚和他的同伴走近慈悲的宝座，为拯救他们的方舟施以敬意。

让亚伯拉罕献出一只公羊，崇拜他获得救赎的神。

让以撒，那位新郎，和他的骆驼一起跪下，祝福他超生的希望。

让雅各，和他星星点点的牲口群爱慕以色列良善的牧羊人。

让以扫，为他的种子献上一只替罪羊，在他天父的祝福中获得喜乐。

---

① 出自金斯堡的诗《波普歌词》。

它以“让，让，让，让，让，让”开头。整个手稿的顺序都被弄得一团糟，二十世纪到来时，人们都不知道哪一页属于哪一页。直到大约五十年代，一位牛津学者才将手稿以这样一种方式排列，使正面的书页互相呼应。“让”与“为”呼应。以开头非常好的几行诗开头后，它就变成了轮唱赞美诗形式，成为陈述和回应。陈述语句是“让”，响应是“为”。这就像“他们在松节油的炼狱里燃烧……他们的躯干下了地狱”这种形式和《嚎叫》的形式完全一样。

让摩西，先知，用蜥蜴祝福，在善良的甜美威严与温柔的宽宏大量中。

让俄陀聂用犀牛赞美上帝，犀牛身上他的盔甲是主的美丽赏赐。

让多罗为蟾蜍祝福，蟾蜍是上帝的好生灵，尽管他的美德秘而不宣。

让大卫保佑熊——上帝胜利的开端——致上帝完美的卓越——来自上帝之心的哈利路亚，来自艺术家无法模仿的手，以及天堂般的竖琴甜美威严的回声。

让约瑟，他丰富的祝福可以饶恕他，他正是缺乏那些，当他被介绍时用鳄鱼赞美吧，那是令人愉快和纯洁的，尽管他看上去被冒犯并吓到了。

让乌甲用变色龙祝福，变色龙在鲜花上喂养，在露水中清洁。

让耶布斯用驼豹祝福，那种兽偕行方便，温顺且遮风挡雨。

让户勒大用桑蚕祝福——骄傲的装饰品来自他们长辈的勇气。

让玛基雅用小昆虫祝福——人与兽调整他们的步伐是有益的。

让马他提亚用蝙蝠祝福，蝙蝠栖息在骄傲的荒凉之中，在坟墓中飞行。

让阿萨夫以夜莺喜乐——主的音乐家！和主的守望者！

让苏利沙代以波兰公鸡喜乐——主恢复了欧洲的和平。

因为我在这些家庭的争吵和大地的嘈杂声中冥想着欧洲的和平。

让海伦以啄木鸟喜乐——主鼓励林木的兴盛！

因为仁慈的人对于他的兽，和给予他们庇护的树木是仁慈的。

让阿摩斯与库特一同喜乐——准备迎接你的上帝，啊！以色列。

因为他将死亡的阴影变为晨曦，主是他的名字。

让伊法与布巴雷斯蒂斯一同喜乐，主赐给我们节制和人性，直到每一头母牛都有她的伴侣！

因为我又回家了，但没有人可以屠牛或为音乐付钱。

因为我本可以用滑稽助益自己，所言甚多并无恶意。

因为世上还有可以说话的巨蛇——上帝保佑我的头，我的心和脚跟。

他使用了《圣经》里的人名和动物的学名，然后用一种有趣的、完全个人化的、疯狂的预言来作答。写得很好，读出来也很好。这是一种完全古怪的个体疯癫与幽默，类似古典神话和德雷柏上校的结合体。

因为我是一个小家伙，因天父的仁慈而有权享受这一切。

因为今天考虑到我母亲的软弱，我确定了向她的继承。

因为今天考虑到我母亲的年龄，我确定了向她的继承。

因为今天考虑到我母亲的贫穷，我确定了向她的继承。

因为我祝福这八月十三日，我的良心中有了为顺服基督话语的慈悲。

因为我祝福这八月十三日，我愿意为了主的姓名而冒一切危险。

因为我祝福这八月十三日，我愿意为基督而被称为愚人。

因为我会将我的牛羊，我的土地一起奉献给主。

因为自然比观察本身更多样尽管观察者不计其数。

这一句是让人震惊的。一个无边无际的谜。后爱因斯坦式的。作者非常的敏锐和聪明。斯玛特很“斯玛特”(聪明)。

因为我的种子也将崇拜我主耶稣，不计其数充满音乐一如天堂里的蚱蜢。

《嚎叫》的修辞就是直接来自“天堂里的蚱蜢”。还记得我说过把相反的抽象概念放在一起吗？就是这样，蚱蜢和天堂。以天堂为例，首先天堂本身是一种理论，你在里面放一只蚱蜢，你就得到了二十世纪超现实主义的结合。这种完全狂野的语言组合是罕见的。奇怪的是，我们又是会在莎士比亚的作品中看到。好的诗歌里也有，但在这首诗里它是丰富的。几乎没有人像他写得那样好。这里面有一种有趣的洞察力。

《嚎叫》的第二页里我的文学参考是罗伯特·弗拉德。有一句是“他们研究卡巴拉①和弗拉德”。弗拉德是一个隐士般的英国哲学家，他在人类的设计中描绘了宇宙的身体。叶芝的创作很大程度上依赖于罗伯特·弗拉德。他是一个很棒的英国启发者和一个有趣的人，一位十七世纪的魔术师、神秘炼金术士。最初叫作“卡巴拉与威廉·赖希”，我记得还有葛吉夫，赖希与奥根能量②。“因为他们脚下堪萨斯的土地内宇宙正本能地震颤着”，这是诗句中最好的部分，我直接保留了。我把它改成了“他们研究普罗提诺爱伦坡圣约翰间的心灵感应与波普卡巴拉”，我改变的原因是它在舌头上滑来滑去。那是一种波普的诗句呈现。

在巴勒斯的建议下，我研究了很多历史周期的资料，意识到此刻，这个美国的世纪，中央情报局和亨利·卢斯以及他的组织宣布了“美帝国”的存在。我对西方的衰落、美国的衰落想了很多。也读了一些詹巴蒂斯塔·维柯③。乔伊斯的《芬尼根守灵夜》是建立在维柯历史周期观之上的。维柯作为文艺复兴时期的历史学家和学者，是二十世纪许多现代主义诗人的重要参考依据。

---

① 卡巴拉意为“接收”或“一致”，代表一种犹太文化的神秘哲学，讨论存在本身与造物主的关系。卡巴拉本身未形成独立的宗派，但是许多教派都进行过卡巴拉的思潮讨论。

② 赖希创造的一种理论，将不同的物质如金属、水晶等叠放成金字塔的样子，可以得到某种“宇宙能量”并对生命产生影响。在当代被认为是一种伪科学。

③ 17 世纪意大利政治哲学家，著有《新科学》，对阶级及阶级间的矛盾有开创性的研究。

我们正在研究斯宾格勒。不幸的是，现代图书馆版的《西方的没落》是删节版。

在这一层次上，所有文明都进入了一个持续数个世纪的人口急剧减少的阶段。文化人的整个金字塔结构消失了。它从山顶上崩塌下来，首先是世界城市，然后是省级城市，最后是乡野，它最好的血液曾不约而同地涌入城镇，仅仅支撑了城市一小段时间。最后，只有原始的血液还活着，但已被剥夺了最强大和最有希望的元素。这个残渣就是法拉辛。

因此我们发现这些文明在省级城市的初级阶段，以及巨都一个个走进演化的尽头的时候，那空空立着的，隐匿在石头堆物之下的那一小部分法拉辛，就像石器时代的人类躲在洞穴里和草棚一样躲在那里。萨迈拉在十世纪被抛弃；阿育王的首都帕塔利普特拉，在公元635年左右中国旅行家玄奘造访时，已是一片完全无人居住的广袤遗迹。玛雅的许多大城市在科尔特斯时代就已经处于这种状态。从波利比乌斯开始，在一系列古典作家的作品中我们读到一些威名赫赫的城市，在这些城市里，街道变成了一行行空荡荡的、支离破碎的贝壳，牛儿们在广场和体育馆里吃草，圆形剧场则是一片播种的田地，散落着雕像和方柱胸像。罗马在五世纪的人口是今天我们一个村庄的人口，区别在于，它的皇宫仍是可以居住的。

这，就是城市历史的总结；从原始的交易中心成长为文化之城。

他所说的“文化之城”，是指在最早发源的那些技术、工具、灵感和浮士德观念磅礴旺盛之时，精力最充沛、最有活力的时代并最终取得成果的时代。然后是帝国时代，城市的财富花在了帝国的军队上，花在了火箭和用来炫耀的马匹上。

最后的阶段是世界之城，它首先牺牲了它的创造者的鲜血和灵魂，以满足其宏伟进化的需要，直到牺牲代表文明的精神成长的最后一朵花——结局是劫数难逃，走向最终的自我毁灭。

至于法拉辛：

> 原始人和法拉辛所经历的生命只是动物学意义的兴衰，一种没有计划的存在，没有任何的目标与在时光中步调一致的行进，其中发生的事情很多，但归根结底是缺乏重要性的。唯一的历史学上可称为民族的，那些存在于世界历史的民族，是以国家形式存在的。

凯鲁亚克将法拉辛当作历史之外的人，他们独立于历史之外，自由地做自己，自由地看着对方的眼睛，抽点大麻，听爵士乐，玩得很开心。因此，他抛弃了斯宾格勒那种希特勒-浮士德式的野心，凯鲁亚克说："土地是印第安人的东西。"法拉辛是印第安人，他们会继承地球，当大世界城市因为那些迫击炮、拖拉机和石化农业而淘汰，最终毁了他们的绿洲，破坏了土地，并侵蚀肥沃的土地，毒害和干涸所有河流之后，就像曾发生在埃及、美索不达米亚的，像中国与印度在十一世纪砍光森林一样。它发生在十九世纪的美洲，随着文明的衰落，它摧毁并使原本适合居住的土地变得贫瘠。就像罗马人把所有的鲜血、金钱和原材料浪费在征服和帝国战争上。向外扩张帝国的花费比他们从帝国中得到的要多。

"他们在包鱼的纸上作画。"在1950年纽约的许多画家都很穷，他们用包鱼的纸以下东区为主题作画。第四页有一句很好的诗是"回归到病房那有吸引力的现实"，还不错。这些都为《嚎叫》这首诗的改动起到过帮助。

44. 金斯堡和塞尚

1953年左右，是凯鲁亚克的羞辱使我开始进行自发写作。我一直不明白他为什么要那么做，直到我写了《嚎叫》时我才真正理解了，我才第一次接受他的信息，并以那个信息为出发点开始工作。创作《嚎叫》与《向日葵箴言》的日子对我来说是一个突破，我终于放弃了以前“写诗”的执念，开始畅所欲言。我那时决定不写诗了，因为我写的就是我写的，它不需要被一个名字束缚，比如诗歌、散文、涂鸦，等等。从什么时候开始我们需要知道自己在做什么了？比如，你要出去散步，你难道需要提前知道你要走的每一步吗？谁需要那样？

我从塞尚那里了解到这一点，因为塞尚只对自己的方法感兴趣，对其他事情兴趣不大。他想要画那些能放到博物馆里展出的东西，但他不知道怎么才能达成这一步，所以他只画他能画的东西。他开始对这种特殊的绘画感兴趣，过了一段时间，他意识到自己的工作方式和普桑[①]是一样的。你画完之后，他们会把它放进博物馆里，但首先你要去画。

我最终想出的方法是一种妥协，因为我不像凯鲁亚克那样有信心去写宏篇巨著然后向世人展示。我自己的方法是写日记，任何进入日记的东西就是进入日记的东西。[②]几个月或几年之后，我会仔细检查，找出一些看起来像诗歌的东西。有开头，有中间，有结尾的东西，是分开的句子而不是分开的段落并带有某种诗歌主题。我会把它们分开，打出来，有时甚至不做任何修改就呈现出来。有时，直到在打字机上打出来我才意识到它们是诗。之后，我会大声朗读一遍，可能一到两年或者三年，直到我准备好了将它们作为手稿发出去，在大声朗读的过程中，我会发现它的缺点。我会发现有一些没有生机的部分，一些读起来拗口、显得拖沓的地方，我就可能会把它们删掉或者做出改进。由此可见，我依赖于最原初的冲动、节奏和结构，改变是几年之后我在重读的基础上做的。我最喜欢的诗是那些读起来最有力量的诗，是那些不需要改变的。有很多的例子是这样的。

五十年代当我和凯鲁亚克混在一起时，我总觉得自己像个卑鄙、肤浅

---

① 指尼古拉·普桑，法国巴洛克时期的画家。

② 金斯堡长年有随身携带记事本的习惯，这里指的是这种随身的笔记本而不是放在家里的日记本。金斯堡用这种方式将所看所思原封不动地记录下来，进行一种被意识驱动而不是被概念驱动的写作。

的骗子。我怎样才能跟上他的理想呢？但那时凯鲁亚克对我说：“我有时也很难掩饰自己的谎言。”他也有与我相同的感觉，所以归根结底这是一个关乎勇气的问题，作为一个撒谎者有勇气继续撒谎并在不经意间暴露自己，不管怎样，随它去就好。

45. 金斯堡与旧金山文艺复兴

我们现在到了旧金山的诗歌复兴时期。已经用威廉·卡洛斯·威廉斯风格的现实描述做好了基础性的准备工作，下一阶段是在这个基础上扩展，用“绿汽车”，想象力的扩张以及瞬息思维跳跃的概念组合，让思想有机会自由发挥，并使用《嚎叫》及后来的诗中已经触及的现实。《管风琴曲的改编》就是一个素描的尝试。

在同样的模式下，有了《萨瑟大门的启示》。萨瑟大门是加州大学伯克利分校的校门。这扇大门通向电报大街，那边是一个广场，人们在那里见面、闲坐、读书、闲聊或者写诗。

我们去欧洲旅行，来来回回几趟，1958年7月回来时写了一首诗总结了一下，这是两年后的事情了。《回到时代广场，梦着时代广场》，这是一首古老的禅宗或俳句诗，返回京都，梦见京都的意思。

回到时代广场，梦着时代广场

请让某位忧伤的萨克管手
站在拂晓无人的街上
吹一首银光闪闪的颂歌
献给鳞次栉比的时代广场，
纪念这个十年，凌晨五点，
薄薄一轮寒月
初现

于憧憧绿影的
麦格劳·希尔[①]
办公楼之上
一名警察走过，他变得透明
在那音乐里

环球酒店，贾维曾倒在
灰色的床铺，弓起脊背，
清洗着他的注射器——
我也在那儿混过不少昏迷的夜
在他血迹斑驳的棉被里
梦到布莱克的喃喃低语——
孤独无比，
贾维在墨西哥的死已有两年
酒店变成停车场消失无影踪
我回到这里——坐在马路牙子上
像之前那样——
电影夺走了我们的语言，
巨大的红色招牌写着
双片联映乐无边
青春梦魇
月影流氓

但我们不是梦魇
不是流氓，我们是想牵住
真理那白皙鼻子的

---

① 美国著名的财团，一所集教育、信息及金融服务于一体的机构。

追梦人

一些老伙计仍在世，但
老毒虫们已先走一步——

我们是一部传说，无形
却世代相传，如预言流转

这就是我对旅行的总结。

在离现在更近的一首名为《今天》的诗中，我深深受到肯尼斯·科赫和弗兰克·奥哈拉的影响。我认为关键在于要求写不同种类的诗，这样你就不必拘泥于一种诗体。那种当你不知道该写什么的时候写的诗。你会忽然想到，为什么不说出这个世界的实际情况呢？为什么我必须等一个大的灵感来了或假装有一个？

46. 约翰·克列农·霍尔姆斯

1948 年时我经历过一次幻象。这个经历我对凯鲁亚克和约翰·克列农·霍尔姆斯都讲了很多，霍尔姆斯在他 1952 年出版的书《走》中使用了我们对话的内容。这本书大概和《在路上》是在同一时间写的，尽管它先出版，并使用了很多和凯鲁亚克书里一样的人物。这是一部艰苦卓绝的小说，里面有个人物叫大卫·斯托夫斯基是以我为原型的，还有以尼尔·卡萨帝、汉克和凯鲁亚克为原型的人物。

霍尔姆斯在列克星顿大道五十六街有一套公寓，1946 年至 1950 年间，小说家和知识分子常在这里聚会。艾伦·哈林顿是一个非常有趣的不太出名的小说家，哲学家 A.J. 艾尔斯、汽车司机尼尔·卡萨帝、凯鲁亚克还有我，我们都在那间公寓里。霍尔姆斯是一个很有尊严的人，他的理想是成为一名小说家，像小说家一样的小说家，像斯坦贝克、多斯·帕索斯或陀思妥耶夫斯基一样。他想写反映文化趋势的大作。他的小说《走》是讨论1947年和1948年那段历史的最好的社会学和历史小说之一。但我不喜欢这部小说，实际上我无法忍受，我也不喜欢里面我自己的角色。它会使某些非常微妙的事情变得平淡无奇或粗鲁俗气，比如说幻象的经验。霍尔姆斯的散文有点夸张，我感觉不像凯鲁亚克那样细腻。我第一次看这本书时就很烦。我最近试着重新读了一遍，结果同样感到心烦意乱。作为一个知名前辈，我本应该写一篇前言，但我太羞于写这篇散文了。所以我爱的霍尔姆斯生我的气了。

霍尔姆斯从凯鲁亚克那里得到一些灵感。当《走》出版的时候，凯鲁亚克已经完成了四本书，所以凯鲁亚克对霍尔姆斯窃取他的主题感到愤怒，尽管这个主题他在之前已经给了他。凯鲁亚克总是一肚子火，有时还有些偏执，他认为自己是英国的莎士比亚，别人的小说和诗歌都出版了，却没有人出他的。

当时的另一本书是钱德勒·布罗瑟德的《在黑暗中行走的人》，这本书讲的是格林尼治村的一个瘾君子的故事。我不认为《走》《小号》（霍尔姆斯的第二本书）和《在黑暗中行走的人》是同样高质量的散文，它们没有那种天使般的野心，对死亡的全景意识和品位以及陀思妥耶夫斯基式的灵魂之间的对峙感，就像你在凯鲁亚克书中看到的那样。它们是次要的作品，在社会学上具有象征意义，在美学上偶尔也很有趣，但它们永远不会成为某个时代的文学作品。霍尔姆斯对时代的文学观念很感兴趣，比如海明威、斯坦贝克等等。他被《党派评论》和《纽约时报》视为可敬的马尔科姆·考利式的文学评论家，负责任的发言人，人道主义者，抽着烟斗的、专业的、可靠的、能够解释新一代人奇怪恶作剧的散文家。

下面是霍尔姆斯版本的斯托夫斯基［以金斯堡为原型］视角，可以读出霍尔姆斯对这种玄学的恶作剧的看法。

斯托夫斯基坐着，像个病号似的靠在扶手椅上，在透过窗户的午后的阳光下狂热地读着布莱克的书。一阵强烈的寂静似乎笼罩着整个房间，他的眼睛在书页上飞快地扫视着，他的头脑一阵眩晕。

“我走过每一条查特的街道……”(引用布莱克的软弱的“伦敦”)软弱的标记，悲哀的标记。

前一天的兴奋还没有结束。他处于一种神志不清的状态中，这似乎改变了他周围的一切。他一整天都在吞噬着这些书，一会儿专注于一本，一会儿两本一起看。是布莱克和克尔凯郭尔，尽管后者啃得很慢，但是他是跳着看的。他仔细琢磨着布莱克的每首诗，用手指沿着每一行字，画出一个完美的、尖锐的思想的点，以便把这些意象打开。那天早晨，当他怀着一种被放大了的奇怪情绪醒来时，他发现自己正期待着每一个隐喻与诗歌的核心在他眼前显现出来，通过那阵应该是灿烂的但暂时是晃眼的光芒。

他把书扔到一边，把一只玻璃杯翻了个个儿，抓起纸和铅笔，不停地写着——渴望的、怀疑的表情使他的表情凝固：

“灵魂的花朵，耀眼的花朵，
麻木的病玫瑰：
可是这星辰一样的微微闪动的
高傲的光芒让我屈服吗?
我听到了可怕的智慧开口说话：
是知识带来了麻木吗?”

他坐在那里微微颤抖着，带着一种强烈的惊讶盯着诗，但并没有真正在读他刚刚写的东西。这样的时刻到来了：他与其他一切，包括他周围的环境隔绝了，被巨大的意义空洞隔开了；然而，他们似乎因为白光和从未经历过的照明的能量而软弱无力。他沉浸在这种恍恍惚惚的认知状态中，意志绵软。

接着，斯托夫斯基进入哥伦比亚大学的书店，在书店的书架间漫步。

诗句不断地在他的脑袋里跳动，当他盯着一页纸看的时候诗句也在他眼前出现：

“爱的一瞥警醒了……

孩子的哭泣没人能听到……

她的荆棘是我唯一的快乐……”

然后，毫无预兆，他第一次突然被一阵暖意包围，从手里拿着的那本书的边缘抬起头来，看向书店，又朝他一直工作的方向看去，直到他的目光落到了门口。这似乎是一段长得糟糕的距离。但一切都和以前不一样了，一切都浸在那同样的白色光芒中，但状态和往常一样。透过成堆的书和在翻书的学生，他似乎获得了一种X射线的知觉，仿佛现实的表面是某种电影底片。他立刻受到了惊吓，就像昨天晚上一样地瘫痪了。

[……]

一个幻象！一个幻象！这些话不断刺进他的意识，就像汹涌的热浪。他几乎是在奔跑了。此刻的书店里，他发现自己被一阵奇怪的怜悯和愤怒所笼罩，这种感觉在他待在书店的期间控制了他。这是爱！他哭着对自己说。一个分子大小的细胞外层像狂野的强光一样将一切穿透！他们害怕了，害怕了，几乎就像他们都开始怀疑了一样。他清楚地看清了这一切，那是在一刹那间一种纯净的清明：一种化学温暖的爱在他们的敬畏下面深沉地游动着！

后来还有更多，但在1953年读到这本书时我印象最深的是，“他有一种遥远的感觉是自己的眼睛正在发出串串红光，这些红光先是变成白色，然后又黯淡地消失了”。当时我感觉这些玩意像是可怕的胡言乱语，尽管他是通过我向他描述的内容来描述我的经历。当我读到它的时候，我的第一反应是一种难为情和尴尬，它的表述是如此老掉牙，拖拖拉拉的那种迷幻，让人感觉到一种可悲的毛骨悚然。

霍尔姆斯改写的我的那首诗是1948年至1950年写的，叫《愤怒之门》。他的改写很有趣，“灵魂的花朵，耀眼的花朵，麻木的病玫瑰”。

心灵的玫瑰，光明的玫瑰
人人在说的那朵花，
是否我恍惚间所见
那高傲的魅力呈现
神秘的魔力还是魔法的光亮
审判是来自火还是惊骇？

是何种永不消逝的力量处于迷惑
在它的存在中，如同一些人的
精神在不朽的限制中
枯萎，何种的盛放
隐藏在我们内部，颤抖不已？
这可是毁灭的病症？

我感觉自己的诗其实和他的一样老掉牙。这句“看那变幻的玩偶在凝视……变幻着……跳动的光芒”更像是他自己的。也许他是从我那首《石头的声音》里学来的吧。

石头的声音

我睡不着，我睡不着
直到一个受害者得到宽慰；
这影子缠绕着我
搜寻他必须找到的骨头；
而蜷缩在尸衣堆里的死者

睁着眼睛，流着泪，
缓缓爬出棺材，
谋杀的梦魇心中萦绕。

谋杀派来羞耻的鬼魂
与我一起长眠地下
败坏我的名声。
从石棺里传来石头的声音
有个影子呼喊着我的名字；
他为我的冤屈抗争；
我的死与他的不同，
我的什么伤口让他疼痛？

如此一种谋杀
我灵魂的血液流出，
但影子会变成白骨，
思想已在我脑中翻倍；
他知道的加上我已知的
像失落于岩石的水晶，
藏于皮肤里下葬，
隐蔽如死者所见。

不管这些诗句如今意味着什么。我当年的这首《石头的声音》是想描述一种幻想的声音，绝对的、终极的、巨大的低音摇滚般的预言。“我睡不着”，因为我本性的另一部分想要被听到，并且在“我”死去才会被听到。然后另一个面貌相似的“我”，它幻觉的、先知般岩石的声音接踵而来。这有点精神分裂，也许霍尔姆斯是对的，也许这就是我在他面前呈现的样子。我对幻象经验的理解更类似于汉克给出的自然主义描述，而不是霍尔姆斯富有表现力的虚构出的戏剧版本。当我第一次读到这本书的时候，我被吓坏了，我说："哦，我的上帝，看来每个人都会产生错误的想法。"

霍尔姆斯的版本就像一场关于迷幻药体验之旅的描写，特别是那个哥们被刺激到的部分。但他没有服用过迷幻药，我想他写这些的时候和佩奥特仙人掌不沾边。他有很多大麻，因为尼尔·卡萨帝来到纽约，我们都开始抽大麻。我让尼尔转向了大麻，他回到加利福尼亚后抽得很厉害。然后他去了墨西哥，可能还带了一些回来，经常和约翰·霍尔姆斯、凯鲁亚克和我一起抽。在那个时候，抽大麻是一种突破。我记得当时我全身发抖，极度妄想的狂喜包围了我，这是吸食大麻的第一次尝试。这段文字可能是他自己对大麻经验的推断，也可能只是纯粹的想象。我们都在看威廉·詹姆斯的《宗教经验集锦》，这本书是那时候人们普遍翻阅的一本关于意识状态的书。

但是话说回来，你们可以从霍尔姆斯的书中看到人们对一种思想状态的改变或一种意识的扩大，一种新的意识得到的关注。从 1945 年开始，"新意识"或"至上现实"以及"新幻象"，这些话从凯鲁亚克口中迸发出来，又流传到我和其他一些人口中。你可以在凯鲁亚克的诗中偶尔找到这句嘲讽我的话："那又怎么着，你拿新意识做鱼丸了？"①

在 1951 年、1952 年和 1953 年，除了有限的几篇小说，没有人发表任何东西。[凯鲁亚克发表了《镇与城》。] 巴勒斯以威廉·李的笔名发表了《瘾君子》。那个时代唯一的"手工艺品"是约翰·克列农·霍尔姆斯在《纽约时报》杂志上发表的一篇文章，他说："这是垮掉的一代。"顺便说一句，凯鲁亚克不太喜欢这篇文章。这篇文章其原意是 1948 年或 1949 年在列克星顿大道霍尔姆斯的公寓里他与凯鲁亚克的一次对话。凯鲁亚克很随意地说："不不，不是什么迷惘的一代，这是垮掉的一代。"当时他也没有什么特别的意思，也不打算打出一个大口号。然而，它是如此的恰当

---

① 凯鲁亚克这句话包含两个讽刺，首先鱼丸（gefilte fish）是一种将鱼肉剔骨后重新装盘的食品，将新意识的后产品比作鱼丸，是指在信息传播中无可避免的软化和谄媚；另外这种食品也是犹太民族的传统食品，凯鲁亚克也是在拿金斯堡的犹太人身份开玩笑。

和富有诗意，以至于霍尔姆斯拿它当了标题，或者说以此从文学时代以及风格主义角度为《纽约时报》写了这篇文章。

和诺曼·梅勒、劳伦斯·利普顿以及几乎所有其他知识分子评论家一样，霍尔姆斯对暴力和精神变态暴力元素进行了详尽的论述。就像少年犯用刀割他们祖母的喉咙或者为了好玩而溺死小猫一样，那种异化是任何一个想要自身健康的社会都会警惕的。他们说，社会总体来说最好小心点儿，因为这些年轻人是做无端的行为[①]，就像在停车场里谋杀老太太。他们说，这是某种形式的社会抗议，所以社会最好注意这种社会抗议是冲着什么来的。

凯鲁亚克对此表示反对，因为他认为最初的观点是关于心灵的羔羊的，“善良心灵的王者光芒”，以心对心，陀思妥耶夫斯基式的对峙和清醇。如今，这也被认为是垮掉派最“初心”的纯洁性。例如肯·吉西评论说，他觉得自己更接近以前的披头族（垮掉派），而不是如今的嬉皮士。今天，在朋克运动中似乎确实出现了一种文化复兴，五十年代凯鲁亚克的风格，也就是非政治性的风格重新出现了。寻找带劲儿的，寻找灵魂，寻找失落的周六晚上个人浪漫的神秘。有些人认为这是一种回归沉默的五十年代和七十年代的冷漠，但其他人，包括我，认为这是一个渐渐深入的洞察过程，进入虚无、佛法，进入我们大脑中的空虚，垮掉一代最初感知的死亡意识，是一次对心的深化而不是浅薄。

霍尔姆斯的第二本书《小号》是从凯鲁亚克的一段轶事中摘取的，这段轶事讲的是一名爵士演奏家，他常常把萨克管举在嘴边，随着时间的推移，毒品和时间削弱了这个《小号》里虚构的人物，萨克管举不起来了。所以凯鲁亚克的想法是写一本关于萨克管手的小说，写“那个”萨克管手，写总统，写鸟。[②]这是一首关于爵士乐的非常好的类型作品，也是一部小经典。

---

① 原文为法语“Acte gratuit”。

② 指两个传奇的爵士音乐家莱斯特·杨和查利·帕克。列举这两个名字是对这里的“那个”做出举例，表明凯鲁亚克想写的是一名独一无二的萨克管手。

47. 彼得·奥洛夫斯基

彼得·奥洛夫斯基是一位美国精神战争的老兵，也是垮掉一代文化和文学发展的一个中心人物，他既是一位文化活动家，又是一位具有重要历史意义的诗人。1959年，威廉·卡洛斯·威廉斯认为彼得是垮掉一代诗人中最有才华的抒情诗人。这在瓦格纳学院的文学评论中有记载，当时威廉·卡洛斯·威廉斯写了一篇小评论，记录了由一位名叫杰拉德·马拉加的年轻学生在瓦格纳学院组织的一场非常早期的、具有历史趣味的垮掉一代的庆祝会上，一些作家，后来成为诗人的杰拉德·马拉加，他是安迪·沃霍尔的密友、安迪·沃霍尔早期电影《睡眠》的中心人物，也是在沃霍尔电影制片厂工作的人员之一。那个时候在史坦顿岛的大学里常在一起混的人包括勒罗伊·琼斯、雷·布雷姆瑟、我自己和彼得·奥洛夫斯基。我想那是在纽约第一大道，大家常常在那边聚会。后来我们和搞地下电影的人走得很近。

到1954年至1955年，彼得·奥洛夫斯基已经成为旧金山文艺复兴组织的重要成员，凯鲁亚克在《达摩流浪者》和《荒凉天使》一书中对他进行了纪念。彼得出席了历史性阅读活动［六画廊］[①]，在那儿我第一次朗读了我的诗《嚎叫》，加里·斯奈德、菲利普·惠伦、迈克尔·麦克卢尔、菲利普·拉曼蒂亚和肯尼斯·雷克斯罗斯也出席了活动并朗读了各自的作品，他们接连在这场历史性朗读会献上了他们的首演，凯鲁亚克和尼尔·卡萨帝作为观众也在场。这件事开创了新的诗歌浪潮，将诗歌呈现在观众面前，而不是仅仅做纸上阅读，执行惠特曼对于“诗歌是响亮的迸发不是学者专享不是模仿旧的文学风格”的指示。

奥洛夫斯基在垮掉一代被放逐的早期经历了欧洲之旅，与格雷戈里·柯索和我一起在巴黎生活了很长一段时间，他与威廉·巴勒斯在丹吉

① 指1955年垮掉派在旧金山的“六画廊”的那次读诗会。金斯堡在这次读诗会上第一次将后来震撼了美国的《嚎叫》进行公众朗读。

尔度过了1957年和1961年。接着，他继续自己的希腊、开罗、约旦、耶路撒冷、以色列之旅，之后与其他诗人包括加里·斯奈德和乔安妮·凯格进行了一年半、两年的印度之旅，这也许是一次重要的印度文化之旅，激发了一批长头发年轻人去印度接触大麻再到尼泊尔去的浪潮。这个特殊的旅行被历史学家认为是一个重要的举动，和凯鲁亚克的《达摩流浪者》一样，通过这种异花受精的方式，将佛教文化引入美国，年轻人如蜜蜂般来回跋涉。奥洛夫斯基随后踏上了回家的路，经过波斯和中东然后返回纽约。

他有长期的精神病院护士和救护车司机的工作经验，所以他很有能力照顾病人。如我所说，他后来去了印度，并在贝拿勒斯炙热的乡下和市场里照顾麻风病人和乞丐。在整个六十年代，他一直是反战运动的忠诚诗人之一，也是公社的领袖，他是纽约州北部小农场里“诗歌委员会”的负责人。雷布莱姆瑟、查利·普莱梅尔、格雷戈里·柯索、罗伯特·克里利和许多其他诗人都曾到过那里，并在那里停留过。因此，他经历丰富，知道很多东西，有很好的记忆力，并在1978年由城市之光书店出版了他的《清洁屁眼诗与微笑蔬菜歌》。1980年《内心的直接愉悦》出版，里面多是我和他的往来信件、文学书信和诗歌交流。

48. 卡尔·所罗门

卡尔·所罗门毕业于布鲁克林学院，是一位杰出的散文诗人和评论家。他的写作风格融合了美国和法国、超现实主义与达达主义。卡尔和我的第一次见面大约是四十年前，在纽约州精神病院的走廊上，我们那时都是住院病人。[①] 作为一名哥伦比亚大学的毕业生，困惑填满了我。我陷入了大学生常见的颓败中，换句话说，我嗑药。我被人传颂为正在指挥一个

① 指金斯堡从学校退学后卷入了某起刑事案件，被判“精神错乱”而去精神矫正机构强制治疗的事。

有组织盗窃网络的天才大学生。我的父母不得不在送我进监狱和把我关起来治病之间做出选择。每个人都觉得我是一个中产阶级的孩子，刚刚出了差错，需要稍微调整一下。于是我就去了位于第一百六十八街的精神病院。

在我刚进去的那天，我记得我不得不坐在那儿，等着被分配到一个房间，我遇到了一个家伙，他从震惊中走了出来，他叫卡尔·所罗门。我们不认识，所以他问我是谁，我说“我是梅诗金公爵”，梅诗金公爵是陀思妥耶夫斯基《白痴》中的男主人公。卡尔的回答是说他是基里洛夫。基里洛夫在《群魔》中是一个政治人物。卡尔的取向既有趣又带有强烈的政治性。他出自《也许是灾祸》的文章《疯人院手记：被电击病人的事后想法》可能是在四十年代晚期从纽约州精神病研究所出来后写的。我们是那里的“同学”，花了很多时间讨论现实的本质。

在达达派和超现实派的影响下，我们在精神病院的时候给 T.S. 艾略特写过一封信。这是一封彻头彻尾的朋克信，但里面有一点点真理。我们从未寄出过这封信，因为我们基本上是理智的，我们把自己看作是为了文学实验的目的占领了精神病院的幽默大师。1948 年至 1949 年对我们产生影响的，就是这封给艾略特的信中的体裁创新。这是特里斯坦·查拉的《达达宣言》，以及安替比林大人[①] 的宣言。

在某种意义上，将我的诗《嚎叫：为卡尔·所罗门所作》献给他是我利用了卡尔，或“滥用”了卡尔。这对他来说是一种负担，因为它以一种他并不存在的方式塑造了他。《嚎叫》里的诗句是“他们对纽约城市学院里达达派的讲师扔土豆沙拉接着出现在疯人院的花岗岩台阶上脑袋剃得精光发表关于自杀的滑稽演说，并要求立刻切除自己的前脑叶白质”，哦，那就是卡尔。我用了诗意的手法，因为他上的是布鲁克林学院，不是纽约城市学院，但其他的都是真的。

所罗门的书不是很有名。他写了两本非常优雅的散文书，《也许是灾

---

① Antipyrine，一种镇痛药物。

祸》和它的续集《更多的灾祸》，都是由城市之光出版的。他所受的教育从政治左派意识形态的角度和历史上来说都是非常复杂的，他有惊人的记忆，可以追溯到四十年代和二十世纪的法国文学，特别是对于达达主义和超现实主义活动的记忆。他有一种奇怪的风格，非常聪明。是他让我爱上了安托南·阿尔托。卡尔有热内的第一本书《我们花朵的女士》，这本书在 1950 年在英国出版并偷运至美国。

从法国达达主义和超现实主义宣言提炼出一种高雅的文学腔调来看，卡尔是一个非常聪明的作家。他把法国的理性主义带到了偏执狂的临界状态。那是萨尔瓦多·达利为自己的风格选用的短语，也可能是他的一种黑色幽默吧。卡尔还在巴黎见到了安托南·阿尔托，对他说了几句有见地的话。他是兰波类型的人，有通灵，但是他比兰波更早受挫，马上放弃了写作，然后继续写一些关于“放弃写作”的小作品。所罗门对所有作家都嗤之以鼻，这是他对从我的滑稽动作或凯鲁亚克或巴勒斯的作品中看到的一整套自我野心游戏的一种嘲讽。在他身上，你可以看到被疯狂摧毁的最优秀头脑的真正疯狂的眼睛。一个真正的批评家，一位住在医院的直指我的诗句中的肤浅的批评家。

一直到最后，卡尔与几乎所有垮掉一代的诗人和作家关系都比较密切。在五十年代早期，他为他的叔叔出版商 A.A. 温在埃斯出版社工作，是卡尔游说他们同意出版巴勒斯的《瘾君子》。尽管如此，我们还是遇到了一些麻烦，因为卡尔必须越过一个障碍。他的叔叔很担心，因为在那些日子里，在毒品问题上这本书站在了现实这边，与财政部的“当官儿的”和缉毒人员的哲学背道而驰。为了掩护自己，埃斯社出了一套两本的合集，一本是《瘾君子》，另一本是莫里斯·黑尔布兰特的《缉毒警》。除此之外，他们还插入了一些脚注，比如当巴勒斯说瘾君子可以稳定他们的生活习惯过上正常的生活，如果他们能得到药物供给的话，他们插入了这样一条注解：“此非专业医疗机构的意见。”

卡尔成功地给了凯鲁亚克一份合同，并为《在路上》争取到了预付款，建立在一些来自《科迪的幻象》里非常复杂的散文基础上得到的。作为一名编辑，所罗门确实很有创意，有先见之明。当凯鲁亚克提交《在路上》那一大卷电传打字机纸卷时，他把原稿带给了卡尔。这本书当时已经被著名的出版商罗伯特·吉鲁拒绝了，他们认不出这本书完全是一次创新。卡尔和我们一样，被卷轴的形式和内容震惊了。

面对来自凯鲁亚克的大量有趣的文学作品，所罗门做不了什么。与此同时，巴勒斯也在步他的作品《瘾君子》的后尘，不是约翰·奥哈拉式或海明威式的可爱小书，而是一份在手里难以启齿的淫秽和可怕的手稿，三十年都没有出版。题目很简单：《酷儿》。卡尔不得不跟着《瘾君子》咬着牙学习这些新文学，谁这么搞不会神经崩溃呢？这和卡尔在写的论文倒是很契合，那些关于阿尔托的，以及达达主义者和超现实主义者的身份问题，以及那些想要改变现实的后兰波通灵预言家的论文。卡尔开始走上这条文学之路，但后来发现自己的身份消失了。

卡尔患健忘症住院后，有意识的决定是："我的思想很小，我打算小心使用它。"对他来说，关键是要找一份"禅宗式的普通工作"。就是卖冰激凌或做信使，最普通的现实工作——你能找到的最基本的工作，体力活就成了他的职业。

49. 凯鲁亚克的《现代散文的信仰与技巧》

在最后，我想聊一下凯鲁亚克对他的写作方法最早的陈述，是他在自己作品中践行过的三十句格言。当时唐·艾伦请他写一篇关于如何写作的文章，因此他写了一份名为《现代散文的信仰与技巧》的清单，将要点列举得清清楚楚。这是给散文作家的一句口号或劝诫。副标题是"基本要素清单"，发表在杰克的《天堂和其他诗歌》中。它是：

一、自己开心最重要，放开了写，在秘密笔记本上或在打字机上

只为你自己和你的诸神写作，而不是为了市场。我想这是在他完成

《科迪的幻象》之后写的，他所有的书都被拒绝了。《在路上》被拒绝了，《科迪的幻象》也被拒绝了，所以他在1950年到1957年间又写了十多部小说。他即将出版的第一本书是《镇与城》，一部传统小说，讲述了一个家庭、兄弟姐妹以及他们从小镇搬到大城市的故事。之后是家庭的解体和城市化对老式传统家庭的影响。

二、顺从于一切，开放，倾听

我猜这是他坐在桌前时，让自己服从于自己的思想时的样子。他的回忆集中在一个主题上。基本上，他要做的就是找出有趣的东西来写，不管是《地下人》还是《达摩流浪者》，高中的浪漫故事还是青春期的妖怪英雄，比如《萨克斯医生》。然后他会在脑海中或在一张纸上画一个大纲，他想要涵盖的主要话题。然后他就像一个爵士演奏家那样即兴发挥。他顺从于一切，回忆一切，然后开始动笔。试着写下他的思绪。并不能说是意识流，作为文学术语的意识流是任意而为，而他是集中在一个单一的主题与一切与之关联的事物。

三、千万不要在自家门外喝醉

他这是在关注自己实际的酗酒问题。

四、热爱你的生活

大多数人都不是这样的。他的意思是说要把自己的生活视为神圣的，这样一切就都具有了艺术性。

五、你感觉到的东西会找到它自己的形式

如果你知道开头、中间和结尾，你就不需要提前准备好什么形式。如果有某种东西占据了你，就像狄恩·莫里亚蒂的角色占据了凯鲁亚克、科迪、巴勒斯，或者其他他认识的人一样，你沉思，动笔，不需要知道如何结束。作品将会找到自己的形式。

六、做思想的疯狂愚忠

这意思是说，不要搞得很专业，你不会像《纽约时报》上那些优秀的小说家那样。极尽你个人思维的微妙之处就够了，只要说那是我的童年幻想，我的初恋，我在非洲的第一次度假就够了。使用个人化的细节，连贯一致，向其他人解释。每个人都有他们自己的秘密生活，他们自己的羞辱和胜利，他们自己的青春期幻想和迷恋。如果一个人能以这种方式展示自己的灵魂，其他人就会发现它，并与之相连。在惠特曼的诗里，在《哈克贝里·芬》里，以及舍伍德·安德森的作品里都有。在埃德加·爱伦·坡的《泄密的心》或《一桶阿蒙提拉多红葡萄酒》中尤其如此，美国没有人像爱伦·坡一样有这样清楚的头脑。爱伦·坡对凯鲁亚克的影响很大。

七、聊深了就聊深了

在他最好的一些速写中，他就是这么做的。

八、告诉别人你想从思想深处打捞出来的东西

九、个人不可言说的幻象

十、没有时间作诗，是什么样就写成什么样

这句很好。你真正看到的，你真正想到的，来自你个人的头脑。

十一、胸部刺痛抽搐的幻象

我想这是因为他写作依靠苯丙和安非他命，所以会产生一些颤抖。

十二、看着眼前的东西，以出神痴迷的梦幻

专注于你所看到的，并像凯鲁亚克在对旧茶杯或电影院的速写中那样写下来。

十三、消除书面、语法和句法上的压抑

你可以开始一个新的想法而不用担心怎么完成旧的。

十四、像普鲁斯特一样精通时间

这句是我最喜欢的，就像一个沉浸在时间中的人，细致入微地讲述自我意识。

十五、在内心独白中讲述世界的真实故事

十六、兴趣的宝石中心在于眼睛里的眼睛

我想是思想的眼睛。

十七、为自己写下回忆和惊奇

你知道，让你自己大吃一惊。

十八、作品来自有力的中间的眼睛，在语言的海洋中游泳

通过“来自有力的中间的眼睛”，凯鲁亚克的意思是陈述的精髓，或是幻象、顿悟，或是让你动笔的强烈回忆时刻。从脑海中浮现的第一个生动的回忆开始，然后从那里开始写。从兴趣的“宝石中心”开始。无论你嘴里冒出什么，说出去。带着所有的句子，加进所有的细节，都写进去。

十九、永远接受损失

这来自凯鲁亚克“生命本身就是一种金色灰烬”的意识。我们都是幽灵，在某种意义上说，一百年后一切都会消失，我们只是一群幽灵。一切都会失去，包括我们自己的思想。

二十、相信生命的神圣轮廓

从某种意义上说，他的写作是一种祈祷或奉献、虔诚或神圣的活动，回忆着那些事件，透过他双眼的钥匙孔注视着永恒。

二十一、努力原封不动地素描出脑海中业已存在的流动

你不可能把脑子里所有的事情都记下来，只有你的笔能很快记下来你的脑子在思绪的洪流中回忆起的东西。写下任何自然浮现的东西，写下无论以什么顺序冒出的任何思想，写得越快越简洁越好。

二十二、停下来的时候不要想词，而要把画面看得更清楚

这是非常非常重要的一点。这对作家来说是真正实用的技术建议。如果你想象或重新想象你的记忆，看画面，那么词汇就很容易从画面中出

来。如果你忘记了你所回忆的真实的、可见的、可触知的事件，那么你在真空中就会毫无根据地试图关联一个旧词，而不是让这些词与一些与其他词语有实质连接的画面联系起来。通常当你写作的时候，你会停下来，因为你忘记了你在想什么，或者你忘记了你的主题。这就是你回到主题的方式，回到你的那个原初画面。

二十三、记录每天沐浴着晨光的日子

换句话说，要意识到日常的戏剧性。凯鲁亚克每天醒来看下日期，意识到今天是星期四，然后意识到他还活着，并记录着他每天的冒险经历。他觉得我们应该热爱我们的生活。

二十四、在你的经历、语言和知识的尊严中没有恐惧或羞愧

在你自己的经历、语言或知识中没有什么可羞愧的。如果你是同性恋，你可以写这个，如果你有关节炎，你可以写这个。在裤子里拉屎是一种神圣行为，而不是让人感到羞耻的事。这与通常的态度完全相反，那种态度认为我们基本上是错的，或者我们是愚蠢的，即使我们仅仅是犯了错。

二十五、为全世界而写，并让他们看到你看到的

他说的意思是有一个外部世界也会通过你的写作得到满足。

二十六、电影小说是文字形式的电影，视觉的美国形式

如果你正在回忆你的童年，试着把它看成是一部电影小说，一部文字电影，作为一种基本的美国形式。凯鲁亚克把他的虚构、他的小说看成电

影，一幕幕闪现在手持摄影机正在录影的天使凯鲁亚克的镜头之眼上。

二十七、赞美在阴冷无人性的孤独中的人

这就好比说，我们知道除了死亡最终什么也得不到。杰克对他的角色的个体意识和意识感兴趣。

二十八、创作狂野、不羁、纯洁、来自底层的作品，越疯狂越好

二十九、你一直是个天才

换句话说，相信你自己的想法。

三十、地球这部电影的作者导演在天堂被赞助并成为守护神

天使为这部电影买单。

金斯堡书单

——唐纳德·艾伦和乔治·F. 巴特里克编辑：《后现代：新美国诗歌修订版》(*Postmoderns*：*The New American Poetry Revised*)；

——阿米里·巴拉卡：《诗选》(*Selected Poetry*)；

——威廉·S. 巴勒斯：《巴勒斯档案》(*The Burroughs File*)、《瘾君子》(*Junkie*)、《裸体午餐》(*Naked Lunch*)、《新星快车》(*Nova Express*，平装本包括《黄昏的最后微光》)、《酷儿》(*Queer*)、《柔软机器》(*The Soft Machine*)、《爆炸的门票》(*The Ticket That Exploded*)、《野孩子》(*The Wild Boys*)、《雅歌书信》(The Yage Letters，与艾伦·金斯堡合著)；

——尼尔·卡萨帝：《第一第三和其他著作》(*The First Third and Other Writings*)；

——格雷戈里·柯索：《美国快车》(*The American Express*)、《挽歌充盈美国人》(*Elegiac Feelings American*)、《汽油》(*Gasoline*)、《死神生日快乐》(*The Happy Birthday of Death*)、《万岁的人》(*Long Live Man*)、《心智场》(*Mindfield*)；

——罗伯特·克里利：《诗全集 1945—1975》(*Collected Poems 1945—1975*)；

——黛安娜·狄·普里玛：《一首歌：诗选》(*Pieces of a Song*：*Selected Poems*)；

——鲍勃·迪伦：《狼蛛》(*Tarantula*)、《文字和图画》(*Writings and Drawings*)；

——劳伦斯·费林盖蒂：《无尽的生命：诗选》(*Endless Life*：*Selected Poems*)；

——吉福德、巴里和劳伦斯·李:《杰克之书》(*Jack's Book*);

——艾伦·金斯堡:《诗选,1947—1980》(*Collected Poems, 1947—1980*);

——赫伯特·汉克:《落日变为深红色》(*The Evening Sun Turned Crimson*)、《对一切都有罪》(*Guilty of Everything*);

——杰克·凯鲁亚克:《大苏尔》(*Big Sur*)、《荒凉天使》(*Desolation Angels*)、《达摩流浪者》(*The Dharma Bums*)、《天堂和其他诗歌》(*Heaven and Other Poems*)、《遗言》(*Last Words*)、《孤独旅者》(*Lonesome Traveler*)、《墨西哥城蓝调》(*Mexico City Blues*)、《在路上》(*On the Road*)、《皮克》(Pic)、《长诗短诗》(*Pomes All Sizes*)、《散落的诗》(*Scattered Poems*)、《黄金永恒的经文》(*Scripture of the Golden Eternity*)、《镇与城》(*The Town and the City*)、《德卢兹的虚荣》(*Vanity of Duluoz*)、《科迪的幻象》(*Visions of Cody*);

——乔安妮·凯格:《日本和印度行记,1960—1964》(*The Japan and India Journals, 1960—1964*);

——菲利普·拉曼蒂亚:《诗选,1943—1966》(*Selected Poems, 1943—1966*);

——迈克尔·麦克卢尔:《诗选》(*Selected Poems*);

——《彼得·奥洛夫斯基》:《清洁屁眼诗与微笑蔬菜歌》(*Clean Asshole Poems and Smiling Vegetable Songs*)、《未出版的信件和期刊》(*Unpublished Letters and Journals*,大卫·格林伯格和保罗·里克特编辑);

——乔治·普林顿编辑:《工作中的作家》(*Writers at Work*,第三系列);

——加里·斯奈德:《神话和文本》(*Myths and Texts*)、《砌石与寒山诗》(*Riprap and Cold Mountain Poems*);

——卡尔·所罗门:《紧急信息:自传杂记》(*Emergency Messages: An Autobiographical Miscellany*)、《不幸,也许吧》(*Mishaps, Perhaps*)、《更多的不幸》(*More Mishaps*);

——卢·韦尔奇:《骨环:诗全集》(*Ring of Bone: Collected Poems*);

——菲利普·惠伦:《熊的头上》(*On Bear's Head*);

——约翰·维纳斯：《波士顿的文化事务》（*Cultural Affairs in Boston*）、《诗选，1958—1984》（*Selected Poems, 1958—1984*）。

文章：

——艾伦·金斯堡：《对于“垮掉一代”的定义》（“*A Definition of the Beat Generation*”）；

——杰克·凯鲁亚克：《自发散文的本质》（“*Essentials of Spontaneous Prose*”）、《“垮掉一代”之源起》（“*Origins of the Beat Generation*”）。

编者致谢

我想在此感谢许多帮助促成这本书的人和机构。由彼得·霍尔和鲍勃·罗森塔尔领导的金斯堡基金会再次倾情相助。没有他们的帮助，这些磁带永远不会被发现、保存或转录。

金斯堡在怀利版权代理的经纪人杰弗·波斯特纳克和我一样全情投入了这个项目，并且帮助确保了格罗夫出版社的利益。出版社的摩根·恩特金、彼得·布莱克斯托克、朱迪·霍腾森、妮可·尼汉和朱莉娅·伯纳-托宾是完美的编辑与顾问，并在出版的各个阶段进行了协助。

由朱迪和查尔斯·利夫掌舵的那诺巴大学是金斯堡火焰的守护者，他们认真监督了这些以及数以千计其他教师的讲座录音带的保存和发表。布鲁克林学院的图书管理员威廉·加根在现场亲自录制了金斯堡的讲座，并慷慨地将它们提供给我的研究，对此我感激不尽。保存金斯堡个人档案的斯坦福大学也提供了几盘磁带，帮助填补了系列讲座中的空白。

除此之外，维护杰克·凯鲁亚克、威廉·S. 巴勒斯、格雷戈里·柯索和约翰·克列农·霍尔姆斯文化遗产的相关机构都非常合作，允许我们从原始文本中引用给金斯堡课程灵感的具体内容。在此鸣谢：詹姆斯·格劳尔霍尔茨、约翰·桑帕斯、雷蒙德·弗耶和雪莉·兰格曼-贝尔德。

我还想感谢安妮·沃尔德曼为本书撰写的精彩前言。她在那诺巴大学与金斯堡一起教了二十多年书，比任何活着的人都更了解他的课堂风格。我很感谢她在繁忙的日程中抽出时间帮助向新一代读者介绍金斯堡。

最后，我要向朱迪·马茨表达我无限的感激，她滋养了这一切以及我所有的工作，并且在我为了试图捕捉每一个字的播放、重播、再重播数百小时磁带的时候，从未有过一句怨言。她的耐心永无止境，我对她的爱和欣赏也是一样。

译者致谢

感谢美国金斯堡基金会（Allen Ginsberg Trust）的协助和联络。

感谢胡淑婷、肖孔龙为本书的译文和资料整理所做出的贡献。